Philippe C. Bouin

Les Sanglots longs...

Éditions ouest france

« J'ai été prodigieusement heureux ces huit derniers mois. Il n'y a pas un homme sur mille qui, au cours de huit jours de sa vie, ait connu le bonheur inouï, le sentiment de plénitude que j'ai éprouvé en permanence pendant huit mois… »

Jacques Bingen, Délégué civil pour la zone sud du Comité français de Libération nationale, quelques heures avant son arrestation par la Gestapo et son suicide par cyanure.

« On n'a pas fréquemment l'occasion de se prouver que l'on existe. »

Alain Calet, Les grandes largeurs.

« Là où croît le péril, croît aussi ce qui sauve. »

Hölderlin.

Bien qu'ayant pour trame l'histoire de la Seconde Guerre mondiale, ce livre est un roman et fait une large part à l'imagination de l'auteur.

I

Jamais il n'oublierait le regard de Lefranc.

Le géomètre avait fini par s'asseoir en face de lui, comme à regret; il avait soupiré, les yeux fixés sur ses mains arrimées à la table du bistrot : « J'espérais que vous seriez déjà parti. » Puis, il avait relevé la tête et braqué ses yeux sur lui. Charles avait reçu comme un crachat ce regard souillé de honte, de désespoir et de peur mêlés. Un regard à ne pas se regarder dans la glace tellement on s'en veut. Un regard à n'oser regarder personne.

À son entrée dans le café, planté à côté du grand portemanteau, Lefranc avait semblé ne pas le reconnaître. Et lui, comme un imbécile, levant la tête de son journal, avait adressé un signe de la main à ce petit bonhomme pétrifié : un lapin ébloui par les lumières de la brasserie, transi de peur. Le signe était discret, mais perceptible au travers des grandes vitres *modern style*. Les Allemands en planque l'avaient sans doute repéré depuis la rue. Ce simple geste rendait impossible à Lefranc d'ignorer sa présence comme il en avait peut-être eu l'intention. Le léger mouvement avait suffi pour déclencher la marche du géomètre vers sa table. Charles avait scellé deux fois son propre destin; en demeurant au café au-delà de l'heure du rendez-vous, puis en se désignant aussi naïvement à la Gestapo.

Il n'avait pas eu le temps de songer à fuir. En quelques secondes, la Brasserie de la Paix avait été bouclée par les Allemands. Un camion, deux Tractions Citroën; sur le trottoir, les soldats, mitraillette en main, et dans la salle quatre civils arborant leur uniforme à eux, chapeau, imper mastic, automatique au poing, pour le harponner, lui, sans lui laisser même le temps de se lever, dans le silence rendu solennel par la présence muette de tous les clients figés, verre ou fourchette à la bouche, si désireux de ne pas être là qu'ils n'osaient même plus respirer.

Tête baissée, regard de nouveau vissé sur le plateau du guéridon, comme pour nier la réalité de sa trahison, Lefranc, d'un ton larmoyant, prononça encore quelques mots que Charles ne comprit pas. Puis il abattit son poing sur le plateau du guéridon, précipitant au sol la tasse qui s'y brisa. Le silence éclata en mille morceaux. « *Aus! Schnell!* » Empoigné par deux *feldwebels*, entraîné vers la sortie, Charles perdit le géomètre de vue. Il ne revit jamais Lefranc, qu'on jetait dans l'autre Traction tandis que démarrait déjà celle où on l'avait forcé à s'asseoir. Son crâne avait cogné la carrosserie, au passage de la portière.

Pendant plusieurs jours, il oublia ce regard. Cramponné à sa volonté de ne rien avouer d'important, malgré la peur, malgré la douleur, malgré, aussi, cette forme de douceur pernicieuse instillée par le plus subtil de ses interrogateurs. Ce collégien en uniforme, affable, lui faisait miroiter l'absolution tout en induisant dans son esprit un doute raisonnable sur la fidélité de ses compagnons de lutte. Jusqu'au moment où, lui aussi, il avait craqué.

Bien sûr, leurs instructeurs leur avaient répété que tout le monde finissait par dénoncer sa mère face à des tortionnaires habiles. Ils leur avaient tout juste demandé de tenir vingt-quatre heures, voire quarante-huit, s'ils y parvenaient. Le temps que les autres aient une chance de disparaître dans la nature.

Charles avait tenu un certain temps. Il ne savait pas combien, car, dès son entrée au QG de la Gestapo, délesté de sa montre, il avait perdu toute perception des heures. Ils l'avaient confiné à l'isolement dans des caves humides, suintant le moisi, sans ouverture sur l'extérieur. Elles étaient baignées en permanence par une lumière artificielle crayeuse qui brossait de grandes touches blafardes sur la peau de ses geôliers. La sienne s'était marbrée d'ecchymoses, ouvertes et sanguinolentes par endroits, au fil des supplices, souvent de simples coups, assez espacés pour qu'on ait bien le temps d'imaginer les dégâts et la douleur à venir. Quelques-unes de ses dents avaient résisté. Ils l'avaient aussi passé à la baignoire, mais n'avaient pas insisté quand ils avaient perçu en lui le désir d'y rester. La tête plongée dans une eau sale par la poigne du plus costaud de ceux qu'il avait choisi de nommer « ses démons », il avait alors découvert que la mort lui faisait moins peur que la trahison. Du moins : cette mort-là.

Tout le temps de sa détention, Charles avait tenté de combattre la souffrance et la peur par un mantra, une ritournelle, une chansonnette qu'il avait entendu Charles Trenet interpréter quelques jours plus tôt dans un cabaret de la capitale : « Douce France, cher pays de mon enfance... » Il ne se rappelait plus la suite des paroles, mais avait retenu l'air et se jouait dans la tête sa rengaine hypnotique. Grâce à cette litanie, il parvenait aussi parfois à s'endormir entre deux interrogatoires, recroquevillé sur son bat-flanc.

Alors pourquoi avait-il fini par céder? Peut-être simplement par épuisement. Peut-être aussi parce qu'il avait eu soudain l'impression que ceux qu'il nommait ses « démons » étaient de vrais démons, qu'il était vraiment en enfer, et que, s'il se taisait, ces tourments n'en finiraient jamais. Il avait peut-être cru que parler le délivrerait du mal. Aujourd'hui, il savait qu'il s'était trompé. Il avait parlé; il était en enfer et le regard de Lefranc, c'était le sien.

***

J'avais du sang plein la bouche. Je reconnaissais ce goût à la fois salé et douceâtre. À trois mois d'écart, mon cerveau avait gardé cette saveur en archives. Je commençais à prendre la mauvaise habitude de me faire passer à tabac. Au fond de mon crâne, la loupiote de l'humour ironisait sur l'utilité de mon récent stage de dégustation œnologique à Beaune. C'était bien la seule lumière qui brillait. Ma langue m'élançait. La joue gauche me brûlait. Je ne parvenais pas à penser. J'essayai d'ouvrir les yeux. La peur me saisit : je n'y voyais rien. J'étais aveugle. Ils m'avaient rendu aveugle.

La décharge d'adrénaline de la peur me remit un peu la tête en place. « Ils » ? Ceux qui m'avaient agressé. J'avais été attaqué. Je le savais. C'était ma seule certitude. Au même moment, mon nez m'apportait d'autres informations convergentes : des odeurs mêlées de caoutchouc, d'essence, de gaz d'échappement. Puis une lueur atteignit la rétine de mon œil gauche. Le droit restait aveugle. C'était bien ça : j'étais allongé à plat ventre sur le sol du parking souterrain où je garais ma voiture. Ma mémoire se réveillait en même temps que des douleurs diffuses dans tout le corps. La lueur provenait d'une veilleuse au-dessus de la porte de l'escalier. À ma gauche, à quelques centimètres de ma tête, se dessinait l'ombre de ma vieille Peugeot.

Ils m'avaient attaqué au moment où je verrouillais les portières. Deux hommes. Le premier, imprégné d'eau de toilette à bas prix, m'avait immobilisé par derrière. Il m'avait bâillonné en me pressant sur la bouche un tissu infâme, englué d'huile de moteur, puant. Je ne l'avais pas bien vu. L'autre, immense dans mon souvenir, vêtu de noir, la tête encagoulée, m'avait roué de coups de poing. La minuterie s'était éteinte. J'étais tombé. Ils avaient achevé le travail de démolition à coups de pied, sans un mot. Je m'étais sans doute évanoui.

Une nouvelle décharge de trouille. Et s'ils étaient encore là ? Je guettais le moindre bruit. Rien d'autre qu'une mobylette toussotant dans la rue. Non. C'était idiot. Ils n'allaient pas attendre que je me réveille. Je ne parvenais toujours pas à mettre mes pensées en place. Je devais bouger. Me lever. Personne ne viendrait avant le matin. À l'heure tardive à laquelle j'étais rentré, je m'étais fait la réflexion que le parking semblait déjà plein. Je devais bouger. Je devais... Et je replongeai dans l'inconscience.

Au réveil, je ressentis d'abord le froid humide, glaçant, puis je perçus un vague rai de lumière. La faible clarté du jour naissant se glissait sous la porte basculante du parking. Mes yeux s'étaient peut-être habitués à la pénombre. Du moins l'œil gauche. Je réfrénai l'envie de porter la main vers mon œil droit. J'avais peut-être simplement la paupière coupée. Vingt ans plus tôt, pendant un match de football, un coup de tête m'avait ouvert la peau sur cinq centimètres au niveau du sourcil et le bourrelet de chair était retombé en rideau sur mon œil. C'était sûrement ça. J'avais l'impression d'avoir eu affaire à des pros. Leur violence était contrôlée. Ils ne m'auraient pas crevé l'œil. Quel besoin ?

Je me rassurai comme je pouvais. Il fallait me lever, remonter la rampe du parking, traverser la rue et regagner ma bicoque, au fond de la cour de l'immeuble d'en face. Le trajet me prit un temps infini. Me redresser fut déjà périlleux. À peine à genoux, ma tête se mit à tourner. Je dus observer une pause avant de pouvoir me lever en m'appuyant sur la malle de ma guimbarde. La douleur s'éveillait dans tous mes os, tous mes muscles, sur tout le torse, le ventre, le dos, les cuisses, qu'ils avaient martelés avec les poings et les pieds ; ils ne m'avaient frappé ni au bas-ventre ni à la tête. Je m'étais sans doute esquinté le crâne en tombant. Je m'étais aussi mordu la langue.

Arrivé chez moi, après de multiples haltes pour reprendre souffle et équilibre, je n'eus pas la force de fermer la porte. Je m'effondrai sur le canapé du salon et perdis de nouveau conscience, épuisé.

Quand j'émergeai pour de bon, le soleil brillait. Je me sentais sans force. Vide. Je n'osais pas me lever. De l'œil droit, il me semblait distinguer une lueur rougeâtre. Je portai la main à mon front. Le toucher me parut étrange. Sur mon arcade, une croûte se formait. Le contact me brûlait. Je retirai ma main. Pour me regarder dans la glace de la salle de bains, il aurait fallu monter un étage d'escalier en colimaçon. Je renonçai. Je devais appeler SOS Médecins. Une demi-heure plus tard, un jeune interne surmené se penchait sur mon visage.

— Mon œil, docteur...

Mes premiers mots. La barbe drue d'une nuit sans sommeil, le regard las, le toubib me rassura d'une pichenette. Je ressentis une brûlure en même temps que la vue me revenait. C'était bien la chair de l'arcade sourcilière qui s'était ouverte. J'éprouvai un intense soulagement. Une fugace bouffée d'euphorie. Un robuste examen m'arracha quelques plaintes. Je n'étais pour l'urgentiste qu'un mannequin à réparer ; il me rassura, bougon.

— Vous n'avez sûrement rien de cassé. Je vais vous poser un adhésif sur l'arcade, vous irez vous faire recoudre plus tard à l'hôpital. Si vous avez encore très mal aux côtes dans la journée, vous pourrez aussi passer une radio. Mais je crois qu'il n'y a pas de casse. Pour le moment : aspirine et repos. Et, si j'étais vous, j'irais faire une déclaration au commissariat.

Puis le praticien repartit vers d'autres cas, plus désespérés.

Dans la journée, après avoir pris une douche laborieuse, mais purifiante, j'avalai un bouillon concocté par ma voisine, Mme Scelles, une retraitée de Renault, usée par ses années de labeur, mais généreuse. Puis je suivis le conseil de la faculté en clopinant jusqu'au commissariat. Je pénétrais dans cet immeuble moderne, et pourtant déjà décrépit, pour la première fois depuis mon installation à Boulogne-Billancourt, dix ans plus tôt. Un planton maussade m'indiqua d'un geste vague où aller porter plainte, pointant vers le haut d'un escalier aux murs gris et sales comme ceux du bureau où j'entrai, un cagibi baigné par une nappe odorante de sueur, de tabac froid et de poussière. Un inspecteur m'accueillit, chewing-gum au bec. Il n'avait pas 30 ans. Mon aspect, œil au beurre noir, pommette tuméfiée, n'éveilla pas sa compassion. Il en avait déjà vu bien d'autres et des pires. Plutôt petit, maigrichon, une coquetterie dans l'œil, il affectait des airs de dur. Par compensation, sans doute. Mon histoire l'intéressa un peu plus. Une agression dans un parking n'avait rien de folichon, mais la méthode et le quartier lui parurent originaux.

Il me demanda si on m'avait dévalisé et parut à peine étonné que mes agresseurs ne m'aient volé que le sac besace de plombier-photographe dans lequel je fourrais papiers, enregistreur, calepins, bouquins et autres objets de premier recours pour le journaliste que j'étais. Dans ma poche de pantalon, ils avaient négligé le téléphone portable et le portefeuille contenant argent et cartes de crédit.

— Ils ont peut-être été dérangés, voyez-vous, et ils n'auront pas voulu perdre de temps en vous fouillant ?

Sa supposition lui plut. Elle bouclait l'affaire, *a priori*. Je doutais de sa pertinence : si ces types avaient été dérangés, pourquoi ne m'avait-on pas porté secours ? Il ne chercha pourtant pas plus loin. Après avoir relu et donné à signer ma déclaration, enjolivée par quelques magnifiques fautes d'orthographe, il m'indiqua un autre bureau où j'allais pouvoir remplir les formulaires nécessaires pour aviser dans les règles l'administration du vol de mon passeport qui se trouvait dans ma besace. Il ne paraissait pas plus intéressé par mon cas que ne l'avait été l'urgentiste un peu plus tôt. Je les comprenais. Je n'étais qu'une victime, bénigne, parmi tant d'autres, d'une bouffée de violence moderne. Dans mon quartier, pourtant plutôt paisible, le marchand de journaux, à vingt mètres de chez moi, avait été cambriolé deux fois en six mois et les parcmètres étaient périodiquement ponctionnés.

Les dégâts étaient minces. Je n'étais pas capable d'identifier mes agresseurs. L'inspecteur bigle n'allait pas jouer les Columbo des parkings pour les retrouver. Il posa ma déclaration sur une pile de paperasses déjà bien fournie.

— On vous donnera des nouvelles, si on a du neuf...

Autant espérer un sourire d'un chauffeur de taxi. C'est en rentrant chez moi que je compris que je n'avais pas été attaqué par hasard. Je mis un peu plus longtemps à deviner pourquoi.

***

J'habitais une moitié de maison abritée dans la cour d'un immeuble de quatre étages, dans une petite rue de Billancourt. Retapée en même temps que l'on construisait cet immeuble moderne, la maison avait été ensuite divisée en deux par les promoteurs, de façon étrange, dans le sens de la hauteur. J'occupais ainsi un trois-pièces vertical d'une surface totale d'une soixantaine de mètres carrés. L'autre partie, un peu plus grande, était la propriété de la retraitée au bouillon. Nous partagions un jardinet dont elle s'occupait avec ferveur et dont son chat, Maboule, était le seigneur et maître. Un escalier en colimaçon desservait les trois-pièces. Au rez-de-chaussée, un salon, coin salle à manger, coin cuisine; au premier, la chambre avec douche, lavabo et des toilettes cachées derrière la seule porte de cette demeure dont l'originalité m'avait séduit; au second, la soupente avait été aménagée pour constituer un petit bureau éclairé par deux fenêtres de toit. On entrait directement dans le salon. À gauche de la porte, parallèle au mur, un vieux bar me servait de fourre-tout et de meuble stéréo.

Le répondeur téléphonique était posé sur le sommet d'un baffle, derrière le bar, dans le coin du mur. La veille, je n'avais pas eu la tête à vérifier s'il contenait des messages. Cette fois, à peine entré, je retrouvai mon réflexe normal et constatai que le voyant clignotait. La machine avait réceptionné trois coups de fil. J'enclenchai le poussoir, tout en me débarrassant avec peine de mon imper mouillé. Mes côtes me faisaient souffrir. Le premier message datait de la veille. Un vendeur d'assurances voulait me faire des offres de services. Agacé, je ne perçus le sens de la deuxième annonce qu'après quelques secondes. Une voix d'homme, plutôt aiguë, sèche, insidieuse sur un fond de gouaille parisienne, me prenait à partie : « Alors Ducon, j'espère que t'as compris l'avertissement ! Arrête de fouiller la merde ou tu le sentiras passer. Ce qu'on t'a fait aujourd'hui n'est rien à côté de ce qu'on peut te faire. Rentre dans ton trou, minable. » Parcouru par un frisson, je m'assis pendant que la machine ventriloque donnait la parole à un troisième correspondant. Sous le choc de cette menace glaçante, je ne saisis pas un traître mot du dernier message.

La voix s'était tue depuis longtemps quand je retrouvai assez de mon calme pour me lever. Dans quel turbin m'étais-je donc fourré ? Et comment ? Je ne parvenais pas à me décider à réécouter le message. La voix était trop désagréable, insidieuse. Derrière l'accent parigot, elle m'avait semblé chargée de toute la méchanceté du monde. Qu'avais-je bien pu faire pour me transformer en cible de ces salopards ? Je ne comprenais pas.

Ma première réaction fut d'envisager une méprise. Je menais une vie calme, « honnête », sans remous, ne trempais dans aucune combine malsaine, ne me connaissais aucun ennemi. Ils avaient dû se tromper de client. J'avais la bouche sèche. En me servant un grand verre d'eau, je m'aperçus que mes mains tremblaient. C'était ça : ils s'étaient mépris. C'était un thème fréquent de polar.

Il fallait en parler à la police. J'étais trop las pour retourner au commissariat. Je dénichai le numéro de téléphone. Après une bonne dizaine de sonneries, on décrocha. La voix était épaisse, moustachue ; la diction pâteuse. Je dus m'y reprendre à trois fois pour me faire comprendre. Non, je ne connaissais pas le nom de l'inspecteur qui avait reçu ma plainte. Bon, on allait quand même essayer de me passer le bureau des inspecteurs, mais à cette heure-là, il était peu probable que je trouve encore mon client. Le planton aviné avait raison. Je fus éconduit très vite par mon interlocuteur suivant et prié de rappeler le lendemain aux heures ouvrables. Mon flic bigleux s'appelait Joncy, il serait peut-être là. En raccrochant, je ressentis une grosse bouffée de découragement. Que me voulaient ces gens ? Comment me garantir contre une éventuelle récidive ? Apparemment pas en comptant sur la police.

Je n'émergeai d'un flot agité de réflexions désordonnées qu'au bout de longues minutes. La nuit était tombée. J'avais faim. Il devait me rester une soupe en boîte et un bout de fromage. Après avoir mis la soupe à chauffer, je pris le parti de gagner la pièce la plus précieuse de mon logement : le cellier. Une cave à l'image de la maison : originale et petite. Sous l'escalier en colimaçon, une trappe en chêne, identique à celle qu'on trouve derrière les bars des cafés, ouvrait sur un autre escalier en spirale. Il plongeait jusqu'à une pièce voûtée, étroite, à peine large d'un mètre cinquante : une ancienne fosse septique, récurée, chaulée, assainie dont les trois murs disponibles étaient tapissés de bouteilles de vin. La descente de l'escalier occupait la quatrième paroi. Pour la première fois depuis la veille, absorbé par le choix du vin que j'allais boire, je parvins à oublier mes ennuis pour quelques minutes. Je remontai une bouteille de côtes-du-rhône d'Élodie Balme, un vin en permanence de bonne humeur comme la jeune vigneronne.

Nourriture et vin me requinquèrent. Réchauffé du dedans, je repris le cours de mes cogitations. Petit à petit, une idée s'insinuait en moi : et si la menace concernait les recherches que je menais depuis quelques mois sur mon oncle, résistant, mort en captivité en 1945 ? L'hypothèse était tirée par les cheveux, pourtant, hormis une possible confusion, je ne voyais qu'elle pour éventuellement justifier dérouillée et menaces. Mes agresseurs auraient-ils pu à la fois se tromper de personne et de numéro de téléphone ? Improbable. Ces gens-là semblaient savoir ce qu'ils voulaient. Mais pourquoi ma curiosité historique aurait-elle pu me valoir tant de haine plus d'un demi-siècle après les événements auxquels je m'intéressais ? Incompréhensible. Abattu, je décidai d'aller me coucher.

Quand le téléphone sonna, dans mon rêve, la sonnerie était celle de la porte d'entrée. Je mis une éternité à réaliser la cause de mon réveil et finis par décrocher, lisant d'un œil à peine entrouvert l'heure affichée par mon réveil-radio : 1 h 33 du matin. Mon « Allô ! » resta quelques secondes sans réponse. Je répétai : « Allô ! » Je reconnus aussitôt la voix. Elle paraissait un peu éméchée sur fond sonore de trafic routier. « Alors, Ducon, on récupère ? Rappelle-toi : arrête de remuer la merde du passé ! Laisse le passé tranquille ! Dernier avertissement. Sois sage. Fais de beaux rêves. » Tétanisé, sans m'en rendre compte, je gardai longtemps dans la main le récepteur qui n'émettait plus que la tonalité lancinante des lignes occupées. Après avoir enfin raccroché, je me rallongeai les yeux grands ouverts, le cœur cognant dans ma poitrine. Une suée me fit, au sens propre, froid dans le dos. La trouille me nouait le ventre. Mon escalier craqua. Mon palpitant fit un bond. Il me fallut du temps pour me rendormir.

Après m'être tourné et retourné entre des draps moites de sueur, j'eus recours à mon classique procédé d'anesthésie : l'élaboration de la liste des musiques que je voudrais qu'on écoute lors de mes obsèques. L'idée m'en était venue le jour de l'enterrement d'un ami dans le cimetière glacial d'un petit village du fin fond de la Creuse. Exclue d'église par l'athéisme de ce vieil anar, et de salle de mairie pour cause de réunion d'urbanisme, la cérémonie s'était réduite à la lecture de deux textes écrits à la hâte dans la voiture qui nous avait amenés depuis Paris. Sous une pluie têtue, je les avais débités de manière quasi inaudible devant une quinzaine de silhouettes dégoulinantes, agglutinées au milieu d'un fatras de tombes moussues aux dalles de guingois, dérisoire réplique de l'irrémédiable naufrage des vestiges d'un temple cambodgien s'enfonçant dans l'humus. J'avais alors ressenti la cruauté de l'absence de rite funèbre, seul susceptible de rendre le deuil acceptable. Nous allions nous débarrasser de la dépouille de cet ami comme d'un vulgaire déchet en la balançant dans un trou en terre. Et je m'étais juré de préparer au moins une bande-son que je confierais à mes survivants putatifs pour la diffuser, le jour fatidique venu, dans un local de leur choix, en présence de parents, d'amis, s'il m'en restait, et de mes bonnes bouteilles, si je ne les avais pas toutes bues.

Ma playlist funèbre commençait toujours par « Je suis mort. Qui qui dit mieux ? » de Jacques Higelin (« Je suis mort. Qui qui dit mieux ? Ben mon pauv' vieux, voilà aut'chose. Je suis mort, qui qui dit mieux ? Mort le venin, coupée la rose. J'ai perdu mon âme en chemin, qui qui la r'trouve s'la mette au chose. J'ai perdu mon âme en chemin, qui qui la r'trouve la jette aux chiens ! »). Je faisais aussi toujours suivre « Le moribond » de Jacques Brel. Ensuite, un instrumental, sans doute « When my lady weeps », un des premiers Coltrane. Il y aurait aussi « Goodbye Porkpie Hat », composé par Charles Mingus en hommage à Lester Young. Et puis « Souvenir », une ballade méconnue de Django Reinhardt… « Flamenco sketches » de l'album « Kind of Blues », Miles Davis avec Coltrane, Bill Evans et Cannonball Adderley... Du classique aussi : l'adagio du concerto pour violon n° 3 de Mozart, le mouvement lent du concerto en sol de Ravel... Il fallait aussi caser un Brassens, de préférence « Les funérailles d'antan » ou « Grand-père ». Ah oui ! du Tom Waits, « Martha » ou « The heart of Saturday night »...

En général, je m'endormais avant de revenir au jazz.

***

C'était en Autriche, quelques mois plus tôt, que j'avais pris la décision de changer de vie. Journaliste de sport, devant me rendre à Vienne pour couvrir un tournoi de tennis, je m'étais octroyé deux jours de vacances préalables pour aller visiter le camp de concentration où était mort mon oncle Charles en 1945 : Mauthausen, dans la vallée du Danube, à quelques kilomètres de Linz, capitale de la Haute-Autriche, ville industrielle et universitaire disaient les guides.

J'y songeais depuis plusieurs années. Né au lendemain de la guerre, j'avais pris l'habitude de considérer cet oncle comme le héros de la famille. Deux de ses photos trônaient sur un buffet. Sur la première, il portait un uniforme de lieutenant d'infanterie. Sur la seconde, en civil, il était accroupi au sommet d'un talus, à côté d'un berger allemand impressionnant, mais paisible ; il paraissait avoir la trentaine et tout en lui évoquait le résistant romantique, à la manière du fameux portrait de Jean Moulin. Ma mère, son unique sœur, lui avait voué un culte. Beau, brun, le regard ardent, il ressemblait à Gérard Philippe dont elle avait d'ailleurs été une admiratrice inconditionnelle. Souvent quand, gamins, nous jouions à la guerre avec mes copains d'école, je m'identifiais à lui, résistant sans peur dans la lutte contre les chleuhs. Il avait été arrêté à la fin de 1943, sans doute sur dénonciation, mais on n'avait jamais su le fin mot de l'affaire.

Plus tard, comme tous les Français de ma génération, je me poserais souvent des questions sur l'attitude que j'aurais adoptée pendant la guerre. Résistant ou collabo ? L'inexorable dilemme de la France des années quarante. Mes parents, me semblait-il – mais on en parlait rarement à la maison – avaient choisi la voie médiane. Ils avaient aidé à soustraire quelques jeunes au STO, mais ne s'étaient, à ma connaissance, engagés ni d'un côté ni de l'autre. Ils étaient sortis de la guerre, propres, mais pas glorieux. Mon oncle n'en était pas revenu, lui. Qu'aurais-je fait à leur place ?

Au fond de moi, je doutais fort de mon attitude face au danger. Je n'avais pas eu besoin d'approcher la soixantaine pour me savoir trouillard et indécis. Le courage physique m'avait toujours manqué. L'imagination, sa grande ennemie, me poussait à une prudence excessive. Envisageant toujours le pire avant qu'il ait pointé le bout de son vilain nez, je m'arrimais aux accoudoirs de mon fauteuil et cherchais refuge dans les livres, laissant l'action aux autres. Je me rêvais héros et je vivais en pleutre. Inutile d'aller chercher plus loin la source de la fascination que le personnage de mon oncle exerçait sur moi. La légende familiale comportait ainsi la séquence de son intrusion dans l'arsenal de Lorient, déguisé en officier allemand (il parlait la langue de Goethe et de Hitler), que, gosse, j'avais rangée parmi les films préférés de mon cinéma personnel. Je me le jouais souvent avant de m'endormir. « *Zur Befehl, Herr Major !* » Réalité ou fiction ? Je n'ai jamais su d'où mes parents tiraient l'anecdote. Ils n'avaient pas souvent côtoyé mon oncle pendant la guerre et il n'était sans doute pas du genre à raconter ses exploits.

***

Aucun doute : de Gaulle piquait encore du nez ! De son fauteuil, malgré le déclin irrémédiable de sa vision, malgré la tache noire qui obscurcissait peu à peu son œil gauche, Louis de Vernay ne pouvait pas se tromper : avec pour repère la verticale tracée par la découpe de la porte d'entrée, il percevait avec netteté l'oblique du cadre depuis lequel le regard du général toisait la pièce. Il avait beau se trouver ridicule d'attacher de l'importance à un détail aussi futile, l'air penché du grand homme l'agaçait à chaque fois que le portrait prenait de la gîte sous l'effet des vibrations sournoises du plancher et des murs. Si encore le Général avait braqué son regard vers les hauteurs du plafond ! Mais non, à chaque fois, comme entraîné par le poids de son appendice nasal, visière du képi en pente raide vers le sol, il semblait assouvir un penchant bien trouble et loucher sur les fesses dodues de la nymphe de marbre figée dans sa gambade immobile sur le plateau de la commode Louis XV.

Le président Vernay fut tenté de faire l'effort de se lever et de parcourir les quelques mètres le séparant du mur pour redresser le héros national. Mais ce n'était pas un bon jour pour son arthrose. Os et cartilages le mettaient à la torture. L'énergie lui manquait. Bientôt, constata-t-il avec amertume, il devrait se résigner à suivre le conseil insistant de son cher fils et utiliser un fauteuil roulant ; les derniers modèles étaient, paraît-il, for-mi-da-bles. L'idée noua son cœur fatigué. Ce serait le début de la fin. Puis sa bouche esquissa un sourire amer. Il se corrigea : ce serait plutôt la suite de cette fameuse fin, amorcée dix ans plus tôt par le « petit » AVC qu'évoquait toujours avec une agaçante délicatesse ce bon docteur Ramage.

Ils l'emmerdaient tous. Surtout ce fils qui n'allait pas tarder à venir lui casser les pieds avec ses histoires d'élections et de fouille-merde censé remuer son passé. Son rejeton commençait à se comporter comme un personnage important, bouffi par ses rêves de maroquin ministériel. Pour un peu, le fils se prendrait pour le père.

L'irruption de l'aspirant ministre dans son champ de vision surprit le vieil homme. Une véritable apparition. Se serait-il assoupi un moment, au point de rater l'entrée en scène ? Ou bien s'était-il tant oublié dans ses réflexions qu'il avait perdu contact avec la réalité ? La lumière du jour lui parut avoir encore décliné. À moins que ce ne fût la grande carcasse filiale qui lui faisait de l'ombre.

— Père, vous m'entendez ?

Moustache en bataille, le nez touchant presque celui du vieil homme, Alain, son fils, ne pouvait décidément pas s'empêcher de crier. Comme si l'appareillage auditif ne servait à rien. Bien sûr qu'il l'entendait ! Trop même. Il le sentait aussi. Des relents d'acétone mélangés au menthol de la pastille qu'Alain avait dû sucer avant d'entrer. L'appétence de son fils pour l'alcool commençait à l'inquiéter.

— Calme-toi et redresse ta cravate, elle est de guingois !

La voix était restée ferme malgré l'âge. La diction était légèrement chuintante, mais précise. Les mots se répercutèrent sur les boiseries murales et sur le parquet marqueté, emplissant la pièce sans pourtant dépasser le niveau du ton de la conversation. L'habitude de donner des ordres ne se perd pas. Plus calme est le propos, plus efficace le commandement. Tout secrétaire d'État qu'il avait été brièvement, malgré son embonpoint et sa moustache, malgré sa grande gueule, Alain de Vernay rétrécit d'un coup, petit garçon tancé par la voix et par le regard de son père. Il obéit, mais, en bon politique, reprit aussitôt la main, presque par réflexe :

— Vous passez vos journées dans ce fauteuil. Vous vous rouillez. Bientôt, vous ne pourrez plus en sortir tout seul. Venez, levez-vous, faisons au moins quelques pas tous les deux, j'ai à vous parler.

Joignant le geste à la parole, il plaça sa main sous l'aisselle gauche de son père et le tira avec poigne vers le haut. Pris de court, Louis de Vernay eut le réflexe de jouer l'inertie, mais évalua aussitôt le ridicule de la scène qu'ils donneraient, père et fils, accrochés l'un à l'autre, s'il résistait comme un gamin capricieux. Même avec pour seuls spectateurs ses chers livres rangés avec soin sur les gradins de ses bibliothèques murales, la vision lui fit horreur. Le sens de la dignité l'emporta sur sa fierté blessée. Grommelant pour la forme, il concentra son effort sur l'idée de s'extirper du fauteuil dans lequel, depuis près de vingt ans, il avait pris l'habitude de travailler à son bureau, enchâssé entre des murs de livres. L'érection lui coûta. Ses muscles ankylosés peinaient désormais à porter sa carcasse. Soutenu d'un côté par la ferme poigne de son fils, appuyé de l'autre sur le vaste plateau de son bureau d'époque, il se mit debout, au prix d'une vive douleur dans la hanche gauche. Une bonne dose d'analgésiques l'aurait sans doute contenue. Il détestait l'idée d'avoir à se droguer en permanence. Sans pouvoir tout à fait redresser la voussure de sa colonne vertébrale, il dominait encore son fils, de peu, mais flottait dans son costume et paraissait fragile au côté de son rubicond rejeton.

— Vous vous rappelez, le journaliste dont je vous ai déjà parlé ? Le type qui fouine dans votre passé…

— S'il te plaît, ne me parle pas comme si j'étais gâteux, le coupa le président. Je me rappelle très bien de qui il s'agit : ton « fouille-merde » préféré.

— Oui, eh bien, mes sources m'ont confirmé qu'il est en train de fouiller toujours plus profond et de bien remuer la merde. Il se présente partout en disant qu'il cherche des informations sur un de ses parents, résistant, déporté et mort dans les camps, mais je suis persuadé que c'est une couverture. Vous savez comment sont ces rats !

« Des rats que toi et tes semblables caressez tous les jours dans le sens du poil », songea le vieil homme, prodigieusement agacé par ce fils qui semblait lui faire la leçon, tandis qu'ils arpentaient à petits pas l'espace de son cabinet de travail, sur un parquet si luisant qu'on imaginait une armée de domestiques à genoux l'enduisant chaque matin d'encaustique et d'huile de coude.

Le ronron du discours ne retint pas longtemps son attention. Ce type « s'approchait de plus en plus d'eux… Comme s'il suivait une piste… Le hasard avait bon dos… On ne pouvait pas se fier à la prétendue naïveté chez un journaliste… Il était peut-être téléguidé. Et au moment précis, où l'on parle de moi pour un ministère… »

Pendant toute la péroraison de son fils, de plus en plus énervé, le regard de Louis se fixa sur une perle de sueur qui sourdait au front de l'orateur, suintant jusqu'à la gouttière du sourcil. Le garçon s'échauffait, pénétré par son histoire. Cette agitation amenait presque un sourire aux lèvres de son père ; elle lui rappelait l'époque où, jeune homme, Alain s'exaltait si vite pour défendre telle ou telle cause, toutes grandioses et vaines. Aujourd'hui, il défendait plutôt ses intérêts.

Impassible, Louis de Vernay observait le visage couperosé de ce fils qu'il n'arrivait pas souvent à prendre au sérieux malgré ses succès politiques, malgré sa carrure, malgré ses manières d'homme d'action et malgré cette moustache fournie. Il savait, lui, que la pilosité dissimulait une lèvre supérieure pincée qui donnait à Alain dans sa jeunesse un air de Jiminy Cricket… Son arrière-petit-fils parlerait sans doute de « Tortue Ninja ». Cette conformation avait dessiné une frimousse plutôt sympathique d'enfant espiègle, mais ne convenait plus pour incarner, à l'âge adulte, un chef de parti ou de gouvernement. *Dunque* la moustache. Les poils avaient souvent virilisé les grands hommes. De Gaulle lui-même dans son jeune âge arborait une ridicule brossette sous son nez bourbonien. Comme s'il avait eu besoin de se grandir, lui !

Alain arrêta brutalement leur déambulation. Resserrant sa prise sur le bras de son père, il fut tenté de le secouer pour exiger son attention, mais se retint. Il se contenta de l'interpeller :

— Père, vous ne m'écoutez pas ! Bon sang, c'est de vous qu'il s'agit !

Le visage du vieillard s'étira dans un sourire vague, démenti par l'éclat froid du regard qui perçait son interlocuteur :

— De moi ? En es-tu bien sûr ?...

Il laissa sa phrase en suspens, conservant ses yeux décolorés braqués vers ceux de son fils, marbrés par un réseau de fines veinules.

Alain baissa le regard, semblant s'intéresser soudain au portrait de Montesquieu accroché au-dessus de la cheminée, puis, se retournant, le masque de nouveau volontaire, reprit, outré, serrant un peu plus le bras de son père qu'il n'avait toujours pas lâché, le secouant presque :

— De qui voulez-vous qu'il s'agisse ? De vous, bien sûr, et de l'honneur de la famille, ne croyez-vous pas ?

— Si, si... bien sûr.

Le ton était aussi las que narquois. Alain n'y prit pas garde. Agacé, il renchérit :

— Il va falloir faire quelque chose, père. Après, ce sera trop tard.

— Faire quelque chose, répéta Vernay, caricaturant le ton exalté du fils puis, l'air sérieux, demanda avec ingénuité : Faire quelque chose, oui, mais quoi ? Le trucider, peut-être ?

Alain en resta sans voix, interloqué par la brutalité de cette suggestion badine.

— Heu, non... non... pas jusque-là, mais l'intimider peut-être ?

Dans un haussement d'épaules qui faillit lui arracher un gémissement de douleur, Vernay s'extirpa de la poigne de son fils et, en deux enjambées volontaires, regagna son fauteuil. Il s'y effondra puis, le regard fixé sur le portrait de De Gaulle, commanda :

— N'y pense pas. Contentez-vous de rassembler des informations sur ce type. Rien ne presse. Nous finirons bien par le jauger et par trouver au besoin des leviers plus subtils. Maintenant, laisse-moi, j'ai à faire.

Conscient de sa défaite face à ce bloc têtu, Alain, se sentit soudain pressé de sortir de l'antre confiné et d'avaler une gorgée de la flasque dont il sentait la présence rassurante dans sa poche. Il grommela un vague « Comme vous voulez », irrité, en direction de son géniteur dont la silhouette se détachait en contrejour dans l'encadrement de la fenêtre, et tourna les talons.

Il allait atteindre la porte quand la voix glaciale le cueillit en plein élan :

— Et redresse le Grand Charles, je te prie ; il pique du nez.

Dès que de Gaulle eut retrouvé sa verticalité historique et que son ministrable de fils eut disparu, sans doute absorbé par son devoir de sauver la nation de sa décadence tout en imprimant un mouvement ascendant à sa propre carrière, Louis de Vernay ferma les yeux, exaspéré. Tous ces morveux ! Que pouvaient-ils bien comprendre à une guerre, à LA guerre, à sa guerre, eux qui avaient toujours vécu les fesses bien au chaud, blottis dans le confort de la sécurité ? Depuis un bref passage au cabinet du ministre de la Défense, Alain affichait une rigueur militaire de façade. Il fallait le voir pérorer sur la fermeté nécessaire des grandes nations. Aussi péremptoire que les experts qui campaient sur les plateaux des chaînes de télévision pour disséquer la guerre en Irak, perchés sur leurs tabourets design. Ridicule ! Et puis, ce journaliste qui disait vouloir courir sur les traces de son père ou de son oncle… Vouloir comprendre, et par conséquence : juger une autre époque que la sienne, c'était commettre un péché d'orgueil. Évaluer le passé à l'aune du présent, une idiotie. Jauger le présent sans connaître le passé, de l'ignorance. Et pourtant, ces deux comportements imbéciles gouvernaient la vie des hommes depuis le début du xxe siècle. La plupart du temps, le présent réécrivait le passé ou même l'oblitérait. Du passé, faisons table rase… et dupliquons-en les pires tragédies. L'homme tirerait-il un jour vraiment la leçon de l'Histoire ? Après y avoir longtemps cru, Vernay était aujourd'hui persuadé du contraire.

Il aurait bien voulu les voir, eux, à 20 ans, face à l'invasion nazie ! C'était autre chose que les pavés de mai 68. On jouait sa peau, une peau souvent martyrisée par la torture. Et ils s'imaginaient qu'ils pouvaient tout comprendre aujourd'hui. Prétentieux imbéciles !

Longtemps, il avait fait l'effort d'expliquer, de nuancer, d'analyser sans manichéisme ; il avait même caressé l'idée d'écrire un livre dont un manuscrit inachevé traînait dans ses archives. Un jour, il avait compris que ses efforts ne serviraient à rien. Instrumentalisée par un parti ou par l'autre, l'histoire se résumait à une distribution de bons et de mauvais points au gré des nécessités politiques de l'instant. Le grand Charles n'avait pas été le dernier à utiliser mythes et légendes de l'époque, pour le bien du pays, sans doute. Et, lui-même, qui s'insurgeait aujourd'hui, avait su s'en servir tout au long de sa carrière politique passée. La vérité était-elle à coup sûr plus bénéfique aux peuples que la légende ?

Seuls ceux qui avaient vécu la guerre pouvaient espérer la comprendre de tout leur être. Et, curieusement, le camp qu'ils avaient choisi alors importait peu aujourd'hui. Pierre Madec, par exemple : communiste quand il avait 20 ans et qui avait fini sa carrière avec le grade de colonel de l'armée française. Madec, un des rares survivants comme lui. Un des rares à le comprendre encore. Madec dont le destin était lié au sien depuis les premiers mois de la guerre.

***

Il le revoyait à 20 ans, émacié, tout en nerfs, presque frêle, mais d'une robustesse farouche, et ce regard méfiant à la vue des deux gars aux allures de collégiens timides arpentant le quai du port de Granville par un petit matin blême de janvier 1941. Vernay et son compagnon de cavale se dirigeaient vers lui, traînant deux lourdes valises aussi suspectes aux yeux du premier Allemand venu qu'un drapeau tricolore adorné de la croix de Lorraine.

Heureusement, la brume de mer emmitouflait le port et le Roc. En levant la tête, côté terre, on devinait à peine, à une quinzaine de mètres, les contours flous des premières maisons. La ville haute était escamotée par la ouate grisâtre et humide. Côté mer, Madec se tenait très droit, statue de bronze coulée dans deux bottes de marin, bras croisés, bonnet de feutre enfoncé jusqu'aux oreilles, mégot au bec. Silhouette sans âge, estompée par le brouillard.

Après l'échange des mots de reconnaissance, le pêcheur lâcha :

— Vous êtes en retard. Il fait jour. Grouillez-vous.

Le timbre de sa voix trahissait une jeunesse imperceptible sur les traits de son visage tanné par le hâle. Laissant parler ses gestes, il accéléra le mouvement, siffla discrètement et s'empara de la valise de Vernay avant de s'accroupir au bord du quai et de la faire disparaître en contrebas. Un invisible matelot la réceptionna. La seconde suivit le même chemin pendant que, de l'autre main, Madec leur indiquait la voie vers le chalutier : une échelle aux barreaux mâchurés par la rouille et scellés dans les moellons du quai.

Le marin avait ensuite attendu qu'ils soient tassés sur le petit banc du poste de pilotage pour se présenter par son prénom et leur serrer la main.

Fermant les yeux, Vernay se rappelait encore aujourd'hui le contact de la paume du Breton dans la sienne. Il n'avait pas oublié la dureté des cals qui la protégeaient des brûlures des filins et des filets : un bloc, un caillou. Le joueur de rugby s'était réveillé en Vernay pour souhaiter ne jamais encaisser un coup asséné par ce poing-là, malgré la carrure plutôt modeste du Breton.

Madec leur expliqua en quelques mots la marche à suivre : ils allaient devoir attendre encore au moins une demi-heure l'ouverture des portes du bassin à flot. La marée n'était pas assez haute. Puis ils appareilleraient aussi vite que possible. Tant qu'ils n'auraient pas atteint le large, Louis de Vernay et son compagnon devraient se faire discrets. Pendant toute la traversée aussi, d'ailleurs, mais surtout pendant la première heure, plein ouest avant de croiser au large des îles Chausey et d'obliquer cap au nord-ouest. Ils la passeraient dans la cale aux filets, telles deux créatures pêchées en terre. Madec leur ferait signe quand il jugerait la situation un peu moins périlleuse.

Louis se souviendrait longtemps des remugles de poisson et de gasoil unis pour lui donner des haut-le-cœur dès la sortie du port quand le chalutier se balança sur la houle du large. Et, lorsque son compagnon de cavale ajouta à ce cocktail les effluves de son vomi, malgré son expérience de la navigation à voile, Vernay ne put résister aux spasmes qui lui nouaient le ventre. Alors, oubliant les risques, il n'eut qu'une envie : ouvrir l'écoutille qui leur apporterait l'air frais du large.

Plus tard, ils avaient pu mettre le nez dehors, à tour de rôle. Il en avait profité pour discuter avec Madec, dont le calme dans ces circonstances périlleuses avait impressionné le très jeune homme épris d'héroïsme qu'il était. Le pêcheur avait modéré son admiration en lui expliquant que les risques n'étaient pas si immenses. En réalité, il redoutait presque plus les Anglais que les Allemands. Ces derniers n'étaient pas trop fâchés de voir les gêneurs potentiels quitter la France, et puis le capitaine de corvette Müller, commandant les troupes à Granville, appréciait beaucoup le poisson frais. Il fichait donc la paix aux pêcheurs contre quelques turbots et autres saint-pierre… « *Steinbutt und Peterfisch, hmmm !* ». Les Anglais, à l'inverse, bien décidés à limiter l'approvisionnement de l'armée allemande, tentaient de faire subir à la flottille de pêche française le sort qu'ils avaient déjà infligé à la Marine nationale en juillet 1940 à Mers-el-Kébir. Une fois à portée de leurs canons, il faudrait donc se méfier des tentations destructrices des marins de Sa Majesté. La traversée allait durer environ vingt-quatre heures.

Une mer clémente, la brume persistante et un soupçon de chance leur permirent d'éviter les mauvaises rencontres. Vernay passa une partie de la nuit aux côtés du Breton qu'il relaya même un petit moment à la barre. Économisant les cigarettes fumées en dissimulant la braise dans le creux de leur main, et les gorgées de vin bues au goulot, ils firent timidement connaissance. Vernay évoqua d'abord son amour de la mer, un amour romantique de plaisancier qui fit parfois ricaner le pêcheur. Trop souvent maltraité par le déchaînement des éléments, Madec oscillait entre dévotion et méfiance envers cet océan si poétique et pourtant si brutal.

La mer avait servi de mise en bouche à leur conversation. Portés par l'exaltation née du risque de leur entreprise, ils discutèrent une bonne partie de la nuit malgré le froid humide, avec pour fond sonore les bougonnements du moteur contrarié par la houle et le clapot de l'eau filant le long de la coque. Pendant ce temps, le matelot et l'autre clandestin dormaient dans la cale aux filets, écoutille ouverte.

Leur âge, 20 ans, et quelques bleus à l'âme les rapprochaient. Très vite, ils passèrent au tutoiement et aux prénoms. Ils tournèrent quelque temps l'un autour de l'autre, évoquant des sujets neutres. Leurs vies défilèrent, la pêche, la famille, les amours, la nourriture, le rationnement. Par spirales successives, la conversation les amena au seul sujet qui les passionnait vraiment : le destin de la France. Arrivé là, le débat tourna à la prise de bec. Démocrate-chrétien, Louis de Vernay fustigeait l'attitude de l'URSS, alliée objective des nazis en ce début de conflit après la signature du pacte germano-soviétique. Pierre Madec, sympathisant communiste, défendait cette position dépeinte comme une ruse d'une grande habileté. Le conflit se résolut par le recours à l'humour quand Louis, montrant le pont du bateau d'un geste circulaire, fit valoir qu'en dépit de leurs opinions divergentes, ils étaient, au sens propre, du même bord. Ils allaient le rester pendant toute la guerre et même ensuite.

Un fou rire s'ensuivit, provoqué plus par leur excitation et par la fatigue que par l'acuité du trait d'humour. Il déverrouilla l'armure mentale dont Pierre se départait rarement. Après un silence meublé par le clapot et le ronflement du moteur, le pêcheur lâcha, presque à regret, comme s'il venait de prendre sa décision définitive : « Nous aussi, avec le matelot, nous partons pour l'Angleterre. » Suivit une longue diatribe contre les caciques du parti, inféodés à l'URSS, et qui semblaient craindre moins le nazisme que le « capitalisme britannique », selon le dernier tract qu'il avait pu lire. Pierre croyait toujours au communisme, mais plus au Parti. Il avait décidé, lui aussi, de rejoindre la France libre. C'était pour cette raison qu'il avait accepté des passagers. Son bateau ne reviendrait pas de sitôt en France, du moins le croyait-il à cet instant.

II

Ce jour-là, je m'étais blindé mentalement. Mauthausen étant un de ses faubourgs, je m'étais préparé à découvrir l'antre de l'horreur en arrivant à Linz, la cité autrichienne où Hitler prévoyait de construire le grand musée de l'« art allemand » par opposition à l'« art dégénéré ». Mais la ville et le ciel avaient pris mes dispositions d'esprit à contrepied. En cette journée de fin d'automne, Linz se prélassait dans des douceurs d'été indien, sous un ciel bleu Provence. L'hôtel où j'avais réservé ma chambre s'ouvrait sur la grand-place bordée par des tranches de maisons de pain d'épices ourlées de chantilly. Roses, bleues, vert pâle, les cadres de leurs fenêtres soulignés de blanc crémeux, elles figuraient autant de gâteaux à l'étalage du vieux pavé. Je m'étais préparé à Hitler, aux SS, aux horreurs ; j'étais accueilli par le décor d'un opéra de Mozart.

L'illusion dura jusqu'aux abords du camp où je me rendis en voiture après le déjeuner. Il fallait traverser une zone industrielle, puis suivre sur quelques kilomètres les rives du Danube qui étirait sans hâte le large tapis de ses eaux boueuses. On le disait plein de silures, ces énormes poissons-chats à la gueule repoussante. D'autres monstres, plus inquiétants, avaient peuplé les hauteurs des collines bordant le cours du fleuve. Après quelques kilomètres, un panneau, dont la banalité me dérouta, signalait la localité de Mauthausen sur la gauche. Un village autrichien comme les autres. Passé le premier carrefour, un second jeu de panneaux indiquait sobrement « *Lager* », à gauche. Le bourg était à droite. L'appréhension me poussa à ralentir l'allure. La route serpentait dans la forêt à flanc de colline, sur deux ou trois kilomètres. L'automne colorait le tableau d'une gamme infinie de jaunes, de rouges et d'ocres rehaussés par le vert sombre des sapins. Soudain, au sortir d'une trouée, sur le plateau glabre, une ferme, puis, deux ou trois cents mètres plus loin, la sombre muraille du camp.

Malgré le soleil et le vert cru des prairies, l'appréhension me saisit. Je garai ma voiture sur l'esplanade, au pied des hauts murs de granite brun-rouge chapeautés de miradors rectangulaires. Le portail ouvrait sur une cour pavée monumentale, première enceinte, en contrebas du camp proprement dit, bordée de bâtiments, garages ou entrepôts, bâtis avec la même pierre sombre. Victime d'un fantasme né de la sévérité des lieux, je ne pus m'empêcher de me retourner vers le portail, redoutant presque de le voir se fermer derrière moi.

La suite de la visite me plongea dans un état voisin de l'hébétude. Dans les baraquements transformés en musée, les multiples récits des horreurs vécues entre ces murs et ces barbelés, les photos et les reliques, formaient un amoncellement de souvenirs macabres qui oppressait de toute sa masse abjecte. Passés les fours crématoires dont les cheminées dominaient les murailles, quelques marches plongeaient au cœur de l'enfer. Dans un sous-sol humide, s'agençaient plusieurs salles de tailles très diverses. Dans la première, très vaste, réservée au stockage des cadavres sortis de la chambre à gaz, un trait sur le mur indiquait la hauteur à laquelle s'élevait fréquemment la pile des dépouilles. Il m'arrivait à l'épaule. Le centre d'une petite cellule était occupé par une table en ciment ceinte d'une rigole : la planche à découper où les médecins du camp exécutaient leurs expériences folles sur les prisonniers. Dans une troisième, une banale cornière d'acier tordue, scellée dans une poutre de béton, servait aux pendaisons en petit comité. Au fond, carrelée de faïence blanc jaunâtre, trois mètres sur quatre peut-être : la chambre à gaz. Après le départ d'un groupe de visiteurs espagnols, j'y restai seul quelques minutes ou quelques secondes étirées par l'effet de mon imagination. J'essayai en vain de percevoir les traces des centaines d'humains asphyxiés entre ces murs. Soudain, j'eus peur d'y parvenir. Pris d'une impulsion subite, étouffant, je fuis la chambre de la mort, traversai la cave au pas de course, montai les marches deux par deux. Arrivé enfin à l'air libre, je respirai à pleins poumons. Le soleil déclinait ; la brume montait du Danube. Dans l'enclos de la fosse commune planté de saules et de croix, je cueillis une fleur de trèfle. La dépouille de mon oncle gisait sans doute sous cette pelouse, cadavre anonyme tiré d'une de ces piles de corps faméliques que les photos montraient entassés de guingois tout au long des murs du Revier, l'infirmerie, dans les jours qui avaient suivi la libération du camp. Il était mort du typhus, deux jours après l'arrivée des Américains. Un des derniers des 110 000 morts crachés en sept ans, d'août 1938 à mai 1945, par cette machinerie méthodique où étaient éliminés les détenus irrécupérables, les « *Nacht und Nebel* » dévorés par la nuit et le brouillard du Danube. L'équivalent des populations de villes comme Mulhouse, Caen ou Saint-Denis, patiemment, laborieusement exterminées. L'horreur, inimaginable et pourtant ici si concrète.

Dans la brume montante, je fis un détour par la carrière creusée au pied du camp. L'existence de ce gisement de granite avait décidé de l'implantation du *Lager*. Son exploitation venait améliorer les finances de la *Waffen SS*, propriétaire des lieux. Des milliers d'hommes y avaient vécu un supplice quotidien, forcés d'en gravir les 186 « marches de la mort », écrasés sous la charge de caillasses destinées à la construction des murs d'enceinte et d'autres édifices du *Reich*. Parfois, sans raison particulière, les SS s'amusaient à provoquer une avalanche de pierres et de corps dans l'escalier ou à précipiter un captif du haut de la falaise surnommée avec un cynisme ignoble « falaise des parachutistes », quand le fils du directeur du camp ne meublait pas son oisiveté en tirant sur les forçats comme sur des pipes de terre, depuis son jardin, avec le fusil prêté par son bienveillant papa pour le distraire.

Quand je regagnai ma voiture, le brouillard bouillonnait dans la cour pavée transmutée en chaudron maléfique. Encore sous le choc, je descendis vers Linz plus lentement que je n'étais monté trois heures plus tôt. En passant de nouveau devant la ferme, je me demandai comment on pouvait habiter là ; comment on avait pu y habiter pendant la guerre, à quelques centaines de mètres à peine de cette fabrique de mort. Et pourtant, tout au long de ces années d'horreur, on y avait vécu, travaillé la terre, parfois avec l'aide de la main-d'œuvre bon marché fournie par le camp et, qui sait, aimé ?

La mauvaise alchimie de ces réflexions se mêlait dans mon esprit à la lecture du récit de la répression implacable d'une évasion, menée par les SS avec l'aide de paysans voisins et aux ombres, dans ma mémoire, des piles de cadavres du Revier. Ce mélange entêtant me valut ce soir-là de me faire casser la figure pour la première fois de ma vie.

De retour à Linz, j'avais mis le cap sur une brasserie rendue chaleureuse par son décor de bois clair et ses nappes à carreaux rouge et blanc. La salle était presque vide, mais accueillante ; les frisettes aux murs lui donnaient un faux air de chalet de montagne. Elle sentait le ragoût et la pils fraîche. Nul crincrin musical ne polluait l'atmosphère. La seule musique était concrète : couteaux, fourchettes, assiettes, verres, un vague murmure de conversations en provenance des quelques tables occupées par des couples d'âge certain. Au bar, la bière moussait dans les chopes. Je dînais, arrosant un plat copieux de quelques pichets de Grüner Veltliner, un blanc local, désaltérant.

Le sentiment de solitude et le malaise nés de ma visite de l'après-midi m'incitèrent à traîner à table dans la salle qui se vidait peu à peu. À forcer sur la boisson, aussi. Une rafale de schnaps m'acheva. À demi concentré sur la lecture d'un roman noir extirpé de ma besace, je percevais en guise de musique de fond la conversation bruyante de quatre hommes assez jeunes et agités, arrivés depuis peu. Des habitués faisant une dernière escale à un comptoir accueillant avant de rentrer au port. Debout au bar, ils s'imbibaient méthodiquement à la bière. Dans le restaurant désormais désert leurs voix résonnaient assez pour me permettre de saisir quelques mots. Ma maîtrise de l'allemand avait beau décliner un peu plus chaque année qui m'éloignait de mes études, je comprenais le sens général de leurs propos xénophobes : bien sûr, les étrangers étaient la source de tous les ennuis de la société autrichienne, même en football ! *Ach, Ja !* Jörg Haider, à son époque, avait eu bien raison de vouloir prendre des mesures drastiques. Il ne faisait que protéger le travail des vrais Autrichiens assiégés par ces satanés réfugiés ! *Ja wohl !* Il n'y avait qu'à constater les dégâts aujourd'hui ! *Scheisse !* Pas contrariant, le barman essuyait des verres. Au fond de la salle, le serveur s'activait à la mise en place des tables pour le lendemain.

D'ordinaire, en bon spectateur professionnel, je me serais contenté d'écouter et de prendre des notes. Ce jour-là, le dégoût ressenti à Mauthausen et l'alcool me poussèrent à un acte absurde. Ainsi, peut-être que le besoin inconscient de « faire quelque chose » : au moins un geste, aussi inepte fût-il, pour me montrer vaguement à la hauteur de mon oncle et de ses compagnons de Résistance. L'idée était grotesque mais, puisqu'il paraît que le corps agit parfois avant même que l'esprit ait pris sa décision, mon corps me devança. Au lieu de rester sagement à ma table, ou de payer ma note et de rentrer à l'hôtel, je me levai, marchai vers eux et les pris à parti. « *Entschuldigen Sie mir, meine Herren, aber...* » Dans un premier temps, mon mauvais accent me protégea : ils ne comprenaient rien de ce que je disais. Mais, après avoir été traités de « trous du cul », de « culs célestes » et de « porcs », les trois seules insultes que je maîtrisais dans leur langue, puis m'avoir entendu accuser leurs pères d'avoir assassiné des milliers de braves gens, dont mon oncle, à quelques kilomètres de là, leur incompréhension céda la place à une hostilité bien naturelle. Avoir semé la perturbation ne me suffit alors plus. À court d'arguments et de vocabulaire, rendu de plus en plus hardi par la montée progressive de mon alcoolémie, je trouvai soudain éloquent d'asséner au plus proche d'entre eux un coup de poing aussi incertain que mon équilibre. Je revois avec netteté sa tête ronde, moustachue, plutôt joviale de gai buveur et l'étonnement dans ses yeux quand, portant la main à sa bouche, il la retira éclaboussée de son sang. Sa lèvre s'était fendue sous l'impact, bêtement coincée entre mon poing et ses dents.

Je n'eus pas beaucoup le temps de me réjouir de l'efficacité inespérée de mon coup débile. Son voisin, un rouquin chafouin et teigneux, me rendit aussitôt la pareille, le punch en plus. Avant de comprendre ce qui m'arrivait, je me retrouvai au sol, secoué par quelques coups de pied plus machinaux que méchants. Le barman et le serveur estimant sans doute que leurs hôtes agissaient dans les limites de la légitime défense et qu'il leur incombait de rester neutres, je dus mon salut à l'intervention de l'ultime soiffard oublié à l'autre bout du bar, vague silhouette voûtée sur son verre, jusqu'alors si immobile que je l'avais à peine remarqué. Il reprit un semblant de vie, se déplia sans pour autant occuper beaucoup plus d'espace, descendit laborieusement de son tabouret et s'approcha du trio qui m'entourait.

Recroquevillé sur le plancher, à demi lucide, je décelai du coin de l'œil l'approche de cette forme falote, puis une voix râpeuse croassa, interrompant avec un aplomb fortifié par l'alcool les éructations des fiers vengeurs de l'honneur autrichien. Autoritaire malgré son manque de volume et sa diction incertaine, elle leur intimait de me laisser tranquille. Ils obtempérèrent, apparemment impressionnés par cette injonction ou par le personnage qui l'avait prononcée. Faute de conviction, leurs coups s'étaient déjà espacés avant son intervention. Ces braves citoyens semblaient satisfaits à peu de frais d'avoir pu mettre leur colère en pratique sur un de ces étrangers tant détestés. Et en plus, un de ces satanés Français donneurs de leçons ! L'exploit méritait bien une tournée de bières supplémentaire. Me crachant quelques insultes d'arrière-garde sous leurs moustaches, ils retournèrent avec entrain à leurs commentaires d'après match. Leur triomphe tonitruait. L'étranger leur avait donné raison, non ? Ils l'avaient bien dit : tous des empêcheurs de vivre en rond !

Sans leur accorder la moindre attention, mon sauveur m'aida à me relever. Le bras gauche passé sur ses épaules, suivi par les regards méprisants des trois hommes et des tenanciers, je sortis du restaurant en claudiquant. Depuis le vestibule, j'entendis une dernière réflexion venant du bar : « Hep ! Maestro ! Vous n'avez pas fini votre verre ! », suivie d'un éclat de rire tandis qu'une autre voix enchaînait : « C'est bien la première fois ! » La porte se referma, étouffant les sarcasmes.

L'alcool et les coups m'avaient plongé dans un douloureux abrutissement. Une nausée me souleva le cœur, anesthésiée aussitôt par un courant d'air glacial. La brume s'était muée en une pluie froide plus conforme à la saison. Je frissonnai dans mon léger blouson. D'un regard en coin, je tentai de distinguer le visage de mon bon samaritain, auquel une capuche rabattue sur sa tête donnait l'allure d'un pénitent voûté sous le poids de ses péchés. Ou des miens ? Sa voix cassée me parlait, dans un chuchotement éraillé. J'eus toutes les peines du monde à comprendre qu'on me demandait où je résidais. Dans mon hébétude, je ne parvenais pas à me rappeler le nom de mon hôtel. Mon sauveteur interrompit notre lente progression pour me regarder dans les yeux, laissant entrevoir un visage mince, osseux, puis, sa décision prise, il m'entraîna d'un pas un peu plus décidé. Un nouveau croassement : je compris qu'on allait m'héberger pour la nuit.

Le trajet ne me parut pas bien long. À peine quelques minutes. Assez cependant pour me détremper et me submerger d'une fatigue proche de l'épuisement. Je tenais tout juste debout et le soutien branlant de mon accompagnateur ne procurait à notre tandem qu'une stabilité incertaine.

Je fus réveillé par la sensation d'un poids comprimant mon abdomen. Je tentai d'ouvrir les yeux et les refermai aussitôt. L'éclat de la lumière du jour m'avait poignardé les tempes. L'éclair avait cependant suffi pour remettre ma mémoire en marche : le trop-plein d'alcool, le camp de Mauthausen, et puis l'intégralité du film des événements. J'étais vraiment le roi des cons. Boire comme un gamin et me fourrer dans une mouise pareille... À mon âge... Et toujours cette lourdeur sur l'estomac.

Quand je réussis enfin à entrebâiller une paupière sans ressentir une décharge trop violente sous mon pauvre crâne, je constatai que je n'avais pas rêvé : vautré sur mon ventre, un matou rouquin me scrutait, d'un seul œil lui aussi, gardant l'autre clos, comme si le rai de lumière qui lui embrasait le poil risquait de carboniser sa pupille. Puis, sans doute contrarié par l'agitation de plus en plus inconfortable de son coussin humain, il se déploya avec souplesse, s'étira, me pétrit le ventre de quelques piétinements de ses coussinets moelleux avant de s'évanouir dans l'ombre du reste de la pièce, libérant ma respiration et ma pensée.

Les yeux bien ouverts cette fois, je réalisai que j'avais dormi tout habillé sur le divan d'un salon assez vaste dont la majeure partie était occupée par un piano, un de ces grands vaisseaux noirs et luisants qu'on admire habituellement sur les scènes de concert. Malgré les dimensions sans doute confortables de la pièce, il paraissait ici énorme, envahissant, presque menaçant. L'éclair de lumière qui m'avait percé le crâne provenait du jour entre deux épais rideaux de velours mal joints. La douleur était désormais bien enracinée dans ma tête, mais plus sourde. Je me levai, contournai le piano et gagnai la fenêtre. Elle donnait sur une de ces charmantes ruelles pavées des vieilles villes d'Europe centrale.

Après m'être aspergé le visage au robinet du lavabo d'un cabinet d'aisances attenant, je me risquai à bouger. Je gagnai le couloir où le matou s'était effacé par la porte entrebâillée. À l'autre extrémité, une porte ouvrait sur une salle à manger bourgeoise. Là, sur une table dont la marquèterie était protégée par un napperon, trônaient un bol en porcelaine, une cafetière argentée, une corbeille de viennoiseries et divers pots de confiture. Je contemplais, interdit, ce tableau touchant de la quiétude domestique quand j'entendis dans mon dos un croassement étouffé : « *Setzen Sie sich, bitte !* »

L'ombre de la brasserie, mon tuteur branlant, mon hôte de la nuit m'invitait à m'asseoir. Je ne pouvais confondre sa voix avec aucune autre. Et, maintenant que je le voyais débarrassé de sa capuche de la veille, je ne confondrais sans doute pas son visage non plus, même si, à bien y regarder, il évoquait un peu celui de Giacometti, émacié, froissé par le temps et peut-être par l'alcool. Sa frêle silhouette aurait, elle, convenu à un des modèles des statues filiformes du sculpteur suisse, mais, contrairement à ces dernières, ses bras se terminaient par des mains immenses aux doigts effilés et puissants. Des mains de pianiste pensai-je aussitôt avant de me rappeler avoir vu à la télévision quelque virtuose aux mains minuscules et potelées. Je tombais dans le cliché.

J'eus aussi la confirmation de la cause de cette voix si éraillée quand j'aperçus un coin du carré de tulle voilant la trachéotomie qui débordait sous le foulard de soie noué autour de sa gorge.

Il s'assit face à moi et, sans dire un mot, me regarda me servir du café, comme s'il espérait que le breuvage m'éclaircirait les idées par miracle. Il attendit que je saisisse un croissant dans la corbeille pour prendre la parole, d'abord dans un sabir franco-allemand.

— Vous savez, bien sûr, que vous tenez entre les mains une invention autrichienne... Nous n'avons pas inventé que les camps de concentration...

Je connaissais l'histoire du siège de Vienne par les Ottomans et le mythe de la « viennoiserie » créée pour célébrer le départ des envahisseurs. La tête encore bourdonnante, je n'avais pas envie de subir une causerie moraliste. Je dus pourtant me résigner à écouter son prêche. Las de ses efforts en français, il était passé à un anglais à peine guttural, ralenti parfois par la recherche d'un mot, comme s'il n'avait pas utilisé depuis longtemps une langue souvent pratiquée dans le passé.

— Hier, vous vous êtes comporté comme un idiot. Un idiot sympathique... Presque brave, maladroit, mais un idiot tout de même. Avec l'excuse de l'alcool... que je connais bien moi-même.

Je pris alors seulement conscience du verre qui était apparu dans sa main et dont il porta un toast muet à mon intention...

— Il est presque midi, l'heure de prendre des forces pour affronter la brutalité du jour.

Il avala une rasade.

La barrière du silence retomba entre nous. Ni l'un ni l'autre ne savait apparemment comment la rompre. Moi je n'en avais pas envie. Lui si, sans doute, mais il hésitait. Il reprit une gorgée de sa boisson presque transparente, et se lança :

— Je voulais vous dire… enfin, je ne voudrais pas que vous quittiez Linz sans savoir… Mauthausen a d'abord servi à emprisonner et à tuer des Autrichiens… Mon père y est mort pendant l'hiver 1940. Ça ne nous disculpe pas de toutes les autres atrocités que des Autrichiens ont commises, évidemment… pas du tout… j'aimerais simplement que lui et ses amis soient moins oubliés, car…

Une nouvelle gorgée. Un raclement de gorge douloureux à entendre.

— … Il avait eu le courage de vouloir s'opposer aux nazis. Il était professeur de philosophie. Il avait créé une sorte de syndicat. Il a refusé de se taire… Il faudrait toujours refuser de se taire… Mais…

L'homme ne finissait pas ses phrases. Il les laissait en suspens, au bord des crevasses de sa pensée. Je réalisai que je ne connaissais toujours pas son nom. Il ne s'était pas présenté. Comme s'il était télépathe, il se leva alors et me tendit la main, ne me laissant pas d'autre choix que d'en faire autant :

— Emil von Karst… J'avais 2 ans quand il est mort… Et maintenant, je dois beaucoup me taire.

Le nom m'évoquait un pianiste virtuose que je croyais mort, depuis longtemps disparu du circuit des concerts et des enregistrements. Je ne sus pas s'il parlait de sa maladie ou de la situation en Autriche. Il ne me laissa pas le temps de le lui demander, marchant vers le mur opposé où les éléments d'une stéréo reposaient sur une étagère. Quelques secondes plus tard retentissaient les premières notes du mouvement lent du quintette à deux violoncelles de Schubert.

— Ça aussi, les Autrichiens l'ont inventé.

Puis il porta son index à sa bouche et la musique emplit le silence. Je repérai alors le reflet roux des poils du chat, vautré sur un fauteuil voisin de la fenêtre, embrasé par une tache de lumière.

Je quittai Linz le corps perclus et l'âme sombre, sous une pluie battante. Étrangement, la douleur diffuse nichée dans la main avec laquelle j'avais cogné le moustachu me procurait une forme de satisfaction coupable.

Satisfaction de m'être puni en me faisant un peu mal. Satisfaction aussi d'avoir osé un geste agressif, même aussi infantile que celui-ci. « Un idiot sympathique, presque brave... » Les paroles d'Emil von Karst résonnaient dans ma mémoire en écho aux pulsations de la douleur. C'est peut-être à ce moment-là que le besoin de savoir ce qui était vraiment arrivé à mon oncle s'est ancré en moi.

Disposant encore d'une journée libre, j'avais décidé de m'arrêter à mi-chemin de Vienne, à Melk, pour y visiter une abbaye perchée sur un rocher surplombant le Danube. Un bain de culture en guise de palier de décompression vers la surface d'un monde souvent qualifié d'inhumain, mais bien clément comparé au camp où j'avais passé l'après-midi précédent. Chef-d'œuvre de l'art baroque, le Stift Melk recèle une des plus belles bibliothèques d'Autriche. Dégoulinant de dorures, tapissée du sol au plafond par les plus riches reliures et les in-quarto les plus rares, la grande salle ouvrait sur un balcon d'où s'étendait un vaste panorama sur la forêt et sur le fleuve.

Presque à la verticale des murs, coincé entre la route et le Danube, se devinait en contrebas un pauvre quai de gare à voie unique abrité par un auvent. C'est là qu'un demi-siècle plus tôt, des wagons de bois débarquaient chaque jour leurs grappes de déportés faméliques, condamnés à travailler dans les usines souterraines creusées dans la roche des collines. De leurs fenêtres, les moines de l'abbaye et les érudits pouvaient observer leur transhumance quotidienne. Aucun des religieux n'avait apparemment tenté d'enrayer cette traite immonde. La culture et le culte ne sont pas toujours des antidotes à la barbarie.

***

De retour d'Autriche, après plusieurs semaines de négociation, j'avais réussi à faire accepter l'idée d'un congé sabbatique d'un an par la direction de mon journal. Sans garantie de retrouver le même poste qu'à mon départ, mais aurais-je envie de le retrouver ? Mes économies devaient me permettre de vivre cette année correctement, sans pour autant me ruiner, à condition de ne pas abuser des voyages. Le risque n'existait pas : j'en avais soupé des aéroports et des hôtels.

Dans un premier temps, je me jetai avec enthousiasme dans mon enquête sur le passé, dans l'espoir d'élucider le destin de mon oncle. La décision de délaisser le journalisme sportif procédait d'un profond ras-le-bol. Je n'avais pas d'autre projet en vue. Le destin de mon oncle me paraissait vraiment mériter que je lui consacre un peu de temps. Et puis, qui sait, je trouverais peut-être de la matière pour le livre que je rêvais depuis longtemps d'écrire ? Toutes ces années de travail, je m'étais laissé porter par les événements et par les soubresauts de mon métier de journaliste de sport. Au bout d'une trentaine d'années de voyages, d'articles et de rencontres répétitives, j'avais l'impression d'avoir brassé du vent. De mon travail, il ne me restait rien dont je sois fier. Je ne savais pas où j'allais, si ce n'est vers une vieillesse solitaire de vieux gamin aigre, même plus passionné par le sport ni par le journalisme. Je n'avais ni vrai souci, hormis celui de vieillir, ni vrais désirs. Je me laissais pousser par le cours du temps. La conscience de mon indécision, de ma passivité avait sans doute accentué ces derniers mois la fascination que j'éprouvais depuis ma jeunesse pour les résistants en général et pour mon oncle en particulier. D'abord sous l'influence d'une propagande qui les mythifiait pour mieux glorifier une France pourtant piteuse. Ensuite, en mesurant avec plus de réalisme le courage dont ils avaient vraiment fait preuve. Eux avaient fait des choix fondés sur des convictions ; ils s'étaient engagés corps et âmes, souvent jusqu'à la mort. J'en concevais une profonde admiration. Presque de la jalousie.

L'enquête avait commencé plus facilement que je ne l'aurais cru, à partir de bien peu d'éléments. L'indice le plus important était constitué par un court rapport de deux pages, écrit à l'encre violette par mon grand-père, de sa belle écriture de maître d'école. La guerre terminée, il avait entrepris des recherches pour comprendre ce qui était arrivé à son fils. Apparemment aussi velléitaire que moi, il n'était pas allé bien loin. La mort l'avait frappé, cinq ans après la Libération, sans qu'il eût réussi à résoudre l'énigme.

Ce texte recelait cependant quelques germes de piste. Le réseau *Rubis* n'avait pas bénéficié de beaucoup de reconnaissance après-guerre, et pour cause : il n'était ni d'obédience gaulliste, ni communiste, mais dépendait de l'Angleterre. Il possédait en outre la particularité de ne pas relever du MI 5, le contre-espionnage britannique, comme beaucoup d'autres, mais du MI 6, le service d'espionnage. Ma tentative de demande d'information de l'autre côté de la Manche se heurta à une fin de non-recevoir : on ouvrait bien, petit à petit, les archives du MI 5 au public, mais pas question d'accéder à celles du service d'espionnage.

Directeur régional d'une entreprise de travaux publics, mon oncle avait mis à profit ses multiples connaissances et déplacements pour collecter des informations sur la situation de l'armée allemande et sur ses diverses implantations en Bretagne et dans tout l'ouest de la France. Il avait été arrêté par la Gestapo le 2 décembre 1943, dans un café de Rennes alors qu'il attendait quelqu'un. Qui ? Mon grand-père n'avait jamais pu remonter les fils de l'histoire. À la Libération, les réseaux anglais n'intéressaient guère les pouvoirs en place, trop occupés à reconstruire une fiction de France combattante éternelle. La guéguerre pour le gouvernement entre gaullistes et communistes avait laissé des pans complets de la Résistance dans l'oubli.

Soixante-cinq ans plus tard, les témoins se raréfiaient, mais les archives françaises s'entrebâillaient. La première ouverture prit précisément la forme d'un dossier au nom du réseau, conservé aux Archives nationales auxquelles ma carte de presse me donnait accès. J'y découvris l'existence du rôle de « liquidateur » de réseau, et le nom de l'intéressé dans le cas du réseau *Rubis*. « Liquidateur », un bien vilain mot pour une tâche pourtant très respectable.

À la Libération, il avait fallu recenser les membres de la Résistance active pour évaluer leurs mérites et leurs droits. Chaque réseau avait donc eu son « liquidateur », souvent un de ses survivants haut placés. Son travail, purement administratif, avait consisté à établir une liste des participants et leur rôle précis dans la structure. Il s'agissait de déterminer leurs droits, ou ceux de leurs familles à un pécule que l'État s'engageait à leur verser. À en croire le dossier repêché aux Archives nationales, le réseau *Rubis* avait connu plusieurs liquidateurs successifs. Ils s'étaient passé le relais, à cause de décès ou de querelles internes de l'après-guerre. Le dernier en date était un certain Pierre Madec, qui n'était pourtant pas un ancien membre permanent du réseau, mais qui avait souvent participé à ses actions.

Je mis plusieurs jours à le retrouver, à partir de l'adresse indiquée sur les documents et de l'annuaire électronique de France Télécom. Militaire de carrière, il avait déménagé souvent, mais, en multipliant les coups de téléphone, je finis par dénicher un autre Madec, un vague parent qui savait dans quelle région il s'était établi pour finir ses jours. Cette fois, l'annuaire ne m'indiqua que deux cibles possibles. Le premier appel fut le bon.

Malgré l'âge, la voix qui me répondit était très ferme. Le dossier des Archives contenant un embryon d'histoire du réseau rédigé par un de ses membres, j'avais appris que Pierre Madec, marin de profession, avait passé une bonne partie de la guerre à faire des navettes entre France et Angleterre pour transporter agents et documents, mais pas seulement pour *Rubis*. Après la Libération, il avait poursuivi une carrière militaire qui l'avait mené d'Allemagne en Indochine, puis en Algérie. Il vivait désormais sa retraite dans le sud de la France.

Ému, je lui expliquai le peu que je connaissais du destin de mon oncle et mon désir d'en savoir plus. Très sec, il me répondit avoir à la fois peu de temps devant lui et peu de renseignements. Le nom de mon oncle n'évoquait rien en lui et, le réseau étant très cloisonné, il pensait avoir eu peu de chances de l'avoir connu, du moins sous son vrai nom. Mais il m'assura qu'il allait effectuer des recherches dans sa paperasse et qu'il me donnerait des nouvelles. Le ton était si martial que je m'attendais presque à l'entendre ponctuer chacune de ses phrases par « affirmatif ». J'eus à peine conscience qu'il en avait terminé, déjà la tonalité égrenait ses bips agaçants dans mes oreilles. Il avait raccroché.

Trois jours plus tard, je trouvai dans ma boîte aux lettres une grosse enveloppe de papier kraft, rebondie. Au dos, l'adresse de l'expéditeur était celle de Madec. Je l'ouvris avec impatience. Elle contenait une liasse de grandes feuilles A3 pliées, où figurait la liste des membres du sous-réseau « O », pour « Ouest », du réseau *Rubis* auquel mon oncle avait appartenu.

L'en-tête, comportait la mention « France Combattante » suivie du nom du réseau *Rubis*, sous-réseau O, puis : « Liste nominative des agents P2 devant servir à l'homologation des grades des chargés de mission et à l'établissement des droits au pécule. Confidentiel ». Dessous s'étalait un tableau dont la première colonne recensait les noms des agents. Elle était suivie de celles de leurs éventuels pseudonymes, de leurs matricules, de leurs dates d'entrée dans le réseau, de leurs fonctions, de leurs dates d'arrestation. La dernière colonne, celle des observations, ne comportait jamais plus de quelques mots, le plus souvent un seul : « Déporté », suivi des trois lettres : « DCD ».

Mon oncle était de ceux-là. On lui avait attribué le matricule ZO47. Il avait occupé le rang d'adjoint de chef de secteur. Déporté, DCD. La liste comportait 87 noms. L'avant-dernière colonne était consacrée à « L'adresse exacte actuelle » de chacun des résistants ou de leur famille, mais l'actualité de ces adresses devait bien remonter à un demi-siècle.

Je restai un long moment à compulser ces feuilles, à les lire, à les relire. Je me sentais très ému. Ainsi, j'avais sous les yeux la liste des hommes et des femmes aux côtés desquels mon oncle avait risqué et perdu sa vie pour l'avenir de son pays, de sa famille. Lesquels avait-il connus? L'avaient-ils connu? L'un d'entre eux l'avait-il trahi? En avait-il trahi d'autres? Tout ce qui restait de la plupart d'entre eux, c'était un nom tapé à la machine, sur une feuille aux colonnes tracées à la main, un peu bancales. Et puis, au bout de la route, au bout de la ligne, pour plus de la moitié d'entre eux, ces trois lettres « DCD » en guise de résumé d'une destinée courageuse et atroce. Je repensais aux sous-sols de Mauthausen, à la table de pierre, à la cornière aux pendus, à la chambre à gaz. Un grand froid me tomba sur le cœur, presque aussitôt remplacé par une bouffée de colère. La volonté de connaître et de comprendre ce qui leur était vraiment arrivé me saisit. Je savais que ce ne serait pas simple.

La lecture du dossier des Archives m'avait déjà appris que la fin de la guerre avait été difficile pour le réseau. Son chef, l'un de ses fondateurs, un certain Jules Robillard, avait fini par se faire arrêter dans les dernières semaines de l'année 1943. Sa femme avait pris la relève, mais, beaucoup moins organisée que lui, avait fui une descente des Allemands en laissant derrière elle une liste des agents survivants. Ils avaient pour la plupart été cueillis dans les heures qui avaient suivi. Dans ces conditions, au lendemain de la guerre, la réapparition des époux n'avait pas été acceptée sans réticences par les survivants du réseau. Certains d'entre eux avaient soupçonné coup fourré et arrangements avec le ciel vert-de-gris. Mais Robillard était mort, fort à point, avant la fin de l'année 1945, dans un accident de voiture. Sa femme, secouée par cette perte et ulcérée par l'attitude de ses anciens compagnons d'armes, s'était ensuite coupée complètement du reste des survivants. Les rédacteurs du dossier avaient apparemment perdu sa trace.

L'examen de la liste des membres du sous-réseau « O » eut vite fait de m'apprendre que les Allemands avaient tranché cette branche de l'organisation juste après avoir fait tomber son chef : les arrestations s'étaient toutes produites dans les dernières semaines de 1943. Plus de la moitié des agents avaient été arrêtés : tous ceux qui résidaient dans l'ouest de la France. Mais le patron du sous-réseau, un certain Jean Gatheron, pseudo « Hugo », et la plupart des membres résidant en région parisienne semblaient avoir échappé à cette rafle, ainsi qu'à celle qui avait suivi la deuxième vague d'arrestations. Leur survie me laissait quelque espoir.

Ce soir-là, je restai longtemps en tête à tête avec la liste. J'avais étalé les six pages sur la table de mon coin repas. Près d'une centaine de noms alignés, autant de vies, autant de destins. Chosson, Simonnet, Coquil, Le Bihan, Dereix, Deflassieux, Schmit, Richard, Maria... ils prenaient vie. J'essayais d'imaginer ce qui avait pu les pousser à se lancer dans une aventure aussi tragique. En aurais-je été capable ? En serions-nous tous encore capables aujourd'hui ?

Les documents que j'avais pu lire sur la période m'avaient convaincu que, au beau milieu de la foule des indécis et des prudents, deux types d'hommes et de femmes s'étaient lancés dans la Résistance active : les épidermiques et les moralistes organisés. J'associais les premiers aux « sanguino-couillards », plutôt impulsifs, que m'avait un jour définis un partenaire de bar explicitant sa division de l'humanité en deux populations : les « sanguino-couillards » et les « cortico-testiculaires ». Les premiers étaient les hommes... et les femmes, qui réagissaient agressivement à toute intrusion sur leur territoire personnel, les rebelles à l'autorité. Chez ceux-ci, la vue des uniformes allemands avait sans doute déclenché une décharge d'adrénaline. Je rangeais dans la seconde catégorie, moins impulsive, les hommes et les femmes appartenant à une communauté structurée, dont les règles ou les objectifs entraient en contradiction avec la soumission aux nazis : nationalistes convaincus, chrétiens et communistes après l'invasion de l'URSS et autres membres de divers partis et associations. Des récits de ma mère, je déduisais que mon oncle avait eu un pied dans chaque camp. Impulsif et nationaliste. Et ses compagnons d'infortune ? Moi, j'étais à coup sûr un cortico-testiculaire n'appartenant à aucune organisation.

Le réseau *Rubis* était né d'un concours de circonstances et non d'une organisation préalable à la guerre. Les deux fondateurs s'étaient connus au temps de leurs études, mais ils appartenaient chacun à un camp opposé. Le premier, communiste, avait fait le coup de poing contre les amis du second, Robillard, qui avait été camelot du Roy et peut-être cagoulard. Ils s'étaient retrouvés par hasard pendant la débâcle. Le réseau s'était constitué en 1942, à partir des contacts du second dans les milieux diplomatiques. Mon oncle l'avait rejoint au début de l'année 1943, après avoir collaboré dès 1941 à une organisation réunissant d'anciens officiers de l'armée française. Deux ans plus tard, il était mort. L'espérance de survie des résistants était courte, ce qui explique que la plupart des survivants à la Libération étaient aussi des ralliés de la dernière heure.

La réception de la liste des membres de *Rubis* avait marqué le véritable départ de mes recherches. Madec avait accompagné son envoi d'un message très bref par lequel il me souhaitait bonne chance, mais ne s'offrait pas de m'aider dans mes recherches. J'avais donc décidé de ne recourir à lui qu'en cas d'impasse. Il me restait largement de quoi m'occuper ailleurs. Je choisis de m'attaquer à plusieurs pistes : contacter l'entreprise où mon oncle était employé si elle avait survécu à la guerre, publier des annonces dans divers journaux d'amicales de Résistants, et user d'Internet pour tenter de prendre contact avec les rares survivants du sous-réseau de mon oncle ou avec leurs enfants, ainsi qu'avec certaines des personnes dont le nom apparaissait dans le dossier des Archives. Mais j'avais conscience de m'y prendre bien tard.

***

Une fois à proximité des côtes anglaises, Madec ralentit l'allure. Il n'était pas question d'aborder avant le lever du jour les traîtres rivages d'Albion plongés dans l'obscurité par le black-out. Chaque nuit, les bombardiers allemands du Blitz déversaient quelques centaines de tonnes de bombes sur les villes anglaises. Le moindre rai de lumière pouvait se transformer en blessure fatale dans la couverture de noirceur qui protégeait la grande île.

Révélé par la lueur laiteuse d'une aube hachurée par un crayonnage de bruine, le trait sombre des côtes du Devon se dessina peu à peu sur l'horizon. Les quatre fugitifs ressentirent un pincement au cœur : le temps suspendu du voyage prenait fin ; ils allaient bientôt toucher terre, mais, loin d'éprouver le soulagement de naufragés enfin en sécurité, ils pressentaient toute l'incertitude de leurs destins. Ils avaient traversé la mer, mais ils n'avaient pas changé de réalité. Après quelques semaines d'errance et d'hésitations, la guerre allait les reprendre, autrement. Qu'allait-il advenir d'eux ? Quand et comment allaient-ils pouvoir combattre pour libérer leur pays ? Étaient-ils bien sûrs de le vouloir vraiment ?

Des quatre hommes, le moins inquiet était sans doute Louis. Contrairement aux trois autres, il ne percevait pas l'Angleterre comme une terre étrangère. Certaines de ses racines plongeaient dans son sol. C'est là qu'il avait découvert le rugby quelques années plus tôt, lors de vacances passées dans la famille de sa mère, née Susan Page, dans une bourgade du Yorkshire. Nourri de romans héroïques, il avait aussitôt adoré la rudesse virile de ce sport. Épris de bravoure, il y avait trouvé tout ce dont il avait besoin pour exaucer ses désirs adolescents : la hardiesse, une forme de violence codifiée, la droiture mâtinée de rouerie, l'esprit de corps et le sens de la fête. De retour en France après son admission à l'école Centrale, il avait obtenu de ses parents de l'inscrire au Stade français où il avait côtoyé pendant quelques mois certains des plus virulents futurs membres de la droite nationale. Mais, contrairement à ces derniers, farouchement anglophobes, il avait conçu de cette découverte une affection intense pour la partie anglaise de sa famille, et plus encore pour son grand-père, Alan, qui jouait autrefois dans l'équipe de son université.

Après l'accostage du chalutier dans le petit port de Torquay, la vision de la cabine téléphonique rouge plantée sur le trottoir devant le pub « The Rose & Crown » fit chaud au cœur de Louis, malgré l'eau glacée qui détrempait sa gabardine de chasse. Véritable amer pour matelot égaré, cette tache écarlate lui donna à la fois l'impression singulière de rentrer chez lui et un cap à suivre. En sommeil depuis des mois, sa part anglaise se réveillait. La présence des troupes nazies sur le sol natal, combinée avec le souvenir de la débâcle dans laquelle avaient été charriés les débris de son régiment, ternissait son idée de la France dont la grandeur lui avait été pourtant serinée pendant toute son enfance par son père, rescapé de la première guerre mondiale. Il était prêt à combattre pour la libérer, certes, mais, comme un enfant déçu par ses parents. Après l'avoir idéalisée, il lui en voulait de sa faiblesse, voire de sa lâcheté. Sentir qu'il était un peu de la famille de ces Anglais bien décidés à résister sous la conduite exaltante de Winston Churchill lui fit chaud au cœur. Il bouillait d'impatience de revoir son grand-père.

Il allait devoir patienter. Les quatre volontaires français eurent d'abord à persuader leurs hôtes de la pureté de leurs intentions. Ce ne fut pas évident. Au fil des semaines de guerre, la psychose de la cinquième colonne s'était développée. L'aisance de Louis dans la langue du pays causa une ambiguïté. Son anglais à peine entaché d'un soupçon d'accent facilita le dialogue, mais suscita la suspicion du réserviste chargé de leur premier interrogatoire, un brave sergent de ville en uniforme militaire. Un Français parlant si bien la langue de Churchill était suspect. Un espion allemand bien entraîné n'aurait pas fait mieux. Malgré l'exhibition de son livret militaire, Louis ne réussit pas à convaincre totalement le suspicieux cerbère.

On logea les quatre jeunes gens pour la nuit dans deux chambres au premier étage du « Rose & Crown », sous la surveillance ostensible d'un constable plutôt bon enfant. Grâce à l'accueil beaucoup plus chaleureux des buveurs du cru agglutinés au bar, pour la plupart des hommes trop âgés pour l'incorporation et heureux d'accueillir des patriotes d'Outre Channel, Louis put faire découvrir la bière anglaise et le scotch à ses compagnons plus habitués au cidre et au calva. Les liquides passèrent mieux que la nourriture, surtout ces légumes bouillis, insipides et fermes sous la dent. Expédiés au lit tôt par le couvre-feu, recrus de fatigue, anesthésiés par les pintes, et libérés de leurs peurs immédiates, les jeunes gens dormirent tout leur soul. Le lendemain, l'arrivée d'un militaire spécialiste du débriefing des volontaires étrangers sonna le vrai début du parcours vers l'intégration.

Le lieutenant Rex Bellamy était un homme charmant, parlant un excellent français, langue qu'il avait apprise à Paris et enseignait à Oxford avant la guerre. Sa pointe d'accent, légèrement flûté, lui conférait la forme d'élégance un peu snob qui, aux yeux des Français, caractérise l'Anglais bien né. Les verres épais de ses lunettes d'écaille ne parvenaient pas à ternir l'éclat de son regard. Chacun de ses mouvements soulevait des effluves d'un mélange raffiné de lavande et de tabac blond. Derrière l'écran de fumée des cigarettes qu'il fumait à la chaîne, il scrutait plus les âmes que les visages. L'uniforme banal d'officier d'infanterie dissimulait sa fonction au MI 6, l'*Intelligence Service*. Avec courtoisie, mais ténacité, il passa la journée et une partie de la nuit à interroger, l'un après l'autre, les quatre jeunes gens sur leur passé, leur évasion et leurs intentions futures.

Quand vint le tour de Louis, Bellamy se leva pour l'accueillir dans le bureau où le patron du pub faisait ses comptes une fois par mois, une sorte de cagibi dont la lucarne étroite laissait passer un demi-jour terne et poussiéreux, meublé d'une table bancale et de deux chaises coincées entre un classeur métallique et une pile de cartons. Une antichambre carcérale. Le *shake-hand* fut aussi cordial que la main molle du lieutenant le permettait. À peine assis sur une chaise boiteuse, Louis fut prié, en anglais, de raconter son histoire. Il n'attendait que ça. Après les semaines oppressantes passées en France à élaborer son évasion tout en s'efforçant de dissimuler ses projets, se méfiant de tout et de tous, même de ses parents, le jeune homme ressentit comme une libération de pouvoir enfin ouvrir la bonde de son indignation et de ses émotions. Jamais expression ne fut aussi juste que « vider son sac », un sac plein de nœuds émotionnels, de colères, de peurs et d'enthousiasmes. Son incorporation, juste avant la rentrée de la troisième année de l'école Centrale, la drôle de guerre, la retraite dans la panique, la nullité des officiers, la fuite pour éviter d'être fait prisonnier, la honte de cette débâcle, le retour dans sa famille en Normandie, la semi-clandestinité pour ne pas grossir la troupe des prisonniers de guerre…

Un sourire distant sur les lèvres, Bellamy semblait ne l'écouter qu'à moitié, laissant s'écouler ce flot de paroles qu'il savait ne pas pouvoir canaliser. Mais il profita de la première pause dans cette logorrhée dévidée dans un anglais quasi parfait, pour demander, en français, en découpant ses mots aussi nettement que des silhouettes en ombre chinoise :

— Pouvez-vous me dire, très exactement, à quel moment avez-vous décidé de quitter la France et pour quelles raisons ?

Les deux questions prirent Louis de court. Grisé par le flot de son propre discours, il avait perdu le contact avec ce bureau pouilleux et avec cet interrogateur ambigu. Il réalisa aussi qu'il n'avait jamais réfléchi en ces termes. Le silence lui parut durer très longtemps avant qu'un souvenir n'émerge d'un flot de pensées confuses. Le regard braqué sur lui derrière ses épais hublots, Bellamy laissait le temps de décanter le flot de ses émotions.

— Je ne sais pas très bien, admit-il, comme pris en faute. Je crois... oui, je crois que l'idée m'est venue dans une rue de Lisieux, le jour où j'ai vu un petit groupe d'ouvriers en bleus de chauffe, encadrés par des soldats allemands. Au moment où ils passaient devant moi, ils ont entonné *La Marseillaise*. Je ne sais pas ce qui les attendait, ça ne devait pas être très drôle, mais, dans un sursaut de fierté, ils ont eu le courage de se mettre à chanter. Les Allemands les ont fait taire à coups de crosse. Sur l'instant, j'ai été pris par une violente colère et par la honte d'avoir eu auparavant envie de ne plus bouger de chez moi pendant le reste de cette guerre que je pensais perdue. Sur une impulsion, je me suis juré de reprendre le combat. Plus tard, l'Angleterre m'a paru être la meilleure idée, tant l'état d'esprit des officiers français que j'avais côtoyés dans la débâcle m'avait choqué. Et puis, j'y avais de la famille...

— Avez-vous entendu l'appel du général de Gaulle diffusé par la BBC, le 18 juin ?

— Le général de Gaulle ? Non. Il est à Londres, je crois, mais je ne sais pas grand-chose de lui. De Gaulle ou un autre, moi, ce que je veux, c'est reprendre le combat, chasser les boches de notre territoire qu'ils souillent de leur présence.

L'interrogatoire reprit, en anglais, dans une autre direction, celle de la famille anglaise de Louis. Il donna tous les détails contenus par sa mémoire, les coordonnées de son grand-père et de quelques cousins. Puis on parla sport, rugby et tennis, surtout ; les deux hommes partageaient la même admiration pour Fred Perry, le roturier anglais triple vainqueur à Wimbledon ; puis ils se découvrirent des goûts communs en musique pour le jazz américain, avant d'en venir à la politique. Pour finir, dans une atmosphère désormais dangereusement enfumée, Bellamy lui demanda :

— Seriez-vous prêt à revenir en France pour combattre dans la clandestinité ?

Sans bien se rendre compte de ce que la question sous-entendait, Louis s'entendit répondre aussitôt par l'affirmative. L'entretien en resta là, non sans que l'officier ne lui ait demandé la date approximative de sa rencontre avec les ouvriers à Lisieux. Il devrait, bien sûr, essayer de vérifier la véracité de l'anecdote.

Le lendemain matin, son opinion apparemment faite, Bellamy aiguilla Louis et Pierre vers la Patriotic School, le centre de tri du MI 6, le service d'espionnage britannique, dans le sud-ouest de Londres, tandis que leurs deux compagnons se préparaient à rejoindre les Forces françaises libres.

***

Convoyés par une soirée ventée et pluvieuse à la Patriotic School, Louis et Pierre ne discernèrent à la lueur des phares qu'un grand parc arboré et une falaise de murs creusés de porches sombres avant d'être introduits dans un hall d'entrée digne d'un château de cinéma. À l'étage supérieur, ils se virent affecter chacun un lit dans ce qui leur apparut être un vaste dortoir mal éclairé, vide de présence humaine, et découpé par des rangées de tentures beiges délimitant un espace privé pour chaque dormeur. Plus tard, dans un réfectoire tout aussi grand, au plafond à caissons décorés par des guirlandes de blasons peints et à l'atmosphère mélangée de fumée de cigarette et de remugles de chou bouilli, ils découvrirent leurs camarades de captivité provisoire au sein de cet établissement qui ressemblait autant à un centre de détention qu'à un hôpital. Plus tard, ils apprendraient que les bâtiments avaient autrefois rempli les deux fonctions.

Le monde entier semblait être représenté entre ces hauts murs. La majorité des pensionnaires, des hommes, jeunes pour la plupart, provenaient d'Europe, mais on y trouvait aussi des Asiatiques, souvent chinois, et des Africains. Manquaient à l'appel les citoyens de l'Empire britannique, regroupés en d'autres lieux. Les Français étaient rares, eux aussi, car un autre centre de tri leur avait été consacré : l'Olympia, un music-hall londonien. Le point commun de tous ces jeunes hommes était la volonté affichée de poursuivre la guerre contre le nazisme. On trouvait même quelques Allemands ouvertement opposés au régime national-socialiste. Ceux-là faisaient l'objet d'interrogatoires répétés et suspicieux. Ils risquaient fort de passer la guerre dans le périmètre de l'enceinte.

Le lendemain matin, sans qu'on les y ait préparés autrement qu'en leur fournissant un treillis usagé et une paire de boots, Vernay et Madec furent intégrés à un groupe d'une dizaine d'hommes et expédiés dans le parc, sous les arbres dégoulinant d'humidité, pour y subir une série de tests physiques originaux au milieu d'un bric-à-brac de dispositifs plus bricolés les uns que les autres. Le premier consistait à ramper le plus vite possible dans un tunnel de fils barbelés. Les autres épreuves étaient du même acabit : une pile de rondins simplement posés les uns sur les autres et qu'il fallait franchir en courant sans les faire rouler ; un pneu suspendu à une corde et qu'on devait traverser en son centre ; un bassin, censé contenir de l'acide, à franchir en usant de planches flottant à la surface et bien d'autres réjouissances du même genre. Chacune de ces épreuves cocasses était notée par des militaires circonspects, en fonction d'un mystérieux barème.

Les deux jeunes gens se crurent retombés en enfance. Ce parcours du combattant clandestin rappelait à l'un son passage chez les scouts, et à l'autre ses années chez les éclaireurs de France. Tintin au pays d'Alice et de ses merveilles. Sportifs tous les deux, animés par un instinct de compétition affirmé, ils eurent l'impression d'une grande récréation tombée à pic pour oublier leurs angoisses existentielles, en dépit du froid humide suintant du brouillard.

L'affaire était plus sérieuse qu'il n'y paraissait, car, dès le lendemain matin, ils constatèrent l'absence de plusieurs membres du groupe, les plus malhabiles de la veille. Recalés, sans doute.

L'entraînement allait se poursuivre pendant deux mois, dans une ambiance étrange, mi-potache, mi-anxieuse. Entre les cours sur la science de la clandestinité et les exercices militaires, les interrogatoires revenaient épisodiquement activer une sourde forme d'inquiétude. On ne leur faisait toujours pas tout à fait confiance. Leur identité était auscultée, soupesée, passée au crible des références croisées. Et si, malgré leur sincérité, on les prenait pour des espions ? Parfois, ils en venaient à douter d'eux-mêmes tant était insistante la suspicion de leurs interlocuteurs. Le soir, au bar plutôt confortable de cet étrange club de parias, les conversations s'égaraient parfois dans les fumées de l'alcool pour évoquer certaines disparitions soudaines dans les rangs des stagiaires. Le récit d'une exécution capitale par pendaison revenait parfois hanter les lieux, sans qu'on puisse établir la réalité des faits : personne n'y avait assisté *de visu* ; la narration était toujours de deuxième main. Il se serait agi d'un prétendu Flamand, en réalité Allemand et nazi, infiltré par l'*Abwehr* au sein d'un groupe de volontaires. Un jour, ils se sentaient dans la peau de futurs agents secrets de Sa Majesté, le lendemain, le gibet leur paraissait tout proche.

***

Le flegme des Anglais n'était pas une légende. Après plusieurs semaines dans une ville bombardée toutes les nuits, Louis ne s'y était pas encore habitué. Comparée avec le foutoir de la retraite, de l'exode et même de la vie quotidienne des Français, cette discipline civique librement consentie n'en finissait pas de l'étonner. Le jour, la ville fonctionnait normalement. Bus à impériale et métro circulaient ; les magasins ouvraient ; les gens travaillaient, fréquentaient les restaurants, les salles de spectacle. Sur les murs, des affiches rappelaient cependant le conflit et ses dangers. Prosaïques, elles évoquaient les problèmes posés par la guerre, banalisant ainsi la situation. Les unes indiquaient comment retrouver sa route la nuit sans lumière ; certaines interrogeaient : « Votre déplacement est-il vraiment nécessaire ? » ; d'autres, intitulées « Bêchez pour la victoire !», incitaient les citoyens à cultiver leurs propres jardins pour prévenir un éventuel blocus par la Marine allemande. On avait même composé une chanson pour accompagner le slogan :

« *Dig! Dig! Dig!*
And your muscles will grow big
Keep on pushing the spade
Don't mind the worms
Just ignore their squirms
And when your back aches, laugh for glee

Just keep on digging
Till we give our foes a wigging
Dig! Dig Dig! for Victory! »

« Bêche ! Bêche ! Bêche !
Et tu feras du muscle
Pousse, pousse sur ta pelle
T'occupe des vers
Tant pis s'ils se tortillent
Et quand ton dos te fait mal, ris un bon coup,
Continue de bêcher
Jusqu'à ce qu'on shampouine l'ennemi.
Bêche ! Bêche ! Bêche pour la victoire ! »

Dans les rues, le smog quasi permanent nimbait d'irréalité ces silhouettes affairées, avalées et recrachées par les bouches de métro ou par ces gros pachydermes de tôle rougeâtre montés sur roues, trop hauts pour être stables et qui menaçaient de verser à chaque courbe : les si curieux bus à impériale.

La peur était réservée à la nuit, quand les sirènes annonçaient l'arrivée d'un raid. C'était une peur civilisée, sans panique, mais profonde. Des abris étaient aménagés dans les tunnels du métro et dans les sous-sols. Sous un ciel balayé par les pinceaux lumineux des projecteurs de la DCA, dans la fraîcheur humide des nuits londoniennes, hommes, femmes et enfants s'y réfugiaient en bon ordre, guidés par les réservistes de service qui avaient troqué leurs vêtements de travail contre un uniforme. Dans ces cavernes modernes, l'espèce humaine tentait de se réchauffer les os et le cœur. On chantait sous les bombes. On dansait même parfois au son d'un accordéon ou d'un harmonica. Certaines amours s'y nouaient. Au matin, les volontaires déblayaient les gravats, pansaient les blessés et évacuaient les cadavres, entiers ou en morceaux, déchiquetés par les bombes et les éclats. Et la vie reprenait ses droits.

Louis avait quitté la Patriotic School avant Pierre. Son pedigree lui avait servi de viatique : l'identité de son grand-père, héros de la Grande Guerre, avait constitué une garantie d'honorabilité. Un matin, le jeune homme avait été convoqué dans un des multiples bureaux du caravansérail. Il y avait retrouvé le lieutenant Bellamy qu'il n'avait pas revu depuis Torquay. Cette fois, l'officier s'était mué en civil et la poignée de main fut plus franche. Une heure plus tard, après qu'il eut récupéré ses quelques affaires, une voiture anonyme les déposa, le lieutenant et lui, en plein centre de Londres, devant le porche du 54 Broadway, un immeuble de pierre de sept étages dont le mur d'entrée était orné d'une plaque annonçant la société des Extincteurs Minimax. Les différents ustensiles disposés dans les vitrines corroboraient cette raison sociale. C'était pourtant le siège du MI 6, l'*Intelligence Service.*

Les premiers temps, Louis fut affecté à la traduction des renseignements transmis par les divers réseaux opérant en France pour le Service. Par souci de sécurité, noms de lieux et noms propres étaient masqués dans les copies qui lui étaient soumises. Il commença cependant par apprécier l'idée de servir enfin à quelque chose dans la lutte contre les envahisseurs de l'Europe. Les renseignements paraissaient parfois tout à fait anodins : la quantité de nourriture vendue aux Allemands à tel endroit, la taille de leurs cantonnements, les noms et les habitudes de leurs officiers. Mais, utilisés par des spécialistes, ils se traduisaient en nombre d'unités combattantes, en données logistiques, en possibilités de sabotage le jour où…

Il logeait au « Summit », un petit hôtel vieillot, réquisitionné par le ministère de la Guerre, dont les murs exhalaient un permanent relent de graillon imprégné par les milliers de *cooked breakfasts* concoctés sur ses fourneaux. Le fumet du bacon n'était toutefois plus qu'un souvenir : les restrictions alimentaires l'avaient éliminé du menu. Au bar, le soir, Louis côtoyait d'autres jeunes gens du Service, employés comme lui à des tâches modestes dont ils n'avaient pourtant pas le droit de parler et qui s'en tenaient aux consignes. Ils ne se privèrent d'ailleurs pas de lui faire préventivement la leçon, car les premiers Français de la France Libre n'avaient pas établi une grande réputation de discrétion à Londres. Ils parlaient trop, surtout quand ils se mettaient en tête de séduire une des très nombreuses auxiliaires féminines mobilisées comme les hommes.

En ces premiers mois de guerre, les seules femmes requises étaient les célibataires âgées de 20 à 30 ans. Elles constituaient la population idéale pour qu'un jeune homme bien sous tous rapports, et soumis en permanence à l'exaltation de la guerre, trouve en leurs rangs une compagnie pour se distraire des malheurs du temps. Les bombardements, les récits de combats, d'arrestations, de morts, tous ces risques cumulés concourraient à pousser les unes dans les bras des autres, pour oublier, pour se rassurer. À toutes les époques et dans tous les lieux, la présence latente de la mort joue le rôle d'un puissant aphrodisiaque, comme si l'espèce humaine en danger n'avait de cesse de se reproduire. La nuit, le Londres bombardé devenait ainsi un *Swinging London* avant l'heure. Aujourd'hui encore, Vernay pouvait chanter par cœur « A nightingale sang in Berkeley Square » de Judy Campbell, ou « We'll meet again », le grand succès de Vera Lynn, « la chérie du soldat. »

Sa chérie à lui s'appelait Doris. Au civil, elle étudiait pour devenir professeur de musique ; depuis le début de la guerre, elle qui détestait les maths, officiait dans un obscur bureau des approvisionnements où elle dénombrait les boîtes de corned-beef et les paires de chaussures pour le corps expéditionnaire. L'idée de ses probables erreurs de calcul et de leurs conséquences cocasses la faisait rire, activité qu'elle pratiquait à longueur de journée. C'était sa gaité permanente qui avait attiré Louis vers cette rousse pimpante qui portait le calot sur l'oreille, dansait comme une possédée, et arborait en toutes circonstances un sourire chaleureux. À défaut de se sentir bien utile pendant la journée, le soir, elle se consacrait avec ardeur au réconfort des pauvres soldats menacés par une mort horrible. Louis n'était pas le premier de ses soupirants de guerre, mais il avait fait son apparition au bon moment ; le précédent venait d'être muté en Afrique du Nord, et la très légère pointe d'accent français avait séduit l'oreille musicale de Doris.

Dans le sous-sol du Mayfair Hôtel, transformé en salle de bal, tout ce que Londres comptait d'uniformes dansait. L'endroit était devenu à la fois leur gymnase préféré et leur abri antiaérien. Quand les bombardiers allemands leur en laissaient la possibilité, ils finissaient la nuit dans la chambre glacée du Summit, protégés par la cécité bienveillante du veilleur de nuit, Gérard, un vieux bougon rhumatisant, mais qui avait dû porter beau autrefois.

Grâce aux tendres appétits de Doris et à ses talents amoureux, Louis y fit l'apprentissage du corps et des sens qu'il n'avait encore qu'ébauché de l'autre côté de la Manche. Esprit libre et décidé, la jeune femme avait évolué avant-guerre dans les milieux artistiques londoniens où les mœurs étaient autrement plus libres que dans la province française. Dans la chambre du Summit, elle entraîna donc son « little Frenchie » dans des chorégraphies plus lascives, mais tout aussi déchaînées que sur le parquet du Mayfair Hôtel, avec une fougue proportionnelle aux angoisses ressenties un peu plus tôt au son des bombes qui faisaient trembler sol, plafonds et murs. Et, toujours, son rire avait le dernier mot.

Les premières semaines londoniennes de Louis passèrent ainsi dans une brume émotionnelle étrange. Il savait qu'il aurait dû être inquiet, préoccupé par le sort de sa famille, de ses amis. Préoccupé par le sien aussi, par les bombardements, par la manière dont il allait un jour devoir combattre physiquement à ses risques et périls. Mais son humeur était stimulée par le chamboulement hormonal que provoquait en lui sa félicité sexuelle nouvelle. Ces semaines resteraient ancrées dans son souvenir comme celles d'un bonheur d'autant plus intense qu'il était placé sous la menace nocturne de la *Luftwaffe*.

Ce bonheur ne dura pas. Bellamy fit sa réapparition, comme par magie, dans le paysage. Un matin, Louis le trouva assis derrière son propre bureau. Toujours courtois, toujours parfumé de lavande et de tabac, toujours direct : « Louis, *my friend*, vous changez d'affectation. Suivez-moi. Nous nous chargerons de récupérer vos affaires à l'hôtel. » Le Service avait dû recevoir une nouvelle escouade de traducteurs.

***

Cette fois, ils sortirent du siège des extincteurs Minimax par la porte de derrière. Une voiture les conduisit dans la campagne londonienne, donnant au jeune Français l'occasion de découvrir les faubourgs industriels de la capitale en plein jour. Il les trouva gris, encrassés par la suie, lugubres pour tout dire. Partout, les cicatrices des bombardements s'offraient à son regard : rues barrées par des murs effondrés, carcasses noircies d'ateliers incendiés, tas de décombres, chaussées percées par un cratère béant. Les blessures ouvertes du tissu urbain étaient effroyables.

À Bletchley Park, à l'inverse, la guerre paraissait bien lointaine. Implantée dans un vaste domaine agricole, la bâtisse ressemblait à un modèle réduit de la Patriotic School. Belles pierres, belles portes, belles fenêtres et chauffage inefficace. Là, dans une des multiples propriétés d'un des multiples membres éloignés de la famille royale, le MI 6 avait établi son service du chiffre et formait les agents qui devraient opérer en territoire ennemi. Là aussi, des petits génies des maths, poursuivant les travaux préalables du mathématicien polonais Marian Rejewski sous l'impulsion d'Alan Turing, s'échinaient à déchiffrer le cryptage de la machine Enigma avec laquelle les Allemands codaient leurs messages secrets.

Louis y apprit la tâche inverse, le codage, et bien d'autres connaissances indispensables à l'agent en mission sur le territoire de l'ennemi : du saut en parachute à l'égorgement d'une sentinelle, en passant par l'organisation d'une boîte aux lettres ou de procédures de sécurité pour ses futurs contacts. Au bout de deux mois, il fut jugé prêt pour partir en mission.

III

La piste de l'entreprise où avait travaillé mon oncle tourna court. Pourtant, cette société existait encore et n'avait pas changé de nom. Elle goudronnait toujours les routes bretonnes. Au bout du fil, une standardiste juvénile me passa une employée plus mûre, à la voix râpeuse de fumeuse invétérée. Le nom de mon oncle ne lui était pas inconnu :

— Je suis trop jeune pour l'avoir rencontré, mais je me rappelle bien de son nom et même de son visage : il y avait une plaque en marbre avec son portrait dans l'entrée de notre ancien siège, ajouta-t-elle.

Lors du déménagement à la périphérie de la ville, cinq ans plus tôt, la plaque avait été pieusement descellée et transportée dans le nouveau siège :

— Mais on ne l'a pas refixée. Le vieux comptable qui avait connu votre oncle, M. Bonnot, était parti à la retraite. Personne ne s'en est plus occupé. Elle doit toujours être stockée quelque part. Si ça vous intéresse, vous devriez pouvoir la récupérer.

Le nom du comptable éveilla ma curiosité. Il figurait bien parmi les informateurs de mon grand-père. Un certain Bonnot, employé de l'entreprise, lui avait appris que, quelques jours avant son arrestation, mon oncle avait reçu une jeune femme blonde, très nerveuse, qu'il ne connaissait pas. Cette femme avait-elle un rapport quelconque avec le réseau, avec l'arrestation ? Je mourais d'envie de faire un saut à Rennes et de réveiller les souvenirs de ce brave M. Bonnot. L'envie s'éteignit aussitôt que mon interlocutrice m'eut appris qu'il était mort lui aussi l'année précédente.

— Il aurait été si content de parler avec vous, j'en suis certaine. Il idolâtrait votre oncle.

Prononcés avec une sincérité naïve, ces mots me touchèrent. J'avais l'impression de chasser le fantôme. J'aurais dû m'intéresser bien plus tôt au passé. J'aurais retrouvé beaucoup plus de témoins directs. Mais, dix ans plus tôt, j'avais encore l'illusion de mener une vie passionnante, même si le doute commençait à poindre à l'horizon.

Avant que je me fasse casser la figure dans le parking, l'enquête avait d'ailleurs assez vite semblé suivre le cours de ma vie : elle s'était assez vite essoufflée. Le découragement commençait à estomper l'enthousiasme des premiers jours. Je piétinais. L'exploitation de la liste n'avait donné que de faibles résultats. J'avais été beaucoup moins chanceux avec Internet que lors de mon premier essai pour retrouver Madec. La plupart des noms figurant sur la feuille étaient banals, portés par des dizaines, voire des centaines d'homonymes. Dans un premier temps, je circonscris mes recherches aux résistants dont la ligne ne se terminait pas par le fatidique « DCD » et aux éventuelles familles des disparus portant les patronymes les moins répandus. Je me cantonnai aux départements limitrophes de ceux de la dernière adresse recensée. Je passais quelques dizaines de coups de fil, pour pas grand-chose.

Orpailleur du temps qui passe, je n'établis que quelques minces contacts. Le plus prometteur fut une brave dame de la région nancéienne dont le père, Julien Bru, était bien membre du réseau, au rang de chef de secteur si j'en croyais les documents. Elle se rappelait même l'avoir entendu souvent parler de mon oncle à son retour de captivité. Lui aussi avait été détenu à Mauthausen. Mais l'usage de l'imparfait dans notre conversation téléphonique ne me laissait aucun espoir : lui aussi était mort. Affaibli par les privations des camps, il n'avait survécu qu'une dizaine d'années à la guerre. Mme Bru était désolée pour moi. Elle me jura qu'elle fouillerait les papiers de son père dès qu'elle pourrait aller faire un tour dans la maison familiale. Il lui semblait qu'ils avaient été rassemblés dans un carton rangé au grenier... Sur l'instant, sa sincérité ne faisait pas de doute, mais je raccrochai, doutant fort de la durée de vie de sa bonne volonté.

J'avais bien retrouvé deux membres du réseau, mais les entretiens n'avaient débouché sur aucune information exploitable. Ils n'avaient fait qu'accroître mon sentiment de malaise. Ces deux résistants survivants étaient des femmes.

La première, Jeanne Percy, habitait seule un appartement à loyer modéré de la banlieue parisienne. Au téléphone, soupçonneuse, elle ne s'était détendue que lorsque je m'étais recommandé de Pierre Madec.

Elle m'avait fixé rendez-vous chez elle, le lendemain après-midi. Quand elle m'ouvrit la porte de son appartement de Courbevoie, je fus un peu étonné par sa relative jeunesse. J'avais devant moi une femme d'apparence encore énergique, teinte en rousse, qui se déplaçait avec vigueur. Elle devait être adolescente pendant la guerre. Je mis à peine plus de temps pour me rendre compte que le cerveau, lui, était déjà sclérosé. Jeanne Percy avait perdu le fil du temps. Je savais par les archives qu'elle avait occupé le rôle d'agent de liaison. Sur la liste, sa dernière adresse la situait déjà en banlieue parisienne. Rennes ne lui rappelait rien. J'essayai de l'imaginer dans la peau de la jeune fille blonde évoquée par le comptable de mon oncle, mais il me fut impossible de tirer le moindre élément clair de son récit, car un seul sujet l'obsédait : les refus répétés de divers députés et ministres de lui accorder la Légion d'honneur. Je dus passer en revue avec elle le dossier de ses différents courriers aux édiles, aux administrations. Au bout d'une demi-heure, je ne pensai déjà plus qu'à trouver un moyen pour prendre la fuite. Ma visite s'acheva par des pleurs et des lamentations. Je fus sauvé par un coup de fil d'une de ses amies. Je m'esquivai lâchement, pendant qu'elles conversaient.

J'avais aussi joint la deuxième par téléphone. Au son de sa voix, Madeleine Chenez semblait très âgée, très faible, mais heureuse de parler à quelqu'un. Dans le réseau, elle n'avait, elle aussi, occupé que des tâches subalternes et ne se rappelait pas le nom de mon oncle. Arrêtée quelques semaines après lui, elle avait été déportée, à Ravensbrück où elle avait survécu près de deux ans. Le souvenir de ses souffrances ne la quittait pas :

— Vous savez, monsieur, me confia-t-elle d'une voix tremblante, j'en fais encore des cauchemars. Presque chaque nuit...

Elle m'expliqua aussi que, en tant que membre d'un réseau anglais, elle avait été rejetée par le groupe des déportées françaises marquées par la « trahison » des Anglais à Dunkerque et à Mers-el-Kébir. Elle avait alors dû se réfugier auprès des prisonnières d'autres nationalités dont elle ne parlait pourtant pas la langue...

Elle m'invita à venir dans sa banlieue lui montrer une photo de mon oncle qui lui évoquerait peut-être une réminiscence. Je promis, mais je savais déjà, au fond de moi, que je n'irais pas. Je ne me sentais pas le courage d'établir une relation de confiance avec une vieille dame en mal de chaleur humaine. Dans sa voix, derrière les propos, perçait une angoisse qui m'effrayait. Peur de la solitude ? Peur de la mort ? Peur de se souvenir ? J'en gardai longtemps le son dérangeant dans l'oreille.

***

L'agression dont j'avais été victime dans le parking était intervenue au moment où je commençais à me poser de sérieuses questions sur mon entreprise. Je n'entrevoyais pas d'issue. La perspective de remuer le passé de vieillards n'aspirant qu'à l'oubli de leurs souffrances me pesait. L'incident m'avait tiré de ma morosité passive pour me plonger dans un état plus trouble encore. J'occupai deux jours à panser mes plaies. La radio des côtes, passée par sécurité, indiqua que je n'avais rien de cassé ; le toubib avait vu juste. Je souffrais de multiples contusions, rien de grave. La paupière recousue en deux coups d'aiguille, je pouvais vaquer. Je gambergeai surtout.

Les menaces téléphoniques rendaient caduque la thèse des voleurs de parking. Celle de la méprise me paraissait tout aussi peu probable. Avant que la minuterie du parking n'éteigne l'éclairage, mes agresseurs avaient eu tout le temps de me reconnaître. Et puis, on n'appelle pas deux fois le même numéro de téléphone par erreur. C'était bien moi qu'on voulait effrayer. Or, j'avais beau tourner et retourner mes faits et gestes passés dans ma tête, je ne voyais rien qui pût inspirer tant de haine. Dans mon métier je n'avais jamais écrit sur l'OM ni sur le PSG. Le tennis n'était pas un sujet bien conflictuel. Je n'essayais de piquer la femme de personne. Je ne cultivais aucune querelle de voisinage... Au terme de chacune de mes introspections, je ne trouvais que mes recherches sur le réseau *Rubis* pour avoir éventuellement dérangé quelqu'un. Mais qui ? Pourquoi une réaction aussi violente ? Et surtout qu'allais-je faire ?

Je restai ainsi quelques jours dans l'expectative la plus totale à tâter mes bleus. Moi le trouillard, je m'étonnais presque de ne pas avoir déjà détruit mes paperasses et de ne m'être pas tourné vers un projet de bouquin sur le vin, mon autre hobby du moment. Étrangement, le souvenir de la malveillance de la voix au téléphone m'inquiétait plus que les coups que j'avais reçus. Je commençais sans doute à prendre l'habitude de me faire casser la figure. Ce genre de douleur n'était pas si difficile à supporter. Et puis, l'agression en elle-même était rangée dans le passé. La voix, froide, insidieuse, suggérait des souffrances à venir et semblait s'en réjouir avec, en filigrane, un soupçon de sadisme.

Avant de prendre de grandes décisions, je jugeai d'abord bon de mettre mes archives à l'abri. Le meilleur endroit pour les dissimuler me semblait être le journal dont j'avais pris congé. La quantité de paperasses diverses entassées dans les bureaux était telle qu'il faudrait disposer d'une armée pour tout fouiller. Des clés USB traînaient dans tous les tiroirs, tous les sacs. Une ou deux de plus se fondraient dans le décor.

La fin de matinée était le meilleur moment pour ne pas rencontrer trop de monde. Après avoir copié en double la partie informatisée de mon maigre dossier sur deux clés USB, je pris la direction du journal en surveillant sans cesse mon rétroviseur. Le trajet normal me demandait dix minutes en heures creuses. Cette fois, je m'offris un détour par le parc de Saint-Cloud où la minceur du trafic aurait dû me permettre de repérer une surveillance. Sauf erreur, personne ne me suivait. Une fois au journal, une petite demi-heure me suffit pour photocopier la liste des membres du sous-réseau, et l'ensemble de mes notes écrites. Une des clés trouva refuge au fond de classeurs métalliques dont je savais qu'on ne les ouvrait qu'une ou deux fois par an pour y enfourner un fatras d'archives jamais consultées. Je glissai l'autre sur une étagère, derrière une collection de livres de tennis empoussiérés.

L'heure avançait. Plusieurs confrères étaient arrivés, soit pour assister aux différentes conférences de rédaction, soit pour se trouver des compagnons pour le déjeuner, à la cantine ou dans les restaurants des alentours. J'avais déjà dû encaisser pas mal de vannes moquant mon profil cabossé quand une grosse voix lança depuis l'autre bout du couloir :

— Alors papa ! Paraît qu't'as demandé ton transfert dans ma rubrique et qu'tu t'entraînes à poings fermés ?

Inutile de me retourner. Je savais que ce timbre d'airain était celui de Roland Léveilhac, chef de la rubrique boxe dont il était le seul membre, grande gueule et bon vivant, bordélique, mais efficace. Dix ans plus tôt, nos interminables discussions de fin de repas étaient légendaires dans la rédaction. Elles faisaient fuir les convives de nos soupers post bouclage. Nos sens de la contradiction respectifs les décourageaient.

L'âge nous avait calmés en même temps que nous nous étions douillettement enrobés. Une chose n'avait pourtant pas changé : la manie de Léveilhac d'entasser journaux, papiers et paperasses, dans ses bureaux comme chez lui, au point d'avoir été obligé de louer un deuxième appartement, un étage plus bas, quand le premier avait été rempli par sa collection de quotidiens et de magazines. Je tenais la planque idéale pour mes archives sur papier. Le convaincre de se charger du paquet ne présenta aucune difficulté. Le plus fatigant fut le déjeuner arrosé qui suivit aux Colonnes, une brasserie « à vins », à Issy-les-Moulineaux. De retour chez moi, très fatigué par les libations et par les discussions qui avaient suivi le récit de mes mésaventures, je m'aperçus que j'avais oublié de demander à Roland sous quelle pile de papier journal il comptait enfouir le tout. Du fond de mon fauteuil, rendu plus insouciant par les nombreux verres vidés, mais aussi plus lucide, j'eus le temps de me dire que lui-même ne savait sans doute déjà plus où il avait fourré le dossier, puis je sombrai dans une sieste postprandiale.

***

À leur entrée dans la partie du sous-sol aménagée en bureau, Louis le reconnut au premier regard : Sir Winston Churchill *himself*, Premier ministre et chef de guerre assis à sa table de travail, le dos touchant presque la carte de l'Europe aux teintes délavées, fixée au mur du fond. Churchill, en face de lui, en os et, surtout, en chair.

Il avait souvent vu au cinéma, dans des séquences du *Pathé Journal*, sa trogne de clown boxeur à la bouche tordue en rictus par un cigare nerveusement mâchouillé, et son chapeau melon. Il avait même entendu son discours du 21 octobre, en français pour les Français : « C'est moi Chu'chill qui vous pâ'le… ». La même voix enrouée et grasseyante les accueillit, en anglais cette fois, pour leur intimer de s'asseoir.

Louis découvrit alors la paire de jambes qui lui avait été cachée par les poteaux de bois peints en blanc soutenant les poutres censées renforcer la solidité du plafond contre les bombes. Leur enfilade donnait à ce sous-sol ordinaire l'allure d'une crypte païenne consacrée au culte de la guerre. Les jambes appartenaient à un militaire dont le buste lui était encore caché par les poteaux. Elles dépassaient de l'alignement, formant un V renversé, genoux pointés haut vers le ciel, aussi haut que le plateau de la table de travail de Churchill. Au bout de ces jambes trop longues, tuyautées dans un pantalon kaki trop court, luisaient deux immenses souliers brillants de cirage, deux vaisseaux noirs flottant sur le gris vert de la moquette râpée. Contournant les poteaux pour gagner son siège, Louis contempla ensuite le sommet de ce grand corps engoncé dans un fauteuil trop bas garni d'un velours beigeâtre, aussi terne que la moquette. Encadrée par une paire d'oreilles démesurées, la tête, tout en longueur sans être maigre, était plantée dans un buste raide, comprimé par la veste d'uniforme d'un général français. Le crâne était surmonté d'un casque plat de cheveux bruns aux raideurs de postiche; le visage s'allongeait derrière la proue d'un nez dont le caractère imposant contrastait avec la minceur du brin de moustache festonnant sa base. Sous des paupières tombantes de chien courant, deux yeux perçants scrutaient les nouveaux arrivants, semblant soupeser Louis, sa jeunesse, son allure, sa bravoure.

Tout en s'asseyant sur une des chaises alignées le long du mur à la droite du bureau de Churchill, Louis prit brutalement conscience de l'identité de l'homme assis en face de lui : ce ne pouvait être que ce général De Gaulle dont tout le monde parlait sans le connaître. Ainsi plié dans son fauteuil, les genoux sous le menton, le grand homme n'avait pas particulièrement fière allure, mais le regard et le port de tête se voulaient martiaux. C'était donc ça, l'insoumis qui prétendait incarner la France?

Au terme de sa formation de parfait petit espion, Louis avait commencé par reprendre sa place derrière son bureau du 54 Broadway et ses traductions de rapports secrets. On lui avait assuré qu'il partirait bientôt pour la France, mais, pour le moment, aucune mission ne lui était affectée. C'est derrière ce bureau que, quelques minutes plus tôt, Bellamy, annoncé par sa bouffée d'arômes habituels, était venu le chercher. D'ordinaire si calme, le lieutenant semblait nerveux :

— Louis, laissez tomber ce que vous faites, et suivez-moi. Illico. Je vous expliquerai en chemin. Il n'y a pas de temps à perdre.

Il n'avait même pas pris le temps d'allumer une cigarette.

En dévalant les escaliers, Bellamy lui avait fait un rapide topo : « Nous allons servir de traducteurs entre deux personnages importants. Tout ce que vous verrez et entendrez sera considéré comme top secret. Si jamais j'apprends que vous en avez parlé à qui que ce soit, vous finirez la guerre au mieux en prison, au pire, vous ne la finirez pas. Il y a un Anglais et un Français ; je traduirai de l'anglais au français et vous l'inverse. Allez, dépêchez-vous. »

Ils avaient parcouru au pas de course les trois cents mètres les séparant de leur destination ; un véritable slalom entre sacs de sable et chevaux de frise les avait menés vers Whitehall. Arrivés au 1 Storey's Gate, majestueux bâtiment de pierre blanche orné de colonnades et surmonté d'une coupole ecclésiale, Bellamy s'était adressé aux sentinelles qui gardaient une porte, leur intimant, énigmatique :

— Nous sommes attendus au sous-sol.

Avant de pouvoir entrer, il avait cependant fallu attendre qu'on aille chercher l'officier responsable du filtrage des visiteurs. Reconnaissant Bellamy, l'homme, très agité, avait accéléré le mouvement. « *Hurry up, boys ! He is rather ennoyed* » et, pivotant sur les talons, il les avait précédés à l'intérieur.

Accroché aux basques de Bellamy, Louis n'avait pas encore eu le temps de réaliser où ils se trouvaient. Une seconde porte s'était ouverte sur un autre escalier qu'ils avaient dévalé pour déboucher au sous-sol, dans un long couloir baigné par un remugle d'humidité et de tabac froid. Plus ils s'enfonçaient sous la terre, plus le tabac couvrait les autres odeurs. Puis le couloir s'était ouvert sur une salle de réunion de dimensions modestes aux murs tapissés de cartes et éclairée par des ampoules nues pendues au bout de fils électriques descendant d'un plafond renforcé par une armature de poutres de bois peintes en blanc. La pièce était encombrée par une vingtaine de tables disposées en carré, dont une seule disposait d'un téléphone, d'un micro et de l'unique fauteuil en bois de ce mobilier par ailleurs spartiate. Ils l'avaient traversée en longeant un mur orné d'une grande carte du monde, et franchi une ultime porte ouverte sur le nuage de fumée dans lequel baignaient les deux importants personnages. Churchill tétait son traditionnel Corona, De Gaulle ses Craven.

— *Let's get started*, grommela le Premier ministre. *Ready ?*

Bellamy eut à peine le temps d'acquiescer avant que Churchill n'attaque :

— *General, I asked you to come this afternoon…*

Suspendant brusquement son discours, il intima d'un regard éloquent au lieutenant de prendre le relais sans tarder, aussitôt obéi :

— Mon général, je vous ai invité à venir cet après-midi…

À ces mots, un poing s'abattit sur la table de travail, secouant les deux téléphones et le cendrier qui y reposaient.

— Je n'ai pas dit « Mon » général, barrit le Premier ministre dans son français aux relents de whisky et de tabac ; je n'ai pas dit « invité », *either*…

Puis il poursuivit en anglais :

— Si vous ne pouvez pas traduire mieux que ça, laissez-nous seuls. Nous nous débrouillerons très bien sans vous.

Sans doute habitué aux caprices du chef de gouvernement, Bellamy n'insista pas. D'un signe, il intima à Louis de sortir avec lui. Les deux interprètes battirent en retraite, piteusement congédiés. L'intervention n'avait duré que quelques secondes. Avant de repasser la porte, Louis eut tout juste le temps d'apercevoir à l'autre extrémité de la pièce, le lit très *cosy* sur lequel Churchill pouvait se reposer s'il le souhaitait.

L'officier qui les avait accueillis les attendait, assis à l'une des tables de la salle de réunion. À leur vue, un sourire illumina son visage poupin.

— J'en étais sûr. Vous venez de me faire gagner une livre. J'avais parié qu'il vous renverrait très vite.

Et, tout en les accompagnant vers la sortie, il expliqua à Louis que Churchill était coutumier du fait. Le Premier ministre n'affectait de parler en anglais à De Gaulle que quand il voulait lui manifester son mécontentement, mais ne supportait pas les traducteurs dont, en toute modestie, il jugeait le français moins bon que le sien. Quant au général, son anglais appris sur le tard lui permettait toutefois de comprendre le Premier ministre si un mot français venait à manquer.

Une fois sur le trottoir, pour une fois baigné de soleil, au lieu de tourner à droite vers le repaire du MI 6, Bellamy entraîna son jeune compagnon vers la gauche en direction du Westminster's Arms, tout proche :

— Je vous offre une pinte de Pale Ale, nous l'avons bien méritée.

Une fois au bar, verres en main, après un court moment de recueillement, il se tourna vers Louis, très sérieux en apparence, pour lui demander :

— Vous ne pensez pas que De Gaulle risque de se cogner aux poutres quand il se dépliera hors de son fauteuil ?

L'humour seul peut nous venger des grands de ce monde.

***

Le vacarme ferraillant des deux moteurs Pratt et Whitney de l'avion lui vrillait les tympans. Leur fracas se heurtait sous son crâne au tourbillon désordonné de ses pensées. Quelle folie de s'être lancé dans cette aventure ? Par sens du devoir ? Par orgueil ? Pour ne pas passer pour un couard ? Une salve de détonations le fit soudain sursauter plus brutalement encore que les trous d'air de la traversée de la Manche. La sensation d'un creux brutal dans l'estomac. Une autre secousse. Le Hudson se cabrait pour reprendre de l'altitude. L'envie de vomir qui tenaillait Louis depuis le décollage, dans les puanteurs d'huile tiédasse et de pétrole rance, lui remonta au bord des lèvres.

Une main s'abattit sur son épaule. La trogne rougie du sergent Jamieson envahit son champ de vision.

— *No worries, mate*, ce n'est pas pour nous ; la *Flak* de Dieppe chasse les mouettes.

Le sergent rubicond devait hurler pour se faire entendre, mais il parvenait à garder le sourire :

— Encore dix minutes et ça sera à toi. Tu te souviens de la procédure ? Feu rouge, tu t'assieds au bord de la trappe ; feu vert, tu sautes ; le parachute s'ouvrira tout seul. Sinon, il te reste le ventral.

Cette tirade prosaïque le ramena dans le monde concret de l'action. Louis reprit conscience de la cornière d'acier qui lui servait de siège et lui cisaillait les cuisses depuis une heure. Conscience aussi de ses genoux bloqués à force de crispation. Il n'était même pas sûr d'être capable de se mettre debout pour parcourir les deux mètres jusqu'à la trappe. Il concentra son attention sur les piles de tracts entassées de l'autre côté de la carlingue : après l'avoir largué, le Hudson irait éparpiller quelques milliers de prospectus patriotiques au-dessus de Dieppe ou du Havre, pour justifier le passage d'un avion dans le ciel de France ce soir.

Mais, distrait par une sensation de gêne à sa main gauche, il ne put empêcher son regard de glisser vers la chevalière dorée dont la présence à son annulaire le troublait depuis plusieurs heures, depuis que le fourrier de la base aérienne la lui avait donnée au terme de la remise du paquetage. L'homme avait paru embarrassé en la lui remettant au tout dernier moment, comme s'il avait failli l'oublier :

— Ah ! Oui… et puis… n'oubliez pas ce truc…

Balourd, il avait souligné sa feinte désinvolture par un clin d'œil et il avait sorti le « truc » du tiroir fermé à clef d'une des armoires en tôle.

— Vous savez comment l'ouvrir ?

Devant l'air benêt de son interlocuteur, il avait procédé à une démonstration : il suffisait de faire pivoter le chaton orné d'une pierre semi-précieuse, pour qu'apparaisse un petit compartiment creux dans lequel était logée une pilule. D'un geste d'escamoteur, le fourrier avait aussitôt refermé la bague, comme s'il ne voulait pas donner trop d'importance à son contenu, et il l'avait tendue à Louis qui l'avait passée à son doigt, en forçant un peu au passage de l'articulation de la première phalange. Ce n'est qu'en sentant le poids de ce bijou en toc et le frottement agaçant sur la peau de son majeur, que le jeune homme avait pris réellement conscience de sa signification. La pilule n'était autre que la dose de cyanure destinée, en cas d'arrestation, à lui offrir l'évasion éternelle du suicide. Trente secondes après l'avoir avalée, tout était fini, leur avait-on dit. Tout ? Fini ? Louis avait alors eu l'impression que, en glissant cette alliance à son doigt, il avait épousé sa propre mort. Elle seule serait ce soir son amante. Et dire qu'il n'avait même pas eu la possibilité d'embrasser Doris une dernière fois…

Jamieson réapparut devant lui, pouce levé. Déjà ? Les dix minutes étaient déjà écoulées ? Le sergent lui apporta la réponse par le geste. Il se pencha vers le plancher de l'avion, saisit la poignée, déverrouilla le panneau métallique qu'il tira en usant du poids de son corps. L'acier grinça. La trappe se rabattit avec fracas, libérant un puissant courant d'air humide, glaçant, qui, tel un mauvais génie sortant du flacon, emplit l'avion. Vernay frissonna. La brutale conscience du vide dans lequel il allait devoir se jeter lui noua les tripes. Folie ! Mais Jamieson ne le laissa pas gamberger. Il lui saisit le bras, le hissa sur ses pieds, attrapa la sangle d'ouverture du parachute pour la fixer au rail au-dessus de leur tête et ordonna :

— *It's Red ! Sit down !*

Louis obéit comme un robot. Sans savoir très bien comment, il se retrouva assis au bord de la trappe, les pieds dans le vide, le regard braqué sur le rectangle de nuit découpé dans les flancs de l'avion. Hébété. Le cerveau vide de toute pensée, déconnecté. Un corps sans âme au bord d'un puits sans fond. Vaguement, très vaguement, il perçut un changement dans l'ambiance de la carlingue. Avant qu'il ne réalise que la lumière était passée au vert, une brutale poussée dans le dos le précipita dans le vide.

— *Gooooo !*

La chute. Le vacarme encore plus violent des moteurs. Les remous. Le cerveau qui, par réflexe, compte jusqu'à trois. Trop vite. Une brutale décharge d'adrénaline : le parachute va-t-il s'ouvrir ? Et, presque simultanés, le claquement de la sangle qui se décroche et le violent cisaillement des courroies brutalisant ses aisselles et ses cuisses. Dans un froissement, le parachute s'était déployé, stoppant presque net la chute libre.

Et soudain, un calme tout juste meublé par le vrombissement décroissant du Hudson. L'oscillation de son corps dans l'air humide. La descente progressive vers le sol de France, un sol sombre comme la nuit, aux contours à peine esquissés par les rayons d'une lune gibbeuse.

Louis emplit d'un coup ses poumons bloqués depuis que le sergent Jamieson l'avait poussé. Une douce euphorie le gagnait. Il l'avait fait ! Mais il ne put jouir de cette sensation qu'une poignée de secondes. Trois petits points rouges grossissaient très vite, l'avertissant que le sol s'approchait dangereusement. Les lampes du comité d'accueil. Vite ! Replier les genoux, se tenir prêt au choc avec le sol. Même pas le temps de penser aux arbres ou aux dangers des trous d'eau. En un éclair, Louis s'aperçut soudain qu'un écran de peupliers le séparait encore du terrain ; par réflexe, il tira sur les suspentes, remonta les genoux ; ses pieds accrochèrent des frondaisons, sans dommage. Déjà le champ fonçait à sa rencontre. Plier les jambes. Un choc brutal. Rouler bouler. Et le parachute qui s'affale en volutes soyeuses.

Secoué par la chute et par l'afflux d'émotions, le parachutiste ne remarqua même pas que le Hudson effectuait déjà son deuxième passage pour larguer le container d'accompagnement. Mécaniquement, il se redressa, se dégagea des suspentes, déboucla le harnais et commença à replier le parachute qu'il avait la consigne d'enterrer au plus vite. Un craquement de brindilles interrompit son manège. On marchait vers lui. Lors de la formation commando, le péril des premières minutes sur le sol français leur avait été ancré dans le cerveau. Parfois, le comité d'accueil n'était pas celui qu'on espérait.

Au premier craquement, Louis s'était plaqué au sol derrière le tas formé par le tissu du parachute. Le nez dans l'herbe humide, les doigts gourds d'avoir trop tiré sur les suspentes, il n'était pas encore parvenu à ouvrir l'étui du colt 45 réglementaire quand une voix claire et tranquille prononça la phrase de reconnaissance :

— Gilbert connaît la musique.

L'homme, tout proche, parlait d'un ton détaché, comme s'il était dans son salon, sans nervosité apparente. Cherchant à faire corps avec la terre, Louis hésitait encore à révéler sa présence quand il fut épinglé par le faisceau d'une torche.

— Allez, magne-toi ! On n'a pas de temps à perdre en salamalecs, reprit la voix, autoritaire.

Son corps répondit pour lui, comme dompté par le calme du nouvel arrivant. Il se redressa, serra la main qu'on lui tendait.

— Appelle-moi, Gilbert. Quitte ta combinaison ; mets-la là-dedans.

La silhouette de haute taille lui tendait un sac de jute, de ceux où l'on stocke les pommes de terre. Pendant qu'il quittait la chrysalide de ses oripeaux d'homme volant, l'homme finit de rouler le parachute et l'emporta.

— Par-là ! Magne-toi. Les autres s'occupent du container.

À cette évocation, Louis retrouva la parole :

— Il y a aussi des vivres dans les colis, quelques conserves, des cigarettes…

Étrangement, la première chose à laquelle son cerveau avait pensé en quittant le mode automatique de l'atterrissage était cette surcharge qu'on lui avait imposée presque malgré lui, tant il trouvait l'idée idiote. Après s'être assuré, vingt fois plutôt qu'une, qu'aucun de ses vêtements ne portait de marque de provenance, le dispatcher avait insisté pour qu'il emporte ces babioles toutes estampillées « *made in England* » et dont la détention l'aurait trahi au premier contrôle.

— Des vivres ? souligna Gilbert, d'un ton goguenard. Ça, c'est une bonne idée ! Une sacrée idée, même !

Et, sans attendre, il reprit sa marche vers la silhouette d'une camionnette à gazogène autour de laquelle s'affairaient quatre ombres empressées à transborder les colis.

Une demi-heure plus tard, après un trajet tous feux éteints par des chemins cahoteux, il découvrit, ébahi, sur la table de la ferme où on l'avait accueilli, un assortiment de charcuteries et de fromages comme aucun Londonien ne pouvait en rêver. Sur l'horizontale de la table, les victuailles composaient une superbe nature morte, rehaussée par les verticales des bouteilles de cidre et d'un cruchon de calva.

— T'as bien fait d'apporter des boîtes de singe, des fois qu'on ait un petit creux, le charria Gilbert, déclenchant l'hilarité des hommes déjà assis autour de la table.

De tous âges, ils avaient l'air de famille des paysans bien nourris : rougis au bon air, à la bonne chère et à la bonne gnôle. Loin d'être anxieuse, l'ambiance ressemblait à celle des fins de parties de chasse, quand la quantité de gibier abattu importe moins que le plaisir d'avoir participé ensemble à la traque et, le soir venu, de partager victuailles et boisson.

— Te goure pas, le prévint Gilbert. Le danger est partout, mais ce soir, nous sommes tranquilles. Les boches sont très occupés ailleurs. Un sabotage a eu lieu dans le port de Dieppe. Ils nous ficheront la paix. Et puis ce n'est pas une raison pour ne pas manger, gamin : les émotions, ça creuse, non ?

Louis ne le contredit ni par le mot ni par le geste.

Le lendemain, Louis, Léon, le chauffeur du camion, et un troisième homme taciturne, qu'on lui avait présenté sous le prénom de Marcel, mirent le cap sur Yvetot. Gilbert et les autres s'étaient éparpillés dans la nature. Leur cellule était spécialisée dans la logistique des parachutages et des déposes par avion. Une fois les colis réceptionnés ou expédiés, ils quittaient la scène pour les coulisses.

Les paquets du container, dont un poste émetteur, reposaient sur le plateau arrière, enfouis sous un tas de gravats et de ferraille. Le précieux sac contenant ses affaires, l'argent et les documents qu'il devait remettre aux responsables du réseau *Rubis*, se trouvait logé sous les jambes d'un

Louis comprimé entre ses deux compagnons dont s'exhalait le riche parfum des hommes qui n'ont que peu l'occasion de se laver au savon, épicé par l'âcre fumée du gazogène.

Ils le déposèrent dans une rue tranquille de la petite ville normande où Guy de Maupassant, enfant, avait été dégoûté de la religion par les pères du collège. La guerre avait encore épaissi la houppelande de circonspection qui engonçait la cité en temps de paix. Seuls les jours de marché conféraient un souffle de vie à la capitale du pays de Caux. Les meuglements des bestiaux s'y mêlaient alors aux cris des maraîchères. Les bolées de cidre chaud, « dégraissé » au calva, réchauffaient les corps et les âmes. Bien des enfants du pays avaient été conçus au retour de ces foires, quand le cheval ou le mulet ramenait de lui-même le bonhomme à la ferme.

La guerre avait soufflé cette flamme. Pas question d'étaler bétail et victuailles sur un marché. En ces temps de rationnement, les échanges se faisaient plus discrets, pas sous le manteau, mais sous la biaude, cette ample blouse des maquignons normands dont les poches intérieures escamotaient billets et louis comme par magie. À Yvetot, en 1941, jour de marché ou non, la discrétion était un mode de survie.

Seul sur le trottoir de l'étroite rue bordée de maisons en briques, son sac de toile en bandoulière, Louis se sentait vulnérable. Dans le camion, il s'était raidi à la vue des quelques soldats allemands croisés en route. Il en avait pourtant déjà côtoyé bon nombre sans trembler, avant de partir pour l'Angleterre. Il ne risquait alors que la prison pour avoir dissimulé son état de déserteur au pouvoir de Vichy. Désormais, sa vie était en jeu et il n'avait qu'une confiance réduite dans le fouillis de papiers dont on l'avait doté, des cartes en tout genre, d'identité, de rationnement, d'autorisation de résidence en « zone côtière » et bien d'autres documents encore, tous plus nécessaires à la vie quotidienne en France occupée.

À sa descente du véhicule, avant de lui serrer la main, Marcel lui avait expliqué en quelques mots comment rejoindre la rue Guy-de-Maupassant. Sur un plan de la ville consulté en Angleterre, Louis avait mémorisé le chemin qui, de là, l'amènerait à sa « boîte aux lettres », un salon de coiffure, ouvert par un antifasciste italien réfugié en Normandie. Les instructeurs du MI 6 leur avaient martelé l'exigence de la discrétion, même avec leurs contacts. Moins Marcel et Léon en savaient, moins ils pourraient en dire en cas d'arrestation.

Sur le chemin, croisant de rares passants grisâtres, fondus dans le décor, sa sensation de vulnérabilité s'accentua. Il se voyait nu sous leurs regards, dévoilé. La veille, au sein du comité d'accueil, son anxiété s'était apaisée sous le baume de la chaleur humaine ; engourdi par l'abondance de la chère, il avait réussi à dormir sans angoisses. Au matin, l'action, le chargement du camion, la promiscuité de ses compagnons de route l'avaient maintenu dans un état de vide émotif. Mais là, sur ces trottoirs, dans ces rues aux façades ternes, face à ces ombres qui lui semblaient marcher sans urgence et sans but, il se sentait si différent, si égaré, qu'il pensait faire tache. Une tache de couleur sur fond gris. Un humain trop plein de vie et de fébrilité, d'impatience et de résolution. De peur aussi. Reprenant ses esprits grâce à la petite voix de l'instructeur qui résonnait dans sa tête, il se força à respirer à fond, à ralentir son pas, à perdre son regard dans le vague, à se fondre dans la grisaille, mais il ne pouvait empêcher son cerveau de redouter sa première rencontre avec des Allemands ou, pire, son premier contrôle de police dont on lui avait dit qu'ils se multipliaient. On lui avait tellement seriné que le premier piège était l'incapacité à donner avec naturel une adresse de résidence qu'il se répétait : « rue Flaubert, au 12 », sur l'air d'une comptine de son enfance, tout en marchant vers son but.

Le hasard ou la chance lui évitèrent ces infortunes avant d'arriver à la boutique du coiffeur. La devanture était si discrète qu'il la dépassa sans s'en rendre compte. Sur la vitrine ternie par une couche de poussière, la raison sociale indiquait « Co. f. eur pour .om.es ». On n'avait eu ni le temps, ni l'argent pour lui rendre son intégrité. De retour devant l'échoppe, il s'assura avant d'entrer que le salon était vide : un vieux siège de barbier tendait ses accoudoirs crevassés au chaland assez courageux ou assez désargenté pour se risquer dans la cagna. Il était encore tôt, mais Louis tenta sa chance.

L'ouverture de la porte déclencha un tintement de clochettes très vite couvert par la musique provenant de l'arrière-boutique. Un gramophone y tonitruait un air crachotant du Barbier de Séville dont une autre voix masculine, pas très juste, se faisait l'écho. Mais c'est un gamin d'une douzaine d'années qui apparut dans l'encadrement de la porte auquel il se cramponna, interdit. Menu, très brun, il examinait l'intrus d'un regard curieux et craintif quand la voix mâle abandonna son duo avec

Caruso pour le rappeler à l'ordre : « *Sergio, vieni qui !* » Aussitôt dit, aussitôt disparu. Quelques secondes plus tard, l'enfant fut remplacé par le même modèle humain, tout juste plus grand et plus âgé. Il Signore Reggiani avait le poil très noir et le crâne petit, des yeux tombants sous des sourcils touffus, mais un regard éclairé d'une lueur facétieuse. De la poche de poitrine de sa blouse blanche dépassaient les oreilles d'une paire de ciseau et le sommet d'un peigne.

— Et pourr *Monsignore*, ça sera ? …

Haussant le sourcil gauche très haut, il attendit la réponse :

— Maurice a dû vous laisser quelque chose pour moi…, interrogea Louis, la gorge sèche.

Comme si de rien n'était, le coiffeur lui indiqua d'un geste obséquieux le siège qu'il fit pivoter pour mieux l'accueillir et, s'inclinant comme un serviteur, lui intima :

— Je vous en prie, *Monsignore*, posez votre sac et prenez place.

IV

Charles était épuisé. Glacé par le vent du nord qui prenait en écharpe la cour entre les baraquements. Usé par les deux jours et deux nuits de train, entassés dans des wagons à bestiaux. Sans toilettes. Sans soins. Sans nourriture. Sans eau. À chacune des gares où les prisonniers avaient eu le droit de descendre quelques minutes sur le quai, les soldats s'étaient montrés plus agressifs, plus violents, plus cruels. Comme si, en s'éloignant de France et en s'enfonçant dans les immensités des plaines de l'Est, les SS s'étaient sentis libres de déchaîner leurs propres peurs dans cette guerre qu'ils commençaient à perdre. Hurlements, coups de crosse, chiens aux crocs sanglants.

Au dernier arrêt, arrivés au bout de leur ligne de vie, les déportés avaient reçu l'ordre d'abandonner leurs maigres bagages sur le quai. Puis, dans la pénombre d'une aube terne, sous les coups et les injures, ils avaient marché au supplice, en colonnes par cinq, sur une route qui montait à travers la forêt obscure. Nulle âme ne s'était montrée aux fenêtres embuées des rares maisons du chemin. Charles avait lu le panneau : Mauthausen. Le nom ne signifiait encore rien pour lui. Leur procession avait fini par atteindre le pied des lugubres murailles de granit. Dans la cour fortifiée. Devant le portail aux deux tours miradors. Dans la cour pavée entre les baraquements. Et ils étaient là, toujours en colonnes par cinq, immobiles depuis un temps qui paraissait infini.

Charles tenait encore debout. Il ne savait pas comment. Ses articulations étaient verrouillées. Tous ses muscles le faisaient souffrir. Il crevait de soif. Mais il ne fallait pas plier. Il ne fallait pas tomber. Un peu plus tôt, à quelques mètres de lui, un des prisonniers s'était affalé sans un mot. Les SS s'étaient rués sur lui, l'avaient frappé avec leurs bottes, avec les crosses de leurs fusils. Un berger allemand, tirant sur sa laisse, écumant comme un démon, avait mordu sa cuisse à pleines dents et, secouant la tête de droite et de gauche, acharné, dans un grondement continuel il avait arraché un lambeau de chair et de tissu. Le gisant n'avait pas crié. Il était toujours là, face contre terre. Mort. Il ne fallait pas tomber…

Des ordres aboyés. Le premier rang s'agite. Les kapos frappent encore. Charles a compris. Il se déshabille. Devant lui, un homme garde son caleçon. Un gardien arrache le tissu avec son poignard SS, lacérant la chair. Ils sont nus. Toujours debout. Nus dans l'air glacé de l'hiver autrichien. Et ils attendent. Le temps ne s'écoule plus. Comme eux, il s'est figé. Pétrifié. Charles est anesthésié. Il n'a plus la force de penser. Plus la force d'avoir peur.

Après une autre éternité, une colonne se met enfin en mouvement. Il voit les hommes de tête descendre, nus, quelques marches menant à l'entrée en sous-sol du bâtiment de briques qui fait face aux parois de planches disjointes des baraquements.

Son tour arrive. En entrant, il baisse la tête sous la poutre puis, enfin à l'abri du vent, ressent une fugace impression de bien-être. Il émerge de son engourdissement. Ses genoux et ses hanches irradient de douleur, mais son sang circule de nouveau. Des hommes en blouse blanche examinent les *Häftlinge* avec pour seul instrument médical une spatule en bois pour leur faire ouvrir la bouche. À cheval prisonnier on regarde les dents en or… On leur inscrit un grand chiffre sur la poitrine : 1, 2, ou 3 et un autre numéro, plus petit. Puis on les pousse sans ménagement vers une porte étroite. Elle ouvre sur une longue salle au plafond bas sillonné de canalisations. Les douches. Baignées par l'odeur âcre, poisseuse du crésyl.

La pièce est ceinturée d'une sorte de trottoir sur lequel sont perchées de mornes créatures revêtues de pyjamas rayés, maigres à faire peur. Dans leurs mains, des tondeuses. Derrière chacun de ces coiffeurs des ténèbres, un numéro est inscrit sur le mur; il correspond à celui que les nouveaux arrivants portent sur la poitrine. L'organisation règne. Quelques coups de tondeuses, sur la tête, sur le bas-ventre. Le coiffeur se baisse, récupère un pinceau dans un seau plein de crésyl ; il en badigeonne le crâne, le bas-ventre et les dessous de bras de son patient.

L'espace grouille de nouveaux arrivants. Les coiffeurs sortent ; laissent toute la margelle aux SS munis de gourdins qui surveillent la bonne marche des opérations. Peu importe, Charles, la bouche sèche comme du papier, rêve du moment où, sous la douche, il pourra enfin se désaltérer. Un crachotement. Un jet de vapeur brûlant jaillit des pommes d'arrosage réparties au plafond. Dans un soudain brouhaha, les prisonniers se ruent vers le trottoir pour échapper à la brûlure. En hurlant, les SS les repoussent à coups de matraque. Ils sont refoulés au centre de l'espace où la vapeur a laissé place à un jet d'eau glacée... Le supplice dure quelques secondes interminables. L'arrosage cesse aussi soudainement qu'il a commencé. Charles n'a pas pu boire la moindre goutte. Il doit se contenter de lécher ses lèvres humides, ses mains, ses poignets.

Frissonnants, les prisonniers sont poussés vers une autre salle où on leur distribue un « pyjama » de toile rêche, des claquettes aux semelles de bois, un bonnet graisseux. Ils sont de nouveau dehors, en rangs. Immobiles. Leurs minces oripeaux trempés se moirent de givre dans l'air glacé. Ils attendent. Ils ne sont déjà plus des hommes, mais des rangées de « Stücke », ces « bâtons » dont on mesure l'existence d'un trait à la craie qu'on finira par biffer en diagonale à leur mort. Charles porte le matricule 64151.

***

La sonnerie du téléphone m'arracha au sommeil. J'avais dû dormir tout mon soûl ; la nuit commençait à tomber. Au moment de décrocher, j'hésitai. Le souvenir des menaces précédentes arrêta mon bras. J'avais reçu d'autres coups de fil ces derniers jours sans avoir ressenti la même appréhension, mais le réveil en sursaut, le crépuscule et les brumes alcooliques me rendaient irrésolu. Mes tergiversations durèrent assez longtemps pour que le répondeur se déclenche. Je reconnus la voix, sèche, décidée, mais déformée par le piètre haut-parleur : « J'espère être chez Jean Linès. Ici Pierre Madec. Rappelez-moi dès que vous le pourrez. » Suivait l'énoncé de son numéro de téléphone, bissé. Un déclic, puis la tonalité. La machine s'arrêta toute seule.

Je relançai la bande. Pas de doute, malgré les distorsions, je reconnaissais la voix de Madec, sa diction précise et son phrasé militaire, aussi peu swinguant qu'un soliste de chez Glen Miller. Le colonel n'avait pas perdu l'habitude de donner des ordres. Allais-je obéir ? L'indécision l'emporta. La nuit me porterait conseil.

Il n'est pas toujours facile de justifier sa réputation : cette nuit-là eut bien du mal à porter ou à apporter quoi que ce soit. Ni le conseil ni le sommeil. Le recours à ma playlist funèbre fut vain. J'eus beau tenter de lui adjoindre les techniques de relaxation apprises pour diminuer ma tension dans les avions que mon métier m'avait forcé à prendre pendant plus de vingt ans, je ne parvins jamais à me détendre assez pour m'endormir profondément. Agité d'orages internes, mon cerveau refusait de se débrancher. Toutes mes tentatives d'en calmer les turbulences échouaient. À chaque fois que je pensais avoir presque atteint le calme plat, une nouvelle vague de gamberge surgissait du recoin le plus ignoré pour agiter l'ensemble. Qu'allais-je faire ? Quels étaient les risques ? Qui étaient ces gens qui m'avaient cassé la figure ? Quelle idée m'avait pris d'abandonner ma sinécure pour me lancer dans cette histoire ? Fallait-il appeler Madec ? ... Une fois seulement, je me laissai aller assez pour m'assoupir, mais un cauchemar m'extirpa aussitôt du nirvana. Je rêvai qu'on forçait la porte de ma maison et que mes agresseurs se penchaient sur mon lit. Je bondis hors du sommeil comme un diablotin à ressort. Il me sembla même que j'avais crié. Le jour se levait dans la fenêtre de la salle de bains. Le cœur cognant, je jetai un regard au réveil. Il était encore tôt, mais autant me lever. L'activité physique court-circuiterait peut-être les tensions internes.

L'idée était bonne. Pédaler sur mon vélo d'appartement m'apporta la décision. Témoin muet, mais accusateur de mon inertie, l'engin faisait habituellement du surplace à côté de mon lit. Pour une fois, il me servit à quelque chose. Pédaler, même sans avancer, aida mon corps à retrouver une forme d'équilibre. Dépensant le surplus d'énergie créé par l'angoisse nocturne, je réussis à plier les mécanismes de ma pensée à ma volonté consciente. Je n'étais pas très courageux, certes, mais donner un coup de fil à Madec ne m'impliquait pas plus dans l'histoire. Et puis, il pourrait peut-être proposer une explication à ma mésaventure. Je décidai de l'appeler après le petit déjeuner.

La sonnerie retentit sept fois avant qu'il ne décroche.

— Pierre Madec...

La voix était bien la même. Le ton toujours aussi cassant. Je me nommai. Il ne me laissa pas le temps de poursuivre.

— M. Linès, venez me voir aussi vite que possible. Je vous attends. J'ai des informations à vous donner, mais pas au téléphone. Vous avez des avions pour Nice toutes les heures. Prenez un taxi pour venir chez moi, je ne conduis plus. Je compte sur vous.

J'essayai de reprendre la parole. Il me coupa aussitôt.

— Écoutez, j'ai horreur du téléphone. Venez et je vous expliquerai tout ce que je sais.

Une fois de plus, la tonalité marqua la fin brutale de notre conversation. Agacé, j'appuyai sur la touche rappel du téléphone. La sonnerie n'éveilla aucun écho. Cette vieille vache ne décrocha pas.

J'étais bien avancé. Un problème chassait l'autre. Cette fois, la décision à prendre était plus complexe. Agir ou ne pas agir ? Plonger un peu plus profond dans l'aventure ou cesser de jouer à l'enquêteur ? Pourtant, je mis moins de temps à résoudre le dilemme que la veille. Le ton du vieil homme, cassant, mais énergique, faisait effet. Je ne doutais pas qu'il détînt des réponses à certaines des questions que je me posais. Mon regard se porta sur la photo de mon oncle en uniforme, prise au début de la guerre, qui me toisait du haut d'une étagère. Je pouvais bien faire ça pour lui. Prendre un avion pour la Côte d'Azur, louer une voiture... Je retrouvais mes habitudes de fonctionnement professionnel. En me dépêchant, je pouvais y être en début d'après-midi.

Fallait-il prendre des précautions pour déjouer une éventuelle filature ? Et comment ferais-je pour la repérer, s'il y en avait une ? Tout en préparant un nécessaire de voyage succinct – je n'avais pas l'intention de camper sur la côte – j'échafaudai une stratégie inspirée des nombreux polars lus depuis mon enfance. Oui, je sombrai sans doute dans la paranoïa, mais le pari de Pascal n'était pas une idée si idiote : je n'avais rien à perdre à supposer que mes suiveurs existaient. L'idéal était de trouver un lieu à double entrée. Une fois de plus, le siège du journal s'imposait. Je pouvais y entrer à pied par la grand-porte et en sortir par le parking qui donnait sur la rue, derrière le bâtiment, pour peu qu'un confrère accepte de me véhiculer et que mes suiveurs potentiels n'aient pas anticipé sur mes actes.

Un coup de téléphone portable m'assura que Léveilhac était disponible après les conférences de rédaction. Je ne lui expliquai pas immédiatement pourquoi j'avais besoin d'être conduit à Orly. J'avais tout le temps devant moi pour le faire.

Pour mieux tromper l'ennemi, je n'emportai qu'un de ces sacs à dos que tous les organisateurs de tournois de tennis du monde s'étaient mis en tête d'offrir aux journalistes qui leur accordaient l'honneur de leur visite. J'étais très tendance. J'allai ainsi à pied jusqu'à la station de taxis la plus proche où, coup de veine, deux chauffeurs en mal de client taillaient une bavette. J'avais eu beau me tordre le cou pendant le trajet sur le trottoir et m'arrêter devant chacune des vitrines de la rue pour scruter mes arrières, je n'avais repéré aucun individu suspect. Mais, comme le dit John Le Carré, expert ès jeux d'espions, dans une ville occidentale, n'importe quel passant peut être un pisteur en puissance.

Dans le taxi, je m'assis de sorte à surveiller nos arrières sans que le chauffeur se pose trop de questions. La circulation très dense ne me permit pourtant pas de me faire une idée très précise sur les voitures roulant dans la même direction que nous. Une fois devant le journal, je demandai au chauffeur d'entrer dans la cour. Mes poursuivants éventuels ne pourraient pas nous suivre. Par acquit de conscience, une fois entré dans le bâtiment, j'observai l'extérieur pendant une petite minute, dissimulé à la vue par le verre fumé de la façade. Personne en vue.

Léveilhac m'attendait dans la position du journaliste méditant, les pieds sur son bureau. Il m'accueillit par un éclat de rire.

— Et voilà Tintin reporter !

Au lieu de m'agacer, sa bonne humeur me détendit. Sans m'en rendre compte, mon taux d'adrénaline avait dû monter assez haut depuis la nuit dernière. En lui serrant la main, je m'aperçus que j'avais les paumes moites. Son rire, la tape qu'il m'asséna dans le dos, sa grosse voix, eurent un effet rassurant. « Tintin reporter ? » Il ne croyait pas si bien dire. Je lui expliquai ce que j'attendais de lui et *grosso modo* pourquoi. Son sourire s'accentua jusqu'à étirer sa moustache d'une pommette à l'autre. « Eh ben, toi quand tu te mets à déconner, c'est à plein tube ! » Mais, au lieu d'entamer une discussion dont je redoutais la longueur, il se leva et me proposa :

— On y va ? J'ai un rendez-vous en début d'après-midi. Faut se magner.

C'était parti.

À cette heure, les couloirs jusqu'aux ascenseurs étaient vides. La descente au parking s'effectua sans problème et sans arrêt. Mais une fois devant la voiture, au moment où j'allais m'installer sur le siège du passager avant, j'eus la surprise de voir mon chauffeur ouvrir la portière arrière.

— Eh ouais, mon vieux ! Dans la clandestinité, on ne fait pas les choses à moitié ! Si tu tiens à ne pas te faire repérer, tu vas me faire le plaisir de t'allonger derrière entre les sièges. Et tu ne te redresseras que quand je te le dirai. Et puis, c'est bon pour ta souplesse !

La perspective d'une discussion ergoteuse me retint de protester. L'idée n'était pas idiote. Sa réalisation fut moins aisée que sa conception. Glisser ma carcasse entre les sièges avant et arrière d'une 306 s'avéra impossible. Ni mon mètre quatre-vingt ni mes cent kilos ne tenaient dans un espace aussi réduit. Je m'allongeai donc du mieux que je pus sur la banquette, tentant de ne pas laisser émerger le moindre éclair de ma calvitie naissante.

— En route Tintin ! Le capitaine Craddock est heureux de vous servir. Mais qu'avez-vous fait de Milou ?

Au moins, l'expédition en mettait un en joie. Il commençait d'ailleurs à m'agacer, au point que je répliquai.

— Ferme-la ! Si quelqu'un te voit parler tout seul au volant, à moitié tourné vers la banquette arrière, il ne va pas mettre longtemps à comprendre. Ferme-la et roule ! Agacé, le boute-en-train mit la radio en route.

Au bout de quelques minutes, je l'entendis de nouveau se manifester :

— Ça va peut-être bien suffire, non ? Ou bien ils ne t'ont pas repéré, et ils ne nous ont pas suivi, ou bien ils savent que tu es dans ma voiture et ils vont continuer à me suivre quoi que tu fasses. Ou bien, ils n'existent pas. Donc tu peux te redresser.

Le raisonnement était implacable. Il fit germer une nouvelle idée en moi. Au cas où nous serions suivis, il me restait une chance de les semer en changeant une fois de plus de mode de transport. Je convainquis d'autant plus facilement le chauffeur de me débarquer à la station du RER Issy-Val-de Seine qu'il connaissait à deux pas de là un bistrot où la rosette venait de Lyon et pas de l'Élysée, et le côtes-du-rhône d'un peu plus bas dans la vallée du même nom. Le temps de mettre un coupe-vent gris et une casquette, tirés de mon sac, je sautai directement de la voiture dans les escaliers du RER. Une demi-heure plus tard, j'arrivai à Orly sans avoir détecté la moindre activité suspecte sur mes talons.

Trouver une place sur une des navettes en partance pour Nice ne me posa pas plus de problèmes. Coincé dans mon siège pendant une heure, je laissai mon cerveau se défouler. L'appel de Madec confirmait bien mon hypothèse : l'histoire du réseau *Rubis* était sans doute la cause de mes ennuis. Mes recherches avaient provoqué une réaction de gens qu'elles dérangeaient. Mais pourquoi ? La première idée qui me vint à l'esprit était simpliste : une trahison, restée ignorée jusqu'à nos jours, mais remontant peu à peu à la surface. Quelqu'un avait dû me croire au courant de plus de choses que je ne l'étais ; involontairement, j'avais effleuré une zone douloureuse, sans m'en apercevoir. J'eus beau retourner ces idées dans ma tête jusqu'à l'atterrissage, aucun indice susceptible de me mettre sur la bonne piste n'émergea.

Aussitôt débarqué, j'appelai Madec chez lui. En vain. Personne ne répondit. À l'agence de location de voitures, je tentai de me faire expliquer où se trouvait sa maison. Bien entendu, le plan qu'on me proposait était trop succinct pour que sa rue y figure. Malgré ma réticence pour les engins modernes, j'acceptai l'option « GPS », hors de prix.

Il était l'heure de déjeuner, le vide de mon estomac se rappelait à mon attention. Je mis donc le cap sur le centre-ville pour y trouver un restaurant. Madec ne déjeunait peut-être pas chez lui. Je décidai de rappeler après le repas. Le ciel bleu de la Côte d'Azur et l'air vif de cette fin d'hiver réveillèrent mon optimisme. J'allais sans doute bientôt apprendre les raisons de mes mésaventures. Un plat de pâtes, un verre de bandol ou de cassis constitueraient une bonne base de départ pour un après-midi fructueux.

***

Deux heures et une assiette de pâtes aglio, olio et peperoncino plus tard, j'essayai de rappeler Madec, sans succès : j'avais oublié de recharger la batterie de mon portable. Quand je finis par trouver une cabine publique en apparent état de marche, elle fonctionnait avec une carte à puce dont je n'étais pas muni. En acheter une me prit dix minutes de plus : un jour de tirage spécial du loto, la caisse du tabac était difficile à atteindre. L'agacement, plus la digestion, plus l'atmosphère confinée de la cabine, il ne m'en fallut pas plus pour piquer ma première suée du séjour. À la troisième sonnerie, une voix d'homme au fort accent méridional retentit :

— Allô ! Qui est à l'appareil ?

Le temps de la surprise passé, je demandai :

— Je ne suis pas chez M. Madec ?

— Si. Qui le demande ? ... Qui le demande ?

D'instinct, je raccrochai sans répondre à cette voix insistante. Qui cela pouvait-il bien être ? Sentant mon cœur s'affoler dans ma poitrine, je m'adossai à la paroi. Je me raisonnais. Il pouvait s'agir d'un ami, d'un parent... J'avais peut-être été idiot de raccrocher.

Me convaincre de rappeler me prit de longues secondes. Je composais une deuxième fois le numéro. Une seule sonnerie suffit. La même voix retentit.

— Allô ! Qui est à l'appareil ?

Puis, devant mon nouveau silence :

— Ne raccrochez pas, je vais chercher M. Madec.

Le cœur battant, je perçus divers bruits, des pas, des raclements. On se passait le combiné. Une autre voix masculine :

— Ici Madec, qui est à l'appareil ?

Je raccrochai aussitôt. Le nouvel interlocuteur n'avait pas d'accent perceptible, mais sa voix était bien plus jeune et molle que celle de Madec, sèche, cassante. On me menait en bateau.

Je ne sais combien de temps je restai dans la cabine à tenter d'ordonner mes pensées. Je sursautai quand on frappa à la paroi vitrée. Une femme aux cheveux métallisés au régécolor, privée de portable, s'impatientait. La cabine devait être la dernière à fonctionner dans le quartier.

Marcher me fit du bien. J'essayai de rassembler mes idées. Des inconnus se trouvaient chez Madec. Ils avaient tenté de se faire passer pour lui. Il ne pouvait donc s'agir ni d'amis anodins ni de voisins. J'hésitai à aller trouver la police. Dans l'état actuel des choses, je me voyais pourtant mal raconter mon histoire dans un commissariat. Les flics avaient d'autres soucis en tête. Comment les convaincre de m'accompagner sur place? Requinqué par un ristretto, je pris la courageuse décision d'aller jeter un œil dans la rue où résidait Madec. Il serait toujours temps de faire appel à la police si je constatais quelque chose de vraiment bizarre.

Le trajet me prit une demi-heure de plus. Le vieux résistant habitait dans un quartier résidentiel coquet, aux rues étroites bordées de maisons particulières et d'immeubles bas. En tournant dans la rue André-Diehl, je perçus très vite la tache rouge d'un véhicule de première urgence garé sur la droite de la chaussée, à une cinquantaine de mètres du carrefour. Arrivé à sa hauteur, je constatai qu'il stationnait devant la porte de la maison correspondant à l'adresse de Madec. Une voiture de police était garée derrière l'ambulance. La rue se terminait par un rond-point où un café-restaurant jouxtait une supérette de quartier.

Je me garai un peu plus loin et revins sur mes pas pour m'installer à la terrasse du café où les clients se faisaient rares. De ma table, je gardais un œil sur l'enfilade de la rue Diehl, tout en affectant de compulser des dossiers sortis de ma gibecière de vrai journaliste. Je n'eus pas besoin de cuisiner la serveuse, une blonde de contrebande, au cheveu filasse et à l'accent poissonnier, mais au sourire sincère. Après m'avoir servi ma bière, elle demeura plantée à côté de ma table, le plateau à bout de bras, regard braqué sur la rue. Un gros soupir auquel succéda un : « Si c'est pas malheureux de voir ça ! » appelant la relance. « Quoi donc? » Suivit un topo qui m'éclaira sur l'insécurité de la vie sur la côte, la racaille qui l'envahissait (« Y'a même des Arabes anciens du KGB ! »), la police qui ne faisait rien (« Tous des bons à rien ! Tous des pourris ! »), et sur ce pauvre M. Madec. « Il paraît qu'il est tombé tout seul dans l'escalier de sa cave... Moi, j'y crois pas. Il était en pleine forme pour son âge. C'était un ancien militaire, un athlète. Il venait souvent déjeuner ici... Il adorait les alouettes sans tête... Le patron est marseillais... Mais on l'a pas vu aujourd'hui... Je suis sûre qu'il avait le pied plus ferme que bien des gamins. Paraît pourtant qu'il était déjà mort quand sa femme de ménage l'a trouvé. »

J'avais beau faire, je n'y croyais pas non plus. Une commande urgente de Casanis entraîna l'éplorée loin de ma table.

***

Les coups résonnaient dans la tête de Louis, déchirant la trame de ses rêves. Il mit quelques secondes à émerger du sommeil et à comprendre qu'on tambourinait à la porte de sa chambre déjà éclairée par la lumière pâle du jour naissant. Avant que son cœur ne s'emballe, le son de la voix qui appelait « M. René ! M. René ! » le rassura un peu. C'était celle d'un gamin, pas celle d'un flic ni d'un Allemand. En deux pas, il atteignit la porte et l'ouvrit. Sergio, le fils du coiffeur, le dévisageait de son regard écarquillé. L'idée qu'il ne rencontrait jamais ce gosse que dans l'encadrement d'une porte eut le temps de traverser son esprit avant que le môme, excité comme une puce, ne lui ait lâché son message d'un seul souffle :

— Monsieur René, vite, il faut vous sauver. Les Allemands vous cherchent. Ils ont arrêté les autres. J'ai apporté le vélo de mon père. Dépêchez-vous !

Devant son hébétude ensommeillée, Sergio lui saisit le bras et le secoua, avant de répéter, sur un ton presque désespéré :

— Mais, dépêchez-vous un peu ! Les boches arrivent !

Le mot « boche » agit comme un catalyseur et lui remit les idées à l'endroit : il donnait à la menace une réalité incarnée. Passant sans réfléchir de l'inaction à l'action, Louis, *alias* « M. René », versa un peu d'eau du broc dans la cuvette où il se lavait tous les matins dans le coin de cette chambre en soupente aux murs tachés d'humidité ; il se rafraîchit sommairement le visage puis rassembla ses vêtements et s'habilla. Il repêcha sous le lit la besace de toile kaki qu'il tenait prête en cas de coup dur. Elle contenait du linge de rechange, un quignon de pain, deux pommes, le reste de l'argent et le foulard de soie qui équipait la plupart des agents du MI 6 : à son revers était imprimée une carte de France assez précise pour se repérer en cas de cavale. Il glissa dans le linge le colt 45 qui passait la nuit sous son oreiller et suivit le gamin dans l'escalier. Dans la doublure de sa canadienne étaient cousues les copies des plans de diverses installations industrielles et militaires.

— Mon père vous fait dire de rouler jusqu'à Duclair et d'aller trouver M. Bianchi de sa part. Il tient le garage Citroën. Il vous cachera. J'vais vous montrer la route.

Le jour de son arrivée à Yvetot, une semaine plus tôt, Sergio avait déjà servi de courrier pour avertir le docteur Joseph Gauthier, *alias* Cheval, responsable du réseau local, prévenu par radio de l'arrivée prochaine d'un courrier.

L'homme lui avait plu au premier regard. La cinquantaine bien tassée. Un vrai médecin de campagne, qui ne devait pas cracher sur le calva offert lors de ses visites dans les fermes. Un rustique, grand, charnu, côtelé de velours, chaussé de bottes et fumeur de pipe, avec cette bonne grosse voix que donnent souvent les excès de fourchette et de bouteille couplés au tabagisme et à l'âge. Il inspirait le calme et la pondération.

En tant que médecin, Gauthier bénéficiait de deux avantages primordiaux sur le Français moyen : un Ausweis permanent pour enfreindre le couvre-feu et des bons d'achat de carburant pour sa voiture. Il mettait les deux à profit pour la bonne marche du réseau. Sa première préoccupation fut d'examiner les papiers d'identité fabriqués à Londres à l'attention de Louis.

L'inspection amena une moue sceptique sur son visage :

— C'est sans doute du bon travail pour Londres, mais c'est loin d'être parfait. Un flic plus malin que les autres aurait vite des doutes. Et par ici, il y en a de finauds. Il faut qu'on vous trouve mieux que ça. En attendant, nous allons vous loger chez la veuve Hébert. Son mari a été tué par les Allemands, elle ne les porte pas dans son cœur. Mais elle ne fait pas vraiment partie du réseau. C'est aussi bien, pour la sécurité, mais soyez discret. Pas la peine de lui faire du gringue, non plus, mon garçon, ce n'est pas le genre. Et moins vous vous promènerez dehors, mieux vous vous porterez.

Les deux hommes avaient ensuite procédé à un échange. Louis avait donné au médecin une moitié de l'argent qu'on lui avait confié et Gauthier lui avait remis une liasse de plans. Il ne s'agissait pas d'un marché, mais des deux faces du même travail. Les réseaux avaient besoin d'argent pour payer les dépenses de fonctionnement, en particulier le salaire, modeste, des permanents qui avaient abandonné leur emploi pour défendre la cause. Les messages pouvaient passer par radio. Les plans, eux, ne pouvaient pas voyager sur les ondes courtes des postes émetteurs. Un courrier comme Louis se chargeait donc de l'acheminement dans les deux sens.

Sa mission devait se prolonger trois semaines. Le temps de faire le tour des réseaux pilotés par Londres en Normandie, de leur apporter des subsides et de récupérer des documents. Son séjour à Yvetot n'aurait dû durer que deux ou trois jours, mais le docteur Gauthier avait tenu à lui procurer des papiers d'identité plus authentiques. Le réseau avait des contacts dans diverses mairies de la région. L'occasion faisant le larron, Louis remporterait avec lui quelques documents vierges.

Par coup de chance, Gauthier disposait précisément du sésame le plus sûr de tous : un *Entlassungschein*, certificat de libération des camps de prisonniers en Allemagne pour raisons sanitaires, accordé à un de ses anciens patients dont le décès récent n'avait pas été déclaré aux autorités. Muni de ce document et accompagné par le frère du défunt, Louis s'était rendu, dès le troisième jour de son séjour, à la mairie d'Yvetot où un rond-de-cuir s'était chargé de lui établir un jeu complet de papiers officiels. Il les avait récupérés la veille de la rafle.

Il était ainsi devenu René Morel, natif de Rouen, âgé de 23 ans, mécanicien, autorisé à résider en zone côtière interdite et n'avait plus rien à craindre des contrôles d'identité tant qu'on ne fouillerait pas ses bagages.

Une fois sorti de la maison de la veuve Hébert, Sergio, sérieux comme un pape, s'acquitta de son rôle de guide pour mettre Louis sur la bonne route. Il ne restait plus qu'à pédaler une vingtaine de kilomètres sur une départementale sinueuse, parcourue par quelques rares véhicules à gazogènes, des charrettes à cheval et d'éventuels convois allemands. Le vélo était vieux, mais bichonné, pneus en bon état, chaîne et moyeux graissés, freins corrects, plaque d'immatriculation réglementaire. Depuis le début de la guerre, la bicyclette était devenue un moyen de transport essentiel pour la population, car bus et trains se faisaient rares, faute de carburant et d'autorisation de circuler. Avoir donné à Louis son propre vélo en disait long sur la générosité du *Signore* Reggiani.

Tout en pédalant, le jeune homme ressassait les arrestations. Sergio n'avait livré aucun détail. Il s'était contenté de répéter ce que son père lui avait demandé de dire. En réalité, depuis qu'il avait quitté la ferme, Louis n'avait été mis en contact qu'avec très peu de gens. À peine avec sa logeuse qui s'était montrée discrète. Le comité de réception ne savait pas grand-chose sur lui, et surtout pas où il logeait. Les maillons les plus faibles de sa protection étaient sans doute le coiffeur et le médecin. Mais il se demandait dans quelle mesure ils étaient eux-mêmes liés aux personnes arrêtées. Discret, Gauthier ne s'était pas étendu sur l'organisation du réseau. Louis eut une pensée émue pour les braves types qu'il avait rencontrés à la ferme. S'ils étaient aux mains de la Gestapo, ils devaient vivre des heures moins réjouissantes que celles du casse-croûte du soir de son arrivéc.

L'effort requis par l'ascension d'une côte pentue interrompit le cours de ses réflexions. Après quelques centaines de mètres, le souffle court, le jarret douloureux, Louis ne pensait plus à rien d'autre qu'à bien respirer et à ménager ses forces pour durer. Il regretta, le temps d'un éclair, le vélo de course sur lequel il avait sillonné les routes de la Normandie pendant ses vacances d'avant-guerre, et surtout, le dérailleur trois vitesses dont sa monture du jour était dépourvue. Mais, malgré la difficulté, il refusait de mettre pied à terre. Heureusement, la température fraîche rendait l'effort moins pénible. Pendant les longues minutes que dura la grimpette, il redevint ainsi un jeune homme de 20 ans pédalant à perdre haleine, sans arrière-pensée, au point que, après un dernier coup de reins, l'arrivée au sommet répandit dans tout son organisme une sensation de bien-être absolu. Pendant quelques minutes, il avait oublié la guerre.

Une fois sur le plateau cauchois, vaste étendue monotone de champs de blé en herbe, de lin et de betteraves, les soucis émergèrent derechef en toile de fond de ses pensées, mais s'y mêlait désormais une forme d'exaltation. Louis se sentait vivre comme jamais auparavant. Il avait l'impression, sans doute exacte après pareil effort, que son sang battait plus fort dans ses veines. La condition de fugitif ne lui faisait plus peur. Il y arriverait.

Et il allait arriver à Duclair une paire d'heures plus tard, sans autres encombres qu'une crevaison vacharde sur un silex pointu. Heureusement, la petite sacoche de cuir noir suspendue à l'arrière de la selle contenait un nécessaire complet de réparation, et la pompe, fixée sur le cadre, avait été aussi bien graissée par le *Signore* Reggiani que la bicyclette elle-même. Installé dans un champ, derrière une haie qui le dissimulait de la route, Louis râpa soigneusement la chambre à air et colla une rustine. Puis, une fois la roue remontée, assis dans l'herbe, il croqua une pomme tirée de sa besace, songeant avec nostalgie aux pique-niques campagnards de sa jeunesse en compagnie de ses parents et de sa jeune sœur, Lucette. Il regardait, sans même les voir, les pommiers plantés dans le champ où il se trouvait, puis, plus loin, au-delà des haies, d'autres champs parsemés d'arbres isolés ou de bosquets qui, par superposition jusqu'à l'horizon, donnaient l'impression d'une forêt dense. Il perçut alors dans ce tableau bucolique l'allégorie de la Résistance naissante et ressentit un intense sentiment d'appartenance à une forêt en marche. Il avait beau mépriser l'attitude de la France et des Français dans la débâcle, il ressentit au plus profond de son être, la conviction d'accomplir une tâche juste et nécessaire. Une tâche qui, un jour ou l'autre, mènerait à la victoire du bien sur le mal. Cette certitude extirpa de son cœur le germe de la peur qui y stagnait depuis le décollage du Hudson à Tangmere. Fort de sa résolution nouvelle, il tira sèchement sur la chevalière au poison, l'ôta sans douceur de son doigt, la fourra dans sa poche puis respira à pleins poumons l'air de la campagne, soulagé. Il avait l'illusion d'avoir repoussé le spectre de sa mort. L'arrivée d'une lourde nuée et la menace d'une averse interrompirent le cours de ses pensées. Il avait intérêt à se remettre en selle, et fissa, s'il ne voulait pas arriver trempé à Duclair. Il reprit donc sa route, une longue portion de plat sur le plateau, suivie par la descente vers les rives de la Seine.

***

De la soupente sous les toits du garage où Marcel Bianchi, un quinquagénaire couperosé qui devait dormir avec son bleu maculé de cambouis, lui avait aménagé un gourbi, la vue plongeait par un fenestron sur l'intérieur de l'atelier et sur les voitures en réparation. Parmi celles-ci trônait la grosse Traction noire confiée par un gestapiste local d'après ce que Bianchi lui avait dit. Elle dominait les autres véhicules du haut du pont élévateur où elle était perchée. Depuis deux jours, le jeune homme ne quittait sa cache qu'une fois baissé le rideau de fer de l'entrée principale. Bianchi n'avait pas fait de manières pour l'accueillir quand il avait mentionné le nom du docteur, mais il avait exigé de la discrétion. L'endroit grouillait de troupes allemandes.

Le garage était situé sur les quais de la Seine, le long de la grand-route reliant Le Havre à Rouen. Le matin de l'arrivée de Louis, un convoi de camions allemands faisait la queue pour passer la rivière sur le bac qui la franchissait à cet endroit, car aucun pont ne l'enjambait entre Rouen et la mer. Sur son vélo, Louis avait longé cette file de véhicules et de soldats en pensant aux dégâts qu'aurait pu réaliser un seul chasseur bombardier prenant le quai en enfilade. Mais la RAF n'avait pas encore assez d'appareils ni de pilotes pour les détourner de la défense de l'espace aérien londonien. Il apprendrait plus tard, de la bouche de Bianchi, qu'elle bombardait parfois les chantiers navals du village voisin de Le Trait, causant autant de destructions aux habitations qu'aux installations industrielles et accentuant le ressentiment global antibritannique des habitants de la région, très vif depuis l'affaire de Mers-el-Kébir. Louis se demanda alors si le garagiste savait de qui dépendait le réseau du docteur Gauthier ; il décida de ne pas éclairer la lanterne de son logeur, de peur de le décevoir, ou pire.

Le troisième jour, Gauthier arriva à Duclair au volant d'une autre Citroën, une Rosalie grise, le modèle antérieur aux Tractions, plus haut sur pattes, moins moderne, moins rapide que ces dernières et plus commun. Hasard, ou prétexte, dès son arrivée, il abandonna la voiture à un mécano du garage qui la rangea à côté de la Traction de la Gestapo et se plongea aussitôt sous le capot.

Quelques minutes plus tard, Gauthier, essoufflé par l'ascension de l'escalier puis d'une échelle, soulevait la trappe donnant accès au grenier de Louis. Tranquille en apparence, il épousseta son manteau, referma la trappe et s'assit sur le lit avant de prononcer le moindre mot. Il sortit sa pipe, la bourra, mais se retint de l'allumer. Le jeune homme s'imagina soudain face au commissaire Maigret, son héros littéraire préféré. D'ailleurs, Gauthier sembla entamer un interrogatoire :

— Vous n'avez pas eu trop de problèmes pour arriver jusqu'ici ?

— Non, à part une crevaison, tout s'est bien passé.

— Une crevaison ? Ça aurait pu être pire... En fait, toute la situation pourrait être pire. Je m'explique : les types arrêtés font tous partie de l'équipe de réception des cargaisons envoyées par Londres. Par prudence, cette équipe est indépendante du reste du réseau. Normalement, ils ne me connaissent pas, pas plus qu'ils ne connaissent Reggiani. Il y a au moins deux boîtes aux lettres entre eux et moi, dont une à Paris... Pour le moment, les dégâts sont donc limités. Je ne dis pas qu'il soit totalement impossible que les Allemands me repèrent, mais les risques sont acceptables. En revanche, le terrain de parachutage et d'atterrissage est grillé. Vous ne pourrez pas être récupéré comme prévu.

— Mais je peux continuer ma mission, l'interrompit Louis.

— ...tttt, doucement. Je vous ordonne de vous mettre un peu en sommeil. Le temps de voir si ça bouge. Les Allemands ne sont pas très patients. S'ils ont des informations supplémentaires, ils vont faire mouvement rapidement. Quand deviez-vous repartir pour Londres ?

Moins on en dit, moins les autres en savent, plus on est en sécurité, avaient seriné les instructeurs anglais. Louis maintint donc Gauthier dans le flou en lui laissant penser qu'il avait quelques semaines devant lui. Le médecin sourit, conscient sans doute de la méfiance de son interlocuteur. Avant de reprendre :

— Avez-vous la possibilité de vous mettre au vert quelque temps sans contact avec nous ?

Louis n'eut pas besoin de réfléchir très longtemps avant que la réponse s'impose d'elle-même : ses parents résidaient à une soixantaine de kilomètres de là, à Trouville. Il n'était pas recommandé d'effectuer des missions dans des endroits familiers, le risque d'être reconnu accentuant les périls, mais se cacher ? Sa famille constituait l'asile le plus sûr dans pareilles circonstances. Il résuma la situation à Gauthier, sans lui donner de détails :

— J'ai un point de chute éventuel à une centaine de kilomètres d'ici. Je peux y passer quelques jours, le temps que ça se tasse. Mais comment m'avertirez-vous que la voie est libre ou non ?

Le médecin lui expliqua alors la marche à suivre : dans cinq jours, il devrait se rendre dans une librairie de Rouen. Si le calme régnait, un exemplaire du traité de chirurgie vasculaire du professeur Dauge serait exposé en vitrine. Sur un formulaire d'ordonnance à son nom, Gauthier allait rédiger sur-le-champ une liste de deux ou trois livres médicaux, comme si c'était une commande. Il suffirait que Louis la montre au libraire pour que celui-ci comprenne et lui transmette les informations communiquées par le médecin.

— Vous vous sentez de faire la route à vélo, continua le médecin en commençant à écrire la liste ? Ou préférez-vous que je vous avance en vous déposant à Rouen où vous pourriez prendre un train ou un car ?

— Qu'est-ce qui vous paraît le plus sûr ?

Le médecin haussa les épaules, fataliste :

— Sûr ? Rien n'est très sûr... ni très dangereux avec vos papiers « authentiques ». Le vrai risque tient au contenu de votre bagage. Il y a plus de contrôles dans les gares que sur les routes, mais il y en a à tous les bacs sur la Seine et je ne vous vois pas faire un crochet par Rouen pour le seul plaisir de passer par un pont. Honnêtement, je ne saurais dire ce qui est le mieux.

Un silence s'établit entre les deux hommes perdus dans leurs pensées. Du coin de l'œil, Louis gardait son regard occupé en observant le travail des mécanos. Soudain, il se raidit. Un homme en imper et chapeau mou venait d'apparaître à l'entrée du garage. Seul. Bianchi l'accueillit sans lui serrer la main, portant la sienne, souillée par du cambouis, à la visière de sa casquette pour esquisser un salut négligent. La Traction noire avait été descendue du pont élévateur. Le garagiste échangea quelques paroles inaudibles avec l'individu qui s'installa sur le siège du conducteur et fit démarrer la voiture. Apparemment satisfait, il sortit du garage dans un crissement de pneus qui traversa la mince vitre du fenestron et parvint aux oreilles des deux hommes.

Quand Louis se retourna, il s'aperçut que le médecin s'était levé et avait observé la scène, lui aussi.

— Bon, écoutez... rien n'est sûr, mais je vous propose de mettre votre vélo sur le toit de ma voiture et de franchir le bac avec moi. Je suis médecin, vous avez été rapatrié pour cause de maladie. Si on me pose des questions, j'expliquerai que je vous emmène dans votre famille. J'ai une cache aménagée sous la malle arrière. On y mettra votre sac. Ils n'iront pas le chercher là.

— Et le vélo ? Ça ne paraîtra pas bizarre, un vélo sur votre galerie ?

— Vous voulez rire ? Tout le monde a besoin d'un vélo. Si on m'interroge, je dirai que je l'apporte à mes cousins, ou que je viens de l'acheter... Qu'importe. Un vélo est un bien précieux par les temps qui courent. Si vous saviez le nombre de vols de vélos commis en ce moment ! Personne ne s'étonnera de sa présence. Aucun problème.

— Et où me laisserez-vous ?

— Où ça vous arrange. Vous n'aurez qu'à me dire.

— Il faudrait que je regarde une carte.

— J'en ai une dans la boîte à gants. Nous verrons ça à mon retour. J'ai laissé ma voiture à Bianchi pour qu'il règle le carburateur. Je vais aller faire une visite chez un de mes vieux patients, et je reviendrai vous chercher.

Trois heures plus tard, Louis enfourchait de nouveau la bicyclette du *Signore* Reggiani à la sortie du bourg de Bourneville. Comme l'avait prédit Gauthier, le passage du bac n'avait été qu'une formalité. Les deux soldats allemands débonnaires préposés à la vérification des documents n'avaient fait aucune difficulté en voyant le caducée sur le pare-brise. Deux autres véhicules, deux « gazogènes », étaient du voyage ainsi que plusieurs cyclistes et quelques piétons. La suite du trajet avait été paisible.

À la sortie de Bourneville, Gauthier engagea la voiture dans l'entrée d'un chemin pour la dissimuler aux regards. Les deux hommes descendirent le vélo, récupérèrent le sac de Louis puis se quittèrent sur une simple poignée de main. Avant de regagner la route en marche arrière, Gauthier héla Louis à sa portière d'un geste de la main :

— Surtout, ne roulez pas de nuit, c'est trop risqué à cause du couvre-feu. Si vous voyez que vous ne pouvez pas arriver à temps, prenez une chambre d'hôtel ou trouvez-vous une meule de paille pour dormir. De jour, vous ne risquerez plus grand-chose. Et n'oubliez pas : le traité de chirurgie vasculaire du professeur Dauge !

Sur ces mots, la Rosalie s'engagea sur la route de Caudebec. Un quart d'heure plus tard, Louis reprenait sa pédalée vers Trouville, distante d'une cinquantaine de kilomètres. Trois heures devraient lui suffire, mais il comptait prendre son temps pour arriver à la nuit tombante et échapper aux regards inquisiteurs.

***

« Mon p'tit Loulou, t'es vraiment toujours aussi dingue ! » Pivotant sur le tabouret du piano dont elle venait de jouer, Lucette regardait son frère à la fois avec une compassion amusée et un brin d'admiration. Oui, « son » Louis était toujours aussi risque-tout. Six mois après son départ pour l'Angleterre sur un coup de tête, il était de retour dans la peau d'un clandestin, une peau bêtement amochée. Un œil au beurre noir, le nez de travers, et une cheville bandée qui reposait sur un pouf placé devant le vieux fauteuil dans lequel il s'avachissait, meurtri et boudeur. Comme au retour d'un de ses matches de rugby, après avoir voulu se mêler des affaires des avants.

Cette fois, la cause des dégâts n'était pas une bagarre, mais une chute de vélo. Après avoir été déposé par le docteur Gauthier, il avait roulé sans encombre jusqu'à quelques kilomètres de Trouville, appréciant même le trajet qui donnait à son aventure un tel air de vacances qu'il s'était surpris à siffloter « Tout va très bien, madame la marquise ». Désireux d'arriver pile à la nuit tombante, avant le couvre-feu, mais dans la semi-obscurité du crépuscule, pour éviter d'être reconnu, il s'était arrêté derrière une haie pour faire halte. Il pensait n'y rester qu'une heure, mais, fatigué par sa pédalée et par la tension des derniers jours, il s'était endormi. Réveillé en sursaut dans une obscurité quasi totale, il avait rêvé qu'une meute de chiens était à ses trousses. Troublé par ce cauchemar, il avait parcouru les derniers kilomètres, sans éclairage, dans la double angoisse de tomber sur une patrouille ou de heurter un obstacle inopiné. Ça n'avait pas raté : à quelques centaines de mètres de chez lui, il n'avait entrevu qu'au dernier moment un matou en vadrouille traversant sous son nez. La nuit, tous les chats sont d'un gris tirant sur le noir. Pour l'éviter, il avait fait un brusque écart, heurté la bordure du trottoir, perdu le contrôle de son vélo et s'était étalé comme une masse pendant que le greffier, indifférent, filait courtiser sa belle. Son crâne avait heurté le trottoir, le nez en avant-garde, et sa cheville s'était tordue, coincée entre la pédale et le caniveau. Sa mère avait cru défaillir d'émotion et d'inquiétude quand elle l'avait découvert, le visage en sang, frappant discrètement à la porte vitrée de la cuisine ouvrant sur le jardin. Elle avait très vite retrouvé ses réflexes d'infirmière pour panser ses plaies et ses bosses.

Du fond du fauteuil où il avait écouté en silence sa sœur, à peine rentrée de la messe dominicale, interpréter pour lui sa version du « Boum ! » de Charles Trenet suivi par « Couchés dans le foin » de Mireille et Jean Nohain, Louis était partagé entre l'agacement et l'admiration. Parfois, Lucette lui tapait sur le système, surtout quand elle l'appelait « mon p'tit Loulou », mais il ne pouvait s'empêcher d'apprécier ses talents. De deux ans sa cadette, elle avait hérité ces dons de leur mère, une de ces femmes que la bonne société provinciale qualifiait pudiquement d'artistes, voire d'originales, en plus d'être « étrangère », mais qui n'avait jamais vraiment enfreint les règles de la bonne conduite. Tentée dans sa jeunesse en Angleterre par « la carrière » lyrique que son joli brin de voix aurait pu lui valoir, Susan Page avait fait le choix de la norme et de la respectabilité en épousant, au lendemain de la première guerre, le beau lieutenant français qu'elle avait soigné dans l'hôpital de campagne où elle officiait comme volontaire. De son rêve artistique passé, n'étaient restées que quelques notes poussiéreuses en forme de cours de piano pour les jeunes filles des bonnes familles deauvillaises et quelques récitals privés dans le salon de musique où Louis et sa sœur se trouvaient. Lucette avait été sa meilleure élève, mais sa fille avait aussi hérité de son père une vigueur physique qui lui avait permis d'épauler au mieux son frère aîné dans diverses aventures juvéniles. Ils avaient ainsi formé un équipage redouté dans les régates du yacht-club et un double mixte plutôt compétitif sur les courts du tennis-club de Deauville où, adolescente, Lucette n'avait jamais raté une occasion d'admirer la troublante Suzanne Lenglen en démonstration de bonds et rebonds entre deux soirées équivoques au casino.

Comme sa mère, la jeune fille nourrissait des envies de paillettes, celles du music-hall plutôt que celles de l'Opéra, époque oblige. Elle adorait les chanteurs modernes, Trenet et Mireille, surtout, et partageait avec Louis le goût pour ses 78 tours du grand orchestre de Ray Ventura ou du Hot Club de France de Django Reinhardt. Pourtant, un an plus tôt, au moment du choix de ses études après un bac passé à 17 ans, elle s'était orientée, avec hardiesse, vers la médecine, marquée sans doute par les récits dans lesquels son père mettait en scène la bravoure des infirmières de la première guerre qui l'avaient soigné, vingt-cinq ans plus tôt, après qu'un éclat d'obus lui avait sectionné le bras gauche du côté de la Somme.

Louis soupçonnait que son choix de la fac de médecine de Rouen, plutôt que celle de Caen, pourtant plus proche, dissimulait une raison inavouable. Sa sœurette avait bien « grandi » ces derniers temps. Malgré sa coupe à la garçonne et son goût pour les pantalons, on ne risquait plus de la prendre pour son petit frère. Les copains de Louis ne s'y étaient pas trompés. Il aurait parié qu'une enquête sommaire aurait suffi pour découvrir que l'un d'entre eux poursuivait lui aussi des études à Rouen, comme par hasard. À cette pensée, il se sentait un peu jaloux, sans vraiment se l'avouer.

— Veux-tu que ta doctoresse préférée te soigne, pauvre blessé ?

Vive, Lucette s'était levée et, faussement compatissante, passait la main dans les cheveux de son frère puis faisait mine de lui prendre le pouls. Il lui saisit le poignet, agacé :

— Arrête tes manigances ! Tu n'es vraiment qu'une gamine !

Lui aussi savait toucher juste. Sous la pique, elle se cabra, plissant les yeux et se libérant de sa prise d'un geste brusque.

— Ah, oui ! Et toi ? Tu parles d'un homme ! Un vrai de vrai ! Même pas capable de faire du vélo sans se casser le nez ! Ah ! Ils sont beaux les résistants !

— Arrête de crier comme ça ! Tu veux que toute la ville soit au courant de ma présence ?

Il suffit d'un regard partagé pour que le soufflé de la querelle infantile se dégonfle. L'inquiétude sincère lue dans les yeux de son frère rappela à Lucette la précarité de la situation. Elle se calma aussi vite qu'elle s'était emportée et se laissa choir dans le fauteuil voisin, soudain sérieuse.

— Tu as raison. En fait, tu sais, ça me coûte de l'avouer, mais je t'envie… Si, si, si, c'est vrai. Moi aussi j'aimerais faire quelque chose pour… enfin, pour chasser les boches. Ils se croient chez eux ! Et ils sont chez eux avec leurs grosses bottes et leur pas de l'oie ! Personne ne fait rien. Et même si papa les déteste, il prétend qu'il ne faut pas compromettre la politique du Maréchal. Ah ! LE Maréchal ! SON Maréchal ! Il n'a que ce mot-là à la bouche, comme s'il était encore un poilu sous les ordres du vieux birbe.

Louis en savait quelque chose. Le soir même de son arrivée, une fois estompée la joie des retrouvailles, après un dîner où l'exilé avait constaté de nouveau que les restrictions alimentaires n'étaient pas trop drastiques en province en ce printemps 1941 et où l'on avait sacrifié quelques flacons cachetés, son père l'avait prié de le suivre dans son bureau, un verre de calva vieux à la main.

Pour Louis, l'antre de son père était nimbé de solennité. Enfant, l'entrée lui en avait été interdite. Il n'avait pas eu non plus le droit de jouer dans le couloir qui en desservait l'accès, pour ne pas risquer de déranger l'avocat plongé dans l'étude d'un dossier ou d'une plaidoirie. Une fois, son père l'y avait convoqué pour lui donner la seule gifle qu'il lui ait jamais infligée. Ce jour-là, dans un coup de colère, l'adolescent avait un peu plus tôt traité sa sœur de « salope ! » pour une raison futile. Averti par son épouse, le père n'avait pas toléré qu'un membre de sa famille en insulte un autre.

La dernière fois que Louis avait été prié de s'asseoir dans le fauteuil face à la grande table de travail de chêne sombre, père et fils avaient débattu du désir du jeune homme de ne pas « faire son droit » dans le sillon tracé par la tradition de trois générations d'avocats, mais de préparer plutôt les concours des écoles d'ingénieurs. Le père avait cédé, convaincu par les dons précoces de son fils pour les sciences, malgré le regret de le voir ainsi gâcher le talent avec lequel il venait de plaider sa cause.

En chacune de ces circonstances, le regard de Louis avait été happé à son entrée dans la pièce par celui d'un militaire moustachu, un vieillard aux petits yeux très noirs, inquisiteurs, et à la moustache élégamment dessinée, dont la photo en buste, accrochée au mur, lui faisait face et le mettait mal à l'aise. Aucun recoin de la pièce ne semblait pouvoir échapper à ces yeux-là. Partout où vous auriez pu espérer vous dissimuler, ils vous perçaient à jour. Philippe Pétain surveillait le front.

Comme chez beaucoup d'anciens combattants de la guerre 14, l'admiration que son père vouait au « héros de Verdun » ne datait pas de la récente prise de pouvoir par le Maréchal. Sous-lieutenant d'infanterie au début du conflit, Louis-Gabriel de Vernay l'avait terminé au grade de capitaine, avec quelques décorations en plus et un avant-bras en moins. À l'image de ses compagnons d'armes, à son retour dans sa famille, il s'était senti incapable de dire l'horreur des tranchées, de la boue, des rats, des poux, des bombardements d'artillerie, de l'alcool ingéré pour se donner le courage de mener des assauts absurdes, des copains mutilés, hachés par les shrapnells et par les mitrailleuses, de la puanteur des cadavres d'hommes et d'animaux, du dégoût, de la peur, de la honte, de la colère… Il avait enfoui en lui tous ces gravats sanglants sous une épaisse couche de cynisme. Ses rares récits de guerre devant sa famille traitaient le plus souvent du dévouement des médecins et, surtout, des infirmières, qui lui avaient évité de pourrir de la gangrène. Il les concluait toujours par un hommage à son épouse.

C'était cette dernière qui avait appris un jour à Louis que son père avait été, aussi, douloureusement marqué par un procès militaire dans lequel ses études de droit lui avaient valu de tenir le rôle d'avocat de mutins de son régiment. Un rôle de figurant : ces hommes avaient été condamnés à mort avant même que le tribunal ne se réunisse. La parodie de jugement et l'insensibilité des officiers supérieurs du tribunal avaient profondément choqué l'avocat. Bien que Pétain eût été à ce moment précis le commandant en chef des armées françaises, Louis-Gabriel de Vernay, comme la plupart des combattants, avait surtout retenu la volonté du futur maréchal de limiter les pertes, d'instaurer le cycle des relèves dans les tranchées, et son refus de se lancer dans des offensives aussi meurtrières qu'absurdes. Passant après un va-t'en-guerre du calibre du général Nivelle, un homme qui envoyait par milliers ses semblables au massacre au nom du panache des armées et de l'audace du combattant, Philippe Pétain avait fait figure de héros pour toute une génération de soldats sacrifiés pour la patrie, par la patrie. Ils lui vouaient une confiance illimitée, malgré son âge et ses amitiés politiques. L'armistice du 11 novembre 1918 pesait toujours plus lourd dans leur esprit que celui du 22 juin 1940, signé pourtant dans le même wagon, en forêt de Compiègne.

À cloche-pied, sous le regard de Pétain dans lequel il avait l'impression de déceler du mépris à la vue de cette blessure bénigne et sans gloire, Louis avait rejoint le fauteuil que lui désignait son père. Louis-Gabriel était resté debout, le regard plongé dans le fond de son verre ballon, semblant chercher sa vérité dans l'ambre du calva comme dans une boule de cristal ; l'autre manche de sa veste pendait, vide. Grand et mince, il incarnait une forme de classe naturelle qui faisait de l'effet dans les prétoires, mais, dans l'intimité de sa famille, sa carcasse se voûtait sous le poids d'une tristesse distante. Il parlait rarement, toujours de manière docte, pour expliquer, enseigner, sermonner, jamais pour distraire. La Grande Guerre avait fait de lui un homme triste et sentencieux. Au moment où son silence devenait pesant, il se décida enfin à parler, d'un ton dépité :

— Avant ton départ pour l'Angleterre, j'aurais aimé que tu parles avec moi au lieu de t'enfuir comme un voleur…

— À quoi bon ? Vous auriez cherché à me retenir. Et puis, au moins, comme ça, vous n'avez pas eu à mentir à mon sujet.

— Et aujourd'hui, que reviens-tu faire ?

— … Écoutez père, je suis désolé, mais je ne peux pas vous le dire. C'est secret. Nous sommes en guerre et je suis un soldat.

À cette réponse, les jointures des doigts de Louis-Gabriel blanchirent au point que Louis s'attendait à voir le verre se briser d'un moment à l'autre. D'une voix blanche, mais contenue, il soupira :

— Dire que tu n'es pas encore en âge de voter, que tu as déjà fait la guerre et que tu tiens tête à ton père… Qu'est-ce que tu crois faire ?

— Je combats les Allemands, comme vous l'avez fait à mon âge.

— Mais la situation est différente, Louis. Cette guerre-ci, nous l'avons perdue. Per-due ! Balayée, l'armée française ! Ridicule. Ces imbéciles de ministres et de généraux ont été incapables de comprendre le danger représenté par Hitler, pas plus qu'ils n'ont compris l'évolution des techniques de guerre. Ils se sont encore crus à Verdun ! Tu en sais quelque chose ; tu les as vus à l'œuvre de près dans la débâcle. Et c'est encore Pétain qui va devoir réparer leurs fautes.

— Pétain, pour le moment, il a surtout renoncé à se battre, non ? Ce n'est pas lui qui va chasser les Allemands cette fois. Il a serré la main d'Hitler et lui a livré la France.

À ces mots, son père s'était encore raidi. S'il avait eu deux bras, son poing aurait frappé la surface du bureau. Encombré par son verre, il se contenta de serrer les mâchoires avant de riposter :

— Je te prie de ne pas vilipender le Maréchal. S'il n'était pas là, la situation serait pire. C'est le seul qui puisse parler d'égal à égal avec Hitler ; le seul que ce fou respecte pour son passé glorieux de combattant. Le Maréchal limite les dégâts, c'est déjà beaucoup.

À la vue de l'indignation de son père, Louis se sentit soudain très fatigué. Les émotions des jours passés puis de la chute de vélo avaient été gommées le temps des retrouvailles et du dîner. Mais faire face aux convictions de l'avocat lui semblait pour le moment insurmontable tant il subissait son ascendant. Pour un peu, le doute se serait immiscé en lui. Et si la guerre était perdue pour de bon ? Et si tous ces risques étaient inutiles ?

— L'Angleterre est fichue, elle aussi, continuait Louis-Gabriel, cinglant. C'est une question de semaines. Dès qu'Hitler sera prêt, il lancera l'offensive finale. Ce n'est pas cet ivrogne de Churchill qui l'arrêtera. Malgré tout le respect que je dois à la famille de ta mère, les Anglais sont juste bons à couler une flotte alliée. Il suffira que les boches lâchent quelques coups de canon et les rosbifs se mettront à genoux, tu verras ! Ces fourbes signeront une paix séparée. Les Soviétiques ont déjà conclu un marché avec les chleuhs. Quant aux Américains, le souvenir de la Grande Guerre les retiendra d'intervenir. Cette fois, ils nous laisseront tomber.

Le mépris évident de son père pour ces « fourbes rosbifs » dont il se sentait pourtant si proche, provoqua en Louis un sursaut d'indignation.

— Vous ne pouvez pas dire ça, père. D'abord, c'est la France qui a rompu les accords avec l'Angleterre en signant un armistice unilatéral. Ensuite, je viens de passer six mois à Londres. Et, non, les Anglais ne sont pas près de céder. Ils font preuve d'un calme et d'un courage que j'aurais été fier de voir partagés par les « froggies » au début de la guerre. Non, la RAF n'a pas perdu la bataille des airs. Au contraire. L'Angleterre se réarme à tour de bras. Et Churchill n'est pas un ivrogne. C'est un bull-dog. Je l'ai vu de près, comme je vous vois et comme j'ai vu De Gaulle aussi. Ces deux-là ne vont pas plier devant Hitler ! Vous ne parlez ainsi des Anglais que pour vous consoler de la lâcheté dont nous, Français, avons fait preuve jusqu'à maintenant…

— De Gaulle, De Gaulle ! Ce petit général de rien du tout qui prétend représenter la France… Mais de quel droit ? Pour qui se prend-il ?

— Du droit de celui qui résiste et qui refuse de se rendre, pas comme votre Pétain de Pétain !

Avant que son père n'éprouve l'envie de lui donner la deuxième gifle de sa vie, Louis se leva et fit mouvement vers la porte aussi vite qu'il le pouvait :

— Je vais me coucher ; je suis éreinté. Mais ne vous inquiétez pas, je ne vous encombrerai pas longtemps. Dès que je pourrai marcher à peu près normalement, je débarrasserai le plancher… À moins que vous ne me dénonciez avant.

Et, sur cette perfidie, il avait laissé son père seul avec son calva.

En fait, il avait fanfaronné. Son état lui interdisait un départ précipité. Le médecin de famille, convoqué en toute discrétion le lendemain de son arrivée, avait diagnostiqué une fracture du nez et une belle entorse de la cheville. Malgré les soins assidus de sa mère, une dizaine de jours, pas moins, seraient nécessaires pour que les hématomes de son visage se résorbent et qu'il puisse poser le pied par terre. Dix jours… Or, dans quatre jours, il devait être à Rouen. Dans son état, il ne pouvait pas espérer passer inaperçu dans les transports en commun et les dispositions d'esprit de son père interdisaient de lui demander de jouer les taxis.

Ces pensées et ces doutes encombraient son esprit tandis que sa sœur poussait la chansonnette pour lui. Et c'est elle qui lui apporta la solution. Sa courte tirade à la gloire de la résistance agit comme un révélateur. Le lendemain, elle devait repartir en autocar vers Rouen pour sa dernière semaine de cours avant les vacances. Pourquoi ne pas lui confier une mission de messagère ? Il suffirait qu'elle montre au libraire l'ordonnance du docteur Gauthier pour authentifier sa présence. Elle n'aurait plus qu'à lui transmettre les informations à son retour, à la fin de la semaine.

L'idée était séduisante. Louis la tourna et la retourna dans son esprit toute la fin de la journée du dimanche. Il savait que Lucette serait parfaitement capable de remplir cette tâche. Elle serait même à coup sûr heureuse de lui venir en aide. Le risque la tenterait. Pourtant, avait-il le droit de la mettre en danger, même si peu ? Si tout le réseau était grillé, le libraire le serait sûrement… Mais, en cas d'arrestation, pourquoi l'interrogerait-on sur les livres en vitrine ? Se pourrait-il qu'une souricière soit tendue pour sa seule petite personne ? La probabilité paraissait bien faible. Et puis comment faire autrement ? S'il ne recevait pas de nouvelles instructions pour la suite de sa mission et pour son rapatriement en Angleterre, il serait contraint de tenter de passer en zone libre puis, de là, en Espagne, dans l'espoir de trouver un bateau pour la Grande-Bretagne. À cette idée, un sentiment d'échec l'envahit. Non, il ne pouvait pas laisser passer cette possibilité. D'ailleurs, Lucette ne demandait que ça. Une liste de livres médicaux pour une étudiante en médecine, ça ne choquerait personne, pas même un flic, pas même un flic allemand.

Il ne savait pas qu'il regretterait sa décision jusqu'à la fin de sa vie.

***

Il eut un dernier instant d'hésitation devant la porte entrebâillée de la chambre. Dans la pénombre découpée par le halo de la lampe de bureau, seules les mains de sa sœur, penchée sur un livre de classe, reposaient en pleine lumière. Sa frêle silhouette ombreuse lui paraissait si fragile !

Une petite fille apprenant ses leçons… Non, ce n'était pas raisonnable ; elle était vraiment trop jeune, trop innocente. Il allait faire demi-tour vers sa chambre quand il l'entendit le héler à voix basse :

— Entre donc ! Qu'est-ce que tu fabriques derrière la porte ? Si tu crois que je ne t'ai pas repéré, M. l'Espion !

Braqués sur lui, deux yeux verts perçaient l'ombre des lieux. Ce regard impérieux scella leur destin.

Non seulement Louis n'eut pas besoin de la convaincre, mais au contraire, le sourire ravi accueillant sa proposition lui donna l'impression d'offrir un cadeau inestimable. Il confia à Lucette, captivée, la très particulière ordonnance du docteur Gauthier puis lui fit répéter l'adresse de la librairie et le titre du livre servant de mot de passe. Elle passa l'épreuve avec aisance. Ils convinrent que lors du traditionnel coup de fil passé à sa mère en milieu de semaine depuis l'appartement de sa tante où elle était logée à Rouen, elle se débrouillerait pour lui glisser un message évoquant la réussite ou l'échec de son entreprise.

Deux jours plus tard, en fin d'après-midi, Susan de Vernay, étonnée, entra dans le salon où il se reposait pour lui confier que Lucette était décidément originale :

— Elle m'a dit, textuellement : « Dis au *rugby player* que j'ai trouvé les livres qu'il cherchait ». Comme je ne connais qu'un joueur de rugby, je suppose qu'elle parlait de toi, mais qu'est-ce que ça veut dire ? Quels livres cherches-tu ?

Louis affecta de rire et de considérer la phrase comme une blague de sa petite sœur toquée. En fait, il était ravi. S'il interprétait bien le message, la voie était libre. Attendre la fin de semaine et Lucette pour en savoir plus lui parut long.

Le samedi, au retour de sa sœur au bercail, les nouvelles étaient doublement favorables. La santé du jeune envoyé spécial du MI 6 en Normandie s'était améliorée et, apparemment, le réseau n'avait pas connu d'autres dégâts depuis qu'il avait quitté Yvetot.

— Le libraire, plutôt mignon d'ailleurs, a été très clair, exultait Lucette souriant de toutes ses fossettes : « Le Docteur vous fait dire que les Allemands n'ont arrêté personne d'autre », m'a-t-il confié. Apparemment, ils sont en panne. Donc la mission continue. Mais faites quand même très attention, ils sont sur le qui-vive. » Alors, j'ai été bien, non ? Tu m'engages ?

Par souci de prudence, il calma les gamineries de la messagère en exigeant qu'elle raconte son entrevue par le détail, depuis l'arrivée dans la rue de la librairie jusqu'au retour dans sa chambre. Un débriefing en règle, comme on le lui avait enseigné à Bletchley Park. Les personnes croisées sur le trottoir, les clients de la librairie, la description du libraire, son attitude, la manière dont il avait accepté de donner les informations à une jeune femme alors qu'il attendait sans doute un homme, la sortie de la librairie, le retour chez sa tante : rien n'échappa à sa curiosité. Chaque détail avait son importance. Une fois qu'elle eut fini, il lui demanda de recommencer par le début.

Un temps interloquée, Lucette se plia à son souhait ; elle prenait, elle aussi, son rôle d'agent secret au sérieux. Mais quand Louis prétendit lui faire reprendre son récit pour la troisième fois, elle se mit au piano et entonna « Tout va très bien, madame la marquise ». Ce message-là aussi était clair.

Son frère n'insista pas : il avait trop envie de croire que tout s'était bien passé. Pendant que sa sœur entamait un nouveau tour de chant, il se plongea dans ses réflexions pour élaborer la meilleure manière de reprendre sa mission. Son deuxième rendez-vous était initialement prévu la semaine précédente, à Rouen. Il allait devoir tenter de renouer contact *via* la boîte aux lettres rouennaise qu'on lui avait indiquée puis attendre une liaison avec Londres par radio pour organiser son pick-up. Son nez et ses hématomes au visage avaient désenflé, sa cheville le faisait encore souffrir, mais il pouvait marcher en boitillant. Il partirait dans quelques jours.

Il passa la matinée du lundi à réécouter sa discothèque de jazz. Il voulait mettre à profit ses dernières heures à Trouville pour déguster ses morceaux préférés, car une de ses grandes déceptions à Londres avait été de constater que pour les Britanniques, le jazz était toujours une musique « blanche », incarnée par les orchestres de Stan Kenton ou de Jack Hilton, alors que ses idoles personnelles s'appelaient Sydney Bechet, Louis Armstrong, Duke Ellington ou Coleman Hawkins.

Imbibé des idées d'Hugues Panassié, le fondateur du Hot Club de France, il ne jurait que par ce « jazz »-là, le « vrai », non édulcoré par la blanchisserie de la bonne société anglo comme le rare café british l'était par le lait.

Portées par cette musique revigorante, ses pensées étaient pleines du souvenir de Doris et de son corps chaleureux, quand, au beau milieu du solo de trompette de Louis Armstrong dans West End Blues, son père fit irruption dans le salon de musique. Lui qui affectait en général un profond détachement envers la plupart des événements du quotidien semblait très agité. Il apostropha Louis dès qu'il eut mis un pied dans la pièce :

— Sais-tu où es ta mère ? … Et puis baisse-moi ce crincrin-là, on ne s'entend plus !

Se sentant encore coupable de sa saillie cynique de leur première discussion, regrettée aussitôt après l'avoir proférée, Louis obtempéra sans regimber et souleva le bras du phono avant d'informer respectueusement son père que sa mère était allée porter un peu de réconfort à une brave veuve de guerre. L'information agaça un peu plus son géniteur. Après quelques secondes d'hésitation, Louis-Gabriel parut prendre une décision importante, intima à son fils de le suivre et tourna les talons pour se diriger de nouveau vers son bureau.

À mesure que, clopinant, il approchait du fond du couloir, Louis percevait de plus en plus nettement une voix parlant anglais. Elle provenait du poste de TSF posé sur le manteau de la cheminée du bureau où son père l'attendait déjà, impatient :

— En l'absence de ta mère, tu vas me servir d'interprète. Comme ça, ton séjour à Londres n'aura pas été complètement inutile. J'ai cru comprendre de quoi il s'agissait, mais je veux en être sûr. Ça me paraît tellement invraisemblable. Écoute et traduis…

Et, sous le regard d'un Pétain plus sinistre que jamais, Louis écouta la stupéfiante nouvelle. Après quelques secondes du bulletin d'informations qu'il prenait en marche, il n'eut plus aucun doute : la BBC faisait état d'une offensive allemande déclenchée la veille, le dimanche 22 juin, contre l'Union soviétique, son alliée. Louis n'en revenait pas. Son père dut le héler pour qu'il jouât pleinement son rôle de traducteur.

— Alors ?

— Eh bien, on dirait que la Wehrmacht a lancé hier une grande offensive contre l'Armée rouge, de la Géorgie à l'Estonie. Des milliers de chars, des centaines de milliers d'hommes, des millions peut-être.

Le speaker de la BBC continuait de détailler l'ampleur de l'offensive, relatant l'avancée rapide des troupes nazies dans le sillage de leurs escadrons blindés. Louis traduisait ses propos.

Une fois le bulletin terminé, père et fils restèrent un long moment silencieux, perdus dans leurs pensées. Deux jours plus tôt, Hitler et Staline étaient encore alliés. Ils semblaient prêts à se partager l'Est de l'Europe. Et voilà qu'Hitler se jetait à la gorge de son compère. Le gâteau était sans doute trop maigre pour les appétits de deux ogres pareils. Mais même un ogre pouvait avoir les yeux plus gros que le ventre.

Louis réagit le premier :

— Vous vous trompiez, père. J'avais raison ; Staline et Hitler n'étaient que des alliés de circonstance. Maintenant, les Allemands vont être pris en tenaille. C'est peut-être une erreur fatale. Napoléon a fini à la Bérézina.

Il regardait son père fixement, prêt à encaisser une riposte dans la tonalité belliqueuse de leur précédente conversation. Sa phrase ne trouva pour écho qu'un long silence.

— Mais enfin, reprit-il, comment les Allemands pourraient-ils se battre à la fois à l'ouest et à l'est ? En tout cas, ça veut dire qu'ils ont renoncé à envahir l'Angleterre, vous ne croyez pas ?

— Il se peut que tu aies raison… Je me demande comment le Maréchal va réagir…

— Pétain ?… Pfff ! Il va faire le dos rond, comme toujours. Quelle importance ? Oubliez Pétain. Vous, qu'en pensez-vous vraiment ?

La question sembla prendre l'avocat de court. Cet homme inébranlable qui avait toujours impressionné sa famille par la fermeté de ses opinions paraissait indécis, flottant, comme la manche vide de son costume croisé. Regard éteint, perdu dans le vague, il s'était assis dans son fauteuil, dominé par ce fils débordant d'espoir, debout de l'autre côté du bureau. Sa voix vibrait quand il reprit la parole, les yeux fixés sur le coupe-papier empoigné pour occuper sa main valide.

— J'en pense… j'en pense que je hais les boches, mais que je hais tout autant la guerre. J'en ai trop vu. Trop d'horreurs. Quand nous en sommes sortis, nous nous étions juré que ce serait la dernière. Je te l'ai souvent répété : plus jamais ça ! Et voilà que, vingt ans après, ça a recommencé... Sincèrement, je reste persuadé qu'un armistice précoce était un moindre mal dans cette guerre que nous ne pouvions que perdre. Aujourd'hui, un second front s'ouvre... Je ne suis pas sûr d'être heureux à la perspective d'une nouvelle guerre, quand bien même devrait-elle être victorieuse. Cela vaut-il vraiment la peine de faire encore la guerre ? Combien de millions de morts faudra-t-il sacrifier de nouveau sur l'autel de la victoire ?

Il prit une profonde inspiration avant de confier, d'un ton las :

— Ça me coûte, Louis, mais je dois t'avouer que je ne sais plus où est la vérité. Je ne l'ai jamais dit à ta mère, mais depuis les tranchées, je ne peux plus croire en Dieu. Je me contente de faire semblant.

Il se tut à nouveau pendant quelques secondes avant de plonger son regard dans celui de son fils, interdit, et de conclure :

— Quelle est la route du salut ? Je n'en sais rien. Tout ce que je peux te dire, c'est de suivre celle que tu crois juste.

Sa main se crispa sur le manche du coupe-papier, comme animée par le violent désir de le planter dans un fantôme soudain apparu, puis, dans un soubresaut, elle le laissa échapper avec dégoût. La lame rebondit sur le bureau dans un tintement grêle tandis que Louis-Gabriel de Vernay s'enfonçait dans la noirceur de sa vision.

Louis demeura interdit face à la tristesse macabre qui s'emparait de son père. En quelques jours, il avait eu l'impression de l'avoir vu vieillir de dix ans. À moins que son propre regard, dessillé par la guerre et par son exil, n'ait perdu de son ingénuité filiale... Le *pater familias* robuste, énergique qu'il avait toujours connu, avait perdu le masque du héros de son enfance, multiple décoré, combattant couvert de gloire. Le visage sillonné de rides grisâtres était désormais celui d'un vétéran à la carcasse voûtée, surmontée par un crâne trop lourd pour ses forces restantes : la tête basse d'un homme vaincu par ses souvenirs et par ses angoisses. Le courage d'autrefois s'était mué en ressentiment. L'avocat ne savait plus envisager que le pire et s'en remettait à un vieillard quasi sénile pour les protéger, lui et les siens.

À mesure qu'il percevait l'abîme du pessimisme de son père et son désarroi, les dernières étincelles de la colère de Louis s'éteignaient, remplacées par une vague de pitié douceâtre, un peu dégoûtante. L'idée qu'il lui incombait de réconforter son propre père lui déplaisait. Il le savait sans doute depuis sa décision de partir pour l'Angleterre, mais il ne l'avait jamais aussi clairement réalisé : désormais, entre eux, les rôles étaient inversés ; c'était à lui de se montrer fort.

Louis sortit de la pièce sans que son père semble s'apercevoir de son départ. Le jeune homme avait été tenté de faire le tour du bureau pour réconforter son géniteur par un geste, par une étreinte. Mais il était sorti, sans mot dire, mettant un terme abrupt à ce qui devait être leur ultime conversation.

Il ne revit plus son père avant son départ. Retenu à Rouen par divers dossiers, l'avocat y établit pour quelques jours ses quartiers dans un hôtel proche du palais de justice, car, en ces temps de couvre-feu, il était risqué de circuler la nuit. Peut-être Louis-Gabriel préférait-il aussi éviter d'être confronté au reproche vivant incarné par son fils.

Pendant l'ultime dîner à la maison, avec sa mère et sa sœur, dans la salle à manger aux rideaux de cretonne, Louis fut partagé entre l'exaltation de reprendre sa mission le lendemain et la nostalgie aigre-douce de quitter de nouveau sa famille sans échéance pour d'éventuelles retrouvailles. Forte de l'armature de son éducation anglaise, sa mère ne laissait rien paraître de ses appréhensions personnelles. Elle entretint à elle seule un semblant de conversation badine sur les voisins, la famille, les problèmes d'approvisionnement qui commençaient à se faire sentir, même en province, espérant ainsi conjurer la proximité du départ. Étrangère à ce babil, Lucette, mutique, se cramponnait à la fourchette en argent avec laquelle, sans le moindre égard pour le savoir-vivre ni pour son assiette de fine porcelaine, elle écrabouillait vigoureusement les pommes de terre bouillies en garniture du colin poché. La sauce à la crème émettait des clapotis inconvenants. Absurdement, elle le savait bien, Lucette ressentait le départ de son frère comme une trahison. L'exaltation de sa mission rouennaise retombée, elle avait désormais l'impression d'avoir été abandonnée devant la table du Grand Jeu. Rendue maladroite par la nervosité, elle renversa son verre d'eau d'un revers de poignet en voulant saisir la salière. Sa bévue déclencha l'ironie de son frère. Les moqueries, qui se voulaient pourtant tendres, brûlèrent l'amour-propre de la jeune fille, au point qu'elle fuit la table au prétexte d'une brusque migraine.

Le repas terminé, Susan de Vernay tint à inspecter une dernière fois les lésions de son fils à la lumière du lampadaire du salon. Elle laissa courir ses doigts sur les zigzags boursouflés qui ornaient son front et sur l'arête enflée de son nez encore douloureux, masquant sa tendresse maternelle derrière un apparent professionnalisme. Soudain redevenu petit garçon, Louis ressentit une violente envie qu'elle le serre dans ses bras pour le consoler des dangers et des chagrins à venir. Mais il s'en voulut aussitôt de cette sensiblerie et faillit la repousser. Percevant son combat intérieur, Mme de Vernay devança cet élan. Elle se contenta de lui prendre la main et, avec un sourire triste, de lui glisser, sur un ton faussement enjoué :

— *There you are again ; perfectly fit to risk your life !... Try to make a good use of it !*

Puis, sans attendre sa réponse, toujours souriante, toujours triste, elle tapota le dessus de la main de son fils, se redressa et quitta la pièce dans un froissement de tissu, le laissant seul, abandonné, dans son fauteuil. S'il n'avait eu peur d'empêcher les autres de dormir et de se réveiller en mauvais état, Louis aurait dissous ses contradictions intérieures, le désir de partir à l'aventure et celui de rester dans son cocon familial, dans un flot de vieux jazz et de calva paysan, mais il se résolut à se coucher à son tour.

Au réveil, après une nuit agitée de cauchemars, vérifiant le contenu de sa besace avant de prendre la route à l'aube, il trouva, enfouie dans son linge, une souris grise en peluche au poil élimé. « Souricette », le porte-bonheur dont sa sœur ne se séparait jamais depuis sa prime enfance, avait rejoint son camp. Lucette pensait sans doute qu'il en aurait plus besoin qu'elle.

V

Quelques heures après avoir appris le décès de Madec de la bouche de la serveuse, j'étais allongé sur le lit d'une chambre d'hôtel, perdu dans mes pensées. Un collègue de la rubrique sports de *Nice Matin* m'avait mis en contact avec le localier chargé de l'affaire, un certain Georges Homsi, vieux pro sans illusions que la chute d'un vieillard dans les escaliers ne passionnait pas.

— Des vieux, il y en a de pleins charters qui viennent mourir sur la côte ! Lui, il aura simplement tenu un peu plus longtemps que les autres avant de faire le dernier pas ; un sacré faux pas !

Sa voix lasse s'était animée sur les derniers mots. Je devinais son sourire à l'autre bout du fil. Il était content du jeu de mots. La compassion n'était pas son fort. Et les flics ?

— D'après le commissaire Martucci, ça ne fait pas le moindre doute : il a glissé dans l'escalier de la cave qui est très raide. Il n'était plus tout jeune, papy ! Il avait une fracture du crâne et il avait dû passer une petite heure sur le ciment avant que sa femme de ménage ne le trouve, en début d'après-midi. *A priori*, aucune autopsie n'a été requise.

De profundis. Un survivant de deux ou trois guerres, de la Résistance à l'Algérie en passant par l'Indochine et dont la route s'achevait dans la cave d'un pavillon de banlieue.

Je me demandai si Madec était encore vivant quand j'avais passé mon premier coup de fil. Si j'étais allé directement chez lui, sans prendre le temps de déjeuner, je serais peut-être arrivé à temps pour qu'il s'en tire. Je chassai bien vite cette idée : s'il s'agissait d'un accident, sa porte n'était sûrement pas ouverte, je n'aurais pas pu entrer. Mais s'il ne s'agissait pas d'un accident ?

Je n'avais pas beaucoup de doutes sur la nature des voix qui avaient répondu à mes coups de fil : celles de l'inspecteur Martucci et d'un autre flic. Peut-être avaient-ils cherché à me garder le plus longtemps possible en ligne pour localiser ma cabine téléphonique? Non, je me faisais sans doute des idées. Si mon appel les avait tant intrigués, pourquoi n'avaient-ils pas requis d'autopsie? Je finis par m'endormir, bercé par un de ces très reposants reportages sur la chasse au gibier d'eau dont les chaînes de télévision meublent leurs nuits à peu de frais. Le meilleur des soporifiques.

Le lendemain, je décidai d'aller raconter mon histoire à l'inspecteur Martucci. L'entreprise me coûta une bonne partie de la matinée. Je dus parlementer ferme avec les fonctionnaires de service pour obtenir d'attendre le fameux limier passé à d'autres affaires. Après deux bonnes heures sur une chaise de traviole dans un couloir pisseux, occupé à regarder défiler la triste comédie humaine des commissariats, je m'étais presque assoupi quand un moustachu grognon piqua droit vers ma chaise.

— Inspecteur Martucci ! Suivez-moi. Qu'est-ce que vous voulez?

En jean, blouson de cuir et santiags, l'inspecteur singeait à la perfection les malfrats. Plutôt petit, mais large d'épaules, il semblait animé par un bouillonnement de colère rentrée. Son front cabossé était celui d'un homme qui préfère se cogner dans les murs plutôt que les contourner. La voix au débit haché me rappela aussitôt celle de mon premier interlocuteur de la cabine. Son stress évident me rendait nerveux. Je m'emmêlai langue et neurones dans mon récit. Le manque de clarté de mes tentatives d'explication l'exaspérait. Son stress montait, ma nervosité aussi. Il finit par me couper la parole :

— Écoutez, mon vieux, vous lisez trop de romans policiers !

C'était la deuxième fois qu'un flic me disait ça. Je lui demandai si la porte de la maison était ouverte ou fermée à clef quand la femme de ménage était arrivée.

— Ouverte, mais Madec ne fermait jamais à clef, dans la journée d'après sa femme de ménage.

Son sourire suffisant commençait à m'agacer moi aussi. J'eus le tort de lui demander pourquoi une autopsie n'avait pas été requise. Quinze secondes plus tard, il m'avait viré de son bureau, éructant que les médecins légistes avaient autre chose à foutre que de découper en morceaux des vieux cons tombés dans l'escalier. Rien qu'hier, ils avaient eu deux noyés et deux morts par balle à charcuter. Et puis il avait autre chose à foutre, lui, qu'à s'occuper de mes élucubrations, il avait un hold-up sur les bras, parce que la Côte d'Azur, c'était pas de tout repos. Et que je l'emmerdais...

À mon passage devant le comptoir d'accueil, je perçus quelques sourires. L'algarade n'était pas passée inaperçue. Ce n'était sûrement pas la première du bonhomme. Petite consolation, Martucci s'était cogné le genou au coin de son propre bureau en allant m'ouvrir la porte. C'était toujours ça de pris.

***

Je restai à Nice trois jours de plus. J'avais décidé d'attendre les obsèques. Je ne pouvais pas m'empêcher de ressentir une culpabilité insidieuse envers Madec. Ce type avait passé sa vie à se battre pour moi et j'avais la douloureuse conviction d'avoir été la cause de sa mort. J'étais partagé entre colère et écœurement, tenté de m'apitoyer sur ma nullité, sur mon manque d'esprit de décision et sur l'imbécillité de mes actes. Ce type qui avait survécu aux nazis, aux Viêt-Cong et aux fellaghas, ne m'avait pas survécu à moi. Quel besoin avais-je eu de remuer ces vieux papiers ! L'ironie macabre des conséquences de ma recherche s'insinuait dans mon esprit, charriant une belle dose de poison mental. Je ne pouvais faire moins qu'assister à son enterrement, même si j'étais le seul à savoir que je serai là.

Le jour venu, je me rendis au cimetière à l'heure indiquée dans l'annonce publiée dans *Le Monde*. Elle m'avait appris que le soldat avait fini sa carrière au grade de colonel et que sa famille n'était pas considérable. L'avis de décès était attribué à sa petite-fille et ne mentionnait aucune autre parentèle. L'intitulé du nom de cette dernière m'intrigua : enseigne de vaisseau Anh Thur Madec. Étrange prénom pour une petite-fille de Breton ; étrange métier pour une femme.

Apparemment revenu des religions de tout poil, Madec n'avait souhaité que des obsèques civiles. Et militaires bien sûr. Les uniformes étaient nombreux autour de la tombe. N'ayant aucune envie de m'amalgamer à cette troupe funèbre, je finis par dénicher dans ce cimetière vallonné un poste d'observation d'où je pourrais voir sans être trop vu, à l'écart, dans l'ombre d'un monument funéraire prétentieux, mais protecteur. Trop éloigné pour comprendre l'éloge funèbre lu par un galonné vénérable et rougeaud, je laissais courir mon regard sur l'assistance. Mis à part l'escouade de soldats venus rendre les honneurs militaires, l'âge moyen me semblait avoisiner les soixante-dix ans au mieux. Malgré tous ces uniformes et tous ces képis, la silhouette la plus impressionnante n'était pas celle d'un officier, mais bien la carcasse d'un grand vieillard en civil, sans doute l'aîné de toute l'assistance. Déplumé, enveloppé dans un épais pardessus noir trop chaud pour la température printanière, il était penché sur la canne qui étayait sa stabilité en péril. Mais, malgré la voussure de sa carcasse, la volonté de rester droit se lisait dans le port de tête, menton en avant. Un homme habitué au pouvoir. Quand le clairon modula son adieu lugubre, tous les regards plongèrent vers le sol, sauf le sien, fixé sur l'horizon, perdu sans doute dans la brume de souvenirs aussi lourds à porter que les ans.

L'autre silhouette détonnant dans ce cortège martial était celle d'une femme brune, fine, qui portait pourtant elle aussi un uniforme dont la couleur bleue l'affectait à l'aviation ou à la marine. Je lui donnais entre 30 et 40 ans. C'est elle que l'ordonnateur de la cérémonie pria de s'avancer la première vers la tombe pour y jeter une fleur. Si je me fiais au faire-part, ce devait être la petite-fille de Madec, un marin. Ou devais-je dire : une marine ?

Quand le cortège se dispersa, je suivis la troupe à distance. Arrivé dans l'allée principale, le vieillard se plia un peu plus pour s'introduire à l'arrière d'une 607 avec l'aide d'un homme qui se mua ensuite en chauffeur. J'avisai un jeune photographe qui avait opéré pendant la cérémonie. Il était en grande conversation avec un des militaires et prenait des notes sur un petit carnet. Il devait répertorier les identités des personnalités présentes pour légender un éventuel cliché. J'attendrais bien le journal du lendemain pour mettre un nom sur quelques visages. Je décidai de rentrer à pied à l'hôtel.

***

— Et pourquoi devrais-je vous faire confiance, M. Linès ?

J'observais mon interlocutrice, impressionné par l'assurance qui se dégageait de sa personne. Nous nous étions donné rendez-vous à la terrasse d'un bar du quai Stalingrad sur le port de Toulon, ville où Anh Thur

Madec résidait. Grâce à Internet, il ne m'avait pas fallu très longtemps pour retrouver ses coordonnées, mais j'avais eu du mal à la convaincre de me rencontrer en lui exposant par téléphone un résumé de mes relations avec son grand-père et des événements des derniers jours. Elle était pourtant devant moi, tout juste débarquée d'un des bateaux assurant la navette entre le centre-ville et l'autre côté de la rade.

Instinctivement, je contre-attaquais :

— Et si vous ne me croyiez pas un peu, pourquoi vous seriez-vous donné la peine de me rencontrer ?

L'ébauche d'un sourire la rajeunit. J'avais du mal à situer son âge. Tout en elle était ambigu. De loin, au cimetière de Nice, j'avais eu la vision d'une Eurasienne plutôt frêle, alors que, de près, son visage m'apparaissait comme celui d'une Européenne aux yeux à peine en amande et aux cheveux courts et très noirs. Silhouette et physionomie se contredisaient, en écho à son prénom prononcé « Anne », mais écrit tout autrement. Je l'avais découverte militaire, je la retrouvais civile et très féminine. Tee-shirt blanc, short ample, sandales, petit sac en bandoulière. La parfaite touriste en villégiature dans le Sud. Mais son regard traduisait sa détermination à comprendre qui j'étais et ce que je lui voulais. Elle n'était pas du genre à laisser traîner des petits mystères dans sa vie. Mon coup de fil avait éveillé sa curiosité, mais je la sentais pleine de doutes.

— Vous êtes bien gentil, M. Linès ; je comprends que ce qui vous est arrivé vous préoccupe, mais je ne suis pas très sûre d'avoir saisi ce qui vous liait à mon grand-père...

Sa voix trahissait une pointe d'accent sudiste, plutôt délicat.

Je recommençai mon récit, enrichi des détails que je n'avais pas pris le temps de lui donner par téléphone. Lorsque j'en arrivai de nouveau à l'appel de Pierre Madec me demandant de venir le voir d'urgence, je perçus un surcroit d'intérêt de sa part. Je laissai alors planer un silence, en partie meublé par le caquètement des télévisions dont les humains modernes semblent ne plus pouvoir se détacher, même sur une terrasse au bord de la Méditerranée. Je me surpris à laisser mon regard se perdre quelques secondes dans l'espace indéterminé d'un de ces écrans.

— Bon...

La voix d'Anh Madec me ramena sur terre.

— Si je vous ai bien compris, vous pensez que votre enquête sur la Résistance est à l'origine de vos ennuis et que mon grand-père voulait vous faire des révélations... Mais, de là à supposer qu'il aurait été victime des mêmes agresseurs que vous... ? À première vue, vous ne me paraissez pas affabulateur, mais vous pourriez aussi vous raconter des histoires, non ? Sauf erreur, c'est un fâcheux penchant des journalistes comme vous ?

J'appréciai peu le sous-entendu. Mais Anh n'était pas la seule à avoir des doutes sur la corporation.

— Journaliste de sport seulement, c'est moins grave, non ?

J'avais réussi à la faire sourire pour la deuxième fois. Je repris :

— Sérieusement, si vous croyez que j'affabule, je vous enverrai une copie de la plainte que j'ai déposée pour coups et blessures. Et si je n'affabule pas, alors votre grand-père voulait me mettre au courant d'informations qu'il jugeait importantes et il est mort, « accidentellement », le jour où je venais le voir... Or il ne devait pas être le genre de personne à perdre son temps avec des romans d'aventures. Il en avait assez vécu dans la vie réelle. Il ne me faisait pas, non plus, l'effet d'être crédule. Et il m'a encore moins paru gâteux. Il m'a semblé au contraire drôlement pragmatique... et concis. Très... militaire.

— Je le suis aussi, M. Linès. Je le suis aussi... Donc j'ai l'esprit réaliste. Ce qui m'intéresse dans votre histoire, ce sont vos doutes sur la mort de mon grand-père. Pourtant, la police n'en a aucun sur la cause du décès : il est tombé dans l'escalier. Et, à son âge...

— J'ai entendu dire par une de ses voisines qu'il était en grande forme et qu'il faisait encore de longues marches.

— C'est vrai... Vous avez raison. Mon grand-père avait toute sa tête et presque toutes ses jambes... Il n'empêche qu'à 90 ans... Écoutez... moi non plus, je n'aime pas perdre mon temps avec des suppositions. Que voulez-vous exactement ?

— Eh bien... quand vous aurez fait le tri de ses affaires, j'aimerais que vous m'autorisiez à consulter ses archives sur le réseau *Rubis*. Elles m'aideraient peut-être à comprendre le destin de mon oncle. C'est tout. J'ai l'impression que ce serait une façon de respecter sa volonté, puisqu'il voulait me parler. Pour le reste, je ne suis pas détective privé et je ne prétends pas enquêter sur la mort de votre grand-père, naturelle ou non. C'est tout.

Elle me dévisagea pendant quelques secondes. L'examen ne dut pas être tout à fait négatif.

— Écoutez... je vais prendre vos coordonnées. Si jamais je trouve quelque chose dans ses affaires, qui me paraisse pouvoir vous intéresser, je prendrai contact avec vous. Je ne peux rien vous promettre de plus.

Elle était déjà debout. Je tentai une dernière suggestion :

— Si vous voulez, je peux vous aider à trier ses papiers, je connais un peu le dossier de son réseau.

— Surtout pas, M. Linès, surtout pas ! Une carte de visite me suffit. Si je trouve quelque chose, je vous appelle.

Elle me surplombait, visage fermé, attendant que je lui donne mes coordonnées. Par bonheur, il me restait dans mon portefeuille quelques cartes de visite, fossiles de ma vie antérieure. J'empruntai un stylo au serveur ; je barrai le numéro de téléphone et l'adresse mail de mon ancien bureau puis ajoutai le numéro de mon portable et mon mail actuel. Elle rangea le bristol dans son porte-cartes déjà ouvert, prêt ; remit le tout dans son sac. Et je n'eus plus qu'à la regarder s'éloigner d'un pas rapide sur le quai. Sans se retourner. Contente que cette rencontre fastidieuse soit désormais derrière elle. Elle avait vraiment de jolies jambes, fines et musclées, des jambes de joueuse de tennis.

Je commandais un deuxième demi et restai quelques minutes à contempler l'eau du bassin du port. Le long du quai, débris divers et auréoles de fuel polluaient les premiers centimètres de la surface de la Méditerranée. La Côte d'Azur m'avait toujours fait cet effet-là : derrière tant de beauté, je ne pouvais m'empêcher de percevoir quelque chose de pourri qui en gâchait l'agrément. Un goéland grisonnant, posé sur une bitte d'amarrage, aboya son cri rauque et me toisa d'un œil chafouin.

***

Malgré sa haine des boches, en débouchant rue de Rivoli, Louis ne put s'empêcher d'apprécier la perspective colorée par les immenses bannières rouge et blanc à croix gammée noire sinuant au vent le long des façades. Paradoxalement, elles éveillèrent en lui les souvenirs de peintures surchargées d'oriflammes de Monet et de Marquet à la gloire du 14 Juillet, qu'il avait admirées, aussitôt arrivé à Paris, à la rentrée 1937 avant d'intégrer les rangs de l'école Centrale. Dès qu'il prit conscience de cette forme de collaboration intellectuelle, il secoua la tête pour l'expulser de son esprit, honteux de ce qu'il considérait être une trahison de son cerveau.

Le passage d'un curieux véhicule servit de diversion bienvenue au flot agité de ses pensées : en y regardant bien, cet engin brinquebalant était une auto à pédales à deux places. Elle avançait, en dandinant sa tôle dans un ferraillement de pacotille, mue par les jarrets de son conducteur et de son passager. Leur teint rubicond et la sueur qui humectait leurs fronts plissés prouvaient qu'ils ne ménageaient pas leur peine. On comprenait très vite la nécessité et l'intensité de leurs efforts en examinant l'arrière du véhicule. L'essieu postérieur supportait une plateforme rectangulaire, deux fois plus large que le châssis et surchargée par une masse indistincte d'objets encombrants entassés sous une épaisse toile bise. Les roues à rayons ployaient sous la charge, proches du point de rupture, menaçant à tout instant de plier de la jante dans un effondrement de dessin animé. Pour un peu, Louis en aurait souri. Mais il n'avait pas le cœur à rire. Ce tas de ferraille ambulant lui évoquait l'état de la France, défaite, sans ressort, réduite pour survivre à la débrouille et au bricolage. Il eut une brève vision de Pétain et Laval aux commandes d'un pays écrasé, pédalant de conserve pour en livrer les plus précieuses richesses à l'occupant dans le vain espoir de susciter sa mansuétude. Et dire que, dans son enfance, conditionné par l'admiration de son père pour le Maréchal, quand ses camarades et lui jouaient aux poilus le long des talus de la campagne normande, leurs combats s'achevaient souvent par une remise de décoration des mains du général en chef, incarné par l'un des gamins, grimé par une paire de moustaches tracées au charbon de bois.

Contrairement à Londres, revivifiée par l'entrée en guerre des États-Unis après Pearl-Harbour et par l'arrivée des premières troupes US, Paris ployait sous la botte. Depuis son retour dans la capitale pour sa troisième mission, Louis n'arrivait toujours pas à s'habituer au changement de ton de cette ville dont le tourbillon l'avait saisi au corps et au cœur lorsqu'il l'avait découverte, quatre ans plus tôt. Le flot continu des véhicules dans ses larges artères s'était tari. La plupart des engins à moteur passant à pleine vitesse appartenaient à la Wehrmacht ou à la Gestapo. Les rares voitures ou camions civils, interdits de circulation dans de nombreuses rues, pétaradaient au gazogène et laissaient le haut du pavé aux vélos, souvent transformés en triporteurs ou en taxis, aux fiacres et autres véhicules à cheval, voire aux charrettes à bras. Le bruit de fond permanent des moteurs en tous genres s'était tu, remplacé par la musique beaucoup plus grêle des tintements de sonnettes, rythmée par le claquement des sabots et des bottes. Des forêts de panneaux indicateurs bardés de caractères gothiques hachuraient les perspectives. Les croix gammées omniprésentes et les banderoles informatives annonçant : « *Kommandantur* », « *Deutsches Soldaten Kinos* » ou « *Wehrmacht Speiselokal* », proclamaient la germanisation de l'espace. La Chambre des Députés elle-même s'était muée en panneau de réclame géant pour les armées allemandes, son frontispice barré d'un slogan orgueilleux : « *Deutschland siegt an allen Fronten* ». Les nazis vainqueurs, partout.

Pendant le trajet qui le mena jusqu'à son rendez-vous, place des Ternes, Louis eut largement le temps d'observer la métamorphose maussade de Paris et des Parisiens. L'angoisse permanente de sa première mission l'avait quitté. Il avait pris de l'assurance. Trop peut-être. Il ne craignait plus les contrôles : il disposait toujours des papiers authentiques au nom de René Morel ; il ne transportait aucun document compromettant et il avait depuis longtemps déjà décidé de ne se munir d'une arme qu'en cas de risques avérés. Le bonbon au cyanure était toujours là, au fond de sa poche, mais mêlé à de vrais médicaments, dans une boîte à pilules. Il le considérait désormais presque comme un talisman. L'autre, le vrai porte-bonheur, « Souricette », était resté dans sa valise. Il n'éprouvait pas le besoin de se rassurer. Dans la rue, les regards des autres ne l'inquiétaient plus. D'ailleurs, la plupart des gens qu'il croisait à Paris regardaient soigneusement leurs pieds, comme attristés par l'allure de leurs chaussures.

Louis avait passé près de trois des douze derniers mois en France et avait pu observer de près l'évolution de la situation et des mentalités. Chaque jour qui passait rendait le poids de l'occupation plus rude. Après avoir laissé entrevoir à Pétain un traitement de faveur de la France et des Français, Hitler avait serré petit à petit son gant de fer autour de leur cou. La répression brutale et cruelle des épisodiques actes de résistance établissait un climat de peur latente ; les ruineuses indemnités journalières payées à l'Allemagne et les réquisitions de denrées par les troupes nazies saignaient peu à peu le pays, généralisant l'inquiétude du lendemain. Le travail se faisait rare, l'approvisionnement aussi, en nourriture et en produits de première nécessité. L'alimentation était devenue la préoccupation essentielle des Français. Dans la rue, vêtements et chaussures traduisaient visuellement la pénurie. Usés ou fabriqués dans des matériaux médiocres, ils déniaient aux Parisiens, et surtout aux Parisiennes, une bonne part de leur prétention d'élégance.

Sous chaque bibi à la mode, dans chaque paire de richelieus bicolores, Louis flairait désormais, peut-être à tort, les collabos et les demi-mondaines comme ceux qui se prélassaient à la terrasse du Fouquet's, sur les Champs-Élysées. L'ancien quartier général des as de l'aviation de la Grande Guerre était toujours surpeuplé d'uniformes, mais le vert, le gris et le noir avaient remplacé le bleu horizon et composaient un fond de couleurs neutres, idéal pour mettre en valeur les taches vives des robes des élégantes assises à leurs tables. Au bord du trottoir s'étirait une file de fiacres attelés de canassons placides, comme en hommage au passé de l'établissement, ancien estaminet pour cochers. Louis se consola en constatant que tout ce joli monde respirait à pleins poumons un air fleurant bon le crottin de cheval.

En chemin, son humeur s'assombrit encore. L'emprise des occupants sur la ville lui semblait totale. Nul endroit ne lui permettait de reposer ses yeux du viol visuel de son espace vital. Les premiers jours, il avait ainsi ressenti un choc en découvrant la première étoile jaune cousue au revers de la veste d'un piéton. La nouvelle de l'ordonnance récemment édictée par Pétain contre les juifs de la zone occupée était bien parvenue à Londres, mais elle avait été très vite remisée au second plan des préoccupations. La vision de cette étoile avait ramené Louis quelques années en arrière.

Bien qu'issu du milieu traditionnel catholique de droite, son père n'avait jamais partagé l'antisémitisme tranquille d'une bonne part de la bourgeoisie française. Après l'armistice de 1918, Louis-Gabriel avait même établi des relations régulières entre sa famille et celle du capitaine-médecin Joseph Cohen, qui avait largement contribué à lui sauver la vie après sa blessure à Verdun. Louis avait ainsi développé une amitié profonde avec le fils Cohen, Samuel, son aîné d'un an. C'était ce grand amateur de jazz qui l'avait entraîné aux concerts organisés par le Hot Club de France lors de sa scolarité à Centrale. Les deux jeunes gens s'étaient perdus de vue depuis le début de la guerre. La vision de l'étoile jaune au revers du veston d'un inconnu, quelques jours plus tôt, avait ravivé le souvenir de son camarade et bouleversé Louis. Après quelques jours dans la capitale, cependant, les nombreuses apparitions de cette marque d'infamie en avaient banalisé la vision et son indignation s'était émoussée, sous l'effet de l'impressionnante faculté d'accoutumance humaine à toutes les circonstances, même les pires. Désormais, il n'y prêtait plus guère attention.

Place des Ternes, sa morosité ne s'améliora pas quand il constata que la brasserie choisie pour le rendez-vous était l'équivalent, à peine moins ostentatoire, du Fouquet's. Dans le vestibule, des rangées de casquettes d'officiers allemands aux couleurs de l'automne et du deuil s'empilaient sur deux étagères. Dans la salle, les murs couverts de grands miroirs multipliaient les convives et dupliquaient l'espace ; la musique des conversations sonnait martiale et germanique sur le fond du carillon des assiettes et des couverts entrechoqués. Le chœur qui l'interprétait arborait les mêmes uniformes que les clients du Fouquet's, mais les femmes se faisaient plus rares. Ici, foin de badinage, on discutait affaires. Les rares civils, des hommes en quasi-totalité, arboraient le tweed cossu et l'embonpoint généreux. Sur les plateaux maniés avec une dextérité de jongleurs par des serveurs en tablier, les assiettes s'empilaient, garnies de mets riches et abondants. Mêlés aux vapeurs corsées des cigares, les fumets de cuisine composaient, en cette époque de privations, un salmigondis d'arômes enivrants pour un appétit de Parisien moyen ou de Londonien en mission.

Louis repéra son contact, assis seul et morose à une table de coin, assez éloignée de ses voisines pour autoriser une conversation discrète dans le brouhaha général. Comme convenu, l'homme arborait une cravate aux armes du Racing Club de France et une paire de lourdes lunettes d'écaille. À l'approche du jeune homme, il se leva, main tendue, et demanda, jovial :

— René, bonjour, mon vieux ! Comment va votre mère ?

— Elle se remet très bien de sa maladie, merci.

L'échange de mots de passe effectué, à peine Louis s'était-il assis que son interlocuteur lui versait un verre de vin blanc tiré de la carafe située devant lui :

— Du meursault. Vous m'en direz des nouvelles.

En sirotant la première gorgée, délicieuse, le jeune homme examina son commensal. Le casque de cheveux gras, qu'on aurait dit tartinés de beurre rance, déparait sur le reste de sa personne, plutôt soignée. Fluet, le nez fin, la lèvre vacharde, le teint pâle, l'homme ne semblait pas à sa place dans cet antre de la bamboche soldatesque. On l'imaginait plus facilement dans un bureau, voire dans un sous-sol, qu'au bon air de la campagne ou du champ de bataille. Le secret lui allait bien.

Ce personnage insipide d'aspect se faisait appeler capitaine Laurent. Il appartenait au Service de Renseignement de la France, mais pas de la France libre : celui de la France de Vichy. Lors de l'invasion du territoire par l'armée allemande, le SR de l'armée française, sous les ordres du colonel Rivet, s'était replié en assez bon ordre dans la future zone « libre », avec ses archives. La plupart de ses membres étaient restés fidèles au pouvoir en place et exerçaient leur talent dans le contre-espionnage en zone libre, aux dépens des espions de toutes nationalités. Il s'était montré jusqu'alors plus intransigeant envers les agents de l'Abwehr qu'envers ceux de la France libre. Mais ses cadres, des officiers souvent très marqués à droite, exprimant peu d'enthousiasme pour le Général de Gaulle, le SR avait depuis quelques semaines durci le jeu envers la Résistance gaulliste. Il espionnait aussi, en particulier les mouvements et les cantonnements de l'armée allemande, surtout pour son propre compte, mais cédait quelques bribes d'informations à l'Angleterre. Malgré la défiance que la perfide Albion inspirait à la plupart des officiers du service, ils étaient assez réalistes pour juger qu'un jour elle pourrait peut-être se montrer utile.

Le rendez-vous prenait place dans le cadre de ces relations méfiantes. Le capitaine Laurent était censé confier à Louis, dans le dos des gaullistes, et oralement, pour ne laisser aucune trace, des informations de première main sur les relations exactes entre le gouvernement français et les autorités allemandes. En échange, les Anglais avaient promis de livrer au SR un ou deux postes émetteurs radio, pour de plus fréquents échanges d'informations qui ménageraient l'avenir. Confidentielle, l'entrevue se tenait aussi loin que possible de Vichy. Louis se demandait d'ailleurs si Laurent représentait son service tout entier ou seulement une faction en son sein.

— Nous traiterons des choses sérieuses pendant notre promenade digestive, prévint Laurent. Ici, l'ambiance n'est pas au travail, et puis les miroirs ont des yeux en plus des oreilles. Nous allons nous taper la cloche. Le patron de la brasserie est en compte avec le service et il jouit des meilleurs approvisionnements de Paris : la maison sert de bourse d'échanges du marché noir. Tenez, regardez à votre gauche, ce type au nez crochu et au costume tape-à-l'œil au milieu des boches, c'est Joseph Joanovici, un juif roumain, roi de la ferraille. Un malin, un vrai. Il doit être en train de fourguer la tour Eiffel au responsable des approvisionnements de la Wehrmacht. Ce n'est pas lui qui accrocherait l'étoile jaune à sa boutonnière !

L'arrivée du serveur mit fin au soliloque. L'homme leur recommanda mécaniquement les plats du jour, qui étaient les seuls au menu : rognons d'agneau au madère et blanquette de veau à l'ancienne. Louis ne parvint pas à résister à l'appel de la blanquette ; Laurent opta pour les rognons. Quand les assiettes arrivèrent, copieusement servies, les bouches des deux hommes se consacrèrent à leur fonction première : mâcher et savourer. Louis n'avait pas aussi bien mangé depuis sa première mission normande. Sans doute plus habitué à ce type de nourriture grâce à ses entrées dans la maison, Laurent regretta que l'agneau n'ait plus tété sa mère depuis belle lurette. Il n'en déchirait pas moins sa viande à belles dents, ne s'interrompant que pour jeter de brefs regards sur les nouveaux arrivants. Par conscience professionnelle sans doute. Son application masticatoire évoquait à Louis un rat courbé sur son repas qui se redresserait par instant, aux aguets, par crainte des prédateurs plus gros que lui. Sous son aspect falot, l'homme ne lui inspirait qu'une confiance nuancée. Il devait pouvoir mordre.

Laurent ne fit rien pour améliorer son image quand, après s'être rincé la glotte avec une nouvelle lampée de meursault, il reprit la parole :

— À propos de juifs, savez-vous de qui il faut plus se méfier que d'un juif ? Non ?... D'un juif gaulliste, bien sûr !

Souriant, apparemment réjoui par sa blague sordide, il regarda Louis avec insistance, dans l'attente de son approbation.

Devant le peu de réactions du jeune homme, il reprit, rajoutant une couche nauséabonde.

— Ne me dites pas que je vous choque. J'ai tout de suite vu que vous n'étiez pas youpin. Et puis, votre Churchill a quelques raisons de se méfier des deux, non ? Eh bien, nous aussi ! De Gaulle est un dictateur en puissance et son BCRA est le roi des coups tordus. Vous en savez quelque chose, vous, à l'*Intelligence Service*…

Louis laissa la réflexion tomber à plat. Il se sentait observé, testé par l'autre dans le jeu de dupes cher aux espions de tous bords, de tout temps. Laurent lui avait lancé un hameçon. Pas question d'y mordre. À lui de jouer.

— Et vous, quelles sont vos relations exactes avec la Gestapo ?

— Excellentes, excellentes… pour le moment. Laurent se fendit d'un sourire finaud. Nous nous contentons d'arrêter les agents de l'Abwehr que nous repérons chez nous. La Gestapo, elle, ne s'occupe que de contre-espionnage et n'est pas censée œuvrer au sud de la Ligne. En plus, Gestapo et Abwehr ne peuvent pas se sentir. Les hommes de l'amiral Canaris ne sont pas assez nazis aux yeux des gestapistes ou des SS. D'ailleurs, si vous voulez en savoir plus, vous ne pourriez rêver meilleur interlocuteur que l'homme qui vient d'entrer… Non, non, ne vous retournez pas. Regardez dans la glace. Le grand type blond en uniforme d'*Oberstleutnant SS* qui est en train de s'asseoir : eh bien, c'est Karl Bömelburg, le patron de la Gestapo en France. Il vient souvent ici déguster une volaille en provenance directe de la ferme qu'il a réquisitionnée du côté de Giverny. Je ne vous conseille pas d'y faire une visite. Vous pourriez finir plumé, grillé et découpé en morceaux.

Le rat se lécha les babines.

Dans le miroir derrière Laurent, Louis discernait le reflet de l'homme en question, sans conteste l'un des plus puissants et des plus redoutables du moment à Paris. Grand, blond, rougeaud, des airs de maquignon normand, il n'aurait pas payé particulièrement de mine sans l'uniforme SS dont émanait une menace implicite. Assis à ses côtés, face au miroir, se tenait un autre officier SS que le capitaine identifia, entre deux bouchées, comme étant l'adjoint de Bömelburg, Hans Kieffer. Dos au miroir, un autre militaire et un civil, de haute taille, au casque de cheveux bruns ondulés, complétaient la tablée face aux deux patrons de la Gestapo.

Entre deux bouchées et quelques mots relativement badins sur la situation du pays, le regard de Louis revenait souvent sur le reflet dans la glace. À la table de Bömelburg, le civil prenait bonne part à la conversation et semblait habile à susciter l'hilarité des hommes de la Gestapo. Le temps du repas, ils avaient laissé à leurs sous-fifres le soin de mener les interrogatoires dans le sous-sol du QG de l'avenue Foch.

Cette évocation fit naître en Louis un sentiment de honte à se goberger en pareil lieu. Une forme de dégoût pour ce monde, pour cet homme et pour lui-même le saisit, lui coupant presque l'appétit. Mais son indignation s'évanouit quand arriva le dessert, une tarte aux pommes toute simple et pourtant si raffinée pour l'époque, délicieuse. Il prit alors conscience que Laurent remplissait son verre de vin blanc pour la troisième fois. Surtout, ne pas tomber dans le panneau et boire plus que de raison, même si son convive ne semblait pas se priver lui non plus. Il s'agissait peut-être simplement de politesse, mais le jeune homme redoutait le coup fourré. Il refusa donc le verre de marc proposé avec le café et les cigarettes, du vrai café, et se concentra de nouveau sur le reflet dans le miroir qui l'attirait irrésistiblement. Il n'avait beau apercevoir que le dos et la nuque du civil à la table de Bömelburg, il éprouvait une impression de déjà-vu.

Quand vint le moment de la promenade digestive et instructive, il laissa Laurent passer devant lui pour s'occuper du règlement de la note, ou plutôt de son effacement et, arrivé à la caisse, se retourna vers la salle. Une fois de plus, son regard se porta vers la table de Bömelburg. Désormais, le civil était très occupé à raconter une nouvelle histoire. Penché vers Kieffer, il montrait son profil puis il se tourna pour faire face à Bömelburg. Louis s'empressa de pivoter pour tourner le dos avant que l'autre ne puisse le remarquer et rejoignit Laurent qui lui tenait la porte ouverte. Sur le trottoir, alors qu'ils se mettaient en marche vers le parc Monceau, il ne put attendre avant de poser la question qui lui brûlait les lèvres :

— Et, dites-moi, capitaine, le type à la table de Bömelburg, vous le connaissez ?

Ralentissant le pas, Laurent tourna la tête vers son interlocuteur pour lui répondre, les yeux dans les yeux, avec son plus bel air de faux jeton :

— Non. Jamais vu. Et vous ? Il vous intéresse ?

— Oh, rien, simple curiosité. Un Français à la table de la Gestapo, c'est louche non ?

— Croyez-moi, si c'est bien un Français, il n'est pas le seul, loin de là. Il y en a bien trop pour tous les connaître. Ils font la queue à la porte du bureau de Bömelburg.

Se mordant la langue, Louis garda pour lui ce qu'il savait depuis son premier coup d'œil sur le visage de l'homme : dans le beau parleur de la table de Bömelburg, il avait reconnu M. Gilbert, l'as de la réception aérienne des envoyés de Londres, celui-là même qui avait organisé le comité d'accueil lors de son premier parachutage en Normandie. Et il était persuadé que le soi-disant capitaine Laurent le connaissait, lui aussi.

VI

Depuis que je m'étais mis à rouler autour de l'hippodrome de Longchamp, quelques années plus tôt, une question de vocabulaire me tarabustait : quels mots utiliser pour décrire les sons produits par un peloton de cyclistes filant bon train ? Bien calé dans les roues des Gégé, Dédé, Michel et autres Lulu, les anciens de ma génération et des précédentes, qui pédalaient comme des horloges, chaque matin, autour de l'hippodrome, je m'interrogeais de nouveau sur ces foutus sons. J'avais depuis longtemps éliminé toute évocation du « roulement ». Un peloton ne *roule* pas, il *glisse*, il *file*, il *ondule*. Bien sûr, on entend le cliquetis de perles entrechoquées produit par l'égrainement des roues libres, quelques claquements de dérailleurs brutalisés ; parfois de vulgaires grincements des pignons trahissent l'entretien cochonné. Mais, en général, le son dominant est celui d'un glissement, d'un souffle, d'un courant d'air comme celui que déplace un TGV entrant en gare. En plus modeste...

Ce matin-là, toutefois, au lendemain de mon retour du Midi, le bruit le plus prégnant était celui des conversations. Quand, moi, à court de souffle, je m'accrochais, ces augustes anciens papotaient comme des collégiennes, de tout, de rien, de vélo ou de politique, en gravissant bon train le faux plat à l'opposé des tribunes. Plongé dans mes réflexions et mon effort, je mis un certain temps à réaliser que le son incongru à l'arrière-plan des bavardages était celui de la sonnerie de mon portable, niché dans la poche arrière de mon maillot.

Nous venions de passer derrière le moulin de Longchamp. En dernière position du groupe, ma place attitrée, je m'arrêtai au niveau de l'entrée des fournisseurs de l'hippodrome, une esplanade qui permettait de dégager la voie sans gêner les autres rouleurs.

Quand je finis par repêcher mon portable, un message oral m'attendait. « M. Linès. Ici Anne (Anh ?) Madec. La femme de ménage de mon grand-père vient de me prévenir que des inconnus ont saccagé l'intérieur de la maison. Apparemment, ils n'ont rien dérobé. Rappelez-moi. »

J'attendis d'être rentré chez moi pour obéir. Je m'étais souvent dit que le téléphone était un extraordinaire révélateur de la santé physique et mentale des locuteurs. Privé d'images, protégé de tout conditionnement visuel, notre cerveau décode les fréquences vocales avec beaucoup plus de précision qu'en vis-à-vis. Cette fois, j'avais perçu un voile de trouble dans la voix si nette d'Anh Madec. Elle ne pouvait plus ne pas éprouver de doutes sur la mort de son grand-père. Je la rappelai. Elle me confirma qu'aucun objet de valeur ne semblait avoir disparu, mais que tous les papiers avaient été fouillés et dispersés. Je lui proposai de la rejoindre à Nice pour tenter d'éclaircir le contenu des archives de son grand-père. Elle eut une sorte de ricanement :

— Archives ! Si vous voyiez le capharnaüm ! Il y a des papiers partout.

Elle sembla hésiter puis ajouta, à mon grand étonnement :

— Et puis, pourquoi pas ? Seuls les imbéciles ne changent jamais d'avis. Nous ne serions pas trop de deux pour faire le tri...

Nous convînmes que je la rejoindrais le lendemain.

***

Quand j'arrivai à la villa, je constatai que tout était très exactement « sens dessus-dessous ». Comme si on avait empoigné puis retourné la maison et secoué le tout. Fauteuils et matelas éventrés, livres et papiers répandus sur le plancher, vêtements jetés pêle-mêle. Il n'y avait pas d'ordinateur en vue. Selon Anh, son grand-père ne s'était jamais mis à l'informatique. Le téléviseur et la chaîne stéréo étaient toujours là, mais pas un meuble, pas une étagère n'avait échappé à l'inquisition dévastatrice. Dans ce chamboule-tout magistral se lisait l'empreinte de la frénésie de visiteurs possédés par leur tâche. Ils n'étaient pas venus cambrioler la maison, mais la fouiller. Rien ne devait leur échapper. Rien ne leur avait échappé. Mais, puisque la maison tout entière avait été chamboulée par leur fièvre, de la cave au grenier, qu'aucune zone n'avait été épargnée, il était possible qu'ils n'aient pas trouvé ce qu'ils cherchaient et qu'ils soient toujours sur la piste.

Nettoyer, trier, redonner un semblant d'ordre nous prit deux jours pleins. J'avais retrouvé ma chambre d'hôtel. Anh couchait dans le lit de son grand-père. Le midi, nous nous contentions de salades au bar du rond-point. Le premier soir, j'avais dîné seul en ville dans un bistrot corse où le vermentino coulait à flots. Le second, elle me proposa d'aller acheter des pizzas au comptoir de la camionnette du pizzaïolo itinérant qui opérait dans le secteur, et de vider ensemble une des bouteilles, intactes, de la cave de son grand-père, à sa mémoire. J'acceptai, même si une bouteille me paraissait tout juste suffisante.

Pendant ces deux journées de travail en commun, nos relations avaient un peu évolué. À mon arrivée, Anh avait fait preuve d'une froideur extrême, comme si elle regrettait de m'avoir convié à ces recherches. Elle ne s'était pas exprimée sur son revirement d'opinion. J'y avais un peu réfléchi pendant le voyage et l'avais attribué au trouble émotionnel causé par une forme de viol de son univers personnel, à moins qu'elle ne me soupçonne de jouer un jeu ambigu et n'espère profiter de l'occasion pour en apprendre plus sur mon compte. Ma présence n'était pas de celles qui effraieraient une militaire de carrière. Dès mon arrivée, Anh m'avait fait promettre de ne subtiliser aucun document et m'avait prié de laisser ma besace dans l'entrée. La confiance ne régnait pas totalement.

Au cours des premières heures, j'avais eu la sensation d'être étudié, jaugé, soupesé. Puis, peu à peu, cette tension s'était relâchée. Ma présence s'était normalisée. Comme je m'y attendais, Anh avait fait preuve d'efficacité, sans perdre de temps à s'attendrir aux souvenirs réveillés par certains objets, certaines photos. Je m'étais parfois surpris à l'observer, charmé par l'harmonie de ses mouvements et l'efficience de ses actes. Moi qui me sentais par nature incapable de ranger, me contentant chez moi de déplacer le désordre d'un endroit à un autre, j'admirai sa sobre efficience. Notre équipe avait bien fonctionné. Nous nous étions réparti les tâches et les pièces. À elle, les objets et les meubles, à moi le papier ; à elle le salon, la chambre et la cuisine, à moi le bureau. La cave viendrait plus tard.

Dans le bureau, le contenu des étagères, d'une bibliothèque en chêne et des tiroirs du secrétaire s'étalait sur le sol. Le sac avait été scrupuleux : chaque classeur vidé, chaque livre secoué pour en faire choir le moindre papier dormant entre ses pages.

Après la première matinée de travail, déjeunant au café du bout de la rue, nous avions confronté nos impressions. Elles concordaient : le désordre était absolu, mais les dégâts restaient limités. Seuls quelques-uns des nombreux bibelots issus des pérégrinations asiatiques du colonel avaient souffert. La fouille avait été l'œuvre de professionnels méthodiques. Ils n'avaient pas saccagé pour saccager. Ils s'étaient contentés de retourner chaque caillou dans l'espoir qu'il dissimule ce qu'ils cherchaient. Sans vouloir l'avouer, Anh ne pouvait que commencer à se poser des questions. Les mêmes que les miennes peut-être. Mais elle ne les avait pas évoquées le premier jour. Avare en paroles, elle préférait les actes.

J'avais cependant réussi à la faire parler de son grand-père. Elle lui vouait une évidente admiration, mais n'évoquait le sujet qu'avec réticence, symptôme de sa pudeur, sans doute. Il l'avait en partie élevée après le décès de son fils et de l'épouse de ce dernier dans un accident d'avion. La grand-mère d'Anh, vietnamienne, avait aussi beaucoup compté dans son éducation, mais c'est par admiration pour son grand-père qu'elle avait fait le choix de l'armée, étonnant pour une femme, marchant ainsi dans les traces de son grand-père et de son père, militaire lui aussi.

— Aujourd'hui, certaines valeurs paraissent ridicules, mais mon grand-père était la droiture même.

Fixés au miens, ses yeux ne quêtaient nulle approbation : ils affirmaient, tout autant que le ton, sa foi en Pierre Madec.

— Je sais qu'il n'est pas à la mode aujourd'hui dans la société civile de dire du bien des militaires. Mais je suis sûr qu'il a toujours su garder le bon cap. La torture le dégoutait et en Algérie, il n'a pas trahi la France... même s'il a beaucoup hésité.

Abandonnant son masque de bon soldat, elle trouvait pour parler de Pierre Madec des accents passionnés. Il avait essayé de la dissuader de s'engager, jugeant que les causes du moment n'étaient pas très glorieuses. Mais il avait paru très fier de son succès au concours d'entrée à Navale.

Je passai l'après-midi du deuxième jour à étudier les papiers que j'avais auparavant regroupés en piles puis rangés dans les boîtes de classement disponibles. Deux de ces dernières portaient l'étiquette « Rubis ». Dans la première, étiquetée « agents », je rangeais les liasses de feuilles de formats A3 que je connaissais bien : toutes les listes d'agents du réseau, triées par sous-réseaux identifiés par une lettre de l'alphabet, dont celui de mon oncle, le « O » pour « Ouest ». La deuxième boîte étiquetée « courrier » reçut le reste de la paperasse, composée en majorité d'échanges avec des administrations ou les familles des résistants. La plupart concernaient l'attribution ou non de pensions par l'État français, ou des demandes de décorations. J'eus beau feuilleter et refeuilleter l'ensemble : je ne trouvai rien qui pût expliquer l'intérêt forcené démontré par l'effraction et la fouille méthodique de la maison. Rien non plus qui ait trait à la vie et à la mort du réseau. Rien que cette succession de lettres mortifères, en guise d'abréviation pour des vies abrégées : « DCD ».

***

Quand je revins avec les deux cartons de pizza, Anh avait mis le couvert sur la table de la cuisine. Je repérai tout de suite la bouteille de bandol et proposai de l'ouvrir pour aérer le vin. Domaine Tempier. Le colonel avait des goûts classiques, mais sûrs. Je cherchai des verres un peu plus adéquats pour apprécier le vin que les pots à moutarde reconvertis qui formaient l'essentiel du contenu des placards de cuisine. Je trouvai mon bonheur, relatif, dans le buffet du salon, sous la forme de verres ballons pas trop épais.

Avant de commencer le repas, Anh porta un toast à son grand-père. Les deux jours passés dans la maison, les souvenirs brassés semblaient avoir égratigné son armure d'indifférence. Elle avala la moitié de sa pizza en silence. Un deuxième verre de bandol, puissant, mais civilisé, lui délia la langue :

— Jean, j'avoue... Je ne sais plus trop quoi penser. La mise à sac de la maison m'intrigue et m'inquiète. Au départ, je ne croyais pas à votre histoire, mais maintenant j'ai un doute... Plus qu'un doute, en fait. Il s'est passé quelque chose de moche dans cette maison.

Une fois digéré son usage de mon prénom pour la première fois, je m'empressais d'acquiescer :

— Ça fait beaucoup de coïncidences : je me fais casser la figure ; on me menace ; votre grand-père se renseigne, me demande de venir rapidement lui parler ; on le retrouve mort au pied de son escalier et, maintenant, la maison est fouillée par des professionnels... J'ai du mal à croire au hasard. Je sais aussi que ça peut paraître absurde ; soixante-cinq ans après la fin de la guerre, pourquoi l'aurait-on tué ? Et pourtant, la fouille de la maison est bien réelle.

Je ne pus lui en dire plus. Pour la première fois depuis que je l'avais rencontrée, j'avais eu l'impression d'une certaine vulnérabilité. Si je n'avais pas eu, largement, l'âge d'être son père, j'aurais été tenté de la serrer contre moi pour la rassurer. Mais son indécision ne dura pas longtemps. L'idée d'une nouvelle action lui était venue à l'esprit, mettant fin à ses spéculations et aux miennes :

— Écoutez... Mon grand-père avait une autre maison. Une bergerie, sur les pentes de la montagne de la Lance, dans la Drôme provençale. Juste après sa retraite, il y allait souvent. Il aimait la chasse et les promenades. Et puis, de là, il allait parfois rendre visite à un de ses vieux amis, Hélie de Saint-Marc, un militaire qui, lui, avait choisi le camp des putschistes en Algérie, et qui résidait dans la Drôme lui aussi. Ils passaient de longues heures à refaire leur monde.

Il a peut-être gardé d'autres documents là-bas. Je n'y suis pas retournée récemment, mais j'ai toujours les clefs. Je vous propose d'y aller demain.

L'idée de refuser ne m'effleura pas une seconde.

***

« C'est bath ! Ça boume ! Ça gaze ! Sensass ! » Voilà quatre expressions que vous pouvez utiliser pour dire que tout va bien. Mais n'allez surtout pas dire : « Cela est bath » ! On croirait que vous parlez de la baignoire ou d'une ville du Somerset… Une fois de plus, Louis déclencha l'hilarité de ses élèves. Ils étaient cinq, âgés de 20 à 40 ans, tous les quatre Anglo-saxons, tous les quatre volontaires pour des missions en France, tous les quatre francophones, mais très rouillés dans leur pratique de la langue. Avant de les larguer dans les campagnes de l'Hexagone, l'*Intelligence Service* leur offrait une formation linguistique et Louis, de retour à Bletchley Park, malgré son jeune âge, officiait dans le rôle du professeur. La tâche ne lui déplaisait pas, il s'était découvert des capacités de pédagogue, mais il supportait mal d'avoir été retiré du service actif.

Il n'avait toujours pas très bien compris pourquoi il s'était retrouvé là, viré du jour au lendemain, sur la touche depuis son retour de Paris.

Sa dernière mission s'était pourtant bien terminée. Récupéré dans un champ de la Beauce par un pick-up en Lysander, il avait joué son rôle de courrier à la perfection et rapporté des informations intéressantes. Les tuyaux transmis par le capitaine Laurent s'étaient en revanche révélés d'une valeur toute relative, mais il ne pouvait en être tenu pour responsable. Par un caprice des événements, les Alliés disposaient désormais d'informations beaucoup plus complètes, car, depuis le débarquement en Afrique du Nord et l'entrée des troupes allemandes en zone libre, le 11 novembre 1942, une bonne partie du SR de Vichy avait tourné casaque et pris un vol pour Alger aux soutes remplies de dossiers classés « Secret Défense ».

Aussitôt après avoir quitté le capitaine dans le parc Monceau, Louis avait suivi la procédure d'urgence pour envoyer un message radio à Londres et avertir le service des accointances entre M. Gilbert et la Gestapo. Malheureusement, l'opération n'était pas immédiate. Il lui avait fallu trois jours pour communiquer le message à un opérateur radio en région parisienne. La transmission prenait aussi parfois longtemps, selon que la centrale de réception londonienne était ou non à l'écoute aux heures où le radio pouvait émettre depuis la France. Enfin, les procédures de décodage et de tri rallongeaient encore les délais.

À son arrivée à Londres, Louis, bouillant d'impatience, s'était attendu à une réception spéciale. Il l'avait eue, mais pas celle qu'il prévoyait, ni aussi vite qu'il l'aurait espéré. Dans un premier temps, comme tous les agents de retour de France, il avait rédigé un rapport minutieux de ses diverses activités durant sa mission. Il avait, bien entendu, répété le récit de sa rencontre de la brasserie des Ternes et exprimé ses craintes. À tout instant, il s'attendait à une convocation auprès d'un officier haut placé pour étudier le cas de M. Gilbert. Il dut pourtant patienter plusieurs jours. Personne ne semblait se soucier de cette information essentielle à ses yeux. Plus on tardait à évoquer le cas et à régler le problème, plus grands étaient les risques d'arrestations d'agents en mission. Louis n'en revenait pas de cette inertie, mais il rongeait son frein sans oser évoquer le sujet avec les camarades du service qu'il côtoyait au 54 Broadway. Des nouveaux pour la plupart. L'information lui paraissait trop sensible pour la confier au premier venu. Bellamy n'était nulle part en vue, en mission peut-être.

Il n'y croyait plus quand, un matin, à son arrivée au bureau où il avait repris ses activités de traduction, il reçut un coup de fil. Qu'il se tienne prêt : on allait l'accompagner jusqu'au bureau du colonel Dansey. Enfin !

Le colonel était le n° 2 du service, mais tout le monde savait que le n° 1, Sir Stewart Menzies, devait plus sa nomination à son appartenance à la *gentry* et à son carnet d'adresses qu'à sa compétence. Gentleman et charmeur, il était aussi plus préoccupé des apparences que de l'efficacité. Hormis les relations avec le gouvernement et la famille royale, toutes les décisions importantes incombaient donc au légendaire « Dansey la chaussette », *alias* « Oncle Claude ». L'homme pataugeait dans le grand marais des services secrets depuis son plus jeune âge. Il avait conquis le premier de ses multiples surnoms au tout début du siècle en Afrique du Sud, pendant la guerre des Boers, grâce à son art de l'exécution des sentinelles ennemies par un coup mortel et silencieux asséné avec une simple chaussette lestée de gravier et de sable. Sa légende bourdonnait dans les couloirs du 54 Broadway. On vantait son art des coups tordus, son extraordinaire perspicacité, l'acuité de son intelligence. On lui attribuait aussi des comportements de parfait salopard misogyne et francophobe, tout aussi adroit pour éliminer les gêneurs dans son camp qu'il l'avait été pour estourbir les Boers.

Après une mise en orbite poussive par l'unique ascenseur de l'immeuble, réservé habituellement aux huiles, Louis et son chaperon, une douairière en tailleur gris et bottines, accédèrent au quatrième étage, la passerelle de commandement.

Décoration et ameublement étaient aussi spartiates que ceux des étages inférieurs, mais le bois prenait le pas sur la tôle et une vague moquette, autrefois violine, aujourd'hui crasseuse, recouvrait le sol du couloir, exhalant des bouffées d'humidité et de cigare froid.

Claude Dansey n'occupait pas souvent son bureau officiel, contigu à celui de Sir Stewart Menzies. Il préférait la discrétion de l'un ou l'autre des appartements, plus ou moins secrets, dont disposait le service dans Londres. Au fond de ces antres retirés, il avait tout loisir d'ourdir ses coups fourrés, loin des yeux et des oreilles. Aujourd'hui, favorisant la solennité plutôt que la discrétion, il avait cependant choisi d'y recevoir le jeune dénonciateur, menu fretin dans son vivier d'agents.

À son entrée dans la pièce, propulsé par le chaperon rougeaud, Louis ressentit une vive déception. La part romantique de sa jeune personne avait anticipé son intronisation dans le sérail de la guerre secrète par le maître-agent. Il espérait quelques égards, de la considération et une forme de cérémonial. Il n'eut rien de tout cela.

L'endroit était quelconque, maintenu dans une pénombre mal éclairée par deux fenêtres de dimensions modestes aux stores à demi-baissés, et l'homme en uniforme qui se leva derrière le bureau lui sembla, de prime abord, insignifiant. La soixantaine menue, de rares cheveux filasse, le visage lisse, une maigre moustache et de petits yeux rapprochés, dont l'un, le droit, était plus rapproché que l'autre : le tout dessinait la silhouette d'un adolescent trop vite vieilli, impression encore renforcée par la voix haut perchée avec laquelle le colonel le pria de s'asseoir. Pourtant, malgré son léger strabisme, dès que le regard du colonel capta le sien, Louis se sentit mal à l'aise. Scruté, soupesé.

— Alors, lieutenant, que vous est-il arrivé ? On me dit que vous avez débusqué un traître. Faites-moi un récit détaillé de vos aventures. N'oubliez rien d'importance.

Métallique et aiguë, portée par une diction appliquée, d'une netteté affectée, la voix laissait pressentir la précision de la pensée et une forme de détachement blasé.

Louis se lança dans son récit, les yeux fixés sur la main dodue, presque enfantine, du colonel qui portait périodiquement à sa bouche une cigarette sur laquelle il tirait avec délicatesse. Regarder cette main évitait à Louis de plonger dans le puits du regard de son interrogateur, mais le précipita, au point de presque perdre le fil de son récit, dans le piège des arabesques envoûtantes de la main et des volutes de fumée magnifiées par un mince rai de lumière perçant le store. Puis le silence s'installa et Louis dut croiser de nouveau le regard de ce sphinx finement moustachu, un regard rendu animal par la quasi-fixité de paupières battant avec une lenteur extrême. Un regard de félin, feignant l'assoupissement, tapi dans la pénombre.

Au terme de ce silence, poinçonné par le cliquetis d'une machine à écrire en pleine action dans la pièce voisine, Dansey se pencha en avant pour écraser sa cigarette dans le cendrier de bronze et demander :

— Dites-moi un peu, lieutenant… À quelle distance vous trouviez-vous de l'homme quand vous avez pensé l'identifier ?

— Je ne sais pas mon colonel… une dizaine de mètres, une quinzaine peut-être. La salle est grande…

— Bien éclairée ?

— Oui, il faisait beau ce jour-là.

Une pause. Tacatac-tactac… Le solo de clavier de la dactylo frénétique reprenait ses droits.

— Et l'homme était… immobile ?

— Oui et non, mon colonel. Il était assis, donc il ne se déplaçait pas, mais il était assez animé ; il racontait une histoire en l'appuyant de gesticulations.

Tacatacatacatac… De manière saugrenue, Louis se dit que la dactylo, frappant plusieurs fois la même touche, jouait le début du « Couchés dans le foin » de Mireille et Jean Nohain, une chanson dont l'entame répète neuf fois la même note. La fille devait frapper la barre d'espacement… ou une succession de points. Il sursauta presque quand Dansey reprit la parole :

— Votre vue était dégagée ?

— Oui, j'étais debout, tous les autres étaient assis.

— Combien de temps l'avez-vous regardé ?

— Je ne sais pas, moi… Quatre, cinq secondes…

— Pas plus ?

— Euh… Non, mon colonel, il s'est retourné vers moi et j'ai eu peur qu'il me reconnaisse…

Dansey jouait du silence comme d'un révélateur, guettant son interlocuteur depuis l'ombre dans laquelle il se retirait en s'adossant au plus profond de son fauteuil. La dactylo ne vint pas au secours de Louis. La machine s'était tue. Le jeune homme se sentait de plus en plus troublé par l'insistance du colonel.

— Donc, si je comprends bien, il n'était pas de face quand vous l'avez observé.

— Non… de trois quarts… à peu près…

— Et ça vous a suffi pour l'identifier ?

— Euh, oui mon colonel… du moins, je pense.

— Vous le pensez… ou vous en êtes sûr ?

— Aussi sûr que possible… dans ces conditions mon colonel…

Avant de reprendre ce qu'il fallait bien nommer son interrogatoire, laissant de nouveau tout l'espace sonore à la dactylo ressuscitée, Dansey prit le temps de pêcher son paquet de cigarettes dans sa poche d'uniforme. Il en tira une, la flaira, comme pour anticiper le plaisir du tabac, la tapota sur le bord du bureau, puis l'alluma avec un briquet à essence. Une bouffée de tabac et de pétrole parvint jusqu'aux narines de Louis auquel le colonel n'avait pas proposé de cigarette. La pause avait duré assez longtemps pour que le doute s'instille en lui. Il était « aussi sûr que possible », oui... Mais... ?

— Lieutenant, reprit Dansey, si j'étais un tribunal et s'il s'agissait de régler le sort de notre homme, jureriez-vous devant moi, devant Dieu, sur votre honneur ou sur tout autre chose, que c'était bien lui que vous avez vu à la table de Bömelburg ?

— ... Je le crois.

— Vous le croyez ou vous en êtes sûr ?

— J'en suis... j'en suis presque sûr.

— Assez pour envoyer un homme au poteau d'exécution ?

— Sur le coup, oui. Aujourd'hui...

— Alors ?

— Eh bien... Je ne sais plus très bien. Il faudrait que je le revoie... peut-être, mais...

— Il n'y a pas de « mais », lieutenant. En êtes-vous sûr, oui ou non ?

Troublé par l'insistance et par le ton sévère du colonel, Louis sentait sa conviction vaciller. Il n'avait pourtant pas rêvé. Dans la brasserie, il n'avait pas eu le moindre doute : c'était bien M. Gilbert qui faisait le beau devant les officiers SS à cette table. Mais, là, près de trois semaines plus tard, à Londres, dans ce sombre bureau, face à cet inquisiteur courtois, mais tenace, il avait du mal à recomposer le souvenir de la scène. La mémoire n'est pas un appareil photographique. Ses réminiscences, souvent floues, peuvent, sous l'effet d'un nom, d'un son, d'une odeur, se cristalliser, aussi vives et prégnantes qu'un éclair ; mais, comme celle de l'éclair, leur clarté est fugace. Une chiquenaude du doute suffit pour que l'écran sur lequel elles se projettent se trouble, telle la surface d'une eau croupie.

Dans l'esprit de Louis, l'éclair était passé. Les travaux de sape des questions de Dansey avaient remis ses pensées en mouvement. Et s'il s'était trompé ?

Il trouva cependant encore la force d'arguer :

— Mon colonel, ce que je peux vous assurer, c'est que, sur le moment, je n'ai eu aucun doute.

— J'en suis persuadé… Oui, j'en suis persuadé, mais, permettez à un vieil homme rompu aux travaux de l'ombre de vous mettre en garde : une dénonciation est un fait grave. Gravissime. L'homme en question est depuis le début de la guerre un agent précieux. Nous n'avions, jusqu'alors, aucune raison de nous méfier de lui. Et puis, moi aussi j'ai évolué sur le terrain dans d'autres guerres, et je sais combien nous autres, agents, pouvons avoir de l'imagination sous l'effet de la tension, voire de la peur. Non, non, ne protestez pas, je ne vous accuse de rien ; je dis simplement que la prudence s'impose.

Votre rapport n'est pas resté lettre morte. La preuve : vous voilà devant moi. Je vous remercie d'avoir attiré notre attention. Nous avons lancé une enquête. Elle prendra sans doute plus de temps que vous ne l'auriez souhaité. Moi aussi. Mais en attendant sa conclusion, je vous prie… Non : je vous donne l'ordre de ne pas dire un mot de vos soupçons à quiconque. Pas un mot. Si jamais j'apprenais que vous avez failli à cet ordre, je veillerais personnellement à ce que vous ne puissiez plus jamais désobéir. J'espère, pour votre salut, que votre moitié anglaise prendra le pas sur votre part française. Vous pouvez disposer, lieutenant.

Pendant toute la tirade, les yeux de Dansey, froids et sans expression, n'avaient pas lâché les siens. Le colonel le congédia d'une ultime arabesque de sa main potelée. Louis ne garda pour seul souvenir du trajet de retour à son bureau, que le tacatac de la dactylo qui avait repris dès qu'il était sorti dans le couloir. Cette mitraille ponctuait peut-être son destin. Deux jours plus tard, il apprenait son affectation à Bletchley Park.

***

Dans l'assiette de faïence grisâtre et ébréchée, deux pommes de terre blafardes et un morceau de carne bouillie tentaient de surnager dans un océan de « gravy », la sauce épaissie à la farine et teintée au brûlé dont les British emplâtraient la plupart de leurs viandes et de leurs tourtes. Ce désastre gastronomique n'était pas la conséquence des seules conditions matérielles du temps de guerre ; lors de ses séjours de vacances dans sa famille maternelle, Louis avait déjà pu vérifier l'adage avec lequel son père faisait à chaque fois enrager son épouse, Susan : « Les Anglais, disait-il, ont le don de tuer deux fois les aliments. La première quand ils les abattent ou les cueillent et la deuxième quand ils les cuisinent. » Pour le plus grand bonheur des jeunes Vernay, les revenus de leur père avaient toujours permis à leur famille bourgeoise de bénéficier des talents culinaires d'une cuisinière à plein temps. Honorine était une Normande pur jus, reine du canard au sang et de la tarte aux pommes, véritable grand-mère gâteau dont l'antre, une cuisine tiédie en permanence par le fourneau à feu continu, constituait le refuge idéal pour des enfants affamés à leur sortie de l'école.

Fourchette en main, Louis n'arrivait pas, malgré sa faim, à s'attaquer à cette mangeaille qu'il savait grasse et insipide. C'était peut-être ça, le secret du fameux flegme britannique : savoir éteindre l'appétit des hommes pour les plaisirs, afin de mieux les contrôler. Peut-être aussi la cause de leur goût pour la cuite systématique et vespérale. Non, vraiment, aucune jouissance n'était à attendre de l'ingestion de ce rata.

Le souvenir d'Honorine et du refuge douillet de son office avait rendu Louis nostalgique. Depuis deux ans, dans l'excitation des missions et de leur préparation, véritable plongée dans le bain d'adrénaline de la guerre, il n'avait pas pris souvent le temps de penser à sa famille, mais, depuis qu'il avait été assigné à la monotonie de Bletchley Park, à défaut de retourner en France, il ne pouvait s'empêcher de laisser son cerveau vagabonder souvent de l'autre côté de la Manche. De quoi était faite la vie des siens ? Le joug allemand était-il supportable ? Sa sœur parvenait-elle à poursuivre ses études ? Il s'en voulait aussi de ne pas avoir réussi à s'expliquer sereinement avec son père. Et s'ils ne se revoyaient plus jamais ? D'ailleurs, lui, Louis s'exprimerait-il toujours avec les mêmes mots ?

Il n'en était pas sûr. Autant son engagement initial avait été instinctif, autant il n'avait jamais douté de son bien-fondé jusqu'alors, autant aujourd'hui, il commençait à se poser des questions. Sa dernière mission à Paris et, plus encore, son entrevue avec le colonel Dansey, suivie de sa relégation à Bletchley Park, avaient troublé sa perception de son devoir. Il ne doutait pas de la nécessité du combat, mais il n'était plus très sûr d'avoir choisi la bonne voie pour y participer. Quand il avait été convoqué par Dansey, il avait espéré trouver en cet homme un leader de la trempe d'un Churchill ou d'un de Gaulle, une inspiration en même temps qu'une justification de son propre engagement. Or il avait été confronté à un bloc de froideur et à ce qu'il avait perçu comme de la suspicion. En y repensant, rien de ce que lui avait dit le colonel ne lui avait paru sincère. Cette entrevue lui avait fait prendre peu à peu conscience de la réalité de sa situation : il ne s'était pas engagé dans la Résistance, mais bien dans les services secrets, avec leurs circonvolutions et leurs calculs complexes. Leurs faux-semblants. Désormais, il était tenté de passer à autre chose, peut-être d'aller proposer ses services aux gaullistes, peut-être moins calculateurs. Mais il était peu probable qu'avec l'étiquette MI 6 dans le dos ceux-ci l'accueillissent avec entrain, et tout aussi improbable que Dansey le laissât faire… Et toujours ces pommes de terre à moitié crues ! Il se rendit soudain compte qu'il était depuis un bon moment déjà en train de les écrabouiller à grands revers de fourchette en fer-blanc. Le geste lui rappela celui de Lucette, lors du dernier repas en famille, à Trouville, l'année précédente. Un réflexe familial peut-être. C'était son tour de se sentir abandonné.

Il mâchouillait encore sa première bouchée de viande dans l'espoir de l'attendrir assez pour qu'elle devienne digestible, quand il entendit une voix s'adresser à lui en français :

— Eh bien, mon pauvre vieux ! T'as pas l'air de te régaler !...

De l'autre côté de la grande table du réfectoire où il était assis, il découvrit, debout devant lui, plateau en main, un homme qu'il mit quelques secondes à reconnaître dans son uniforme anglais.

— Pierre ! Mais qu'est-ce que tu fiches ici ?

Pierre Madec, le jeune pêcheur qui l'avait convoyé de France et avec lequel il avait partagé les premières semaines à la Patriotic School, se tenait bien devant lui. Toujours aussi sec, toujours le teint aussi mat et buriné des hommes de grand air. Toujours une cibiche au bec. Madec attendit d'avoir posé son plateau repas pour, les mains enfin libres, en secouer la cendre et sécher la larme que son œil droit, mordu par la fumée, avait laissé couler sur sa joue.

— Ben mon vieux, pour une surprise !

Louis n'en revenait pas. L'arrivée inattendue de Madec avait changé d'un coup le ton de son humeur ; elle lui donnait, fort à propos, l'occasion de combler son besoin de fraternité. Ces deux dernières années, il avait respecté scrupuleusement les consignes de silence. Il n'avait pas dit le moindre mot à quiconque de ses activités, surtout pas à Doris qui, entre deux de ses missions, avait d'ailleurs déjà changé de danseur dans une énième virevolte sentimentale. Ce silence ne lui avait pas pesé tant qu'il s'était senti utile à la cause. Désormais, il éprouvait un besoin intense de confronter ses vues à d'autres. Madec tombait à pic. La réapparition soudaine du Breton réveillait d'un coup en Louis le souvenir réconfortant de leur interminable discussion sur le chalutier, seuls au milieu de la mer.

— Que fiches-tu ici ?

— C'est bête, mais je commençais à m'ennuyer.

Voyant la mine incrédule de Louis, Madec continua :

— Pendant deux ans, j'ai convoyé des gens vers la France et depuis la France avec mon bateau. Je me sentais utile. Vraiment. Mais, ces temps-ci, avec le débarquement en Afrique du Nord, je ne servais plus à grand-chose. La plupart des pick-ups se font maintenant par avion ou en sous-marin. Nos barcasses sont trop lentes, trop repérables. Je passais le clair de mon temps à quai. Alors j'ai cherché à me rendre plus utile.

Toujours taiseux, une fois sa brève déclaration d'intention terminée, Madec se tut, mâchonna sa bidoche, alluma une nouvelle cigarette, puis inspecta méthodiquement du regard le vaste et vétuste réfectoire qui se vidait peu à peu, comme s'il cherchait où il se cacherait en cas d'irruption des nazis.

Pas curieux pour deux sous de la vie de son camarade, il ne demanda même pas à Louis les raisons de sa présence dans les lieux. Il regarda sa montre et annonça :

— Bon, c'est pas tout ça, mais il faut que j'y aille.

Tout juste si Louis ne dut pas lui arracher les informations de base avant qu'il ne se lève : il était arrivé à Bletchley Park la veille et y resterait deux semaines. Les deux jeunes hommes convinrent de se retrouver le soir même, au bar de l'institution. Car les Anglais n'avaient pas que des défauts : jamais ils n'auraient osé construire un collège, une université, voire un hôpital, sans un bar digne de ce nom.

Ce soir-là, après un dîner à la fois précoce, frugal et frustrant, les Français se retrouvèrent au « lounge bar », le seul endroit accueillant de Bletchley Park. Boiseries, fauteuils club, fumée et bouteilles pouvaient permettre de se croire au cœur de Londres. Derrière le comptoir pris d'assaut par des groupes d'assoiffés, le barman arborait la veste blanche des loufiats de la haute. Bière, whisky et gin coulaient à flots, dans la plus pure tradition du repos du combattant, surtout du combattant frustré de gastronomie et de sexe. Surpeuplée, la pièce était *de facto* la plus chaude du bâtiment, attirant ainsi aussi bien les frileux que les assoiffés. Tous retardaient au maximum le moment d'aller se glisser dans les draps humides des lits de camp dans les chambrées.

Debout au coin du bar, bousculé par les pintes et les pintés braillards, Louis réussit enfin à en apprendre un peu plus sur la présence de Madec dont la langue se déliait au fil des gobelets de scotch engloutis d'un ferme gosier breton. Ces derniers mois, le pêcheur avait troqué la mer pour les airs. Il venait de passer trois semaines sur une base aérienne à apprendre les rudiments du pilotage, pas pour se mettre un jour aux commandes d'un avion de combat, mais pour être capable d'évaluer avec pertinence la commodité d'un terrain en vue des parachutages ou des atterrissages. À Bletchley Park, il planchait sur les transmissions, sur le codage surtout, et s'initiait au saut en parachute. Dans moins d'un mois, il serait largué dans le Nord de la France pour prendre ses fonctions de dispatcher auprès des réseaux du MI 6.

Cette perspective ramena Louis tout droit à ses soucis personnels.

— Mais, il y avait déjà un spécialiste qui travaillait pour nous en zone nord dans ce domaine. Les boches l'ont arrêté ?

— Non, si j'ai bien compris, il va y avoir fort à faire avec l'afflux de gars du SOE dans la perspective d'un débarquement. Il ne pourra pas s'en sortir tout seul.

Louis avait déjà souvent entendu parler de ce « service » créé dès 1940 par Churchill. Le SOE, *Spécial Operations Executive*, était même la bête noire du MI 6 et surtout de Dansey. L'idée de Churchill avait été de former des petites équipes de soutien aux résistants en Europe continentale, en particulier aux maquis français dans la perspective d'un débarquement sur les côtes de la Manche ou de l'Atlantique. Car un autre « Oncle », Staline, réclamait de plus en plus haut et fort à ses alliés l'ouverture d'un front à l'Ouest pour soulager son armée, seule aux prises en Europe avec la Wehrmacht et la Luftwaffe depuis que Hitler avait abandonné son idée d'envahir la Grande-Bretagne.

En fondant le SOE, Churchill avait aussi cherché à se créer une force de frappe personnelle, dépendant de sa main et de sa main seule, en dehors des circuits sinueux de l'*Intelligence Service*. Aussitôt, aux yeux de Dansey et de ses affidés, le SOE était apparu comme une concurrence inutile. Les professionnels lui reprochaient à voix haute l'amateurisme de ses chefs, la désorganisation de ses réseaux susceptibles de causer des désordres inutiles là où la discrétion était le seul garant de la survie. Or les agents du SOE avaient pour fonction d'allumer des pétards dans la fourmilière allemande. Tout juste s'ils n'étaient pas considérés comme des adversaires plutôt que comme des partenaires. Des dangers publics, c'était certain.

À en croire Madec, le SOE allait donc amplifier ses activités en France. Et M. Gilbert travaillerait exclusivement pour ses agents. Pierre, lui…

— Excuse-moi de te poser la question, l'interrompit Louis, tout en contrôlant du coin de l'œil que leurs voisins étaient trop occupés ou trop éméchés pour surprendre le contenu de leur conversation. Je sais que nous ne devrions pas en parler, mais c'est important : vas-tu travailler en liaison avec ce type ?

Malgré l'ingestion d'une quantité impressionnante d'alcool, Madec hésita à répondre. Il regarda Louis droit dans les yeux. Ce qu'il vit dans le regard de son ami, un reflet de son inquiétude peut-être, sembla le rassurer :

— Écoute, je n'en sais trop rien encore. Nous devrons sans doute nous coordonner. Ça vaudrait mieux… Mais pourquoi me demandes-tu ça ? Tu le connais ?

Louis n'hésita plus. Le poids de ses soupçons devenait trop lourd à porter. L'apparente incrédulité de Dansey les avait encore accrus. Depuis l'entrevue avec le patron du MI 6, le jeune homme se sentait coupable à l'idée qu'en ce moment même, des résistants pussent être livrés aux boches, à la torture, à la mort, parce qu'on n'aurait pas pris son avertissement au sérieux. L'oreille de Madec, il en était persuadé, serait fraternelle. Elle le libèrerait d'une partie de son angoisse comme celle du confesseur délivre du péché. Il lui déballa tout, sa rencontre de la brasserie des Ternes, Dansey, ses doutes, ses peurs.

— Et pourquoi Dansey protègerait-il ce lascar ?

Madec venait de lui poser la question qu'il tournait et retournait dans sa tête depuis des semaines. Oui, pourquoi ? Vernay avait éliminé l'hypothèse qu'Oncle Claude travaille lui-même pour les boches. C'était plus qu'improbable, compte tenu de l'activité et des résultats obtenus par le MI 6 depuis des années. Peut-être le colonel n'avait-il fait que respecter les modalités des services secrets. Peut-être doutait-il de Vernay lui-même et craignait-il un montage des services allemands par l'intermédiaire du jeune homme ? Peut-être le faisait-il discrètement surveiller ? Peut-être… Et voilà que la ronde des questions sans réponses l'entraînait de nouveau, suivie par son cortège d'idées noires.

— Bah ! De toute façon, dans notre partie, le danger est partout, non ? Madec haussa les épaules. Advienne que pourra ! Merci pour l'avertissement, je me méfierai quand je le rencontrerai… si je le rencontre. Rien ne te dit qu'on ne lui a pas déjà réglé son compte si Dansey a pris tes informations au sérieux. Ils ne t'auront pas envoyé de faire-part.

Là-dessus, mon vieux, je vais me coucher. Demain, on saute du pylône. Je ne tiens pas à arriver avec la gueule dans le cul. Bonne nuit.

Incrédule devant tant de tranquillité, Louis regarda Madec se frayer un chemin entre les grappes de buveurs, peu à peu avalé par la foule.

VII

À notre arrivée, le soleil commençait déjà à décliner. Nous avions fait un crochet par Toulon. Anh était passée chez elle pour récupérer les clefs de la bergerie, un duvet, une lampe torche, des vêtements chauds. Pendant ce temps, en centre-ville, je m'achetai un blouson d'hiver, un bonnet et des chaussettes de laine, car elle prévoyait de passer la nuit sur place pour être de retour à Toulon, le lendemain soir, et reprendre son service à la base le surlendemain.

— Autrefois mon grand-père gardait toujours du bois prêt pour la cheminée et du fuel pour le groupe électrogène, m'expliqua-t-elle, mais je n'y suis pas retournée cette année et je ne sais pas s'il continuait à faire entretenir la maison régulièrement. Nous verrons bien.

Méfiant, j'avais insisté pour compléter ma garde-robe, car à près de mille mètres d'altitude, le froid nocturne a vite fait de glacer les os.

Vue de loin, la Lance n'est pas impressionnante : un gros animal vautré de tout son long sur les plaines de la Drôme et du Vaucluse, bien moins majestueuse que son voisin sudiste, le Ventoux, qui la domine de six cents mètres et de toute sa prestance. Mais, une fois arrivés sur ses flancs, le mot « montagne » reprend tout son sens. Passé le parking des touristes, la Clio d'Anh avait bravement cahoté quelques centaines de mètres de plus sur un chemin pierreux et pentu où les 4×4 devaient, pour une fois, trouver toute leur utilité. Le sentier devenant trop étroit pour continuer en voiture, il avait fallu finir à pied, en portant nos sacs alourdis par des victuailles et un jerrican d'eau minérale, destiné à la boisson et à la toilette, car Anh doutait du remplissage de la citerne d'eau de pluie. Je bénissais mon goût paresseux pour les chaussures de sport qui m'avait évité de m'aventurer en ces lieux chaussé de mocassins. La grimpette, caillouteuse, entre les chênes verts et les pins, avait encore duré plus d'une demi-heure avant d'apercevoir le refuge de Pierre Madec.

C'était une fermette en pierres à un étage, aux volets bleu pâle écaillés et au toit de tuiles. Elle émergeait au sortir des bois, dans un creux de la pente, abrité du vent du Nord, au pied de grandes landes parsemées de roches aux formes adoucies par l'érosion, gros moutons de pierre contre lesquels les ovins en pâture s'abritaient des épées de glace du Mistral.

En chemin, Anh m'avait expliqué la raison du choix de ce lieu par son grand-père : pendant la deuxième guerre, un maquis s'était établi sur l'échine de la montagne. Un de ses amis y avait participé. Il était mort, fusillé à Valréas, dans la plaine, en 1944. Madec avait souhaité lui témoigner sa fidélité.

Pendant qu'Anh faisait le tour du propriétaire, je me contentais de m'imprégner des lieux. À vol d'oiseau, nous n'étions qu'à quelques encablures du monde moderne, là-bas, en bas, dans la plaine. Et pourtant, nous étions ailleurs. Dans un espace où le temps s'usait moins vite. Un lieu où les gadgets électroniques perdaient tous leurs pouvoirs. Un lieu où ne vivaient plus les humains, à part les épisodiques chasseurs pistant les hardes de sangliers qui y prenaient le maquis après leurs razzias dans les vignobles et les truffières de la plaine.

Un toussotement de moteur me sortit de ma rêverie. Anh avait mis le groupe électrogène en marche. Nous aurions de la lumière. Quant au bois, il nous suffit de faire le tour de la maison pour trouver, sur le pignon sud, le petit auvent sous lequel séchaient quelques stères de bon chêne, juste à côté de la citerne d'eau de pluie, un bac de ciment à demi enterré. Nous aurions chaud aussi. Les mânes de Pierre Madec veillaient sur nous.

En attendant que le feu, aussitôt allumé par l'industrieuse Anh, ne nous chauffe, il ne nous restait plus qu'à nous lancer dans une fouille vivifiante. L'agencement des lieux était simple : au rez-de-chaussée, une grande pièce, à la fois cuisine, salle à manger et salon ; et à l'étage, une chambre, un petit bureau et une douche. Murs de pierre brute et poutres mal équarries, le tout aussi sobre et rustique que la maison de Nice était chargée en bibelots. Anh s'attribua l'étage. Je passai en revue placards et étagères de la salle du bas, dépliai le canapé, retournai les sièges, furetai derrière les poutres. J'essayai de me représenter l'objet de ma recherche : un dossier ? Une photo ? Un objet ? Rien peut-être. Je réalisais que cette quête était probablement vaine. Qu'il n'y avait peut-être rien à trouver.

Sur le manteau de la cheminée, deux recueils de René Char, poète et résistant, portaient les marques d'usure des fidèles livres de chevet. Et si ma vérité se trouvait plutôt dans la poésie que dans des faits vieux de plus d'un demi-siècle ?

Après deux heures de recherche, Anh redescendit, bredouille comme moi. Pain, pâté, fromages et fruits furent arrosés à l'eau minérale. Assis auprès d'un feu ronflant, je fis part de mes doutes à la jeune femme qui n'avait desserré les dents que pour mordre dans la nourriture. Elle retrouva la parole, presque irritée :

— C'est amusant, vous perdez votre foi au moment où je commence à croire à votre histoire. J'ai horreur de ne pas comprendre, de ne pas savoir où je vais. Et désormais, j'ai la conviction que vos ennuis et la mort de mon grand-père sont liés. Vous avez dû réveiller de vieux fantômes.

***

Rien de tel qu'une nuit sans lune pour les faire revivre. Nous avions rincé les couverts à l'eau froide, apparemment abondante dans la cuve. Anh s'était installée à l'étage ; soûlé de chaleur et de bon air, enfoui dans un duvet sur le sofa du rez-de-chaussée, je m'étais endormi presque comme une masse. Peut-être influencé par les origines d'Anh, j'avais tout juste eu le temps d'ajouter à ma playlist funéraire le très mélancolique « All is peace » de la chanteuse vietnamienne Huong-Thanh épaulée par le guitariste Nguyen-Lê, une ballade apaisante et, dans ce cas hypnotique, avant de plonger dans un sommeil sans rêves.

Et je m'étais soudain réveillé en plein cauchemar. J'étouffais. Dans le noir, un fantôme me plaquait un oreiller sur la tête. Il essayait de m'asphyxier. Je bandai tout mon corps et ruai comme un cheval fou. Mais je ne rêvais pas. Avec effroi, je réalisai tout à coup que j'étais bien réveillé et que le coussin m'écrasait toujours. Instinct de conservation, désespoir et panique me donnèrent alors assez d'énergie pour désarçonner mon agresseur par surprise, d'un coup de genou bien placé. Je dégageai ma tête de sous le coussin, avalai une goulée d'air et hurlai : « À l'aide ! » à deux reprises. Réalisant qu'il ne servait plus à rien de me faire taire, l'autre avait lâché l'oreiller. J'eus le temps de l'entendre dire « La fille, en haut ! Vite ! Fonce ! » et puis je vis, selon le bon vieux cliché, quelques chandelles, avant de me rendormir, sonné pour le compte par un coup à la tête.

Quand je me réveillai, je réalisai que j'étais toujours allongé sur le sofa et que la pièce était éclairée ; une faible lueur perçait le tissu du bandeau placé sur mes yeux. Mes mains et mes pieds étaient entravés serré et me faisaient mal. J'entendais le bruit d'objets et de meubles qu'on déplace. Des gens étaient à leur tour en train de fouiller la maison. Sans un mot. Jusqu'à ce qu'une voix grave et à l'accent méditerranéen annonce :

— Bon, ça suffit. On ne va pas démonter la baraque pierre par pierre. Y a rien, ou bien ils l'ont déjà trouvé.

— Il s'rait p't'être temps d'avoir une conversation avec lui, là, tu crois pas ? On n'a pas toute la vie devant nous.

La deuxième voix était plus juvénile. Son phrasé précipité trahissait un énervement évident. Je continuai de faire le mort, dans l'espoir qu'ils passent à autre chose.

Mais je fus bientôt redressé en position assise par des bras vigoureux. Je sentis la chaleur d'un visage s'approcher de mon oreille droite, un vague relent de sueur aigre. La voix à l'accent sudiste, chuchotant presque, s'adressa de nouveau à moi :

— Bon, faisons simple. Je n'aime pas perdre mon temps. On sait que vous l'avez trouvée. Elle n'est pas sur toi. Dis-nous où elle est et on te laisse tranquille. Sinon... tu risques d'avoir mal...

« Elle ? » Malgré ma panique, mon cerveau essayait de réfléchir. « Elle ? » Eux, au moins, savaient ce qu'ils cherchaient, mais eux non plus ne l'avaient pas trouvé.

— Alors ?

Cette fois la voix avait retenti haut et clair.

— Tu réponds... ?

Mais que répondre ? Que leur dire pour les convaincre de me laisser tranquille ? Les mots se bousculaient sous mon crâne. Quelques-uns sortirent enfin, dans le désordre.

— Mais je n'ai rien... Rien trouvé. Je ne sais même pas ce que vous cherchez. Que me voulez-vous ? Qui êtes-vous ?

Comme séparée de moi, une partie de mon cerveau s'entendait avec dégoût larmoyer. Mon cœur battait la breloque. La nuit devait tirer à sa fin, car la chaleur de la flambée s'était dissipée, laissant la place à la fraîcheur de l'air en altitude, mais je suais.

— Les questions, c'est nous qui les posons ! Te fous pas de notre gueule ! Alors, comme ça, vous étiez venus avec la petite en amoureux et chacun couchait de son côté. Tu nous prends pour des cons ?

Je reçus alors une claque sur la tête, même pas méchante. Comme s'il s'attendait à ce que je ne cède pas d'emblée. Elle me remit un peu les idées en place. Je réalisai que, focalisé sur ma peur, j'avais complètement oublié Anh. Que lui avaient-ils fait ? Je n'avais pas l'impression qu'elle était dans la même pièce que nous. Qu'était-elle devenue ? Et s'ils l'avaient tuée ? Je ressentis une impression d'abandon total. J'étais aux prises avec deux malfaisants, dans un lieu désert. La cavalerie n'était pas près d'accourir à mon secours. Comment pouvais-je m'en tirer ? J'entendis alors qu'ils s'éloignaient et tenaient conciliabule à voix basse. Jambes et mains attachées, yeux bandés, je n'avais aucune chance de fuir. Une forme de résignation commença à me gagner. Comment m'en sortir ? Dans quel état ?

***

Le défilement du paysage dans le cadre de la fenêtre du compartiment embarquait Louis sur les flots d'une rêverie nostalgique. Depuis que le train avait quitté Orléans, malgré sa tension intérieure, à la vue de toute cette campagne paisible, il avait laissé son esprit divaguer vers des temps où la paix régnait encore. Bercé par les oscillations du vieux wagon ferraillant, le cerveau massé par la rythmique lancinante des bogies, il avait vite plongé dans une somnolence rêveuse. À l'orée du printemps, la nature bourgeonnait et rien dans ces bosquets ni dans ces prairies bucoliques ne trahissait l'horreur de la guerre en cours. Seuls les abords des plus gros bourgs dévoilaient, comme honteux, quelques cicatrices des combats peu glorieux de 1940, aussitôt effacées par le glissement de l'ardoise magique de la vitre du compartiment sur la mer de verdure déployée jusqu'à l'horizon. Non, les vaches ne portaient pas encore d'uniforme. Cette cure de vert apposait un baume apaisant sur l'inquiétude sourde qui lui serrait le cœur depuis son retour en France.

À sa grande surprise, un beau matin de janvier 1943 à Bletchley Park, il avait vu apparaître à la porte de son bureau poussiéreux d'enseignant forcé, la mine pateline de Bellamy fleurant bon la lavande et le tabac de Virginie. « *What a pleasure !* » Oui, tout le plaisir avait été pour lui d'apprendre que le service actif le réclamait d'urgence. La France l'attendait pour une nouvelle mission qu'il était le seul à pouvoir remplir. Il fallait remplacer « au pied levé » (Bellamy adorait cette expression française) un « courrier » bêtement blessé dans un saut d'entraînement pour une mission dans le sud-ouest désormais occupé par les Allemands. « *Bad luck, but luck !* » Bellamy avait, disait-il, plaidé sa cause auprès de Dansey : il était l'homme de la situation, « l'occasion faisait le larron » (encore une expression chérie par Bellamy), une chance à ne pas laisser passer « *old boy !* ». Oui, il était tombé, mais maintenant, il fallait remonter sur le cheval. Au galop ! « *Come on !* »

Et c'est au galop qu'il avait traversé les phases de préparation d'une mission en France : les consignes, l'équipement dans lequel figurait désormais un nécessaire de voyage truffé d'objets évidés pour recevoir papiers et microfilms : blaireau, rasoir, tube de dentifrice. Cette fois, au lieu de billets, il emportait des diamants logés dans tous les creux de son attirail. Et bien sûr, on lui avait remis une autre chevalière contenant le sinistre bonbon au cyanure, aussitôt enfouie dans une poche intérieure. Presque oubliée. Ces préparatifs avaient été couronnés par l'attente habituelle d'une nuit de pleine lune sans perturbations météo pour que le pilote du Lysander puisse se repérer.

La lune s'était fait attendre trois jours. Le délai lui avait paru un peu moins long que les fois précédentes, car un autre agent français lui tenait compagnie, un jeune radio, équipé du tout nouveau poste 3 MKII plus léger d'une dizaine de kilos que ses prédécesseurs. L'engin n'en pesait pas moins son poids : neuf kilos casés dans une valise de cuir artificiellement vieilli. Elle paraissait bien lourde au bout du bras du garçon qui ne s'en séparait jamais. On le lui avait présenté sous le pseudonyme de Lucien Laroche. Frêle et menu, il semblait encore plus jeune que Louis lui-même. Un adolescent poussé en graine, affublé de pantalons de golf à la Tintin. Peut-être avait-on pensé que ses culottes lui donneraient une allure encore plus juvénile, moins suspecte.

Dans les baraquements de l'aéroport de Tempsford camouflés en étables pour tromper d'éventuels avions allemands et moisis comme des villas du bord de mer, ils avaient tué le temps en jouant aux dames et parfois au poker avec des pilotes de passage, beaucoup fumé et un peu parlé. Après tout, ils étaient censés faire équipe pour quelques jours au moins. Ensuite, Lucien devrait rester en France pour renforcer les liaisons du réseau *Jade* avec Londres tandis que Louis repartirait pour l'Angleterre. Le gamin était persuadé que les Alliés débarqueraient avant la fin de l'année 1943 sur les plages françaises.

La satisfaction de revenir en grâce avait occulté dans l'esprit de Louis nombre de doutes, comme celui de devoir remplacer un homme blessé lors d'un entraînement au saut en parachute pour finalement bénéficier d'un transfert *via* un Lysander qui se poserait sur le plancher des vaches françaises. On ne le parachuterait pas, lui. Il aurait le temps, plus tard, de ressasser cette incongruité.

Le voyage vers la France avait été paisible. La soie sombre de la Manche luisait dans la lumière pâle d'une pleine lune dénudée de ses nuages. Muni d'une simple carte routière posée sur ses genoux, le pilote avait suivi avec virtuosité routes et voies de chemin de fer, au-dessus d'un paysage privé de toute lumière artificielle. Ni la Flak, ni la Luftwaffe n'avaient contrarié le vol jusqu'à la campagne orléanaise. Le Lysander avait piqué droit sur la « dropping zone » repérée par le « L » des balises lumineuses. Après avoir reçu le signal convenu, le pilote avait plongé le nez de l'avion vers le sol. Un choc brutal, quelques rebonds, et le Lysander avait cahoté jusqu'au début de la piste improvisée où il devait libérer ses deux passagers et en embarquer deux autres à destination de Londres.

Un voyage sans histoires jusqu'à l'ouverture de la porte de l'avion. Encore courbé sur la poignée du panneau qu'il venait de faire glisser avec peine, Louis se trouva soudain nez à nez avec un homme qu'il ne s'attendait pas à retrouver ici : M. Gilbert, lui-même, tendait la main pour saisir son sac. Poussé dans le dos par Lucien, impatient de sortir de l'avion, Louis n'eut pas le choix. Il sauta au sol, bientôt suivi par le radio dont la mallette et le sac avaient été empoignés eux aussi par M. Gilbert. Avant que le pilote ne remette les gaz, Louis eut à peine le temps de deviner, plus que de les voir, deux formes humaines se hisser à bord, aidées par l'obligeant M. Gilbert qui lui avait déjà tourné le dos. Quelques secondes plus tard, en brave portefaix des airs, le petit Lysander avait décollé plein gaz et amorcé son virage pour s'aligner sur le cap de l'Angleterre.

Un instant, Louis se demanda s'il n'avait pas rêvé, si, dans la pénombre de la nuit, ses fantasmes n'avaient pas prêté des traits imaginaires à l'homme qui venait de les réceptionner. Un éclat de voix le détrompa :

— Allez, magnez-vous ! On ne va pas attendre les boches ! Faut y aller.

Cette voix s'était gravée dans sa mémoire depuis sa première mission, grave, chaude, presque chantante : celle de M. Gilbert qui avait pris la tête du petit groupe et se dirigeait vers le fourré où étaient dissimulées les bicyclettes prévues pour faciliter leur transhumance vers Orléans.

***

— Excusez-moi, Monsieur.

Une autre voix, féminine, le sortit de son assoupissement. Secouée par les cahots du train, une silhouette se dessinait dans son regard embué du flou du sommeil. La jeune femme voyageant dans le coin fenêtre, sur la banquette face à la sienne, souhaitait sortir du compartiment et le toisait avec élégance. Une jolie fille qu'il avait remarquée dès son entrée dans le wagon. Des vêtements usagés, comme toutes les filles honnêtes en ces temps de disette, mais cousus et recousus avec goût, presque avec recherche. Des beiges en camaïeu, quelques touches de couleur ; des cheveux courts, bien moins flous que les ondulations mollassonnes tant en vogue depuis que les starlettes les arboraient sur les écrans ; un regard direct, clair, sans timidité ni provocation ; des chevilles fines. Un air naturel et énergique. À peine le train avait-il démarré qu'elle s'était plongée dans la lecture d'un livre : *Le combat contre les ombres* de Georges Duhamel, un roman dont Louis avait appris l'interdiction par les nazis lors de sa mission précédente à Paris. L'ignorait-elle, où était-ce sa manière à elle de résister ? Le sommeil l'avait empêchée de creuser la question.

Le voyant encore somnolent, elle répéta d'un ton ferme :

— Vous permettez ?

Il replia ses jambes qui barraient le chemin puis marmonna une vague excuse avant de braquer son regard sur le côté pile de la jeune femme, mis en valeur quand elle gagna le couloir du wagon, enjambant avec grâce divers obstacles.

L'intermède ne le détourna du cours de ses pensées que pour quelques secondes. Bien réveillé, cette fois, mu par le ressort de son inquiétude, son cerveau remit en marche son petit cinéma personnel.

Une fois arrivé à l'école qui leur avait servi de point de chute après une heure de pédalage, il n'avait pas aimé la manière dont M. Gilbert, débonnaire, avait cuisiné le jeune Lucien, mine de rien, tout en lui versant verre sur verre un petit rouge dont il lui dirait des nouvelles. Où allaient-ils ? Ah bon ! Bordeaux ? Quand ? Comment ? Pourquoi ? Jade ? Ah ! Oui, il en avait entendu parler : un réseau solide… Bordeaux, une ville où il fallait se méfier des gendarmes, aux ordres de la *Kommandantur*. Lucien, délivré de la tension du voyage, avait bavardé sans méfiance.

Louis n'avait pas été rassuré non plus par l'insistance mise par M. Gilbert à ne pas le reconnaître, lui. Malgré ses nouvelles lunettes et sa moustache poussée ces derniers mois, il n'avait pas l'impression de s'être métamorphosé et doutait *a fortiori* que le responsable de la logistique des parachutages et atterrissages ait pu ne pas être mis au courant par Londres des noms des arrivants. À moins que M. Gilbert n'ait pas eu connaissance du changement d'identité de dernière minute du « courrier » ? À moins aussi qu'il ait réceptionné assez d'agents ces derniers mois pour oublier certains visages ? Louis aurait aimé en être sûr.

Il s'était donc tenu à l'écart de cet homme si chaleureux, porteur d'une bonhommie contagieuse. La guerre ? Les Allemands ? Quand M. Gilbert vous versait à boire, la menace paraissait bien diffuse. Grisé par l'alcool et par les risques encourus, Lucien n'avait pas pu tenir sa langue. Il avait tout raconté. Le but de la mission, le train, l'horaire… Tout. Tout juste s'il n'avait pas déballé le poste émetteur pour faire une démonstration. Dans son coin, Louis enrageait, impuissant. Il ne pouvait s'ôter de l'esprit l'image de M. Gilbert pérorant dans la brasserie des Ternes à la table d'un Bömelburg hilare. Il ne s'était pas trompé. C'était bien lui. Cette nouvelle rencontre confirmait ses souvenirs. Le constat ouvrait sur un gouffre : que signifiait cette proximité avec les Allemands ? Quand il lui avait raconté la scène, Dansey n'avait pas semblé inquiet du tout.

Un double jeu ? C'était possible. Mais lequel ? Sur quel tableau pouvait bien jouer Gilbert ? Sur les deux ? Depuis son arrivée en France, Louis éprouvait un sentiment de vulnérabilité extrême. Si M. Gilbert les avait donnés à la Gestapo, ils étaient foutus.

Cette fois, c'est le grincement du freinage qui le réveilla. La jolie fille avait depuis longtemps regagné la place en face de la sienne sans le déranger. Sur l'écran de la fenêtre, la nature avait cédé la place à un autre décor. Les faubourgs d'une grande ville exhibaient leurs dessous : entrepôts, usines, voies de garage, gazomètres. Rien ne trousse aussi crûment une cité que les chemins de fer. Le bruit de roulement se fit plus grave. La loco charriait son convoi sur le pont au-dessus de la Garonne, combinant les vibrations du train et du tablier. Ils arrivaient à Bordeaux.

Une bouffée d'appréhension le parcourut. Après avoir redouté de rester enfermé dans un wagon, sans échappatoire pendant plusieurs heures, il avait fini par percevoir le train comme un cocon protecteur. Il allait devoir en sortir dans quelques minutes. Perturbé par la réapparition de M. Gilbert, il se sentait moins confiant que lors de ses missions précédentes. Ou, peut-être, moins inconscient. Le monde extérieur lui paraissait plein de menaces. Depuis le débarquement en Afrique du Nord, et l'occupation de la zone sud, Allemands, miliciens et flics redoublaient d'efforts pour neutraliser la Résistance. Il allait falloir se tenir à carreau. Pourvu que Lucien…

Lucien ? Il l'avait presque oublié. Une fois en gare d'Orléans, pour plus de discrétion, les deux hommes s'étaient séparés. Louis était monté le premier dans le train. Le gamin devait se trouver dans un wagon plus proche de la locomotive. Louis se rappelait avoir entrevu une fois au cours du voyage sa silhouette frêle arpentant le couloir du wagon. Sans doute pour se rassurer en vérifiant la présence de son aîné. Louis ne pouvait s'empêcher de penser au radio comme à un enfant. Il lui avait paru si candide dans son envie d'en découdre, lors de leurs conversations à Tempsford.

— Excusez-moi, monsieur, pourriez-vous m'aider à descendre ma valise ?

La fille le sollicitait de nouveau. Un instant, il se sentit flatté. Elle l'avait remarqué. À moins qu'elle ne se servît tout simplement de lui. Depuis le départ de Doris, Louis avait perdu beaucoup de sa candeur.

La valise était trop lourde, un sourire ne coûtait rien, et les hommes étaient si naïfs… Il s'exécuta cependant, heureux de lier, ne serait-ce qu'un instant, une relation d'apparente confiance.

Le crissement des roues sur les rails s'intensifia. Tout le convoi tremblait. La masse énorme s'immobilisa d'un coup. La secousse projeta Louis contre la jeune femme qui ne fit rien pour l'éviter. Le bref contact aimanta le jeune homme. De nouveau, la guerre était loin. Son instinct lui disait que quelque chose pourrait advenir avec cette femme attirante. À moins que cette attirance ne soit qu'un des moyens utilisés par son inconscient pour reléguer ses peurs en arrière-plan. Oublieux pour un instant du lieu, des circonstances, de la guerre, de sa mission, de Lucien, il la suivit dans le couloir.

Quand ils prirent enfin pied sur le quai, au sortir du wagon encombré par les voyageurs et par leurs fourniments, le train s'était arrêté depuis déjà quelques minutes. Louis tenait toujours la valise de la jeune femme à la main et la courroie de son propre sac lui sciait l'épaule. En d'autres temps, tous deux auraient pu revenir d'une escapade à Paris. Un jeune couple souriant, heureux de vivre, de vivre ensemble peut-être. Une fois sur le quai, il faillit glisser son bras sous celui de la fille tandis qu'elle lui tendait la main pour récupérer son bagage.

— Non, non. Je vous accompagne jusqu'à la sortie.

Il ne lâcha pas la valise. Il se sentait soudain grand et fort. Presque heureux.

Son bonheur fut de courte durée. Ils avaient à peine fait quelques pas, insérés à la cohorte des passagers du train, quand il perçut une agitation soudaine sur le quai ; une voix hurla :

— Halte ! Arrêtez-vous ! Arrêtez, je vous dis ! couvrant le halètement de la locomotive reprenant son souffle.

Il buta presque dans l'homme qui le précédait, encombré par un volumineux paquet de papier kraft, et qui s'était arrêté net. Tout le troupeau des passagers s'était immobilisé, interdit. Du coin de l'œil, il discerna un mouvement brusque. Une dizaine de mètres devant lui, sur la droite, une silhouette venait de sauter du quai sur les rails de la voie voisine et de se lancer dans une course affolée à rebours du convoi. Louis perçut l'incongruité des pantalons de golf avant de réaliser qu'il s'agissait de Lucien. Le môme fuyait comme un animal devant une menace indistincte.

La silhouette juvénile se courbait, de guingois, du côté où le faisait pencher le poids de la valise qu'il n'avait pas lâchée. Il passa à la hauteur de Louis sans le voir. Un masque de sérieux plaqué sur le visage, il courait à la rencontre de son destin. Où pouvait-il bien s'imaginer fuir ? Devant lui, plusieurs centaines de mètres de rails convergeaient vers l'horizon, guides implacables pour un tireur entraîné.

Louis repéra alors le gendarme en uniforme bleu nuit. Posément, le militaire descendit à son tour sur les voies pour améliorer son angle de tir. Il épaula son Lebel. L'arme cracha une flamme fuselée avant qu'on perçoive le craquement de l'air déchiré par le projectile, accompagné de l'envol désordonné des pigeons qui nichaient sur les poutrelles métalliques de la charpente. La silhouette de Lucien esquissa un entrechat puis, dans une cabriole presque guillerette, culbuta sur les rails, lâchant enfin la mallette qui rebondit deux fois pour finir par s'ouvrir et choir, au ralenti, béante, sur le ballast. L'odeur de poudre se répandit sous la verrière. Une balle avait suffi. Les aventures de Tintin étaient déjà terminées.

Louis s'était figé. Les flics devaient avoir organisé un contrôle au niveau des escaliers de sortie du quai. Quand il les avait repérés, Lucien, terrorisé, avait tenté de trouver son salut dans la fuite. Condamné par le poste émetteur, le gosse s'était vu perdu. En un éclair, dans son esprit Louis passa en revue son bagage. Sa propre cargaison était moins détectable et ses papiers étaient authentiques. Mais avant même qu'il se remette en mouvement, il sentit le bras de la jeune femme se glisser sous le sien. Il croisa son regard. Était-il si transparent ? Il eut l'impression qu'elle avait tout compris et qu'elle se portait à son secours. À moins qu'elle n'eût cherché qu'à se rassurer par ce contact. Si M. Gilbert les avait trahis, comme Louis en avait l'intuition, les flics devaient attendre deux hommes. Pas un couple. Il lui restait une petite chance. Toute petite. Malgré l'anonymat assuré par les nombreux voyageurs qui les entouraient, les dix mètres les séparant de l'escalier lui parurent interminables. Il sentait son cœur s'emballer et devinait que la sueur commençait à perler à son front. Rester calme. À sa grande surprise, à mi-chemin, la jeune femme posa sa tête sur son épaule, avec tendresse. Une fois arrivés au niveau des marches, il reprit espoir : la fuite de Lucien avait concentré toute l'attention des gendarmes et des miliciens qui s'agitaient autour du cadavre. Personne n'assurait plus le contrôle d'identité. La voie était grande ouverte. Il avait une chance de s'en tirer. Portés par le flot de voyageurs soudain pressés de quitter les lieux, bras dessus, bras dessous, ils s'engouffrèrent dans le souterrain.

Pas un instant pendant le trajet sous terre puis la remontée à l'air libre, les deux jeunes gens ne se regardèrent. Louis percevait la chaleur du corps de sa compagne contre le sien, raidi par la tension. Ses efforts pour penser clair étaient vains. Il avançait mécaniquement au milieu du troupeau, sans même sentir ses jambes. Une foule de questions désordonnées lui encombrait l'esprit au point qu'il fut presque surpris de se retrouver au grand jour dans le hall de la gare à quelques pas de la rue, de la liberté peut-être. Il s'attendait à tout instant à s'entendre héler par une voix martiale jaillie des entrailles du souterrain.

Le danger surgit de l'autre côté de la rue. Au moment où ils allaient sortir sur le trottoir, deux camions vert-de-gris obstruèrent leur horizon et se garèrent devant l'entrée. Des soldats allemands en bondirent, mitraillette au poing et, cornaqués par les cris et les gestes martiaux d'un *feldwebel*, se ruèrent à l'intérieur de la gare.

Une fois de plus, Louis fut pris de court par sa compagne. Au moment où les premiers soldats passaient à leur niveau, les forçant à s'arrêter net, elle l'enlaça de ses bras et l'embrassa à pleine bouche sans qu'il lâche pour autant la valise à laquelle il s'agrippait depuis leur sortie du train. Il se sentit dépassé par les événements qu'il était en train de vivre et incapable de rationaliser la situation. Son corps éprouvait un plaisir certain à sentir celui de la jeune femme, plaqué contre le sien et ses lèvres sur les siennes, tandis que son cerveau lui lançait des messages d'alerte. Son trouble culmina quand il saisit du coin de l'œil le regard envieux d'un jeune soldat allemand qui passait devant eux au petit trot. Quand la jeune femme décolla ses lèvres, sa première réaction, incontrôlée, fut de partir dans un éclat de rire incrédule qui s'accentua encore quand il l'entendit dire avec conviction :

— Vite, mon amour, nous allons être en retard ! avant de lui saisir le bras et de le remorquer jusqu'à un vélo-taxi en attente.

Les soldats s'étaient engouffrés dans la gare sans accorder la moindre attention à ce couple d'amoureux insouciants.

Il ne reprit tout à fait ses esprits qu'une fois assis dans la carriole, la valise sur ses genoux, tandis qu'ils s'éloignaient de la gare à la force des jarrets d'un adolescent maigrichon, mais vigoureux. La fille avait donné une adresse avant qu'ils ne décollent du trottoir, mais il ne l'avait pas retenue, l'esprit encombré de nouveau par l'image de Lucien gisant sur le ballast, alternant avec celle des soldats et de leurs mitraillettes. Les nerfs à vif, il se sentait dans la peau d'un gibier fuyant les fusils des chasseurs. Il se tourna vers sa compagne dont le regard brillait d'un feu attirant. S'il n'avait été encombré par sa valise à elle et par son propre sac, cette fois, c'est lui qui se serait jeté à son cou et l'aurait embrassée à bouche que veux-tu. Au fil du trajet, en même temps que son angoisse commençait de s'apaiser, une envie croissait de la prendre dans ses bras et de l'étreindre indéfiniment.

Beaucoup plus calme que lui en apparence, elle se borna à lui faire signe de garder le silence et sembla se concentrer sur l'itinéraire. Inutile en effet de parler à portée des oreilles du pédaleur de service. On ne savait jamais.

La fille descendit prestement du vélo-taxi, le laissant se débrouiller avec les bagages et payer le gamin. Il donna un pourboire à la mesure de son soulagement. Il se trouvait sur le trottoir d'une rue calme, devant la porte ouverte d'une maison de plain-pied, en pierres ouvragées sans doute blanches à l'origine, mais noircies par les fumées urbaines. La fille l'attendait, impatiente, sur le pas de la porte ouverte. Il réalisa alors qu'il ne savait rien d'elle, pas même son prénom, et que pourtant, il venait de la serrer contre lui et de l'embrasser comme une maîtresse. Il ne se rappelait pas avoir jamais embrassé ainsi Doris, en pleine rue, à Londres.

— Enfin, allez-vous vous décider ?

Une fois de plus, elle avait pris les commandes. Il obéit et pénétra dans un couloir obscur tandis qu'elle fermait la porte au verrou derrière eux.

— Au fait, je m'appelle Hélène Larrieu. Trop occupé à la regarder, fasciné par le mélange de fragilité et d'intensité qui se dégageait de sa personne, Louis ne réagit pas tout de suite. Il fallut qu'elle l'interpelle :

— Et vous ? pour qu'il réalise son impolitesse.

Troublé, il faillit révéler son identité réelle avant de se rattraper et d'énoncer son pseudo en bafouillant à moitié :

— Euh… René… René Morel, et d'ajouter : au fait, merci pour tout…

Il avait envie de se jeter à son cou. Ils se serrèrent la main, cérémonieux.

Ils étaient passés directement du couloir à une cuisine aux murs d'un vert délavé, imprégnée de l'odeur écœurante des rutabagas qui formaient depuis de longs mois la base de l'alimentation quotidienne des Français. Sans un mot, elle avait mis de l'eau à bouillir pour préparer un ersatz de café et sorti deux tasses de faïence bleu et blanc, puis indiqué à son hôte de s'asseoir sur l'une des chaises glissées sous la table recouverte d'une toile cirée d'un rouge fané par le temps. Ses gestes étaient précis, efficaces. Louis, lui, se sentait troublé par l'ambiguïté de leur situation. Toujours sous l'influence de la poussée d'adrénaline de la fuite, il avait du mal à remettre son cerveau en marche. Il ne pouvait pas non plus oublier le contact de ce corps qui avait imprégné son système nerveux malmené par une multitude d'impulsions contradictoires au cours des dernières heures.

Elle était vraiment jolie. Garçonne au premier regard, à cause de sa coupe de cheveux peu courante, mais son corps souple et fin laissait deviner des courbes qui n'avaient rien de masculines. Louis était sous le charme. Lui tournant le dos, elle remuait avec une cuiller l'eau de la casserole qui chauffait sur la cuisinière et dans laquelle infusaient des grains d'un quelconque ersatz. Sur une impulsion, il se leva et s'approcha d'elle sans qu'elle semble percevoir son mouvement, en dépit du raclement des pieds de chaise sur le carrelage. Pourtant, dès qu'il posa la main sur son épaule, elle pivota avec une vivacité extrême pour lui asséner la plus sonore des gifles. Elle avait eu la présence d'esprit de laisser la cuiller dans la casserole, limitant ainsi les dégâts pour ses chairs, mais pas pour son ego.

La main posée sur sa joue par réflexe, il se sentit parfaitement ridicule devant cette jeune femme dont le regard furibond le clouait sur place :

— Ah ! Non ! Mais qu'est-ce que vous croyez ? Que vous avez tous les droits parce que je vous ai embrassé tout à l'heure à la gare !... Non, mais, regardez-vous avec votre air de merlan frit !

Aussi vite que la colère avait fait irruption entre eux, elle retomba. Libéré des nuages du courroux par le ridicule évident de la posture de Louis et sa mine inoffensive de gamin pris en faute, l'éclat du regard d'Hélène Larrieu passa d'un coup de la fureur à l'ironie.

— Vous avez vraiment l'air trop bête, comme ça !

Elle haussa les épaules :

— Asseyez-vous donc, espèce de nigaud ; je vais vous servir le café. Enfin, l'eau chaude... Ça calme, et puis ça aide à réfléchir. Il faudrait peut-être que nous décidions ce que nous allons faire de vous, vous ne croyez pas ?

Hélène avait raison. L'eau chaude aromatisée à l'orge grillée eut un effet apaisant sur l'esprit et les sens de Louis. L'agent du MI 6 avait réintégré la peau de l'adolescent timide qu'il n'avait pas encore tout à fait abandonnée avant de partir à la guerre. Il était désormais d'humeur à s'excuser platement, dompté par l'énergie et l'esprit de décision de la jeune femme. Elle ne lui en laissa pas le temps.

— Vous comprenez... J'ai tout de suite vu que vous redoutiez le contrôle à la gare. J'ai un peu l'habitude... Je vous expliquerai. Pour le moment, vous êtes en sécurité. Je serais étonnée qu'ils pensent à interroger notre vélo-taxi. Ici, j'habite avec mon père, mais il est parti pour Paris, vendre du vin aux Allemands. Je peux vous loger deux ou trois jours. Pas plus. Il faut donc qu'on décide quoi faire de vous. Et puis, pour vous ôter toute idée de la tête, je vous signale que je suis fiancée et que j'aime mon fiancé. C'est dit. Bon, maintenant réfléchissez. Je vais préparer quelque chose à manger. Rassurez-vous, pas de quoi faire bombance.

Plus tard, autour d'une plâtrée de haricots blancs cuits dans de la graisse d'oie dont Hélène avait remisé quelques bocaux à la cave, ils firent plus ample connaissance et établirent un semblant de plan. Louis avait envie de faire confiance à la jeune femme dont la conduite dans la gare prouvait son peu de goût pour les Allemands et le régime de Vichy, mais il respecta les consignes de sécurité qu'on lui avait rabâchées : en dire le moins possible, toujours. Il se présenta simplement comme un jeune Français en rupture du STO. pour lequel Fritz Sauckel, super contremaître du Reich, « le négrier de l'Europe », avait réclamé en début d'année un nouveau contingent de quelques centaines de milliers d'individus. Tous les jeunes hommes nés en 1920, 1921, 1922 avaient désormais l'obligation de travailler pour l'Allemagne, que ce soit en Allemagne ou en France. René Morel ne s'y résignait pas. Il avait donc décidé de rejoindre les Forces françaises d'Afrique du Nord *via* l'Espagne. Cette fable avait le mérite de coller avec ses projets réels établis à l'instant même où il énonçait son récit. Après la probable trahison de M. Gilbert, il n'avait pas le cran de prendre le risque de continuer la mission initiale. Ça serait de la folie. Surtout si Lucien n'avait été que blessé. La Gestapo saurait le faire parler et les contacts bordelais de Louis seraient très vite grillés. Le plus raisonnable était donc de se replier sur l'Espagne où le MI 6 comptait quelques antennes dont ses agents lâchés dans la nature en France apprenaient les coordonnées. Il restait cependant à atteindre puis franchir les Pyrénées. L'objectif était rendu plus difficile depuis l'occupation de la zone sud par les armées du Reich.

Hélène écouta son discours sans l'interrompre. Elle sauça son assiette avec le petit morceau de pain économisé pour cette tâche essentielle avant de prendre la parole :

— Et comment comptiez-vous franchir les Pyrénées ?

— Il paraît qu'il y a des passeurs.

— Hmmm… Oui, des vrais et des faux. Plus de faux jetons que de vrais guides.

— Qu'en savez-vous ? Vous habitez Bordeaux. C'est un peu loin des montagnes…

La jeune femme le scruta sans mot dire puis récupéra assiettes vides et couverts pour les placer dans l'évier. Mains plongées dans l'eau du bac, elle les récura un moment puis s'immobilisa. Au bout de longues secondes, il vit ses épaules s'affaisser en signe de relâchement : elle avait pris sa décision.

Quand elle se retourna, sa mine était grave :

— Bon… je vais vous faire confiance…

Elle eut encore une hésitation avant d'annoncer :

— Il se trouve que, avec quelques amis, il m'arrive d'aider parfois des gens dans votre cas. J'ai un peu d'expérience des promenades en amoureux pour la bonne cause. C'est comme ça que j'ai tout de suite senti à la gare que vous redoutiez le contrôle et la police. Ce n'est pas la première fois que ça m'arrive. Et vous savez quoi ? L'amour, même feint, renverse les montagnes et trompe les militaires.

Le petit rire qui suivit sonna faux aux oreilles de Louis. Sous ses airs un peu bravaches, elle paraissait soudain gênée.

En préparant un nouvel ersatz de café, elle lui dévoila quelques bribes de sa vérité à elle. Fille d'un veuf, employé de confiance d'un gros négociant en vins, Hélène Larrieu travaillait comme secrétaire épisodique dans la même entreprise que son père. Non, ce n'était pas la première fois qu'elle escortait un fugitif puisque c'était précisément son rôle au sein d'un petit réseau chargé de cacher et de convoyer outre-Pyrénées des évadés ou plus généralement des fuyards, des Français souvent, parfois des aviateurs britanniques abattus en mission.

Louis se retint de lui conseiller de surveiller ses lectures en public. Il aurait eu l'air ridicule de lui faire la leçon du parfait clandestin professionnel, lui qui n'était pas censé en être un. Pour un peu, il aurait aussi enjoint à Hélène de ne pas lui raconter tout ça, comme ça, tout de suite, sans même avoir pu vérifier l'histoire qu'il lui avait servie. Mais la jeune fille n'était à l'évidence pas d'un caractère méfiant. Entière, elle octroyait sa confiance d'un bloc et sans réserve. Un instant, elle lui rappela sa jeune sœur prompte à s'enflammer pour une cause ou pour des amis.

Elle lui indiqua la marche à suivre. Il allait s'installer dans une chambre et se faire le plus discret possible, car les voisines étaient des fouineuses. La présence d'un homme jeune dans la maison aiguiserait leur insatiable curiosité. De son côté, elle irait prendre contact avec ses amis et reviendrait dès que possible avec des éléments concrets. Ils ne pouvaient pas se permettre de perdre de temps. Si son père le découvrait ici, Hélène n'était pas sûre de la suite des événements.

***

Une fois dans la tanière qu'elle lui avait allouée, une pièce humide, mi-chambre, mi-débarras, un étage en dessous de la cuisine, en rez-de-jardin, Louis dut se confronter avec ses pensées. L'inaction à laquelle il se trouvait désormais condamné ne lui permettait plus de les esquiver. Assis sur un lit à une place, coincé entre un mur au papier peint à la fois fleuri et fané et une armoire à la glace marbrée de marques noirâtres, il s'était mis en bouche une cigarette qu'il suçotait pour se calmer les nerfs, sans oser l'allumer. Hélène lui avait interdit de fumer, car, une fois de retour, son père, œnologue doté d'un flair de chien de chasse et de dégustateur émérite, risquait de dépister la moindre trace d'odeur de tabac. Et pas question de mettre le nez à la fenêtre ni d'y fumer non plus, au risque d'éveiller par la moindre volute le regard périscopique des voisines.

Tête basse, le regard fixé sur le carrelage, il ressassait les images des heures précédentes en palpant machinalement la poche dans laquelle était tapie la chevalière au poison. L'atterrissage, l'accueil par M. Gilbert, Lucien, le train, la gare, le contrôle, le coup de feu. Pauvre môme ! Plus il essayait de réfléchir, moins il y parvenait. Une seule certitude émergeait : celle de la trahison de M. Gilbert, suivie de l'angoisse d'être lui-même piégé dans un double jeu, peut-être mené par Claude Dansey. Lui qui n'avait jamais ou presque pris le temps d'avoir peur dans ses missions précédentes se sentait désemparé à l'idée d'une perfidie générale. Il s'imaginait entouré de sables mouvants. L'incertitude semblait ôter tout sens à son action et le laissait seul face à son destin d'homme ballotté par les événements et par les manipulateurs. Pour qui se battait-il donc ?

Petit à petit, les soupçons initiaux en nourrissaient d'autres, plus machiavéliques encore, au point d'en venir à douter de la franchise d'Hélène. Et si Gilbert les avait désignés, Lucien et lui, avant même le départ du train, aux services de la police française ou de la Gestapo ? Et si cette Hélène lui avait été jetée dans les bras par Gilbert et ses acolytes pour gagner sa confiance et l'amener à trahir le réseau avec lequel il devait entrer en relation ? Sa gamberge s'emballait. Tout s'était finalement trop bien passé pour être honnête : le regroupement des gendarmes et des flics autour du corps de Lucien, les soldats si pressés d'entrer dans la gare… L'hypothèse le conforta dans son idée de filer tout droit vers l'Espagne sans tenter le diable en essayant de joindre ses contacts à Bordeaux. Une impulsion soudaine le mena devant la porte du couloir. Les Allemands allaient peut-être venir le cueillir d'un instant à l'autre. Pourquoi attendre le retour d'Hélène ? Pourquoi ne pas partir tout de suite et tenter sa chance, seul ?

Il l'aurait peut-être fait sans le cri d'un enfant qui jouait dans le jardin voisin :

— Sale Boche ! Tu m'as eu ! Tatatatata ! Vive la France !

Cette déclaration patriotique fut aussitôt suivie par une injonction comminatoire à rentrer à la maison « im-mé-dia-te-ment », prononcé par une voix de femme énervée. Le ton ne souffrait pas la réplique. Louis crut même percevoir, à travers la vitre, le son d'une paire de claques. Son esprit l'avait peut-être inventée, mais les joues du gosse l'avaient sans doute reçue. À Bordeaux, comme ailleurs en France, murs et jardins pouvaient avoir des oreilles. Il ne faisait pas bon proclamer son patriotisme en plein air, même en culottes courtes.

Le comique attendrissant de cet impromptu réussit là où sa raison échouait depuis de longues minutes : il dénoua d'un coup l'écheveau de ses idées noires et apaisa sa nervosité. Pariant que la voisine n'était pas près de mettre elle-même le nez dehors, après avoir fait rentrer son rejeton au bercail, il se risqua à entrebâiller la fenêtre et, dissimulé par un rideau poussiéreux, sans plus se poser de questions, alluma enfin la cigarette dont le papier trempé lui collait aux lèvres. Dès la première bouffée, il sentit ses nerfs se détendre. La panique s'estompait. Deux cigarettes plus tard, il avait retrouvé un semblant de calme et admis que la probabilité d'une trahison d'Hélène était très faible. De toute façon, si tel était le cas, la maison serait sous surveillance étroite. Il était donc urgent d'attendre. Avoir pris sa décision le rasséréna, même si celle-ci le condamnait à l'inactivité provisoire. Acceptant ainsi son éventuelle condamnation à mort, il décida de tenter de dormir un peu en prévision d'heures difficiles et s'allongea sur les couvertures.

Libéré de l'angoisse, comme débranché, son esprit divagua alors autour de la personne d'Hélène, de sa grâce, de son caractère, de son culot qui contrastait avec le sérieux de son maintien. Il gardait d'elle une image imprécise, mais prégnante. On ne parvient jamais à visualiser les souvenirs avec précision. Il ne nous en reste souvent en tête qu'une esquisse, un peu floue, parfois tremblante et pourtant capable de provoquer les émotions les plus intenses. Louis réalisa alors qu'il ne l'avait encore jamais vue sourire. Il avait hâte de la revoir. C'est avec le visage de la jeune femme en tête qu'il s'endormit enfin. Celui-ci avait chassé l'image de Lucien gisant entre les rails et, juste avant que le sommeil ne l'emporte, lui sembla se confondre avec celui de sa sœur.

Des voix le réveillèrent. Le soir tombait. Pour la première fois depuis le début de sa mission, il avait dormi profondément. Sans le moindre lambeau de rêve à la surface de sa mémoire. Les voix, assourdies, provenaient de l'étage. Celle d'Hélène sans doute, et une autre, masculine. Il écouta leur bourdonnement pendant quelques instants sans percevoir le sens de leurs paroles. Deux personnes. Si elles avaient été animées de mauvaises intentions, il aurait sans doute déjà été entouré de policiers ou de soldats allemands. Il se décida à sortir de la chambre et gravit en silence les marches de ciment qui menaient au rez-de-chaussée, jusqu'à mi-hauteur de l'escalier. Le couple se tenait dans la cuisine. Il entendit l'homme questionner :

— Encore une fois, je te le demande : pourquoi as-tu décidé de lui faire confiance ? Tu es sûre de ne pas te tromper ?

La voix était plutôt jeune, légèrement métallique ; l'accent bordelais enrobait de douceur une requête pourtant sèche. Hélène répondit, agacée :

— Je te l'ai déjà dit et répété : parce qu'à la gare, il avait vraiment peur ; je l'ai senti. Il ne jouait pas la comédie. Je ne vois pas comment il aurait pu feindre. Si c'était un traître, de quoi aurait-il eu peur ? De moi ? Voyons, Michel…

Répugnant à jouer les espions vis-à-vis d'Hélène, Louis gravit les dernières marches et s'encadra dans la porte de la cuisine. Les deux jeunes gens étaient assis de part et d'autre de la table, devant deux tasses bleues couronnées de volutes de vapeur dans la fraîcheur de la maison mal chauffée. Lui faisant face, Hélène l'aperçut la première, sans montrer de surprise. Averti cependant par le mouvement du regard de la jeune femme, l'homme se retourna.

— Michel, je te présente René Morel. René, je vous présente Michel Lhomme, mon fiancé.

Le formalisme de ces présentations devant quelques vieilles casseroles culottées et deux débonnaires marmites conférait à la rencontre un caractère étrangement cérémonieux dans cette très prosaïque cuisine de province. Michel Lhomme paraissait à peine plus vieux que Louis et, une fois debout, bien plus petit que lui, à peine plus grand qu'Hélène. Un physique sec, même pour cette période de disette où les obèses ne couraient pas les rues, auquel une gabardine de chasse aux épaules renforcées donnait du volume. Les pommettes saillaient dans un visage carré souligné par un menton énergique pointé vers l'avant. Le nez était aquilin et le regard, braqué sur Louis, très noir. La poignée de main fut ferme. À celui qui serrerait le plus fort. Michel maintint un peu plus longtemps sa pression. Malgré sa jeunesse évidente, une confiance en soi certaine émanait de sa posture affirmée. Le jeune homme s'était construit un personnage. Menton toujours levé, il demanda, un peu braque :

— Eh bien, puisque vous êtes là, dites-moi vous-même pourquoi nous aurions raison de vous faire confiance ?

Louis hésita, puis, sur une impulsion, décida de jouer son va-tout. Il ne se sentait pas le front de tromper des gens qui se proposaient à l'aider. Tournant son regard vers Hélène, il dit, posément, en s'asseyant à son tour :

— Vous auriez tort. Je vous ai menti.

Il lut aussitôt sur les visages l'incompréhension et les spéculations déclenchées par son aveu. Une forme de sidération passagère. Avant qu'ils n'aient eu le temps de reprendre leurs esprits, il continua, tourné cette fois vers Michel :

— Je ne fuis pas « que » le STO. Les Allemands ont beaucoup plus de choses que ça à me reprocher. Je vous dis ça pour que vous mesuriez bien les risques que vous courrez si vous m'aidez. Je vous comprendrais si vous y renonciez. Hélène m'a sans doute déjà sauvé la vie. Je peux être parti de cette maison dans cinq minutes.

Un silence suivit ses paroles. Quelque part dans la maison, une horloge sonna le quart d'heure. Il eut l'impression de lire des reproches dans le regard de la jeune femme. Michel fut le premier à réagir, méfiant.

— Jolie fable, mais encore ? Quelle preuve pouvez-vous nous donner de votre bonne foi ?

Peu enclin à leur montrer les diamants nichés dans le manche de son blaireau, Louis se sentit dépourvu. Il n'avait que peu de preuves objectives sous la main. La langue anglaise lui parut un embryon de viatique. Dans son plus bel accent britton, il leur annonça :

— *I am half french, half english, and I come from London. I arrived yesterday, by plane. The young guy shot in the station was with me.*

Puis, pris d'une inspiration, il fouilla dans sa poche de poitrine pour en extraire la chevalière empoisonnée. Sous leurs regards intrigués, il en fit jouer le chaton, découvrant la cavité cachée et son contenu :

— Voilà, c'est ma seule preuve : une pilule de cyanure au cas où je serais pris. Nous en avons tous une…

Il lut dans le regard fasciné de Michel qu'il avait une chance d'être cru.

***

Un choc sur sa joue le tira de sa torpeur. Le vent humide, glacial, agitait les sapins dont les branches laissaient choir des giboulées de neige molle. Une de ces averses lui avait giflé le nez et l'oreille. Louis n'avait pas bougé de l'anfractuosité où il s'était laissé tomber comme une masse, groggy de sommeil, quelques heures plus tôt. Dès qu'il avait eu la certitude d'être passé en Espagne, à bout de forces, il s'était effondré, comme un animal blessé, roulé en boule, économisant la moindre miette de chaleur. Le sommeil l'avait aussitôt enveloppé dans sa torpeur.

Le soleil sans doute déjà haut dans le ciel, restait invisible derrière l'épaisse couche de brume. Il se sentait perclus jusqu'au plus profond des os. Il fallait qu'il bouge, qu'il se lève, sous peine de ne plus jamais pouvoir le faire. Les forces lui manquaient. Toute volonté d'action l'avait abandonné. Son esprit restait braqué sur les images qui l'avaient obsédé pendant la marche nocturne dans la neige et la caillasse. Il ne pouvait s'ôter du crâne le film de la course désespérée de Lucien entre les rails, les cris des gendarmes résonnant sous la voûte de la gare, la flamme jaillissant du fusil, le corps cabré sous l'impact et, pour finir, la cabriole désarticulée achevée sous les roues d'un wagon en attente d'une motrice.

Il avait voulu crier, mais le cri n'avait jamais franchi ses lèvres, un cri d'impuissance coupable. Il n'avait été d'aucun secours au jeune radio. Impuissant. À l'inverse : la fuite de Lucien lui avait sans doute sauvé la vie.

Ces images douloureuses alternaient avec celles d'Hélène, qui l'avait accompagné dans le train de Bordeaux à Tarbes où elle l'avait confié à un jeune étudiant, dernier relai avant le passeur, un berger taiseux, aimable comme le patou, qui les avait escortés dans les chemins pierreux, le croc aiguisé et le grondement rébarbatif. Hélène, qui avait encore joué à merveille les amoureuses pendant tout le voyage, plongeant Louis dans un trouble infini. Malgré les affirmations péremptoires de la jeune femme sur l'efficacité de l'amour comme couverture idéale face à l'inquisition des autorités, il n'avait pu s'empêcher d'y croire un peu. Dans le compartiment du train où elle s'était assoupie en se serrant contre lui, il avait parfois laissé vagabonder ses mains sur le corps qui s'abandonnait contre le sien. À aucun moment Hélène n'avait fait un geste pour repousser ses timides caresses. Mais l'arrivée en gare de Tarbes l'avait tirée de sa langueur. Le baiser d'adieu qu'elle lui avait accordé en le confiant à son nouveau guide avait été chaste et fraternel.

Le coassement d'une corneille le tira de l'engourdissement qui le gagnait de nouveau. Il fallait qu'il bouge ; qu'il se remette en marche. À quoi bon ? Il ne sentait plus ses pieds transis dans des chaussures au cuir crevassé par la brûlure de la neige. S'il ne remuait pas tout de suite, s'il replongeait dans le sommeil, il ne se réveillerait peut-être plus. Et alors ? Plus que la violence de l'ennemi, plus que la peur, la forte probabilité d'avoir été victime d'une trahison le vidait du carburant de la colère qui avait présidé à son départ pour l'Angleterre et à son engagement dans la résistance. Oui : à quoi bon traîner plus loin sa carcasse ? Il serait si facile de rester là, de s'enfoncer dans l'ombre accueillante du sommeil.

Une saute de vent soudaine déchira la brume. Un rayon de soleil perça jusqu'au sol, éparpillant la joaillerie de ses éclats dans la neige. Une odeur de feu de bois parvint à ses narines. Son corps réagit à la bouffée d'espoir transmise par ces messages, tel un bon génie sinuant hors d'une bouteille pourtant bien vide. Cramponné à une branche basse, il se força à se redresser. Quelques instants plus tard, mû par une énergie qui surpassait sa volonté consciente, un pas suivant l'autre, il reprit sa marche.

Après quelques jours passés au pied des montagnes, nourri et retapé par un cousin de son guide précédent, basque et berger lui aussi, il arriva sain et sauf à Barcelone. Le MI 6 y possédait un correspondant, un Galicien, courtier maritime, qui se chargerait de lui trouver un bateau pour l'Afrique du Nord. Tout au long de son périple à travers des Pyrénées, il avait eu le temps de tourner et retourner ses réflexions dans sa tête. Au bout de multiples spéculations désordonnées et fébriles, il avait pris la décision de s'engager dans l'armée active, anglaise ou française pour participer au combat de la reconquête, à l'air libre. Le monde souterrain des services secrets ne lui inspirait plus que dégoût et malaise.

Il en avait assez de la solitude du messager solitaire qui avait été la sienne depuis le début de son engagement. Quelques rares contacts, fugaces, avec des résistants ou avec d'autres agents, comme Lucien. Mais sans jamais vraiment être soi-même, sans jamais faire une totale confiance. Sa rencontre à Bordeaux avec Hélène, Michel, et leurs camarades avait sans doute été la plus sincère de toutes celles qu'il avait vécues au cours de ses missions, la plus sincère depuis sa discussion avec Madec sur le chalutier à son départ de France. À plusieurs reprises au cours des quelques jours passés à Bordeaux, il avait ressenti une forme de jalousie pour la camaraderie qui émanait des résistants du réseau de Michel. Tous jeunes, tous animés par une conviction sans faille. Sans calcul apparent. Depuis son engagement au MI 6, il n'avait ressenti cette chaleur humaine qu'au bar de Bletchley Park, mais trop rarement dans l'action. Au cours de ses missions, il n'avait jamais eu la sensation d'appartenance à un groupe soudé. Livré le plus souvent à lui-même, il n'avait connu que de très brefs contacts avec les résistants. La rencontre la plus marquante avait été celle du docteur Gauthier, à Yvetot. Il se la rappelait avec chaleur. Elle avait pourtant été bien fugace. Et bien sûr, source profonde de son malaise, la trahison avérée mais ambiguë de M. Gilbert le taraudait. Dans l'armée régulière, le danger serait le même, mais, au moins, il ne serait plus seul. Il avait connu un avant-goût de cette camaraderie pendant la drôle de guerre. Même si ça s'était terminé en débandade piteuse, il avait eu le temps d'apprécier les vertus de l'entraide et de la solidarité des hommes devant le danger. C'était grâce à cette entraide qu'il avait réussi à échapper à la capture par les troupes allemandes lors de la débâcle, de cette guerre qui, loin d'être drôle, avait fait plus de 50 000 morts dans les rangs de l'armée française. Il aspirait à retrouver une forme de compagnonnage. Seul, il ne se sentait plus la force de combattre. Et au MI 6, il se sentait moins que seul : isolé.

VIII

L'incroyable nouvelle fit voler en éclats l'armure que Charles avait commencé à se forger dès le jour de son arrivée au camp, dans un réflexe de survie.

De renoncement en oubli, il s'était façonné une indifférence au froid, à la faim, à la soif, aux brimades, à la cruauté, au sadisme, à la mort des autres, à la mort de l'espoir. Le pire, peut-être, était la conscience de l'absurdité du théâtre macabre du *Lager*. Certains soirs, tassé dans son étroit châlit de planches, tête-bêche avec une autre carcasse malodorante et osseuse, il ne pouvait s'empêcher de laisser son esprit s'évader et flotter au-dessus de cet univers insensé, fasciné par des scènes dignes d'un tableau de Jérôme Bosch vidé de ses couleurs. Un enfer sans fin de grisaille, absurde, atroce, associant bourreaux et suppliciés dans la même damnation. Ces soirs-là, dès qu'il se rendait compte de la divagation de ses pensées, il s'empressait de les braquer sur un autre objectif, le seul qu'il s'autorisait : sa stratégie de survie pour le lendemain.

Il parvenait ainsi à tenir au jour le jour, jour après jour, malgré les privations, le pain à la sciure, l'eau de vaisselle en guise de soupe, la dysenterie, les exécutions, les SS et les kapos. Malgré l'enfer et les démons.

Par chance, jusqu'alors, son corps avait supporté privations et persécutions. Il avait perdu dix, quinze kilos peut-être, en quelques mois, mais il parvenait encore à fonctionner ; à casser le granit de la carrière qui avait déterminé l'emplacement du camp ; à charger les pierres dans les wagonnets qu'il fallait ensuite pousser sur les rails ; à remonter les 186 marches de l'escalier de la mort qui conduisait au pied de la falaise, malgré le poids des pierres qu'on les forçait parfois à porter et qui entaillaient leurs maigres chairs ; malgré les violences des SS perchés sur les marches, côté paroi, et leurs matraques.

L'oubli lui avait permis de durcir son insensibilité. Ressasser la nostalgie ne faisait qu'affaiblir la bête humaine. Les plus anciens des survivants lui avaient montré la voie. Pour améliorer ses chances de voir le jour se lever chaque matin, il fallait savoir être égoïste tout en s'intégrant juste assez à la collectivité pour jouir de sa protection, relative, mais vitale. Être un des loups de la meute et non un agneau du troupeau. Les agneaux étaient sacrifiés.

Au début, il n'avait pas réussi à extirper de son cœur le fiel de sa culpabilité. Après son arrestation, il avait trahi ; il le savait. Moins en livrant quelques noms, ceux des hommes dont il espérait qu'ils se seraient mis à l'abri avant ses aveux, qu'en révélant à ses interrogateurs les détails de sa dernière mission : l'inspection des travaux des défenses de la côte du Pas-de-Calais en vue du débarquement désormais proche. Il l'avait accomplie sous couvert du démarchage de nouveaux contrats avec l'organisation Todt pour son entreprise. Très intéressés, ses tortionnaires lui en avaient fait répéter à plusieurs reprises tous les détails. Il avait l'impression d'avoir trahi l'espoir suprême, celui de la libération du pays.

Alors, il s'était puni. Au camp, il avait tu sa connaissance de la langue allemande. Elle aurait pourtant constitué un marchepied vers un des postes privilégiés : dans un secrétariat quelconque, dans un laboratoire ou à l'infirmerie, là où le travail était moins dur et la pitance meilleure. Il s'était condamné à n'être qu'un *Stück* comme les autres, courbé dans la carrière, à se casser le dos. Et il avait commencé à oublier. Un *Stück* n'a pas de souvenirs puisqu'il n'a pas de vie.

Jusqu'à ce soir de juin. Au crépuscule, ils avaient remonté les 186 marches avec la même appréhension au ventre que chaque soir. Harassés par plus de douze heures d'un labeur forcené sous la menace permanente des coups, ils avaient à peine la force de mettre un pied devant l'autre. Et il leur restait le plus dur à accomplir, l'ascension de cet escalier du Diable aux marches inégales. Si on avait la chance d'être placé dans les premiers rangs, l'effort était rude, mais supportable. Mais les premiers à atteindre le sommet étaient aussitôt forcés par les gardes à accélérer le pas vers l'entrée du camp à quelques centaines de mètres de là ; les rangs suivants s'espaçaient ; les SS postés sur les marches abattaient alors leurs gourdins sur les échines des traînards, contraints de monter au pas de course. Chaque remontée à la surface achevait les plus faibles.

Ce jour-là, Charles avait une fois de plus survécu à l'épreuve. Parvenu en haut des marches, il n'avait pas accordé un regard à la beauté incongrue du coucher de soleil qui dorait la campagne autrichienne en contrebas. Le beau lui était devenu étranger. Lui et ses semblables n'avaient même plus droit au rêve.

Il avait à peine noté la nervosité des gardes, plus acharnés que jamais. Mais arrivé au baraquement, la folle nouvelle se répandit, portée par un vent d'espoir insensé. Les détenus privilégiés, employés de bureaux, infirmiers, laborantins, cuistots, l'avaient tous entendue, à la radio ou de la bouche de certains SS inquiets : les Alliés avaient débarqué la veille sur les côtes de France. Débarqué en France ! Sous le coup de la surprise, Charles dut s'asseoir, souffle coupé. Débarqué. Ils ont débarqué ! Une puissante bouffée d'émotion souleva sa poitrine, le suffoqua et fit exploser son armure. Il éclata en sanglots.

***

Un courant d'air plus frais pénétra dans la ferme. Mes deux agresseurs avaient ouvert la porte de la bergerie. Mais mes espoirs de les entendre partir furent très vite déçus. Leurs pas se dirigeaient de nouveau vers moi. Ils m'empoignèrent sans ménagement, l'un par les pieds, l'autre par les épaules et je me sentis soulevé du lit.

Ils me portèrent dehors pendant des secondes qui me parurent interminables et me déposèrent au sol. Mon cerveau tournait dans le vide. Allaient-ils m'embarquer dans la voiture avec laquelle ils étaient venus ? Mais nous n'avions pas marché assez longtemps pour avoir couvert la distance jusqu'au sentier principal. J'entendis de nouveaux bruits, des raclements, des chocs sourds, et puis le léger « plouf » d'un caillou tombant dans l'eau. La citerne ? Ils m'avaient porté jusqu'à la citerne ? Nom de...

Je n'eus même pas le temps de finir de penser mon imprécation. Je me retrouvai plié en deux sur le rebord du réservoir d'eau de pluie dont ils avaient soulevé la dalle pendant que je gisais au sol. La tête poussée vers le bas par une main ferme, la bordure en ciment me cisaillant les tripes, je pouvais humer l'humidité de l'intérieur de la cuve. La surface de l'eau était toute proche. La voix retentit de nouveau, modulée par un léger écho, répercuté par l'eau et les parois, qui en accentuait la menace.

— Tu vois, c'est simple : tu parles, ou tu te noies. On va te détacher les mains et, quand tu seras prêt à parler, tu n'auras qu'à en lever une... Si tu y arrives ! Allez, zou ! À la baille !

Je me sentis empoigné par le fond du pantalon et propulsé en avant. Ma tête toucha l'eau. Ils ralentirent alors le mouvement, pour que je sente mon crâne s'enfoncer peu à peu. Je m'entendis hurler. J'essayai d'échapper à leur prise, en me débattant et en agrippant le rebord de ciment, mais ne parvins qu'à m'endolorir les côtes. Et puis... la panique. Puisque j'étais en train de crier à pleine voix lorsque mon nez et ma bouche s'enfoncèrent sous la surface, l'eau envahit tout de suite mes narines, ma bouche, mes bronches. Il était trop tard pour me retenir de respirer. Je toussai, suffoquai. Dans mon crâne, je hurlais encore. Et puis ce fut le silence et l'inconscience.

Quand j'émergeai de mon évanouissement, il me fallut du temps pour remettre mes idées en place. J'étais de nouveau couché par terre. J'avais froid. Mes bronches me brûlaient. Je me sentais mouillé, le crâne, les épaules et... l'entrejambe. Ma vessie m'avait trahi.

— Alors, le plongeur, on se réveille ? Mais...? Il s'est pissé dessus ! On s'est fait peur ? On a réfléchi ? On va causer gentiment, maintenant ? Ou on retourne à la baignade ?

Un pied me secoua les côtes sans ménagement.

— Mais putain ! C'est un cauchemar !

Cette fois, ma voix était devenue frénétique.

— Je ne sais même pas ce que vous cherchez ! Je ne sais pas ce que vous me voulez ! On m'a tapé dessus dans mon parking, je ne sais pas pourquoi... Vous me torturez, je ne sais pas pourquoi... Ça devient dingue...

Mais je me fous de vos histoires ! Je me fous de Madec ! Je me fous de la guerre ! Je me fous de tout !

Sur mon visage, des larmes se mêlaient à l'eau de la citerne. Je me sentais désespéré. Prisonnier d'un piège absurde. Sans issue. Que pouvais-je bien inventer pour les convaincre de me laisser tranquille ?

Et la cavalerie arriva.

— On ne bouge plus !

L'injonction était prononcée d'une voix ferme, sans vibrato émotionnel. Assez forte pour surprendre, assez calme pour inspirer le respect. Et cette voix était celle d'Anh.

— Toi, tu t'allonges. Toi, tu lui détaches les pieds. Et pas d'idiotie. Je sais tirer. À la moindre connerie, je vous explose un genou.

Bizarrement, je fus plus surpris par la grossièreté du mot « connerie » que par le reste. Je n'eus pas le temps d'analyser ma réaction, le fracas d'une détonation fut suivi par la dégringolade d'un objet métallique. Je me sentis aspergé par des éclats de pierre ou de bois. La balle avait traversé et fait valser la casserole en aluminium posée près de la citerne.

Quelques instants plus tard, dans la pâle lumière du jour levant, flageolant, j'avais retrouvé la position verticale, aux côtés de la jeune femme. Elle tenait un pistolet imposant dans sa main droite avec un naturel d'actrice de série télé. Entre nous et la citerne, deux silhouettes gisaient au sol, côte à côte, face contre terre. Deux types habillés de sombre. Le crâne encagoulé.

Calmement, Anh commença par les convaincre de se débarrasser de leurs blousons en se contorsionnant dans la position allongée et de les jeter au sol un peu plus loin.

— Au cas où le fait que je sois une femme vous donnerait des idées idiotes, je vous préviens : je suis fusilier commando et j'ai déjà tiré dans des bonshommes. Le premier qui bouge, je l'aligne. Compris ?

Les tenant toujours en joue, elle récupéra dans leurs blousons les clefs des deux paires de menottes dont ils s'étaient servis pour m'immobiliser. Elle m'en libéra et m'expliqua à voix basse ce que j'allais devoir faire dès que je serais un peu remis de mes multiples surprises.

Malgré ma faiblesse, je réussis sans mal à les arrimer ensemble par les chevilles, puis, par les poignets de leurs mains opposées, en leur tordant les bras dans le dos. Ainsi entravés sur le sol, ils ne représentaient plus la moindre menace. Même des contorsionnistes de cirque n'auraient pu se relever d'un bond. Ils ne bougeaient d'ailleurs pas une oreille, sous leurs cagoules.

Replaçant le pistolet dans le holster de poitrine dont elle s'était harnachée, Anh entreprit de fouiller leurs blousons pour en extraire deux portefeuilles qu'elle vida à leur tour. Je l'entendis siffler entre ses dents. Elle tenait à la main deux cartes, format carte d'identité, et s'éclairant avec un briquet, lisait leurs intitulés. Elle me les passa :

— Regarde. On rêve, non ? Deux flics !

Les deux cartes étaient des documents officiels identifiant les deux hommes comme Gildas Lagarde et Thierry Phulpin, gardiens de la paix dans la police nationale.

***

— Tu es vraiment dans les commandos ?

La question me brûlait les lèvres depuis un moment. Nous roulions déjà depuis une bonne demi-heure en direction de Toulon. Nous avions laissé les deux gus allongés sur le sol et glissé les clefs des menottes dans les poches de leurs blousons que nous avions pendus à une branche d'arbre à quelque distance de la maison. Ils mettraient un certain temps à les récupérer. Anh les avait tenus en respect pendant que je me lavais à l'eau froide de la douche de l'étage ; cette eau dans laquelle j'avais cru finir noyé avait décrassé ma peau de la saleté, mais pas mes pensées de la honte qui les rongeait. Il se pouvait même qu'un peu du liquide qui me lavait fût passé par mes bronches ou mes poumons... L'idée m'avait dégoûté un peu plus.

Après avoir trouvé dans le placard de la chambre un caleçon et un pantalon de travail ayant appartenu sans doute à Madec, je m'étais senti enfin un peu moins merdeux, au sens propre comme au figuré. Mais à peine. Je n'avais toujours pas surmonté ce que je venais de vivre ni l'humiliation d'avoir eu si peur.

Sur le sentier nous menant à la voiture, Anh m'avait expliqué que, alertée par le bruit causé par l'intrusion des deux hommes dans la maison, elle était déjà réveillée et habillée quand j'avais hurlé. Elle avait aussitôt sauté par le fenestron de la chambre et avait eu le temps de disparaître dans la nuit avant que le deuxième homme n'arrive à l'étage. Dans l'obscurité, elle l'avait facilement semé sur ces pentes qu'elle connaissait par cœur pour y avoir joué souvent dans son enfance. Il avait renoncé assez vite à la rattraper. Visiblement, leur cible, c'était moi. Après quelques détours, Anh avait rejoint la voiture et constaté avec satisfaction qu'ils n'avaient pas eu l'idée de la fouiller. Elle y avait récupéré le pistolet dont elle s'était munie en passant par Toulon. Au cas où.

— Au cas où je t'aurais sauté dessus ?

— On n'est jamais trop prudente avec les vieux schnocks !

Son rire bref détendit un peu l'atmosphère depuis trop longtemps surchargée de stress. Les deux gendarmes mettraient longtemps à se libérer et encore un peu plus à changer la roue de leur 4×4, garé à côté de la Clio, et dont Anh avait percé un pneu avec le couteau qui ne quittait jamais sa boîte à gants. Nous avions hésité à prévenir la police, mais, vu la complexité de la situation et l'identité de nos agresseurs, il nous avait paru plus simple de les laisser à leur destin. De toute façon, nos portables n'auraient pas capté de réseau avant notre retour dans la plaine.

Ma question ne la surprit pas.

— Je sais, ça paraît bizarre à beaucoup de gens, mais je suis bien « une » commando. Une des rares femmes commandos des armées françaises. Il y en a un peu plus qu'avant, mais plus que zéro, ce n'est pas trop difficile.

Le temps que je digère l'information, elle avait repris la parole :

— Au fait, je sais comment tu te sens... Dis-toi que tu n'es pas le premier à te pisser dessus dans ces conditions. Pendant nos entraînements, j'ai vu de gros durs faire pire encore. Et moi aussi...

Elle haussa les épaules. Et changea de sujet.

— Que ces types soient des policiers, c'est troublant. Je ne crois pas qu'ils aient été en service. Sinon, ils auraient poussé de hauts cris. Leur silence est révélateur, tout autant que leurs méthodes. Je ne serais pas étonnée qu'ils fassent des heures sup dans le privé : des ménages, comme on dit dans ton domaine. Mais pour qui ? *That's the question.*

***

Ensuite, nous n'avions plus prononcé un mot. Les kilomètres filaient. La radio crachouillait un brouet infâme de parlotte, de pub et de musique molle débitée en tubes. Nous demeurions prisonniers de nos mondes intérieurs. Anh, en apparence concentrée sur sa conduite ; moi, anesthésié par le ronronnement du moteur et hypnotisé par les oscillations d'un petit ours en peluche pendouillant au bout d'un ruban noué au rétroviseur. Il aurait été exagéré de dire que je réfléchissais. Rien de construit ni de raisonné n'émanait de mon activité cérébrale. J'étais englué dans la stupeur et la honte. Stupeur d'avoir été de nouveau agressé et honte d'avoir laissé la peur me submerger au point que mon corps me trahisse. Il me semblait qu'il avait répondu à ma place à la question existentielle de mon éventuel comportement dans la seconde guerre mondiale. Et si, finalement, la bravoure était une affaire aussi physique que morale ? Cette pensée tournait en rond dans mon cerveau comme une mouche se cognant à une vitre dont elle ne conçoit pas la nature.

J'étais ramené une fois de plus aux doutes sur mon courage. Ils m'habitaient depuis l'enfance.

Une fois déjà, il y avait bien longtemps, la peur m'avait fait mouiller mon pantalon. À 5 ou 6 ans, j'avais tanné ma mère pour qu'elle m'emmène à la fête foraine installée sur l'esplanade de la cathédrale. La veille, un manège m'avait fasciné quand nous étions passés sur le trottoir : poussées par le tintouin de la fête foraine, des répliques stylisées d'avions tournaient en montant et descendant au bout de bras hydrauliques, pour le plus grand plaisir de leurs jeunes passagers. J'en avais rêvé toute la soirée. Le lendemain, quand on m'avait installé dans l'un de ces habitacles, j'avais ressenti une bouffée de fierté grisante. J'allais m'envoler comme les pilotes de mes illustrés préférés, Battler Britton ou Buck Danny. Puis le manège s'était mis en branle, accompagné par une rengaine d'orgue mécanique. Pendant un tour ou deux, les avions étaient restés au sol avant de décoller tout d'un coup, pour se percher à une altitude de deux ou trois mètres. La soudaineté de l'envol m'avait surpris. J'avais ressenti un intense malaise physique. La terreur m'avait aussitôt submergé. Je n'avais pas eu peur de mourir, car à cet âge-là, je ne savais rien de la mort. C'était plutôt l'accès de pure panique d'un animal soudain arraché à son milieu naturel. J'avais tant hurlé que le forain avait interrompu la séance pour que ma mère puisse me récupérer. Je me rappelais encore ma peur et surtout ma honte quand elle s'était aperçue que je m'étais oublié. Moi qui étais censé être un grand... La mésaventure m'avait laissé une autre séquelle : un vertige aigu qui pouvait encore aujourd'hui me paralyser à des hauteurs absolument ridicules pour la plupart de mes semblables : sur un quai de gare, sur un tabouret, sur un pont. Et un souvenir douloureux, auquel les événements de la matinée me ramenaient.

Aux abords de Toulon, Anh m'avait demandé quels étaient mes plans. Je n'en avais pas. J'improvisai en lui demandant de me déposer en ville. Je prendrais le premier train pour Paris après m'être acheté un nouveau pantalon, car celui de Madec m'arrivait tout juste aux chevilles. Elle n'avait pas insisté pour que je reste plus longtemps, sans doute soulagée de se débarrasser de mon poids mort. Une forme de gêne enveloppa notre séparation. Au dernier moment, comme je fermais la portière, Anh baissa la vitre côté passager et me glissa, reprenant le voussoiement :

— Faites attention à vous !

Attention à moi ? J'avais passé ma vie à faire attention à ma petite personne. Pour quel résultat ?

***

Il avait oublié la poussière. C'est fou ce qu'une armée en marche peut dégager comme poussière ! Louis de Vernay en avait déjà respiré et toussé des tonnes, à l'été 1940, lors de la marche forcée des lambeaux de son régiment pressé de fuir l'avancée allemande en poussant le régime des moteurs poussifs de leurs vieux camions. Une armée retournait alors à la poussière. Cette fois, debout dans l'habitacle du *command, car*, il avait l'impression de chevaucher un nuage de tempête dans le grondement d'orage des moteurs et des chenilles des chars lancés à pleine vitesse sur la route de Rouen. Les armées britannique et canadienne jouaient enfin en Normandie leur version de la charge de blindés inventée quatre ans plus tôt par les panzers de Guderian au travers des Ardennes. Mais on était loin d'une « blitzkrieg ». Pendant près de deux mois, l'éclair n'avait pas produit la moindre étincelle ; Britanniques, Canadiens et Américains étaient restés bloqués sur des positions à peine éloignées de dix kilomètres des plages où ils avaient débarqué le 6 juin. Il avait fallu attendre le 20 juillet pour que Britanniques et Canadiens fassent sauter le verrou de Caen écrasée par le cataclysme déversé des soutes des bombardiers dont les nuées funestes avaient obscurci le ciel normand avant d'allumer au sol tous les feux de l'enfer. Les bombes avaient enseveli près de 2000 civils dans les décombres. Quelques jours plus tard, le général Patton entraînait ses colonnes de chars US à marche forcée dans le contournement des forces ennemies le long de la côte ouest du Cotentin.

Louis était arrivé juste à temps en Angleterre pour participer au débarquement. Une fois en Afrique du Nord, il avait tenté d'abord de s'engager dans l'armée française. À Alger où il avait touché terre, il avait très vite compris l'ambiguïté de la situation. Un mois après le débarquement allié de novembre 1942 en Algérie et au Maroc, l'assassinat de l'amiral Darlan, Haut-Commissaire de Vichy en Afrique, avait provoqué une redistribution des pouvoirs. Ils étaient pour le moment, et très localement, exercés par le général Henri Giraud, militaire à l'ancienne, dont les cinq étoiles de général d'armée étaient censées éclipser les deux pauvres étoiles du général de brigade à titre temporaire Charles de Gaulle. Cinq à deux ! Giraud, appuyé par les Américains, était destiné à gouverner les forces françaises. Mais les gaullistes et leur chef n'étaient pas de cet avis. La chamaillerie faisait rage dans les antichambres et dans les casernes.

Dès son premier contact avec des militaires français, Louis avait perçu le climat délétère. Tout le monde se méfiait de tout le monde. Et particulièrement de ce freluquet, arrivé d'on ne savait où, on ne savait comment, et qui prétendait s'engager séance tenante. Tout juste s'il ne s'était pas retrouvé en prison, accusé d'espionnage. Il avait rebondi de bureau en bureau, d'adjudant en adjudant. La mention de sa participation aux actions du service secret anglais suffisait pour hérisser le poil de ses interlocuteurs. Mers-el-Kébir, la destruction de la flotte française au mouillage par la Royal Navy, c'était hier et c'était ici, en Algérie. Les regards devenaient aussitôt méfiants, hostiles. Travailler pour les Anglais, vu par des militaires algérois encore pétainistes quelques semaines plus tôt, c'était trahir. Louis avait rapidement compris qu'on ne voudrait jamais de lui dans l'armée française d'Afrique. S'il insistait trop longtemps, il finirait en prison.

Il avait alors frappé à la porte d'un autre honorable correspondant de MI 6 pour se faire rapatrier à Londres. L'affaire avait pris encore plusieurs semaines, financées par la vente de quelques-uns des brillants de sa couronne. Il venait tout juste de s'habituer aux douceurs de l'hiver en Afrique du Nord et aux saveurs exotiques de la cuisine locale quand on lui avait trouvé une place dans une bannette sur un navire ravitailleur en route pour l'Angleterre.

Pas un jour ne s'était écoulé depuis le drame de Bordeaux sans qu'il réfléchisse à un moyen de faire entendre sa voix auprès des autorités du MI 6 et de dénoncer les agissements de M. Gilbert. Mais plus il ressassait ses griefs, moins il entrevoyait de solution. Il ne voyait pas comment court-circuiter Dansey. Dansey était le MI 6, et le MI 6, c'était Dansey.

Quand, après une traversée pénible, marquée par une tempête dans le golfe de Gascogne et de multiples alertes aux U-Boote, il remit le pied sur les rivages anglais, sa colère avait perdu toute sa virulence. Il l'avait trop longtemps remâchée avec son vomi dans le gros temps. En panne d'énergie vengeresse, il se savait battu. Il n'avait plus qu'une envie : solder ses comptes avec le MI 6 et s'engager dans l'armée, la vraie, celle qui combattait au soleil et non dans l'ombre.

L'affaire se révéla plus simple qu'il ne l'aurait cru. Loin de déclencher des remous à Londres, son retour dans les locaux du siège des Extincteurs Minimax passa quasi inaperçu, en apparence. Pourtant, à peine était-il entré dans son ancien bureau, occupé ce jour-là par deux jeunes gens de bonne famille affairés à d'obscures traductions, que, prévenu par des antennes très sensibles, Bellamy avait surgi, tel un diablotin hors de sa boîte. Toujours aussi affable, toujours aussi odoriférant. Il avait escamoté Louis dans un nuage de lavande et de tabac miellé pour le faire réapparaître au comptoir du Westminster's Arms où tous deux s'étaient remis, un jour ancien, de leurs émotions de traducteurs éconduits par les seigneurs de cette guerre.

Convoyant chacun une pinte de bière sans mousse, à température ambiante, ils s'étaient installés au fond de la salle, dans un coin encore plus sombre que le reste de cet antre de la beuverie feutrée entre gentlemen où pas un grain de l'épaisse poussière des boiseries n'avait été déplacé par les bombardements. Laissant à peine à Louis le temps de s'asseoir sur une banquette au velours cramoisi luisant d'usure, Bellamy leva son verre et prit la direction de la conversation :

— *Cheers, dear Louis... and don't say a word.*

Pas un mot ! Le jovial Bellamy affichait cette fois le masque du sérieux, presque imposant. Il reprit, plus hésitant :

— Non, pas un mot, Louis. Je sais les épreuves que vous avez traversées. J'ai mes informations. Je connais vos doutes... Mais ne prononcez pas des mots que vous pourriez regretter. Si vous les disiez, je ne pourrais rien pour vous. Croyez-moi, tout ça vous dépasse ; tout cela nous dépasse. Et ce n'est pas ce que vous vous imaginez.

Cette fois, le polymorphe Bellamy avait pris sa tête de bon toutou. Bien que toute la tirade eût été prononcée en anglais, Louis avait eu l'impression que le lieutenant, désormais capitaine, avait mis une vraie intimité, une manière de tutoiement à la française, dans l'usage du « *you* », ce pronom souvent très impersonnel en anglais. Pour la première fois depuis qu'ils se côtoyaient, le jeune Français se demanda quel âge pouvait bien avoir son interlocuteur. Bellamy lui avait toujours paru « vieux », mais sans doute n'avait-il pas encore l'âge d'être son père. Aujourd'hui, il ne s'en comportait pas moins comme un mentor. Gêné, pour se donner une contenance, Louis trempa ses lèvres dans sa pinte. L'amertume douceâtre de cette bière presque sans gaz lui donna soudain l'impression de rentrer chez lui, lui qui avait eu tant de mal à apprécier les premières cervoises vaguement tièdes qu'on lui avait servies.

— Louis, tu m'as compris ? Cette fois, Bellamy avait bien parlé en français.

— Je ne suis pas sûr...

Le capitaine sortit son paquet de cigarettes. Il en offrit une au jeune homme. Alluma la sienne, inhala une bouffée et recracha la fumée dans un grand soupir.

— Bon, je vais te donner une information que tu t'empresseras aussitôt d'oublier... Dansey m'a mis au courant de tes soupçons. Eh bien... d'autres que toi ont évoqué le cas de cet agent, de ce *dispatcher,* et il vient d'être rappelé à Londres. Il va peut-être passer en procès. Mais l'affaire est très compliquée. Trop pour moi et trop pour toi... Et voilà !

Louis se laissa aller sur la banquette sous le regard presque anxieux de Bellamy. Il resta silencieux à contempler les volutes de fumée de leurs cigarettes dansant dans un rai de lumière filtré par le verre coloré des petites fenêtres du pub. Ses idées lui paraissaient diffuses, elles aussi, mais aucune lumière ne les éclairait. Il était partagé entre l'envie de prendre Bellamy par le col et de lui hurler que Dansey était un traître, lui aussi peut-être, et le désir tout aussi puissant de fuir le MI 6 pour se débarrasser une fois pour toutes de l'impression de souillure ressentie depuis la mort de Lucien. Au fait, Lucien ? Bellamy avait sûrement des informations ?

Le capitaine alluma une deuxième cigarette. Il repassa à l'anglais :

— À la suite de votre (ou ton ?) rapport de Barcelone, nous avons mené une enquête. Il est mort...

— Et le réseau ?

— Il a été décimé quelques semaines plus tard, mais nous ne savons pas s'il y a un lien avec la mort de Lucien...

Inconsciemment, pendant que Bellamy parlait, Louis avait pris sa décision. Il soupira :

— Écoutez, lieut... capitaine. D'accord. Je ne remuerai pas terre et ciel pour savoir la vérité ; d'ailleurs, ma conviction est faite. Mais je ne veux plus travailler pour Dansey... ni pour vous. Aidez-moi à trouver une affectation dans l'armée qui va débarquer en France. Et vous n'entendrez plus jamais parler de moi.

Un sourire fugace égaya un instant le visage de Bellamy, soulagé :

— J'espère bien que j'entendrai parler de vous... après la fin de la guerre... En attendant, je vais voir ce que je peux arranger... Vous avez de la famille en Angleterre, n'est-ce pas ? Bon, voilà ce que nous allons faire. Vous allez bénéficier d'une permission. Allez voir votre grand-père, le temps que nous trouvions une unité à laquelle vous pourriez être utile. Je vous préviendrai dès que je vous aurai trouvé un poste... Et oubliez cette histoire. La France sera bientôt libérée. Les *Krauts* sont fichus.

Louis avait ainsi revu son grand-père pour la première fois depuis le début de la guerre. Un train puis un autobus l'avaient conduit jusqu'au village du Yorkshire où le vieil homme s'était retiré depuis le décès de son épouse. Il avait toujours éprouvé une admiration naïve envers cet aïeul dont sa mère avait chanté la légende auprès de ses enfants. Il était son héros et était devenu celui de Louis et Lucette. Poète, joueur de rugby et de cricket, professeur de littérature, il s'était distingué par sa bravoure pendant la première guerre dont il avait ramené diverses blessures et quelques médailles qui fascinaient Louis lors des vacances de son enfance chez ses grands-parents.

Sa grand-mère les utilisait parfois comme dérivatifs à l'ennui des journées dégoulinant de « drizzle », cette bruine estivale si fine et si *british* qui humecte les grasses prairies verdoyantes du royaume et transforme le tournoi de Wimbledon en supplice chinois pour les joueurs étrangers, tout en assouvissant le goût des Britanniques pour un masochisme raffiné. Quand elle voyait son « petit Français » traîner sa morosité avec de plus en plus de déplaisir, elle lui adressait un clin d'œil et suggérait, avec un sourire enjoué :

— Et si nous vérifiions l'état du trésor?

La formule magique agissait aussitôt. Son intérêt instantanément éveillé, l'enfant la suivait dans la chambre à coucher où, dans une armoire luisante de cire, sous une pile de vieux lainages parfumés de naphtaline, reposait le saint tabernacle : une boîte en métal qui avait autrefois bravement protégé quelques gâteaux secs de l'humidité prégnante du climat de la grande île, et désormais promue au rang d'écrin pour écrins. Une fois le couvercle retiré, avec un son de cymbale rouillée, on découvrait deux étuis : l'un, bleu marine, contenait la Médaille militaire et l'autre, pourpre, la prestigieuse Victoria Cross. L'éclat des médailles et les couleurs des rubans dans leurs lits de velours cramoisi fascinaient le gamin. Ces pompeuses breloques conféraient à son grand-père le statut de héros immortel à ses yeux d'enfant.

Grand'mother lui tendait alors le torchon pelucheux qui calait les étuis dans la boîte de biscuits. L'honneur lui revenait de lustrer le brillant de l'émail et du métal des décorations. Empreint de l'importance de sa tâche, affichant la componction d'un sacristain, il s'acquittait avec un soin minutieux de cette mission de confiance, rayonnant de fierté candide comme seul peut l'être un enfant au cœur pur. Et, quand il estimait son travail accompli, l'éclat du métal éclairait son regard et son humeur. La « *drizzle* » pouvait tomber; la grisaille était vaincue pour le reste de la journée. Parfois, il imaginait épingler les rubans à son chandail. Mais, craignant de se rendre coupable du péché d'orgueil, il s'efforçait aussitôt de chasser cette tentation de son esprit.

Son grand-père lui parut vieilli. Louis lui avait toujours connu des cheveux blancs et une barbe de neige. La légende familiale affirmait qu'Alan Page s'était réveillé chenu, un matin de 1916, après une nuit d'orage de fer et de terreur dans les tranchées de la Somme. Ce n'était donc pas la blancheur du poil qui trahissait l'usure du temps, mais bien la légère voussure dans la silhouette au port de tête affaissé, et ce soupçon de raideur qui perturbait l'harmonie des mouvements de l'ancien grand sportif. Et puis, aussitôt éteinte la joie initiale des retrouvailles, l'anxiété sourde qui ternit très vite sa satisfaction de revoir son petit-fils. Le vieil homme ressentait le contrecoup des blessures d'une vie hérissée d'épreuves. Tant que sa femme avait vécu, il avait dissimulé leurs cicatrices sous le masque d'une certaine jovialité. Désormais, ajoutées aux souvenirs douloureux de la Grande Guerre, les affres de la suivante semblaient étouffer en lui la moindre flammèche de bonheur. Les blessures s'étaient rouvertes, béantes. Il avait espéré que son petit-fils lui apporterait des nouvelles rassurantes de sa fille et de sa petite-fille chéries. L'incapacité de Louis à satisfaire son espoir avait partiellement noirci son humeur. Il ne pouvait s'empêcher d'en concevoir une forme de rancœur mêlée d'angoisse.

Tout le temps de son séjour, le jeune homme sentit le regard de son grand-père posé sur lui à la dérobée, comme si Alan Page s'interrogeait en permanence sur les chances de son petit-fils de survivre au conflit en cours. L'aïeul s'isolait pendant des heures dans son bureau, pour écrire ou, peut-être, simplement pour fuir la présence de ce petit-fils qui lui évoquait trop d'absences.

Pour meubler le temps, Louis arpentait la campagne. Sa tranquillité, exempte de toute autre menace que les nuées chargées d'averses, apaisait la tension permanente des derniers mois. Du haut des collines verdoyantes, depuis le creux des vallons, la guerre paraissait loin. La Terre s'y désintéressait des folies humaines. Séduit par le spectacle harmonieux des champs et des bois ou par l'observation d'un animal vaquant à sa vie si simple et si naturelle, Louis se surprenait à regretter de ne pas savoir dessiner ou peindre. Il aurait voulu capter ces instants, pour se les approprier pleinement. Dans ces moments, il oubliait la guerre et son cortège de peurs. Ensuite, il s'en voulait un peu, comme s'il avait trahi la cause et les siens lors de ces évasions fugaces. Et il se remettait à ressasser ses griefs contre Dansey, Gilbert et ce satané Bellamy qui ne donnait pas de ses nouvelles.

De retour à la maison, une longère basse et sombre, mais *cosy* dès que l'âtre crépitait, il jouait parfois certains des disques de son grand-père sur le gramophone qui avait constitué autrefois sa porte d'entrée vers le jazz, un jazz tel que les Anglais l'avaient hérité de leurs descendants immigrés outre-Atlantique : blanc, européanisé et édulcoré. Glenn Miller, Tommy Dorsey, Artie Shaw tenaient les premiers rôles dans la discothèque d'Alan Page. Après avoir lu les écrits d'Hugues Panassié ou de Charles Delaunay, et surtout écouté certains des concerts organisés par le « Hot Club de France », Louis appréciait désormais des alcools plus forts, plus authentiques, plus « hot ». Mais il préférait encore les sirupeux arrangements d'Artie Shaw au silence de la maison et à son crépuscule assombri par les idées noires.

Un soir, Louis se nourrissait en solitaire d'une soupe de panais et d'un morceau de pain enduit de saindoux en écoutant le vent qui enserrait la grande île dans sa tenaille hurlante. Pendant la promenade de l'après-midi, il n'avait pu échapper à la trombe. À son retour, il s'était séché, nu, devant la cheminée dont le feu de tourbe réchauffait le salon parfumé d'arômes d'herbes sèches et de fumée. La femme de ménage de son grand-père avait laissé une potée à mitonner sur la cuisinière avant de rentrer chez elle. La chaleur de la soupe compensait sa fadeur. Il l'avait accompagnée d'une tranche de pain bis tartinée de saindoux. La guerre rendait les repas anglais plus frugaux encore que ne le recommandait le dogme rigoriste de l'Église réformée. Il avait pris le parti de savourer chaque bouchée. Le bouillon n'avait pas grand goût, le pain était rassis, mais le saindoux savoureux.

Un tintement de verre en provenance du salon éveilla son attention. Événement exceptionnel à cette heure tardive, après avoir quitté son bureau, son grand-père n'avait pas gagné directement la chambre. Quelques minutes plus tard, en sortant de la cuisine, Louis le trouva assis, les yeux clos, dans un des deux fauteuils recouverts de cuir sombre qui jouxtaient la cheminée. Entre les deux, sur une table basse, dans un gobelet de cristal et dans la carafe guillochée, un liquide ambré et lumineux reflétait la danse des flammes. Un autre verre, vide, attendait.

L'invitation muette était claire. Sans bruit, Louis s'assit dans l'autre fauteuil et saisit la carafe. Peut-être tiré de sa torpeur par le tintement du bouchon sur le goulot, Alan Page ouvrit les yeux et regarda son petit-fils sans ciller. Les ombres dansantes des flammes creusaient son visage en un masque tragique auquel la barbe blanche conférait une dignité antique. Acteur, il aurait incarné le héros vieillissant, victime du complot des dieux cruels. Il n'était qu'un grand-père bourrelé d'inquiétude pour sa famille écartelée par la guerre. Son désarroi, visible, n'en était que plus poignant aux yeux de son petit-fils.

— Je t'attendais... Il faut que nous parlions. Enfin... Il faut que je te parle.

La voix tremblait un peu. Embarrassé, le vieil homme saisit son verre et, le portant à la hauteur de ses yeux, s'abîma dans la contemplation des reflets du whisky. Il avala une gorgée, ferma les paupières, parut la savourer, et rouvrit ses yeux légèrement saillants, braqués sur le vide, qui lui donnaient une allure fiévreuse :

— Je te dois des excuses, ou, au moins, des explications... Je suis désolé, mais je suis incapable de t'accueillir avec la chaleur d'autrefois. Savoir ta mère et ta sœur là-bas, à la merci des Allemands... Savoir que tu vas bientôt repartir au combat... Tout cela me panique. Il paraît que j'ai fait preuve de courage lors de la guerre précédente. C'est vrai qu'à l'époque, j'ai souvent eu peur...

Il haussa les épaules, s'interrompit un instant, porta sa main gauche, agitée par de légers tressaillements, à sa tempe neigeuse qu'il pressa fortement du bout des doigts comme pour repousser des souvenirs douloureux, avant de reprendre, secouant la tête :

— Mais je n'ai jamais paniqué... Jamais ! ... Et aujourd'hui, voilà que je me sens désemparé, impuissant. La nation ne veut plus de moi. Elle a bien raison. J'ai l'impression que je ne peux rien faire pour vous protéger... et je ne peux rien faire, à part te loger quelques jours. Chaque nuit, je ressasse les dangers qui vous menacent et le sommeil me fuit. Mais comment fait donc Churchill pour garder toute cette énergie ? Il a pourtant deux ans de plus que moi.

Louis n'osa pas lui suggérer qu'il ne buvait peut-être pas assez de whisky pour oublier ses peurs, alors que l'appétence du *Prime Minister* pour l'alcool de malt était célèbre à Londres. Il resta silencieux, l'esprit troublé par l'irruption impromptue et soudaine du souvenir des médailles militaires de son grand-père, sans doute toujours nichées sur leurs lits de velours, au fond de la boîte de biscuits, dans l'armoire de la chambre, à l'autre bout du couloir, là où hibernaient ses souvenirs d'enfance.

Dans la main du vieil homme, le verre tremblait légèrement, accentuant la danse des reflets qui animait l'eau-de-vie. Il semblait prendre son élan avant de se lancer dans le vide.

— Je sais que c'est absurde, reprit-il, le regard perdu dans les flammes, comme tenté de s'y jeter. Je sais que ça sera difficile pour toi, peut-être impossible… mais j'aimerais que tu me fasses une promesse avant de repartir.

Il releva les yeux pour planter son regard à nouveau dans ceux de son petit-fils, redressa le buste et, d'une voix un peu plus ferme, poursuivit, en ralentissant son débit, martelant même certaines syllabes :

— Je *veux* que tu me *promettes* qu'une fois de l'autre côté du Channel, tu feras *tout* pour retrouver et *protéger* ta mère et ta sœur. Je sais que ton père aura fait ce qu'il pouvait, mais toi, tu seras un soldat de la Couronne et tu auras sans doute d'autres moyens que lui à ta disposition. Et aussi que tu me transmettras le plus vite possible toutes les informations que tu pourras obtenir.

Il soupira. L'effort de cette requête semblait l'avoir épuisé. Il s'enfonça de nouveau dans le fauteuil, but une nouvelle gorgée de whisky et ferma les yeux. Louis crut remarquer l'apparition de perles de lumière aux coins de ses paupières serrées. Il nota aussi l'accentuation du tremblement de la main libre que le vieil homme verrouillait en cramponnant l'accoudoir. Il réalisa alors qu'il avait été aveugle et que son grand-père n'était pas seulement usé par le temps et les épreuves. Il livrait probablement un autre combat intérieur, contre la maladie. Vivrait-il assez longtemps pour voir la France libérée ? Pour revoir sa fille unique et sa petite-fille ? D'une voix assourdie par l'émotion, Louis jura qu'il obéirait à sa requête, puis, sur une impulsion, posa sa main sur celle du vieillard dont les joues se couvraient de larmes.

Le lendemain, un câble lui annonçait qu'il était muté à la *6th Airlanding brigade*, une formation aéroportée cantonnée dans le Dorset.

***

Il ne lui avait pas fallu longtemps pour comprendre la logique de son affectation. L'identité du commandant de son unité parlait d'elle-même : général de brigade Robert Hugues Bellamy. Cet officier rigide et autoritaire était l'oncle de « son » Bellamy dont le père avait été lui aussi général. Sans doute son entraînement de parachutiste avait-il joué en faveur de Louis pour intégrer une troupe aéroportée, mais il aurait parié que le lien familial de son mentor avec le commandant avait constitué l'argument décisif. Incorporé au grade de lieutenant, il devrait occuper la fonction d'officier de liaison avec les populations locales après le débarquement. En attendant le grand jour, comme toutes les autres recrues, il avait été astreint pendant plusieurs mois à un entraînement épuisant, à coup de marches forcées, de maniement d'armes, de close combat et d'opérations commando « à blanc » dans la campagne anglaise, au nez et à la barbe d'unités régulières tenues dans l'ignorance des missions de ces baroudeurs tombés des airs.

La logique de toutes les armées ayant sa limite, une fois venu le jour J (*alias D Day*), sa qualification de parachutiste ne lui avait servi à rien. C'était à une autre unité de la brigade qu'avait incombé la mission périlleuse de prendre le contrôle des ponts sur l'Orne au nord de Caen dès la nuit du 5 au 6 juin. Louis et ses compagnons n'avaient traversé la Manche que dans la soirée du lendemain, dans le ventre d'un des planeurs Horsa remorqués par centaines dans le ciel de Normandie par de poussifs bombardiers. Déclassés en tracteurs des airs, bimoteurs et quadrimoteurs traînaient la longe de ces chevaux de Troie aériens. Dans le ventre de chacun d'entre eux, une trentaine de guerriers intrépides tremblaient de trouille à l'idée d'atterrir dans des aéroplanes sans hélices. Cette peur s'était malheureusement révélée fondée pour quelques centaines d'entre eux dont les aéronefs s'étaient empalés sur les « asperges de Rommel », des forêts de pieux coiffés de mines, dont le *Generalfeldmarschall* avait recommandé la culture en plein champ, aux abords du rivage.

Louis et ses camarades avaient été plus chanceux. Ils avaient atterri dans une zone dégagée, un peu plus éloignée des plages du débarquement et des asperges mortelles, à mi-chemin entre Caen et la mer, près du village de Saint-Aubin-d'Arquenay. Ils n'avaient pas cassé de bois, ou si peu, s'étaient regroupés rapidement malgré la dispersion à l'atterrissage, et avaient entrepris d'enfoncer le front allemand comme l'état-major l'avait prévu. Avant la levée du jour, ils avaient traversé l'Orne sur les ponts dont s'étaient emparés leurs camarades la nuit précédente, et avancé de cinq kilomètres vers le sud-est, au prix de pertes légères.

Un mois et demi plus tard, ils en étaient toujours au même point. *Monty*, le maréchal Montgomery, avait piétiné devant le verrou de Caen, retenu, disaient ses admirateurs, par l'intention louable de ménager la vie de ses soldats, ou, selon les sceptiques, par son incapacité tactique. Censé s'emparer de la capitale de Guillaume le Conquérant dès le 6 juin au soir, il avait été bloqué par les chars de la 21e *Panzerdivision* et par les gamins fanatisés de la 12e *SS Hitlerjugend*. Pas moins de cinq opérations de grande envergure, baptisées des noms bucoliques d'*Epsom, Windsor, Charmwood, Goodwood* et *Atlantic*, doublées de bombardements assidus, avaient réduit la cité à un champ de ruines, massacré plus de deux mille de ses habitants, privé trente-cinq mille autres de toit, avant que les ultimes défenses allemandes ne s'effondrent, elles aussi. Enfin, le 20 juillet, les troupes canadiennes, qui formaient le plus gros de la chair à canon, avaient libéré officiellement le tas de gravats qu'était devenue la ville.

Il avait fallu attendre encore près d'un mois pour que *Monty*, pressé par ses alliés américains, se décide à lancer, le 17 août, l'opération *Paddle* (une « pagaie », pour enfin avancer). L'objectif était de longer la côte du Calvados jusqu'à la Seine pour prendre en tenaille les troupes allemandes ralenties dans leur repli par le franchissement du fleuve sur des passerelles de fortune.

C'était ainsi que Louis s'était retrouvé dans un *command-car* lancé au milieu d'un nuage de poussière sur la route côtière menant de l'embouchure de l'Orne à celle de la Seine. Son véhicule était intégré à un groupe de chars Cromwell et Sherman de la 7e division blindée, celle des « rats du désert » convertis en moissonneurs de bocage. Il s'y sentait tout à fait inutile dans son rôle d'interprète, car les liaisons avec les indigènes étaient tout naturellement assurées par les deux mille Belges et Luxembourgeois de la brigade Piron, qui complétaient l'unité, ou, mieux encore, par les cent cinquante rescapés du commando Kieffer, seuls soldats français à avoir débarqué sous leurs couleurs le 6 juin. Mais il s'en moquait. Il n'avait plus qu'une idée en tête depuis qu'il avait appris la mission de son régiment : respecter la promesse faite à son grand-père et protéger sa famille peut être bloquée dans la zone de combats. La pensée l'obsédait depuis qu'il avait remis le pied sur le sol de France.

Cet atterrissage-là n'avait rien eu de commun avec les précédents. Lors de ses missions clandestines, dès l'instant où il avait touché terre, il avait à chaque fois ressenti l'angoisse sourde d'être découvert et la nécessité absolue de se faire aussi discret qu'un spectre. Le risque était alors diffus, sournois et d'autant plus anxiogène qu'on ne pouvait le compenser par l'action. Il était le gibier et ne pouvait se fier à personne. À l'inverse, le 6 juin, malgré un danger plus aigu et plus immédiat, celui des balles et des obus, une sorte d'ivresse s'était emparée de lui. Il avait endossé la peau de l'agresseur, du libérateur, dopé par le nuage de testostérone dégagé par une troupe au combat. Ensuite, à aucun moment il n'avait envisagé la possibilité d'un échec, même pendant les longues journées de stand-by dans l'attente impatiente de l'ordre de marche. Seule la vision de deux soldats fauchés par le mitraillage d'un des rares *Messerschmidt 109* encore en état de voler l'avait ébranlé. De leurs corps disloqués, sang et matière cervicale avaient jailli, éclaboussant leurs voisins indemnes. Projetées plusieurs mètres plus loin, leurs carcasses sanglantes étaient retombées dans des postures grotesques tandis que deux Lightnings de l'US Air Force se lançaient à la poursuite du maraudeur. Sans réfléchir, Louis avait alors palpé, au travers du tissu de son *battle-dress*, Souricette, le porte-bonheur de sa sœur, qu'il portait cousu dans une de ses poches de poitrine depuis son départ pour la France. Il s'était aussitôt reproché cette puérilité, indigne de son scepticisme athée. Pourtant, il s'était senti apaisé, comme si la sollicitude de Lucette le protégeait un peu du mal.

Jamais, depuis que Paddle avait démarré, il n'avait frôlé la mort d'aussi près. Les combats les plus violents avaient eu lieu au début de l'opération lors de la reconquête des villages de Sallenelles et de Merville, pris le 6 juin puis reperdus face à une contre-attaque allemande. L'assaut avait été confié aux Belges et aux Luxembourgeois qui avaient enlevé la place. Le détachement s'était ensuite divisé en deux colonnes. Le plus gros des troupes britanniques et des chars avait mis le cap sur l'arrière-pays d'Auge : Pont-Audemer, Lisieux, avec Rouen pour objectif final. Le détachement belgo-luxembourgeois, épaulé par une brigade de Néerlandais et par les Irlandais du *Royal Ulster Rifles*, avait reçu pour mission de débarrasser les villages côtiers des dernières forces allemandes agrippées aux gravats des bunkers du Mur de l'Atlantique. Amorçant leur repli, les arrière-gardes nazies se bornaient à retarder l'avance des Alliés par des accrochages, avant de faire sauter les ponts sur les nombreuses rivières côtières. Louis avait obtenu de s'intégrer aux éléments britanniques de cette troupe, un peu pour faire la liaison entre francophones et anglophones, et surtout à cause de sa connaissance supposée du terrain.

Parcourir les vingt-cinq kilomètres séparant l'embouchure de l'Orne de Deauville prit cependant cinq jours. Outre la résistance des unités ennemies éparpillées dans la zone, les libérateurs furent retardés par les multiples chausse-trapes, mines, fossés et autres pièges, dont Rommel avait quelques mois plus tôt exigé l'installation en prévision d'un probable débarquement. Une fois contournées les batteries du Mont-Canisy, digérées les liesses de Villers-sur-Mer où la population leur avait fait fête, puis atteinte la célèbre station balnéaire le 22 août, il ne restait plus qu'une rivière à traverser, la Touques. Son lit, large d'une soixantaine de mètres, sépare Deauville de Trouville, les deux villes-sœurs face à face. Alors, Louis obtiendrait sans doute des nouvelles de sa famille. Peut-être les serrerait-il dans ses bras ?

Il lui fallut encore attendre deux jours. Las de reculer, les Allemands semblaient décidés à défendre la rive trouvillaise de la rivière. Les informations glanées auprès des habitants étaient inquiétantes : la veille, les occupants avaient fait sauter le pont franchissant la Touques, mais ils n'avaient pas désarmé la mitrailleuse qui balayait son entrée depuis un petit fortin. Preuve supplémentaire de la volonté de résistance de l'ennemi, implantés sur les hauteurs derrière la ville des mortiers faisaient pleuvoir des shrapnels, dont l'un tua un des lieutenants du détachement belge ; et un canon de 88 tirait de sporadiques obus, rares, mais redoutables.

Fort de son expérience des lieux, Louis se porta volontaire pour une reconnaissance. On lui adjoignit trois Belges, un radio, Jules Piette, et deux fantassins, Simon Broche et Franck Haedens, aussi placide et compact que Broche était impulsif et filiforme. Ils devaient pousser jusqu'à la rive de la Touques, trouver un point d'observation et rendre compte.

Louis savait que cinq cents mètres à peine les séparaient du quai. Il n'était pas question de se hasarder directement sur l'avenue rectiligne qui passait devant la gare et menait au pont, pile dans l'axe de tir de la mitrailleuse. Les quatre hommes s'engagèrent avec circonspection dans une rue parallèle, vide de tout habitant. Cette absence de vie et les volets clos de toutes les maisons n'inspiraient rien de bon. Au contraire de Villers-sur-Mer, la veille, Deauville n'avait pas le cœur à la fête : la présence allemande de l'autre côté de la rivière était trop menaçante. La population se terrait.

S'abritant sur les seuils des portes, dans les moindres renfoncements des murs, les quatre hommes progressèrent mètre par mètre dans la lumière d'un soleil qui commençait à décliner. Leurs ombres s'allongeaient sur la chaussée quand, chacun à leur tour, ils se faufilèrent par bonds successifs jusqu'au dernier bâtiment les séparant du quai. Ils n'avaient essuyé aucune autre menace qu'une averse de débris provoquée par l'impact d'un unique obus de 88 sur une des maisons de la rue, une trentaine de mètres derrière eux. Mais le coup était passé près. Depuis leur poste d'observation sur la falaise, les Allemands les avaient sans doute repérés. Il était urgent de se mettre à l'abri. À coups de crosse de fusil-mitrailleur, Broche fit sauter la serrure de la porte de service d'un petit hôtel inoccupé qui formait l'angle de la rue et du quai. Dans le couloir d'entrée, une autre porte s'ouvrait sur une volée de marches descendant vers la cave. Les quatre hommes s'y engouffrèrent.

Aux narines de Louis, le sous-sol sentait le « mucre », ce mot par lequel les Normands désignent l'humidité des lieux confinés, parfois mêlée au parfum suret du cidre gouttant sur le sol par la bonde d'un tonneau. Il devina plusieurs portes ouvertes le long d'un couloir à peine éclairé par une lueur diffuse provenant de la première pièce sur la gauche. Ses vasistas poussiéreux ouvraient au ras du trottoir du quai. Louis et le radio l'investirent ; Broche et Haedens s'enfoncèrent plus avant dans la cave.

Prudemment, malgré la pénombre qui les enveloppait, Louis déplia les pare-soleil de ses jumelles pour éviter tout reflet susceptible de trahir leur présence aux servants de la mitrailleuse. À son premier regard dans les oculaires, il ne reconnut pas la ville de son enfance. Non qu'elle ait tellement changé, hormis quelques dégâts dans certaines façades, mais parce qu'il la voyait « autrement ». Il l'observait comme il ne l'avait jamais observée. Et les deux images de la même ville ne coïncidaient pas. Son regard ne se promenait pas au gré de sa fantaisie sur des lieux familiers ; au contraire, il scrutait méthodiquement les moindres détails d'un décor de théâtre, à la recherche d'informations précises, dépouillées de tout pittoresque : oui, le fortin abritant la mitrailleuse était bien là où on le lui avait dit, à l'entrée du pont sur la rive trouvillaise et l'arme balayait la grande avenue ; le pont, lui, avait disparu comme avalé par la rivière. De son point de vue, au ras du sol, Louis apercevait juste l'amorce du garde-corps brutalement interrompu, comme découpé avec une tenaille. Impossible d'évaluer l'importance des décombres demeurés en contrebas, dans le lit de la rivière soumise en cet endroit aux marées qui pouvaient faire varier son niveau de sept mètres. Il lui sembla déceler des mouvements derrière certaines fenêtres des étages. Pas d'armes, ni de blindés visibles, mais une présence intangible et pourtant perceptible. Dans son dos, il entendit le radio articuler calmement avec un accent wallon qui rendait la langue anglaise soudain chaleureuse : « *Hello Able five, hello Able five...* ». Débonnaire, Piette semblait s'apprêter à convier tout le régiment à l'estaminet pour une tournée de bières. Après quelques longues secondes de tâtonnement sur les molettes, un bref « Roger ! », beaucoup plus saxon, franchit le nuage de crachotements. Louis rendit compte de ses observations au commandement. En réponse, il reçut l'ordre de ne plus bouger et d'attendre des renforts. Le jour commençait déjà à baisser. Le gros de la troupe attendrait sans doute l'obscurité pour faire mouvement. Franck Haedens, son exploration des locaux terminée, revenait rayonnant, une bouteille de vin dans chaque main. Il commenta l'information avec flegme, de son débit au swing très lent, détachant les syllabes :

— Moi, fieu, je trouve cet ordre intelligent. Je suis même prêt à attendre un bon moment, car ces petites fillettes ont leurs grandes sœurs au fond de la cave. Lâchez-moi *la grappa*, les gars !

Et, posant sa mitraillette, il entreprit de fouiller dans les multiples poches de son *battle-dress*, à la recherche du couteau tire-bouchon qui ne le quittait jamais. Revenu du fond du couloir, Broche, au contraire, paraissait surexcité ; il haletait presque :

— Par un soupirail qui donne sur l'avenue, j'ai vu que nous sommes juste en face de la gare. À peine dix mètres à traverser... Je vais y aller. Je suis sûr qu'il y a du monde là-bas. Je reviendrai avec des informations.

Les trois autres trouvèrent l'idée absurde. Des informations, ils en savaient bien assez. Et puis on leur avait donné l'ordre de ne pas bouger. Haedens essaya de désamorcer par l'ironie l'impulsion héroïque de son compère :

— C'est bien beau de courir les médailles, fieu, mais il ne faut pas avoir trop de trous dans la poitrine pour pouvoir les accrocher !

Rien n'y fit, pas même l'ordre intimé par Louis.

— Sauf votre respect, mon lieutenant, nous ne faisons pas partie de la même armée, argua Broche, sèchement. Moi, je ne me planque pas. Je veux en savoir plus, et j'y vais !

Et, empoignant sa Sten, il bondit dans l'escalier vers le rez-de-chaussée à la recherche d'une porte ouvrant sur l'avenue.

Sans se concerter, tandis que, dans leur dos, Haedens ouvrait la première bouteille, Louis et Piette s'enfoncèrent dans le sous-sol pour observer les événements par le soupirail d'où Broche avait entrevu la gare. Ils n'eurent pas à attendre très longtemps avant d'entendre un raclement de chaussures sur le macadam, puis d'apercevoir les boots de Broche. Ployé vers le sol, le soldat prenait son élan pour traverser l'avenue. Il bondit, mais n'eut pas le temps de faire plus de trois ou quatre enjambées. Le staccato méthodique d'une mitrailleuse déchira le silence. Les projectiles le percutèrent en plein thorax, le soulevèrent de terre pour le rejeter quelques mètres plus loin dans la rue. Quand le calme revint, son corps désarticulé gisait au milieu de la chaussée, le dos déchiqueté. Il était inutile d'aller tâter son pouls pour confirmer sa mort. D'ailleurs, ni Louis ni Piette n'auraient pris ce risque. Broche ne porterait jamais ses médailles.

Quand les deux hommes regagnèrent la première cave où les attendait Haedens, ce dernier, flegmatique, leva le quart rempli de vin qu'il tenait à la main pour saluer le défunt à sa manière :

— *De profundis*, Broche ! T'étais un vrai soldat… donc un vrai con ! Mais… à la tienne !

Et il siffla une large lampée.

***

Au petit matin, les trois hommes furent rejoints dans leur cave par le groupe d'officiers commandant le détachement. Ils étaient désormais quatre, avec Louis, à scruter l'autre rive dans leurs jumelles. À leur grand étonnement, dès que la lumière fut suffisante, ils décelèrent de nombreux mouvements sur le quai d'en face. Des silhouettes se déplaçaient dans la pénombre, sans chercher à se dissimuler, en direction du fortin de la mitrailleuse et de l'entrée du pont. Ils perçurent ensuite des cris dont ils ne pouvaient distinguer le sens. Ces gens semblaient s'adresser à eux. La lumière s'intensifiant rapidement, ils constatèrent qu'il s'agissait de civils. Au même moment, un soldat fit son entrée dans la cave, indiquant que des Français voulaient parler au commandant. Louis put enfin jouer les interprètes pour le seul Britannique du trio. À en croire les propos des hardis Normands, les Allemands avaient profité de la nuit pour se replier plus loin, en silence, abandonnant Trouville et peut-être le reste de la côte jusqu'à la Seine. Broche était bien mort pour rien.

Impatient, Louis franchit la Touques parmi les premiers, d'abord en tentant de garder son équilibre sur les restes de la chaussée du pont qui plongeait en plan incliné vers le fond du lit de la rivière vidé par le reflux, puis en gravissant des échelles dressées contre la paroi du quai opposé, haute d'une dizaine de mètres. En se hissant parmi les autres soldats, il fut troublé par la vision d'une troupe moyenâgeuse prenant d'assaut une forteresse. Mais aucun chaudron de graisse fondue ne les menaçait du haut des créneaux. Au terme de leur brève escalade, les hommes étaient cueillis un à un par des Trouvillais et des Trouvillaises sidérés que leurs sauveurs parlent français. Du coup, dans un premier temps, on les estampilla tous canadiens, au grand dam des Belges et des Luxembourgeois qui avaient bien mérité de la France.

Dans la foule, de plus en plus nombreuse, venue accueillir les libérateurs, il reconnut quelques visages familiers, mais aucun membre de sa famille, ni ami proche. Personne ne sembla non plus reconnaître dans ce soldat crotté aux traits tirés, « l'aîné » de maître Vernay. Il en fut presque déçu. Ses trois années de guerre se lisaient sans doute sur son visage et racontaient une histoire bien différente de celle de ses jeunes années. Il eut aussi du mal à se retenir de chercher aussitôt des informations sur les siens en interrogeant certains des badauds, mais sa raison lui disait de se méfier des on-dit. La guerre favorise la fable. Alors il attendit que le gros de la troupe eût franchi la rivière pour obtenir de ses chefs l'autorisation d'aller lui-même aux nouvelles. Il restait encore à construire une passerelle de fortune pour faire traverser les véhicules et les blindés. Louis disposait donc d'au moins un après-midi de liberté.

***

La maison n'était pas très éloignée des quais du port, mais à pied, il fallait un bon quart d'heure pour l'atteindre en grimpant à flanc de coteau. Le trajet lui parut interminable et troublant. La guerre n'avait imprimé sa marque que sur les quais, par des écorchures d'éclats d'obus ou de bombes sur quelques façades, ou encore par les multiples panneaux de signalisation allemands. Mais, une fois tourné l'angle du premier carrefour, les ruelles de la cité se révélèrent identiques à ses souvenirs. Encaissées et sombres, elles étaient bordées d'étroites maisons de pêcheurs empilant leurs deux étages sur la largeur d'une seule pièce, parfois étrangement de guingois, tassées pour résister au vent du large et ne pas perdre le moindre espace plan au pied du coteau abrupt. La guerre s'était effacée derrière lui, dissimulée par ces hauts murs. Un chat furtif traversa la ruelle ventre à terre, sans le quitter des yeux. Du haut de leurs perchoirs, gouttières, cheminées ou pignons, des goélands moroses surveillaient sa progression. Il était redevenu le gamin qui rentrait de l'école, mais son cartable en bandoulière était chargé de rations alimentaires et de paquets de cigarettes américaines.

Arrivé au coin de sa rue, il entrevit, à une vingtaine de mètres, la tache vert bouteille de la grille d'entrée de la maison. Elle était grand ouverte. Il hâta le pas, partagé entre l'impatience et une bouffée d'anxiété. Tout s'était-il bien passé pour eux pendant les trois dernières années ? En s'approchant, il s'aperçut que le jardin, si bien entretenu avant la guerre, était envahi par des herbes folles, hormis un carré incongru, sur le flanc droit de l'habitation : un potager, en lieu et place du parterre de roses qu'il avait toujours connu à cet endroit. Comme tant d'autres, ses parents s'étaient sans doute mis à la culture de légumes pour améliorer une alimentation sans cesse plus pauvre. Il s'étonna cependant de trouver les volets clos. Le passage de la Touques par les fantassins avait pourtant consumé la plus grande partie de la matinée, et midi approchait. Il sentit une appréhension à l'idée que la maison fût abandonnée et que le potager eût été cultivé par des voisins.

Lors de son dernier passage, trois ans plus tôt, au cours de sa première mission, pour se faire discret, il était passé par la porte de la cuisine, à l'arrière de la bâtisse. Cette fois, il marcha droit vers l'entrée principale, gravit le perron et tira la chaîne de la sonnette. Le timbre familier résonna au cœur de l'habitation.

Il lui parut tinter dans le vide. Impatient, il empoignait de nouveau la poignée quand il aperçut à travers le verre dépoli une forme indistincte qui se mouvait sans hâte dans le couloir. La porte s'entrebâilla. On l'observait. Soudain, le vantail s'ouvrit en grand tandis qu'un cri retentissait :

— Louis ! Mon Dieu ! Comme tu as l'air fatigué...

Et sa mère lui tomba dans les bras, en larmes.

Ils restèrent là, sur le perron, un temps qui lui parut infini. Il avait l'impression d'avoir soudain grandi tant sa mère lui paraissait petite et frêle, elle qui avait toujours incarné à ses yeux une imperturbable fermeté de caractère. Son éducation britannique, renforcée par son expérience d'infirmière pendant la Grande Guerre, l'avait entraînée à contenir ses sentiments. Son sourire avait souvent été sa caresse la plus tendre pour ses enfants. La tenir ainsi dans ses bras, brave pantin brisé, cramponné à lui comme à une bouée, emplit Louis d'angoisse. Non, tout ne s'était pas bien passé pendant son absence.

***

Quand l'étreinte cessa, une fois épuisée l'émotion brutale de ces retrouvailles inattendues, Susan Page se recula d'un pas, scruta son fils de ses yeux clairs, vides d'expression, comme s'ils ne voyaient que des ombres, et, lui prenant la main, souffla :

— Viens..., puis elle l'entraîna vers la porte.

Main dans la main, mère et fils entrèrent dans la maison maintenue dans la pénombre par les persiennes fermées. Là, rien n'avait changé. Louis retrouvait ses repères. Même dans le demi-jour, il les voyait sans peine : la gravure du mont Saint-Michel, le coq de porcelaine recollé après une chute, le miroir porte-manteau, la rampe d'escalier avec sa boule de verre à facettes, le vieux fauteuil Voltaire sur lequel il déposa son sac… Sans dire un mot, sa mère l'emmena dans le salon de musique, là même où sa sœur avait chanté pour lui le répertoire de Trenet et de Mireille. La pièce lui parut elle aussi inchangée, jusqu'à ce que son regard découvre deux photos, posées sur le piano dans des cadres de grande taille : deux portraits, l'un de son père, grave, l'autre de sa sœur, au sourire espiègle. Il reçut un choc en constatant que le coin supérieur droit du premier était barré par le biseau macabre d'un crêpe noir. La photo de Lucette n'en portait pas, mais la proximité de celle de son père induisait un lien dans le malheur. Louis sentit la main de sa mère se crisper sur la sienne. Elle ne put retenir de nouveaux sanglots.

Tentant de garder son calme pour ne pas ajouter son trouble à tant de désarroi, il la guida jusqu'au sofa où ils s'assirent tous les deux, puis enserra sa main dans les siennes avant de lui demander :

— Dis-moi tout, maman… Dis-moi…

Trouvant enfin les mots qui avaient jusqu'alors refusé de sortir de sa bouche, elle lui raconta l'histoire qu'il n'avait pas envie d'entendre.

Le malheur était entré dans la maison par un matin brumeux de novembre 1943, incarné par l'inspecteur Pascalin, un petit flic brun, binoclard, toujours tiré à quatre épingles, aussi méticuleux que sa tenue. Un pète-sec vétilleux, réputé pour son mauvais caractère, mais cet ancien poilu de 14 figurait parmi les relations de maître Vernay. Quand Susan l'informa que, ce jour-là, l'avocat avait été retenu à Rouen par une affaire, l'homme parut embarrassé.

— Savez-vous quand il va rentrer ?

— Tout dépend de l'évolution du procès. Peut-être pas avant demain. Pourquoi le cherchez-vous ?

Sans raison apparente, l'inspecteur ôta ses lunettes cerclées de métal et entreprit de les nettoyer avec le grand mouchoir de coton blanc tiré de sa poche de pantalon. Puis, après avoir rechaussé ses bésicles et plié le mouchoir, vite remisé, il se décida :

— Madame, je ne devrais pas être là, mais il faut que je vous informe que votre fille, Lucette, a été arrêtée par la Gestapo de Rouen et qu'elle est accusée de terrorisme… enfin, de Résistance. Prévenez votre mari au plus vite. Lui seul peut, peut-être, faire quelque chose avant qu'elle ne soit transférée à Paris.

Soulevant son chapeau dans un salut furtif, sans oser la regarder, il la planta là, assommée par l'information dont elle ressentait peu à peu la gravité, le regard fixé sur le dos de ce factotum du destin qui s'éloignait à petits pas raides dans l'allée. Elle aurait tant voulu l'effacer de sa vue et de sa mémoire.

La suite du récit fut un peu plus compliquée à démêler. L'émotion prenait le pas sur la raison. Susan de Vernay ajoutait incises et retours en arrière. Louis fit le tri. Joint par téléphone en fin de journée, son père avait multiplié les efforts dans les jours suivants, *via* ses relations politiques et juridiques locales, pour tenter d'extirper sa fille des geôles allemandes. Mais plus l'affaire se précisait, plus les appuis se faisaient rares. L'arrestation avait été réalisée par la Brigade antiterroriste française placée sous l'autorité du commissaire Gaston Lemoal, un Breton tenace que son anticommunisme farouche avait mené à la collaboration la plus active qui soit. Méthodique, intelligent, payant grassement son réseau d'informateurs, il était le meilleur chien de chasse lancé aux trousses de la Résistance en Normandie. Ses dossiers étaient ficelés au fil barbelé. Il n'agissait jamais à la légère. Expert en matière d'infiltration, il empilait les preuves avant d'opérer. On ressortait rarement de ses griffes, et jamais en bon état.

En dépit de son acharnement et de son entregent, Louis-Gabriel n'avait jamais pu même entrer en contact avec sa fille. En 1943, les terroristes n'avaient droit ni aux avocats ni aux procès. À la *Kommandantur*, le seul officier allemand qui ait accepté de le recevoir lui avait opposé une fin de non-recevoir laconique, mais éloquente :

— Votre fille et ses amis ont fait beaucoup de mal au Reich. Beaucoup *trop* de mal…

À sa femme, il s'était appliqué à dissimuler une part de la vérité qu'il pressentait : menaces, violences, torture peut-être… sans doute. Mais lui en savait trop sur les pratiques des sbires pour s'ôter de la tête des images atroces de Lucette aux mains de certains de ces sadiques dont les vices devenaient des talents au service d'un pouvoir d'autant plus cruel qu'il se sentait menacé. Ces cauchemars lui dévoraient le cerveau, lui déchiraient le cœur. Pendant plusieurs mois, il n'en avait quasiment pas dormi, s'abrutissant le soir à coups de mauvais tabac et de calva pour enfin fermer les yeux et éteindre ce regard intérieur impitoyable qui consumait sa conscience. Son organisme usé par les souffrances de la Grande Guerre était soumis à des contraintes excessives ; sa tension avait bondi ; ses artères avaient gémi. Son cœur n'avait pas résisté. Un après-midi du mois de mars, Susan avait reçu un second messager du malheur : un gendarme contrit était venu la prévenir, avec les circonlocutions d'usage, que son mari était décédé à Rouen, terrassé par un infarctus, en pleine plaidoirie pour la défense d'un maquignon accusé de marché noir.

À l'écoute du récit de sa mère, Louis se sentait vide, anesthésié. Le choc était trop violent pour que la douleur se fraie déjà un chemin à la surface de sa conscience. Le premier sentiment à percer la stupéfaction ne fut pas le chagrin, mais la culpabilité. Il ne pouvait s'empêcher de penser que sans lui, sans sa venue trois ans plus tôt, sans l'aide qu'il avait requise de sa sœur pour la visite au libraire rouennais, celle-ci n'aurait sans doute jamais approché un résistant de près. Et qu'elle aurait été là pour l'accueillir aujourd'hui. Il jeta un nouveau regard aux deux photos. Le sourire de Lucette le transperça. Lui aussi pouvait se représenter ce qu'avait été son calvaire aux mains des gestapistes. Où était-elle ? Était-elle seulement encore vivante ? Dans quel état ? La présence de la peluche porte-bonheur de sa sœur dans sa poche lui brûla soudain le cœur. La tension des combats des derniers jours avait usé ses nerfs et ses muscles. L'épuisement le frappa de plein fouet. Il lâcha la main de sa mère pour serrer l'accoudoir du sofa. La tête lui tournait. Prenant conscience de son malaise, Susan oublia d'un coup son chagrin pour retrouver ses réflexes d'infirmière. La faiblesse brutale de son fils lui avait redonné de la force. Elle pouvait encore lui être utile… à lui.

Et ils avaient parlé comme jamais ils n'avaient parlé. Redevenant mère nourricière, elle l'avait entraîné dans la cuisine où elle avait réchauffé un ragoût de rutabagas, sorti une miche de pain gris, une bouteille de cidre. Mécaniquement, il avait mâchonné la nourriture, sans même penser aux rations restées dans son sac, sur le fauteuil de l'entrée. Pendant qu'il mangeait, elle lui avait fait le récit de ses trois dernières années. La méfiance de la plupart des bonnes âmes trouvillaises envers cette Anglaise que certains auraient bien vue reléguée dans un des camps où l'on internait les ennemis de la Nation piégés par la guerre sur le sol national. Le désarroi croissant de son mari écartelé entre sa fidélité à Pétain et son patriotisme. Les querelles de plus en plus nombreuses entre Louis-Gabriel et sa fille, lors des séjours de l'étudiante à la maison, le week-end, au sujet de Pétain, de Vichy, de la collaboration. Leur brouille définitive, le jour où Lucette avait traité son père de « collabo passif » ; une gifle l'avait fait taire ; Lucette était repartie aussitôt à Rouen. Lors de ses rares visites suivantes, elle n'avait plus adressé la parole à son père que pour les banalités d'usage. Après l'arrestation, Louis-Gabriel ne s'était jamais pardonné cette rupture. Et, depuis la mort de son mari, ses errances à elle, de bureau en bureau, d'administration en administration, de fonctionnaire en fonctionnaire pour tenter d'arracher des informations sur le destin de sa fille. Elle n'en avait récolté que des bribes : le transfert à la prison de Compiègne, où Susan était arrivée trop tard ; Lucette avait déjà été expédiée dans un convoi pour l'Allemagne. Et puis… *Nacht und Nebel.*

À son tour, il déballa sa culpabilité, ses remords d'avoir profité de l'admiration que sa jeune sœur lui vouait et de l'exaltation romantique de l'adolescente pour l'utiliser comme agent de liaison, une fois, une seule, mais il avait la sensation de l'avoir jetée dans la gueule des loups. Tout était de sa faute. Il s'en serait cogné la tête contre les murs. Il remâchait ses erreurs avec des mots, toujours les mêmes. Elle tenta de panser ses plaies à l'âme comme elle avait soigné ses écorchures trois ans plus tôt.

Ils ne virent pas passer le temps. La lumière du jour déclinait déjà quand Louis prit conscience qu'il allait devoir repartir, rejoindre son bataillon. Sa mère n'eut pas le courage de l'accompagner jusqu'à la porte. Elle n'osa pas lui demander de revenir au plus vite, de peur de lui porter malheur. Il repartit, délesté de son sac, mais chargé d'un fardeau.

***

Six jours plus tard, après avoir libéré Honfleur, Pont-Audemer, en flammes, et Bourg-Achard, la brigade entrait dans Rouen qui avait déjà été investie par deux divisions canadiennes. La ville avait à peine moins souffert que Caen. Une première vague de bombardements en avril et en mai avait été suivie de nouveaux pilonnages les jours précédents. Les dernières vagues de bombardiers avaient ciblé les bords de la Seine et les ponts, anéantissant l'armée de Von Kluge et des milliers de Rouennais. Des dizaines de cadavres flottaient dans l'eau boueuse du fleuve, prisonniers des débris enchevêtrés le long des quais. Le centre ancien n'était plus qu'un tas de gravats et de cendres. La cathédrale béait, éventrée. Sur la rive gauche, pilonnée quelques jours plus tôt, des panaches de fumée balisaient les incendies encore mal maîtrisés.

Le lendemain, profitant d'un moment de liberté, Louis partit à la recherche de la librairie où il avait envoyé sa sœur récupérer le message du docteur Gauthier. Mais, malgré le plan dont il s'était muni, dans ce labyrinthe de décombres, il perdit vite tout repère. Les immeubles effondrés recomposaient une géométrie nouvelle de l'espace. Le cœur moyenâgeux de la ville et ses ruelles avaient été effacés du paysage. Les maisons à pans de bois avaient flambé de tous les feux de l'enfer. Il n'en restait qu'un magma noirâtre de poussière et de pierre, et cette odeur âcre de cendres froides qui vous pénétrait et stagnait dans vos poumons, dans vos bronches, dans vos narines, pour plusieurs jours, pour la vie peut-être. Après deux heures d'errances dans ce royaume de la mort grise, dans ce nulle part où seul le grouillement des rats incarnait la vie, il eut l'impression de toucher l'essence même de la guerre. Jamais, ni au cours de ses missions ni au cours des combats, il n'avait senti une telle absolue négation de l'humanité. Ici, tout était destruction. Un anéantissement volontaire et méthodique. Ses idéaux de justice et d'honneur lui parurent alors vains. Si la reconquête du bien devait passer par tant d'horreur… Le besoin d'un semblant de normalité le saisit. Il quitta cet enfer sans se retourner et regagna en hâte son cantonnement, désespéré par son incapacité à tenir, dans ces circonstances monstrueuses, la promesse faite à son grand-père. Les ravages de sa vie s'inscrivaient en écho aux décombres qu'il venait de parcourir. Il n'avait pas su protéger les siens, pire : il avait précipité le destin tragique de sa sœur ; et il se sentait totalement impuissant. Il ne put même pas assouvir ses pulsions de vengeance dans une frénésie guerrière. Le lendemain, la *6th Airborne Brigade* reçut son ordre de rapatriement pour l'Angleterre. Après trois mois d'opérations, elle allait pouvoir y panser ses plaies avant de repartir en campagne.

IX

Les jours suivants mon retour de Toulon, je vécus claustré au fond de ma cour. De manière irrationnelle, mon angoisse de voir réapparaître mes agresseurs avait diminué. Ne persistait qu'une vague inquiétude. Ceux du parking n'étaient sans doute pas les mêmes que ceux de la Drôme, mais j'avais l'impression confuse que la découverte de l'identité de ces derniers constituait un atout protecteur. Mon trouble provenait plutôt de l'impossibilité de m'ôter de l'esprit le dégoût inspiré par mon impuissance lors de l'agression. Il était toujours là, présent, en filigrane de mes pensées.

J'avais connu un peu le même trouble pendant les semaines qui avaient suivi le 11 septembre 2001. Envoyé spécial de mon journal à New York pour l'US Open de tennis, j'avais vécu les attentats en direct, au lendemain du tournoi, et j'étais resté prisonnier une semaine de ce Manhattan transformé en mausolée géant. À mon retour en France, chaque matin, je me réveillais avec au cœur une tristesse confuse : l'ordinateur de mon cerveau ouvrait le souvenir de l'attentat en tâche de fond de ma journée, m'imprégnant d'une sourde inquiétude. Au fil des mois, ce malaise indistinct s'était peu à peu estompé pour finir par s'effacer tant que je n'étais pas soumis aux rediffusions complaisantes des images des tours jumelles en feu.

Je ne savais pas combien de temps mettrait ce nouveau traumatisme à me laisser en paix. Je craignais que sa résonnance dans mon passé ne le rende indélébile.

Chaque jour, je me levais tard, traînais à la table du petit déjeuner en sautant de site en site sur mon ordinateur portable ; je passais des heures dans mon sofa à feuilleter des livres sans vraiment les lire, à entendre de la musique sans vraiment l'écouter, à regarder la télévision sans vraiment la voir, pour finir par m'endormir, abruti, devant l'écran allumé où s'agitaient sans but des silhouettes interchangeables. L'abrutissement télévisuel me dispensait d'avoir recours à mon soporifique musical habituel.

Ma voisine, Mme Scelles, inquiète de ma morosité, tentait de me guérir à grands bols de soupe fumante. Maboule, son chat, me toisait d'un regard suspicieux et m'évitait soigneusement quand je traversais la cour pour aller à ma boîte aux lettres. Et je tournais et retournais les pages de mes dossiers sur le réseau *Rubis* sans parvenir à relever le moindre indice significatif. Je vidais ma cave avec méthode, mais sans vrai plaisir. J'étais tenté de rappeler Anh, mais pour lui dire quoi ?

Ce fut elle qui m'appela, après une semaine de cette macération complaisante. Toujours aussi dynamique, elle avait mené l'enquête sur nos deux pandores agresseurs. *Via* des connaissances dans la gendarmerie, éternelle rivale de la police, elle avait réussi à cerner le profil des gardiens de la paix Lagarde et Phulpin. Les heures supplémentaires de certains policiers et de certains militaires dans des entreprises de sécurité privées constituaient un secret de polichinelle. Elles arrondissaient gentiment les fins de mois des argousins. Et certaines de ces sociétés jouissaient de connexions privilégiées avec divers partis politiques, plus étroites encore en période électorale. De là à envisager que les sbires puissent remplir certaines missions plus discrètes et mieux rémunérées, il n'y avait pas des années lumières. Deux d'entre elles avaient pignon sur rue dans le Midi. La première, Sécurforce, était très liée à la droite extrême ; la seconde Surpro (Surveillance et protection), avait des accointances avec la droite plus classique, la droite de gouvernement. Les partis de gauche, m'apprit Anh, préféraient, eux, faire directement appel aux syndicats de policiers pour leurs boulots de service d'ordre et de basses œuvres.

À sa demande, je m'engageai à rechercher des informations sur ces deux sociétés, sans savoir vraiment comment procéder. Son coup de fil m'avait toutefois sorti de ma torpeur comme la sonnerie du réveil un matin de gueule de bois. Il me remit aussi en selle, au sens propre. Pour la première fois depuis mon retour, je décidai d'aller rouler à Longchamp. Le ciel était bleu, la route était large, le clairon ne sonnait pas encore la charge, mais au moins il redonnait de la voix. La sortie à vélo me dérouilla les jambes et permit à mon organisme de secréter la dose d'endorphines suffisant à me remettre en marche, illustrant une fois de plus le précepte de l'esprit sain dans un corps actif. Sous la douche, je pris la décision de renouer avec un journaliste du *Canard enchaîné* qui m'avait sollicité quelques années plus tôt lors d'une enquête de l'hebdo d'investigation sur le dopage dans le sport. Je n'avais pas l'habitude d'enquêter sur des sociétés ; il m'enseignerait les rudiments.

***

— Tu n'avais pas besoin de moi, tu sais !

La bouche à demi remplie par un maki, Jean-Philippe Barret, arrivait à la fois à parler et à sourire.

— Mais ça fait plaisir de te revoir.

J'avais mis tous les atouts de mon côté en conviant ce grand amateur du Japon chez Shiki, un excellent restaurant japonais de Boulogne. Un des rares de la région parisienne où l'on voyait des Japonais, des vrais, parmi les convives et derrière le comptoir.

D'une virevolte de baguettes, il saisit un nouveau sushi, l'engloutit en le mâchant à peine et, tout en réarmant la pince de ses baguettes, ajouta :

— En fait, tu peux presque tout trouver sur Internet.

Suivit, ponctuée de mâchouillis, un cours d'utilisation de la toile en matière d'information économique. Il me livra les adresses de quelques sites professionnels qui, contre un écot de quelques euros, me procureraient les informations primordiales des sociétés qui m'intéressaient, en particulier l'identité des actionnaires.

— Si tu as besoin d'infos plus pointues, rappelle-moi. J'essaierai de te mettre en contact avec des personnes bien informées, mais je serais presque étonné qu'elles en sachent plus qu'Internet... Par contre, si tu trouves quelque chose de saignant, je compte sur toi pour me mettre dans la boucle. Nous pourrons peut-être en tirer un article.

Quelques sakés plus tard, nous nous quittions en nous jurant de nous revoir plus vite que nous ne l'avions fait cette fois-ci. Sans y croire.

De retour devant mon ordinateur, je constatai que Jean-Philippe avait raison. Le net fourmillait de sociétés toutes plus compétentes en apparence pour collationner les informations de base sur les entreprises du marché. J'essayai la première dont il m'avait cité le nom et lu un laïus pontifiant sur la grandeur de l'information économique. J'abrégeai la lecture et passai à l'acte. Moyennant 2,50 €, en cinq clics et trois minutes, j'avais devant mes yeux les noms des actionnaires de Sécurforce et de Surpro. J'eus beau les relire à plusieurs reprises, aucun de ces patronymes ne m'évoquait qui que ce soit à la première lecture. Je décidai de transmettre ces listes à Anh. Un clic de plus et ce fut fait.

La réponse arriva le soir même :

— Bonjour, Jean. J'espère que vous avez récupéré de nos mésaventures. Un nom m'a frappé sur vos listes : Alain de Vernay, actionnaire de Surpro. Son père, Louis, était un ami de mon grand-père. Ils s'étaient connus dans la Résistance. Il était d'ailleurs présent aux obsèques. Cette découverte me trouble. Je ne sais pas quoi en penser. Pensez-vous qu'il puisse être impliqué dans cette histoire ?

De Vernay ? Souligné par Anh, le nom éveillait désormais un vague écho en moi. Celui de la politique, dans un passé assez lointain. Et peut-être autre chose... Je me mis à la recherche de l'exemplaire de *Nice-Matin* que j'avais acheté au lendemain des obsèques de Pierre Madec. Je finis par le retrouver au fond de mon sac de voyage toujours pas vidé depuis mon retour en région parisienne. Le journal, plié en quatre, était resté ouvert à la page contenant le bref compte rendu de la cérémonie des obsèques « d'un des derniers héros de la Résistance » (*sic*). Sous la photo brumeuse de l'assistance réunie autour de la tombe, dans la légende, à côté du nom d'Anh figurait celui de Louis de Vernay. Il désignait le grand vieillard voûté dont la silhouette m'avait fait forte impression dans le cimetière. Un survivant ou un revenant.

Internet encore, invention diaboliquement pratique, m'informa très vite. Louis de Vernay était un ancien résistant, passé aux côtés d'Yves Guéna au cabinet du Premier ministre, Michel Debré, lors du retour au pouvoir du général De Gaulle. Il avait été lui-même ministre de l'Équipement de 1965 à 1968 avant de connaître un début de disgrâce sous Pompidou dont il avait été un fugace ministre des anciens combattants. Son soutien à Jacques Chaban-Delmas puis à Valéry Giscard d'Estaing lui avait ensuite valu d'être vraiment mis sur la touche lors de l'avènement de la Chiraquie. Nommé conseiller d'État, il avait fini sa carrière active en politique dans le costume cossu de président du Conseil constitutionnel, avant de prendre sa retraite officielle de la politique, une retraite vivifiée par diverses présidences honorifiques d'organismes variés. Cette carrière publique expliquait pourquoi son nom ne m'était pas tout à fait inconnu.

Je m'intéressai ensuite à son fils, Alain, l'actionnaire de Surpro. Né sur le tard, en 1955, de l'union de Louis de Vernay et d'Hélène Larrieu. HEC, Sciences Po, il avait fait un rapide passage dans une banque d'affaires, puis s'était plongé dans la politique au sein du parti de gouvernement. Député, sénateur, très porté sur les affaires de sécurité et militaires (il paradait sur certaines photos, boudiné dans une tenue d'officier de réserve des parachutistes), il avait flirté avec les derniers soubresauts du SAC, le Service d'Action Civique, soupçonné de bien des turpitudes de la Ve République, en intégrant le fugace mouvement « Solidarité et défense des libertés » fondé par Charles Pasqua, futur ministre de l'Intérieur de Jacques Chirac. Après un ou deux brefs séjours dans des secrétariats d'État secondaires, il était désormais cité parmi les favoris pour le poste de ministre des Armées, lors d'un remaniement annoncé comme imminent depuis plusieurs semaines. Plus en récompense de sa fidélité que pour ses compétences particulières.

Dans une troisième fournée de recherches, je m'intéressai à Jean-Claude Lelong, fondateur et PDG de la société Surpro. Il était plus connu pour son passage à la tête du RAID, l'unité d'élite de la police nationale, après les années Mitterrand, et plus pour ses accointances politiques que grâce à sa très discrète société.

Je décidai d'écrire un résumé de mes recherches et d'en envoyer une copie par mail à Anh, avant d'aller me coucher.

Après avoir éteint l'ordinateur, je restai quelques minutes assis face à l'écran opaque comme pour y chercher les conseils d'un oracle électronique. J'avais l'impression que cette affaire prenait une dimension qui me dépassait. Je ferais aussi bien de laisser tomber et de chercher d'autres occupations plus sereines. Dans le vin, par exemple.

Une fois au lit, pour m'endormir, je me jouai ma liste de mes morceaux funéraires. Cette fois, je décidai d'ajouter une plage de l'album Making Music de Zakir Hussain, un long solo de flûte de Hariprasad Chaurasia. Mais ce ne fut qu'une fois que j'eus mis le CD dans ma platine et passé la musique en sourdine que je parvins à trouver le sommeil, apaisé par la sérénité des mélodies.

***

Cette fois encore, Bellamy le tira d'affaire. Louis l'avait contacté dès les premiers jours de la permission octroyée à la *6th Brigade* de retour en Angleterre. Auparavant, se sentant incapable de supporter le regard de son grand-père, il avait écrit à ce dernier une lettre résumant la situation de la famille, plus brève qu'il ne l'aurait voulue et cadenassée, froide comme un rapport militaire ; la crainte de se laisser aller à ses émotions avait été la plus forte. En conclusion, il assurait à son aïeul qu'il accomplirait l'impossible pour lui ramener sa petite-fille saine et sauve. Il sentait sa promesse irréalisable. Pour avoir la moindre chance de retracer le destin de sa sœur et de tenir au moins une partie de ce nouvel engagement, il lui aurait fallu repartir pour la France. Or, s'il était prévu que son régiment traverse bientôt de nouveau la Manche, ce serait en direction des Pays-Bas. Il s'en remit à Bellamy.

Le capitaine traita son cas avec empressement. Par affection sincère pour ce gamin courageux, ou en bon officier des services de Sa Majesté, ravi d'introduire un de ses protégés dans une administration étrangère ? Les deux sans doute. Bellamy actionna quelques contacts au sein du gouvernement provisoire de la République français issus du BCRA, le service renseignement et action de la France Libre, avec lequel le MI 6 collaborait parfois, malgré les réticences de Sir Claude Dansey.

En quelques jours, Louis fut rendu à sa nationalité française. Le pays manquait trop de bras et de têtes pour refuser son engagement alors que la France était à reconstruire, la société tout autant que les villes. Sa participation au débarquement et aux combats de libération de la Normandie lui servit de viatique auprès des interlocuteurs français de Bellamy. Il était jeune, intelligent, courageux ; il s'était battu, les armes à la main, et n'avait jamais trempé dans la collaboration. Ce curriculum vitae faisait de lui un cadre en puissance, même s'il n'avait pas été membre de la France libre.

À la mi-septembre, il retraversa la Manche avec le grade de lieutenant de l'armée française et l'ordre de se mettre au service du commissaire de la République du département de la Seine-Inférieure, dont Rouen était le chef-lieu. Il était urgent de structurer la République renaissante afin d'éviter la mise en application de l'AMGOT, le plan américain pour mettre la France sous tutelle, *via* une administration militaire provisoire.

Les semaines qui suivirent allaient compter parmi les plus formatrices de sa vie : exaltantes par la grandeur de la tâche de la reconstruction du pays, accablantes par l'inimaginable noirceur de l'âme humaine révélée au fil des avancées des armées de libération dans l'Est de l'Europe et de la découverte des camps d'extermination, mais aussi au cours d'une épuration impitoyable pour les lampistes et souvent accommodante avec les puissants. Il eut toutefois plus de mal encore à supporter la médiocrité des petits calculs politiciens de tous bords. Amorcé avant même la Libération, le combat souterrain pour le pouvoir politique prenait le pas sur toutes les autres considérations. L'histoire de la France des années de guerre était réécrite par les deux clans dominateurs ; gaullistes et communistes s'arrogeaient l'exclusivité historique de la Résistance. Gare à qui se mettait en travers de leur gloire.

Dès que ses missions officielles lui laissaient du temps libre, il le consacrait à suivre les traces de sa sœur. Les archives de la Gestapo de Rouen avaient été évacuées par les nazis après les bombardements. Il dut se rendre à Compiègne pour consulter les registres du camp de Royallieu où avaient transité la plupart des déportés de la zone nord. Là, il découvrit son nom, au bas d'une liste de prisonnières condamnées à mort et expédiées le 5 février 1944 en direction du camp de Ravensbrück. Même s'il ne connaissait pas encore l'horreur absolue des camps qui ne seraient libérés qu'au printemps 1945, la sonorité rugueuse de ce nom lui évoqua l'antre de toutes les cruautés.

En novembre, profitant de ses fonctions officielles, il obtint une confrontation avec le commissaire Gaston Lemoal après l'arrestation de ce dernier, dans l'espoir que l'homme lui en apprenne plus sur le destin de Lucette. Inconscient ou suicidaire, le policier était revenu dans sa famille, à Rouen, après avoir escorté les archives de la Gestapo en Allemagne. Durant leur bref entretien, dans un cachot sordide où six mois plus tôt croupissaient des résistants, cet homme rigide, d'un sérieux imperturbable, nia se souvenir de Lucette, refusa de traiter de « cas particuliers », et, dressé sur ses ergots, s'échina à répéter à Louis qu'il n'avait accompli que son devoir de fonctionnaire aux ordres de l'État français. La manière péremptoire avec lequel l'expression « cas particulier » revenait dans son discours, escamotait la substance de ses victimes sous la reliure des dossiers. Elle donna envie à Louis de frapper cette marionnette jusqu'à ce que la douleur lui confère un semblant d'humanité. Hors de lui, le jeune homme abandonna Lemoal, stupéfait, au beau milieu d'une de ses tirades. Assister à l'exécution du commissaire, au surlendemain de Noël, ne lui permit pas de se libérer de la haine qu'il avait accumulée ces derniers mois envers ce genre de salopards, mais aussi, et surtout envers lui-même. Il ne se pardonnait pas d'avoir poussé sa sœur droit dans la gueule des nazis et de leurs auxiliaires. Le coup de grâce tiré dans la nuque du pantin avachi, sanglé au poteau d'exécution, lui parut une mansuétude trop grande. Plus les jours passaient, plus il se sentait incapable de redresser le cours du destin de sa sœur, et plus sa colère enflait au lieu de s'apaiser. Il découvrait la haine.

***

D'abord, il reconnut la voix. Quelque part, derrière lui, elle demandait que des infirmiers s'occupent d'un blessé.

Sous une bruine tenace qui diluait le décor et les gens, le seul quai utilisable de la gare de Rouen à demi démolie était encombré par des grappes humaines en permanente recomposition. D'une part, les déportés, à peine descendus du train qui les amenait de Paris, où ils avaient été regroupés puis triés avant de repartir vers leurs foyers. De l'autre, les familles qui n'avaient toujours pas retrouvé les leurs et qui venaient attendre chaque train avec la même espérance désespérée. Ces deux humanités se guettaient, se flairaient, se jaugeaient. On croyait reconnaître une silhouette, une chevelure, un geste ; on se précipitait, et puis… non. Ce n'était pas lui. Alors on reprenait sa veille anxieuse, scrutant chaque visage, chaque corps qui passait. Le silence n'était percé que par quelques prénoms criés par une voix tremblante, souvent suivis ou précédés d'un « Mon Dieu ! » dans lequel on parvenait mal à distinguer la part de soulagement des retrouvailles de celle de l'angoisse soudaine devant ces hommes d'apparence inhumaine. Et les sanglots.

Avec le temps et les précédents rapatriements, la stupeur avait laissé place à la seule tristesse. Quand le premier des convois de l'enfer avait déversé sa cargaison, parents, épouses, amis avaient été sidérés à la vue de ces cadavres ambulants, parfois encore affublés de leurs pyjamas rayés, qui reprenaient pied si timidement chez eux. Au début, personne n'osait esquisser le moindre geste vers ces spectres figés au bord du quai. Des rapatriés ? Des revenants. La peau, les os et la peur encore dans leurs yeux qui n'osaient rien regarder. À la place des visages, des masques grinçants, semblables à ceux du peintre belge James Ensor dont Louis avait vu une exposition à Paris juste avant la guerre. Sur ces faces décharnées aux yeux cavés, aux pommettes saillantes, aux tendons dessinés sous le parchemin des joues, chaque tentative de sourire se muait en grimace tragique. À leur vue, les enfants pleuraient ; les femmes n'osaient ouvrir leurs bras.

Ce train-là était l'un des derniers. Il ramenait la majorité de sa cargaison de Mauthausen, l'un des ultimes camps libérés au fin fond de l'Autriche, au début du mois de mai. La crainte du typhus avait imposé une période de quarantaine sur place aux détenus, mortelle pour un grand nombre d'entre eux, sous les yeux de leurs libérateurs effrayés par les risques de contagion. Quand les survivants avaient fini par monter dans le train du retour, le mois de juin était déjà fini. Enfin, ils arrivaient. À peine en moins mauvais état physique que les premiers rapatriés, mais toujours aussi désemparés. Imprégnés jusqu'aux tréfonds de l'être par les horreurs qu'ils avaient vécues.

Dans le ballet macabre et presque silencieux qui se déroulait sur le quai, cette voix, demandant l'aide des infirmiers, avait éveillé un écho dans la mémoire de Louis. Une voix d'homme grave, chaude, un peu plus voilée et plus fragile que dans son souvenir, ce souvenir sur lequel il ne parvenait à mettre ni un nom ni une tête. Il se retourna, étudia les groupes qui l'entouraient sans reconnaître personne. Il crut avoir rêvé et, comme à chacun des trains précédents, reprit sa veille dans l'espoir fou de découvrir soudain devant lui le visage de sa sœur. Il sentit alors une main légère se poser sur son épaule et, tandis qu'il se retournait, le cœur battant, il entendit la même voix lui demander :

— René Morel ? Vous êtes bien René Morel ?

Devant lui se tenait un déporté chauve et famélique dont le pyjama gris de prisonnier, imbibé par la bruine, flottait sur les os ; sa grande carcasse voûtée se verrouillait sur une béquille qui seule semblait permettre à cette silhouette chancelante de ne pas s'effondrer. Il lui fallut encore quelques secondes pour faire coïncider cette ombre d'homme avec l'image du bourgeois imposant qu'il avait connu quatre ans plus tôt sous le nom de Joseph Gauthier, le médecin d'Yvetot qui l'avait pris en charge lors de sa première mission en France. Du notable solide et sanguin, qui semblait avancer dans la vie avec un tranquille aplomb, ne restait que ce mort-vivant, debout dans son suaire grossier, qu'un souffle suffirait à renverser. Son regard éteint s'accrochait à celui de Louis comme pour s'en nourrir.

Désarçonné par cette apparition, le jeune homme ne sut que dire, et, par réflexe, prononça la réplique la plus idiote qui soit :

— Docteur Gauthier ! Comment allez-vous ?

Avant même de terminer sa phrase, il s'aperçut de sa bêtise et se mordit la langue, mais le spectre ignora sa question et répéta :

— Vous êtes bien René Morel ? Oui… Mon Dieu ! Que je suis heureux que vous vous en soyez sorti !

***

Longtemps, il avait voulu y croire. Croire que Lucette reviendrait vivante du royaume des morts. Croire qu'il ne s'en voudrait pas toute sa vie de l'avoir poussée dans ce piège funeste. À chaque arrivée de déportés, il guettait les rares femmes du convoi et tentait de leur demander si elles avaient connu sa sœur. En vain. Le camp de Ravensbrück, situé au nord de Berlin, n'ayant été libéré qu'à la fin du mois d'avril par l'Armée rouge, Louis n'avait encore parlé à aucune de ses anciennes codétenues.

La rencontre du docteur Gauthier à la gare avait entrebâillé une porte sur le passé. La conversation sur le quai s'était résumée à quelques mots. Le médecin avait été presque aussitôt pris en charge par les infirmiers qu'il réclamait pour d'autres que lui, mais Louis alla ensuite lui rendre plusieurs visites à l'hôpital où il avait été mis en observation avant d'être rendu à sa famille. Là, dans un vaste dortoir, une cinquantaine de lits alignés contre un mur beige sale accueillaient les déportés les plus mal en point. Gauthier avait survécu au typhus, mais il était très faible. Sa concentration vacillait. Son visage se figeait, regard braqué sur l'écran de la cloison pisseuse où se rejouaient d'invisibles cauchemars ; il perdait alors conscience de la présence de son interlocuteur pendant quelques secondes, quelques minutes parfois. Il fallait ensuite renouer les fils de la conversation, avec patience.

Pendant ces entretiens en pointillés, Louis avait cependant pu confirmer son intuition initiale sur le parcours de sa sœur : Gauthier se rappelait la jeune étudiante en médecine qui était entrée en contact avec le réseau *Rubis*, *via* le libraire de Rouen. Il ne l'avait jamais directement côtoyée, mais il savait qu'elle avait été intégrée à un groupe chargé de recueillir des informations *via* les services de santé, toujours bien informés sur les mouvements de troupes grâce aux diverses réquisitions de personnels ou de matériels. Arrêté en novembre 1943, il avait sans doute fait partie de la même rafle que Lucette, mais leurs chemins ne s'étaient jamais croisés dans les prisons allemandes.

Quand, après une dizaine de jours, le médecin fut jugé assez solide pour rejoindre sa famille à Yvetot, Louis n'en avait guère plus appris sur la destinée de sa sœur et du réseau auquel elle avait appartenu, si ce n'est la confirmation que, à la fin de 1943, la Gestapo avait démantelé tout un pan de l'organisation. Gauthier soupçonnait une dénonciation, mais n'avait pas pu remonter à sa source.

La cruelle vérité frappa de la manière la plus banale et cruelle qui soit : une lettre à en-tête de l'administration, adressée à sa mère, annonça froidement le décès de Lucette, exécutée à Ravensbrück peu de temps après son arrivée. Au téléphone, Louis comprit ce jour-là le vieux cliché évoquant une « voix blanche ». Celle de sa mère ne trahissait aucun sentiment, aucune émotion. Sa voix, vide de tout vibrato, lui avait paru implacable. Susan Page avait dû vaincre la tétanisation du désespoir pour trouver la force de l'appeler. La moindre fissure aurait entraîné l'effondrement complet de sa personne. Elle n'aurait pas pu accomplir sa tâche de messagère du destin. Sa voix, comme son âme, s'était rigidifiée.

« Exécutée »... Articulé avec méticulosité, le mot prenait tout son sens, implacable. Exécutée... comme un travail, comme une tâche : tuée avec méthode. Pendue ? Fusillée ? Décapitée ? La lettre ne le disait pas. Louis sentit son cœur s'arrêter. Il voulut parler. Sa mère avait déjà raccroché, de peur qu'il entende tout son être craquer de haut en bas, se déchirer de douleur et hurler sa peine, comme un animal.

***

Le mois suivant passa au rythme des allers-retours Rouen-Trouville. Dès qu'il le pouvait, entre ses multiples tâches administratives, Louis se précipitait auprès de sa mère qu'il sentait au bord du gouffre. Le ressort de cette personnalité rigide était tendu depuis trop longtemps pour ne pas finir par casser. La mort de son mari, l'angoisse pour sa fille conclue par cette issue atroce... Susan Page n'en pouvait plus. Dans l'impossibilité de passer tout son temps avec elle, il s'échina à la convaincre de repartir pour quelque temps en Angleterre, auprès de son père. Il lui fit comprendre, avec des mots choisis, qu'à son âge, dans son état, celui-ci avait besoin de réconfort. Il joua la corde sensible de l'infirmière dont il espérait qu'elle prendrait le pas sur la mère et la femme éplorées pour leur redonner à toutes deux une raison de vivre. Après plusieurs semaines de tractations, sa mère céda, admettant qu'elle ne reverrait plus sa fille, ni même sa dépouille. On lui trouva un passage pour l'Angleterre sur un bateau en partance du Havre. En regardant le *liner* s'éloigner du rivage, il ne savait plus si l'idée était aussi bonne qu'il avait affecté de le penser ; il se demanda s'il n'était pas tout simplement en train de se débarrasser d'un problème qui le dépassait. Puis il songea à la consolation pour son grand-père de retrouver enfin sa fille, et tourna le dos à l'horizon.

De retour à Rouen, il reprit sa tâche d'administrateur des décombres du pays. Outre les soubresauts de l'épuration, les approvisionnements en nourriture et en matières premières constituaient le problème le plus ardu. Il s'y cassait la tête jusqu'à point d'heure. Un soir au bureau, il reçut, à sa grande surprise, un coup de fil du docteur Gauthier qui s'enquérait de l'état de ses recherches au sujet de sa sœur. Au son de la voix, il comprit que le médecin avait retrouvé une partie de ses moyens physiques. Une forme de détachement dans le ton traduisait cependant une distance qu'il n'avait pas remarquée lors de leur première rencontre, quatre ans plus tôt, quatre années de guerre. Comme si une part du bonhomme n'était pas tout à fait impliquée dans ses propos et demeurait désormais spectatrice de ses actes. Quand Louis lui apprit la mort de Lucette, Gauthier laissa s'établir un silence, avant de commenter avec lenteur, d'une voix atone :

— Vous savez, c'est peut-être mieux comme ça. Elle n'aura pas connu longtemps la vie du camp. On ne revient pas indemne de l'enfer...

Et il raccrocha sans ajouter un mot.

Après cet appel laconique, Vernay ne s'attendait pas à entendre de sitôt la voix du médecin. Elle résonna pourtant de nouveau dans son téléphone une semaine plus tard. Plus disert cette fois, Joseph Gauthier se proposait d'inviter Louis, qu'il s'obstinait à appeler « René », à un dîner, samedi soir, chez lui, à Yvetot.

— Vous pourrez coucher sur place, la maison est grande. Je me permets d'insister. Ce dîner revêt une grande importance pour moi et mes amis… tous des anciens du réseau.

La perspective d'en apprendre peut-être un peu plus sur le destin de sa sœur décida le jeune homme à accepter l'invitation.

Il prit la route d'Yvetot dans une jeep Willys fournie par les Américains. Il était transi en arrivant sur place. En l'absence de chauffage, le froid et l'humidité de la soirée s'étaient joués de l'étanchéité de la capote. La ville avait peu souffert depuis l'incendie des rues du centre provoqué en 1940 par les panzers de Rommel. Renseigné par un passant, il trouva sans peine la maison du docteur. C'était une demeure bourgeoise, au fond d'un parc enceint de murs et dont les arbres assombrissaient encore le crépuscule.

Averti par le son du moteur, le médecin apparut sur le perron avant que Louis eût fini de garer son véhicule à côté d'une Traction noire. Même si sa haute silhouette s'était remplumée, le costume, provenant sans doute de sa garde-robe « d'avant », flottait sur le corps voûté de Joseph Gauthier. Il avait troqué sa béquille pour une canne qu'il laissa choir au sol quand il serra Louis dans ses bras, comme un fils.

Une femme, grisonnante et menue, apparut à leurs côtés. Figées par une permanente, les bouclettes de ses cheveux composaient un casque argenté. Elle s'empressa de ramasser la canne et de la tendre à son mari, le grondant avec bienveillance :

— Joseph, voyons, tu sais bien qu'il faut que tu fasses encore attention… Je vous en prie, monsieur, donnez-vous la peine d'entrer.

Et les deux hommes la suivirent dans la maison dont la décoration rappela à Vernay celle du domicile de ses parents, riche de tous les attributs d'un intérieur bourgeois et de ses bibelots de famille.

Au bout du couloir, ils pénétrèrent dans une vaste pièce réchauffée par un feu ronflant dans la cheminée qui occupait un large pan de la cloison du fond. Sur le mur de droite, deux fenestrons ornés de vitraux étaient enchâssés entre des colonnes d'étagères d'un bois aussi sombre que le chêne des meubles de style néo-gothique. Quelques cuivres luisaient sur le manteau de l'âtre. Mais Louis ne prêta que brièvement attention au décor. Son regard fut très vite attiré par l'un des trois hommes assis, un verre à la main, dans des fauteuils solennels et ouvragés comme des trônes rustiques. Il arborait un uniforme identique au sien. Malgré la faiblesse de la lumière dispensée par des appliques en fer forgé, Louis reconnut ce lieutenant d'infanterie au premier coup d'œil : c'était Pierre Madec, le marin transformé en aviateur en cours de guerre et maintenant fantassin. Quand les deux hommes s'étaient rencontrés pour la dernière fois, en décembre 1942, à Bletchley Park, Madec suivait une formation de « dispatcher » pour organiser les liaisons aériennes en France occupée. Ils tombèrent dans les bras l'un de l'autre. Cinq ans plus tôt, au moment où le chalutier du marin-pêcheur les emportait vers l'Angleterre, ils n'avaient aucune idée de ce que le destin leur réserverait. Ils n'en revenaient pas d'être passés au travers de tous les dangers pour se retrouver ainsi, sains et saufs, du moins en apparence.

— Ah ! Oui, j'avais oublié que vous connaissiez Loïc… Enfin Pierre, intervint Gauthier. Nous, pendant l'Occupation, nous le connaissions sous ses pseudos de Loïc Trellu, ou de Merlu. J'ai autant de mal à l'appeler Pierre que vous Louis…

Essoufflé, le médecin s'était assis. Se tournant vers son voisin de droite, il enchaîna :

— Vous reconnaissez sans doute aussi Marcel ?

Bianchi, le garagiste de Duclair, son hôte lors de sa première mission, leva son verre à la santé de Louis qui ne l'avait pas immédiatement reconnu. Pour une fois, le bonhomme avait troqué son bleu de travail contre un costume sombre et fatigué. Mais il était toujours aussi couperosé et le mégot coincé entre ses lèvres semblait ne jamais les avoir quittées. Sa vulgarité tranquille détonnait dans ce décor cossu. Le troisième homme était un inconnu. De l'âge de Gauthier sans doute, la cinquantaine bien tassée, il avait à l'évidence échappé à la captivité : son embonpoint n'y aurait pas résisté. Plus compact que le médecin, ce bourgeois grisonnant arborait l'assurance d'un notable. Sous les plis de ses paupières tombantes, deux yeux très pâles, froids, presque gris, observaient le nouvel arrivant.

Gauthier le présenta comme le professeur Lagrange, chirurgien à l'hôpital de Rouen, membre du réseau *Rubis* et ajouta :

— … Jacques a été en contact direct avec votre sœur…

Louis reçut l'information comme un choc. Pendant le trajet depuis Rouen, il avait envisagé que la possibilité de rencontrer des proches de Lucette puisse justifier l'invitation à dîner. Placé devant la réalité du fait, il n'était plus tout à fait sûr d'avoir envie d'en entendre plus.

L'entrée de Mme Gauthier dans la pièce abrégea les présentations.

— Joseph, le repas est prêt. Je suggère que vous passiez à table…

Le couvert était dressé dans la pièce voisine, séparée du salon par une double porte vitrée laissée ouverte pour que se diffuse la chaleur de la cheminée. Il n'y avait que cinq chaises, massives, recouvertes de drap cramoisi, autour de la table ronde assortie au lourd buffet de style indistinct. La bourgeoisie de province dans ses meubles.

Mme Gauthier était aussitôt repartie à la cuisine d'où elle réapparut peu après, portant un plat de charcuteries.

— Je vous laisse entre vous. Je suis sûre que vous avez beaucoup de choses à vous dire…

Elle ne se trompait pas.

Sur l'invitation du docteur, Louis prit place à sa droite, entre Gauthier et Madec. Le professeur Lagrange s'assit à la gauche de l'hôte, Bianchi à ses côtés.

— Avant que nous parlions, je dois vous faire part d'une résolution.

Gauthier tentait de prendre un air enjoué.

— J'ai décidé de vider ma cave, du moins ce qu'il en reste, sans tarder. On ne sait jamais. Les Allemands n'y ont jamais touché, mais les Anglais ont sifflé mon calva… Bah ! Au moins, ils sont à moitié normands, ceux-là ; ils l'auront flairé ! Mais, vu ce que nous avons tous vécu, je trouve idiot de m'entêter à vouloir faire vieillir du vin alors que je ne suis pas sûr de beaucoup vieillir moi-même…

Joignant le geste à la parole, il commença à remplir les verres de ses convives d'une bouteille poussiéreuse de Meursault Perrières 1937, et soupira, contemplant l'or liquide :

— Si nous avions su ce qui nous attendait quand ce raisin a été cueilli…

Mélancolique, il leva son verre :

— À la mémoire de tous nos amis tombés pour la France.

Tous communièrent à cette prière en trempant leurs lèvres dans le vin, puis un silence méditatif s'établit, rompu après de longues secondes par le professeur Lagrange, dont la voix éraillée détonnait avec son apparence tout en rondeurs :

— À la mémoire de votre sœur, M. Vernay. Une jeune femme formidable.

Ses yeux bleus regardaient Louis avec insistance.

— En fait, je lui dois peut-être la vie, à elle, mais aussi à notre hôte et à quelques autres.

Alors, pendant que les autres convives s'attaquaient aux charcuteries, Lagrange brossa un résumé concis de l'engagement de Lucette, et de ce qu'il savait de son destin, à un Louis incapable d'avaler la moindre bouchée.

Comme il l'avait deviné, sa sœur avait bien repris contact avec le réseau par l'intermédiaire du libraire auprès duquel il l'avait envoyée récupérer le message de Gauthier. Très vite, elle avait su se rendre utile, jouant de son charme innocent pour glaner des quantités importantes d'informations sur tous les mouvements de troupes du secteur. Personne ne résistait à la candeur de son sourire. Dans le cadre de la section du réseau opérant à l'hôpital, le professeur était son supérieur direct. Joseph Gauthier et Lucette avaient été arrêtés le même jour, mais la Gestapo ne s'était présentée au domicile du chirurgien que le lendemain, alors qu'il était déjà parti pour Argentan où il devait opérer un des édiles du département de l'Orne. Ce délai avait suffi. Prévenu par téléphone, il s'était évaporé dans la nature. Deux semaines plus tard, il avait été convoyé vers l'Angleterre par un Lysander dispatché par Madec.

— Aucune des personnes arrêtées n'a évoqué mon nom avant plusieurs heures, commenta sobrement Lagrange. C'est ce qui m'a sauvé.

Le sous-entendu de cette affirmation replongea Louis dans les affres de son imagination morbide. Pour ne pas se laisser aller à se représenter avec trop de réalisme le destin de sa sœur, il porta son attention sur les mâchoires de Maurice Bianchi qui mastiquaient les aliments avec une régularité mécanique. Se désintéressant du récit de Lagrange, l'homme semblait se consacrer à sa tâche avec délectation et sérieux. Il enfournait de grosses bouchées de pâté tartinées sur du pain, et les malaxait de tout son soûl, en bon ruminant concentré sur sa tâche. À contempler ce spectacle hypnotique, Louis en oublia de penser.

Madec relança la conversation.

— À cette époque, j'avais remplacé « ton » M. Gilbert, qui avait été rappelé à Londres. Par précaution, j'avais changé tous les terrains d'atterrissage et de largage. Nous n'avons pas eu trop de problèmes. Ensuite, j'ai suivi la même route que toi : j'ai formé un remplaçant et je me suis porté volontaire pour l'active à la fin de 1943. 2e DB. Je repars demain pour l'Allemagne, le boulot n'est pas tout à fait fini.

L'intervention apporta une diversion bien venue. Le parcours de la division commandée par le général Leclerc était assez épique pour mériter un récit circonstancié : libération de Paris, de Strasbourg et prise du Nid d'Aigle, la tanière alpine de Hitler dans les environs de Berchtesgaden. Malgré son peu de goût pour les discours, Madec narra sa campagne, conscient sans doute du malaise qui planait autour de la table.

L'arrivée du rôti tira Bianchi de son mutisme :

— Mazette ! Un vrai rond de tranche grasse !

Ses dents en claquèrent dans le vide par anticipation. Les bourgognes rouges qui accompagnèrent le rosbif ainsi que le plateau de fromages, impressionnant en cette époque de restrictions, mirent des couleurs aux joues des convives et de l'animation dans les échanges. Pour quelques instants, la guerre fut réduite à son récit, une chanson de geste à la gloire des libérateurs, une sorte de grand jeu abstrait. Un peu comme si chacun des convives avait décidé de se griser avec la bonne chère et la saga de la Libération pour oublier les souffrances qui altéraient l'intégrité du bonheur d'être toujours là.

Après la tarte aux pommes, on passa au café, du « vrai » café, aux cigares qui épaississaient encore l'atmosphère déjà bien enfumée par les cigarettes, et au calva tiré d'un tonnelet qui avait échappé à la sagacité des Godons, quand Louis mit le doigt sur ce qui l'avait gêné depuis son arrivée dans la maison Gauthier. L'esprit embrumé par les excès de table, la langue un peu pâteuse, il sortit de son engourdissement postprandial pour se tourner vers Pierre Madec et lui demander :

— Ce que je ne comprends pas... C'est ce que tu fais ici... Tu n'as jamais appartenu au réseau *Rubis*, ou je me trompe ?

— Non, tu ne te trompes pas. Mais j'en ai été très proche, très très proche, par la force des choses.

Quand Madec était revenu en France, l'affaire « Gilbert » battait son plein. Les patrons du SOE, le *Special Operations Executive*, cher à Churchill, accusaient ouvertement M. Gilbert de traitrise. Ils avaient donc refusé que leurs liaisons aériennes avec la France lui incombent et récusé aussi son suppléant, rendu suspect par son appartenance au MI 6. Madec s'était ainsi retrouvé chargé du seul trafic concernant l'*Intelligence Service*. Dans le nord de la France, le nombre de réseaux concernés était restreint. *Rubis* étant l'un des plus importants, il avait entretenu des contacts de plus en plus fréquents avec ses dirigeants. En particulier avec son fondateur et patron, Jules Robillard, qui avait multiplié les allers-retours à Londres en 1943.

— Un drôle de type…

Le nom lâché par Madec semblait avoir alourdi l'ambiance. Les autres convives avaient aussitôt perdu leur air jovial de dîneurs repus et avinés. Une concentration nouvelle pouvait se lire dans leur attitude, bustes redressés, visages tournés vers Madec, attentifs.

— Vous devez savoir qu'il avait fondé ce réseau à partir de rien, intervint le professeur Lagrange, s'adressant à Louis. Avant-guerre, il avait travaillé au deuxième bureau, chargé de liaison avec le MI 6. Alors, quand il a quitté la France, en 1940, il s'est tourné naturellement vers les Anglais. Il m'a tout raconté lui-même lors d'une de nos rencontres. C'est vraiment un type à part, grande gueule, beau parleur, bavard… et brave sans aucun doute. Comme vous, il a été parachuté plusieurs fois en France. Notre réseau, m'avait-il dit avec fierté, couvrait tout le pays. Nous, nous n'en savions rien…

— Un beau salaud, oui…

De sa voix gouailleuse, Maurice Bianchi venait d'interrompre sans ambages le discours de Lagrange.

— Un sacré fumier, même ! Et qui se banturle avec ses nouveaux galons !

L'explication de texte prit un long moment pendant lequel ils ne burent plus que le café apporté régulièrement dans un grand pot de tôle émaillée par Mme Gauthier, si discrète qu'elle en devenait presque invisible.

Ils n'ajoutaient au breuvage brûlant que quelques rasades de calva, pour le « dégraisser », comme il se devait dans la région.

En octobre 1943, Robillard avait fait un aller-retour à Londres par une rotation organisée par Madec. Quinze jours plus tard, il était arrêté à Paris en possession d'un pistolet, lors d'un contrôle de police à une sortie de métro. Et, la semaine suivante, tout le sous-réseau normand animé par Gauthier et Lagrange était ratissé : vingt personnes, dont trois seulement étaient encore vivantes, toutes les trois autour de la table, ce soir-là.

— Et vous savez quoi ? interrogea Bianchi, énervé. Qui c'est qui s'est pointé l'autre jour au garage pour m'emprunter une bagnole ? Dans un bel uniforme tout neuf de commandant ? Eh ben, oui ! Mon Robillard, tout frétillant du jonc ! En drôlement bonne santé après un an et demi de camp, soi-disant ! J't'en foutrais du « camp », moi ! Un camp de vacances, peut-être ! Demande un peu au docteur si on s'en sort comme ça ? T'as qu'à le regarder, lui !

D'un hochement de tête, il désigna Joseph Gauthier dont la fatigue extrême se lisait sur le réseau impressionnant des rides qui crevassaient son visage. Elles évoquaient à Louis les traces qu'il avait vues dans la campagne, incrustées dans l'écorce d'un chêne autour duquel un paysan avait autrefois enroulé et serré les fils barbelés d'une clôture. La croissance du tronc et la rouille avaient fini par avoir raison de ce carcan, rompu sous leurs actions conjuguées, mais le métal avait gravé dans l'écorce l'empreinte profonde de son étreinte. Un sillon douloureux cerclait le tronc. Il ne s'effacerait jamais.

Robillard avait fait à Bianchi un récit romancé de son arrestation et de sa captivité auquel le garagiste ne croyait pas :

— Il m'a raconté qu'il avait été interrogé par un type de l'Abwehr qui avait été responsable du service de renseignements allemand aux États-Unis et qu'ils s'étaient entendus, entre « confrères »… Ben, tiens ! Il a aussi prétendu qu'ils avaient découvert qu'ils partageaient un catholicisme fervent et que sa foi en Dieu avait empêché l'Allemand de le faire torturer. Tu y crois toi ? Moi j'crois à rien, et surtout pas à ces bobards !

Sur ces fortes paroles, il se resservit une bonne tasse de « goutte », qu'il engouffra cul sec, rouge de colère et d'alcool.

Depuis la première saillie de Bianchi, l'atmosphère s'était refroidie et pas seulement parce que, dans la bibliothèque, le feu en était réduit à des braises. Suppléant le maître de maison cloué sur sa chaise par la fatigue, Lagrange se leva pour regarnir la cheminée de bûches et tisonner les débris de la précédente. De retour dans la salle à manger, il resta debout, et, les mains crispées sur le dossier de sa chaise, ajouta :

— À son retour d'Angleterre, Robillard s'est arrêté à Rouen pour me parler. Il voulait me transmettre de vive voix la requête express de Londres pour que nous surveillions particulièrement les mouvements de troupes vers le nord de la France, surtout la côte du Pas-de-Calais. Et puis…

Il n'acheva pas sa phrase, accompagnant sa déclaration par un moulinet de l'avant-bras. Le silence s'établit de nouveau autour de la table, sur fond de crépitement du bois dévoré par les flammes.

Au grand étonnement de Louis, ce fut Gauthier qui le rompit. Il l'avait cru à demi assoupi, secoué par les excès de ce repas après des mois de privation extrême. Le médecin s'exprimait avec une gravité lasse :

— Quand Maurice m'a raconté leur entrevue, j'ai eu l'idée de vérifier auprès de gens que je connais au ministère de la Santé si le nom de Robillard apparaissait bien dans les registres des prisonniers rapatriés. Ils n'en ont pas trouvé trace…

Bien sûr, en ces temps troublés, une erreur est toujours possible. Mais nous n'y croyons pas. Jacques, Maurice et moi pensons que Robillard a vendu une partie du réseau pour garantir son salut… Et nous ne pouvons pas supporter l'idée qu'il plastronne dans son uniforme de héros. Il a dix-sept morts, au moins, sur la conscience. Sans compter les mois de souffrances indignes pour tous ceux qui ont connu les camps.

Le visage de Gauthier, crispé autour de son réseau de rides profondes, était l'image même de la colère vengeresse.

Un nouveau silence s'établit après cet aveu douloureux. Le feu crépitait. À l'autre bout de la maison, un carillon égrenait les heures. Madec se leva à son tour pour tisonner les bûches et, depuis l'autre pièce, accroupi, le regard fixé sur les braises, déclara d'une voix à peine perceptible.

— Je ne t'ai pas tout dit, tout à l'heure, Louis. Si je suis ici, c'est parce que j'étais très lié à une des membres du réseau… Non, non, pas Lucette.

Une autre femme… Solange, une infirmière de l'hôpital, qui avait fait plusieurs fois l'agent de liaison.

Il haussa les épaules, peut-être parce qu'il avait perçu l'ambiguïté du dernier mot, puis reprit, tourné cette fois vers la table :

— Elle non plus n'est plus de ce monde. Elle faisait partie des quatre-vingt-sept prisonniers fusillés par les Allemands à la prison de Caen, le jour du débarquement. C'est pour elle que je suis ici.

Puis, d'un ton grinçant, il ajouta :

— Fusillée, même pas deux mois après que les femmes avaient reçu le droit de vote… Avant, elles n'avaient pas le droit de voter, mais bien celui d'être fusillées… Drôle de monde… Putain de monde.

Le tisonnier frappa la plaque de cheminée avec un son de gong funèbre. Louis n'avait jamais encore vu son ami s'emporter.

Quand Madec revint dans la salle, les autres semblaient fascinés par leurs tasses. Lui se frottait les mains pour éliminer les traces de suie et, la tête toujours baissée, reprit, d'une voix tendue par une rage froide :

— En fait… J'étais revenu ici en perm' pour… pour exécuter Robillard… Mais c'est raté… Il n'est pas venu le jour prévu et je dois repartir pour l'Allemagne, rejoindre mon régiment…

Il se redressa et regarda Louis en silence. Grave, Lagrange prit le relai :

— Nous vous devons des explications supplémentaires. Voilà… Nous nous sommes consultés tous les trois, les trois survivants, depuis le retour de Robillard. Tout confirme la trahison. Nous avons délibéré. Et nous avons abouti au seul verdict possible : il doit payer. Mais comme nous n'avons pas de preuves, rien d'autre que notre conviction personnelle, nous ne pouvons pas compter sur la justice.

Le plan des trois hommes était né de la requête de Robillard lors de sa visite au garage de Bianchi : le tout nouveau commandant aurait bientôt besoin d'une voiture pour se rendre dans le Massif central, pour raisons personnelles et il comptait sur le garagiste pour lui en prêter une.

— Sur une bagnole, une fuite de liquide de freins, c'est vite fait, commenta Bianchi. Une petite fuite, gentiment sournoise. La pédale qui mollit un peu, et puis, arrivé sur des routes sinueuses, à force de freiner sec, crac, ça lâche ! En plus, je suis persuadé qu'il conduit comme il vit : comme un dingue…

Mais une sortie de route n'est pas toujours fatale. Alors les trois hommes avaient prévu de prendre la voiture du délateur en filature et de parachever la tâche d'une balle ou deux, si besoin était, avant de mettre le feu à l'épave. En ces temps troublés, les accidents donnaient rarement lieu à des enquêtes. Mais, malgré leur engagement dans la Résistance, aucun des trois hommes n'était un expert des armes à feu. Aucun ne se sentait peut-être non plus le cran d'appuyer sur la détente d'une arme à feu. Le retour en Normandie de Madec, soldat entraîné aux commandos, leur avait offert une solution à laquelle le Breton avait adhéré. Il n'avait pas plus de doute qu'eux sur la culpabilité de Robillard ; les bobards débités à Maurice sonnaient trop creux. Il aurait été prêt à jouer le rôle du justicier. Et puis ce contretemps idiot avait retardé le départ de Robillard et Madec devait être remplacé. Alors…

***

Louis avait accepté la mission sans hésiter. Ils avaient cependant tenu à lui donner le délai d'une nuit de réflexion. Gauthier et Lagrange en particulier avaient exprimé des scrupules à sembler lui forcer la main, surtout après des agapes pareilles. Mme Gauthier était revenue, comme par magie, au moment où ils avaient quitté la table. Elle avait montré leurs chambres à ses hôtes. Tous restaient passer la nuit sur place.

Et cette nuit-là, contrairement à bien des précédentes, dans le grand lit d'une chambre d'amis, Louis avait dormi comme un loir. L'idée de tuer un homme ne lui faisait pas peur. Il s'était entraîné lors de ses stages commando en Angleterre à liquider des ennemis par tous les moyens. Il en avait peut-être tué d'ailleurs lors d'engagements sporadiques sur la côte normande, mais tout était alors si confus qu'il n'avait jamais pu vérifier l'impact de rafales tirées un peu au hasard. Cette mission lui donnerait enfin l'occasion de libérer la colère qui bouillait en lui depuis qu'il avait appris le destin de sa sœur. D'une certaine manière, ce salaud avait tué Lucette. Il ne ressentait aucune pitié.

Le lendemain, le réveil avait été fixé à l'aube ; Madec devait prendre un train matinal à la gare de Rouen, Louis retrouver son poste à la préfecture, et Lagrange son service. Quand Louis descendit dans la salle à manger, il y trouva Gauthier qui en était à sa énième tasse de café.

Depuis sa captivité, le médecin dormait peu et mal. Hanté par les cauchemars, il ne parvenait à s'assoupir profondément qu'en plein jour, volets et rideaux ouverts, comme si la lumière du soleil rendait sa liberté plus concrète. En peu de mots, Louis lui confirma sa résolution. Dès que les trois autres les eurent rejoints, Gauthier distribua cinq feuilles de papier identiques, qu'il avait préparées et sur lesquelles était écrit le même texte tapé à la machine.

« *Yvetot, le 20 septembre 1945.*

Nous, soussignés Marcel Bianchi, Joseph Gauthier et Jacques Lagrange, seuls survivants du sous-réseau ouest du réseau de renseignement Rubis, *condamnons à la peine de mort Jules Robillard coupable de trahison et de la mort de dix-sept agents du sous-réseau.*

Nous confions la supervision de l'exécution de cette peine à Louis de Vernay, résistant et lieutenant de l'armée française.

Résolution prise en présence de Pierre Madec, résistant et lieutenant de l'armée française.

Les soussignés... »

Suivaient les signatures des trois commanditaires, complétées par celle de Madec et de Vernay.

— On ne sait jamais ce qui peut arriver, Louis, insista Gauthier. Chacun de nous conservera une copie. Si jamais l'affaire tournait mal, elle pourrait constituer une preuve de la légitimité de notre acte.

***

Pour rentrer à Rouen, Madec délaissa la Traction du professeur Lagrange et sauta sur le siège du passager de la jeep. Au chauffage de la Citroën, il avait préféré la chaleur humaine. Il fallait compter plus d'une heure de trajet pour parcourir les quarante kilomètres séparant les deux villes. La jeep était plus performante en tout terrain que sur les routes goudronnées. Mais les deux hommes ne virent pas le temps passer. Comme sur le chalutier de Madec, cinq ans plus tôt, la conversation se développa avec naturel par-dessus le vacarme ferraillant du moteur. Moins tâtonnante même que sur le bateau, car au fil de la guerre Madec s'était éloigné du PC et, comme Louis, il espérait que De Gaulle puisse garder le pouvoir que son rôle de porte-flambeau de la nation pendant l'occupation lui conférait à leurs yeux. Après un bref préambule de politique générale, inspirée par la tâche à laquelle Vernay se consacrait, ils en vinrent très vite à la soirée de la veille et à la mission qui incombait désormais à Louis. Madec se fit plus grave :

— Ce mec, Robillard, est un salaud, je n'ai pas de doute. C'est à cause de lui que Solange, Lucette et quinze autres ont été torturés et tués. Gauthier en a bavé. Je lui voue un respect total, mais il ne pourrait pas exécuter un traitre ; Lagrange non plus. Peut-être parce qu'ils sont toubibs. Leur boulot, c'est de sauver les gens, pas de les tuer. En fait, Bianchi aurait sans doute pu s'en charger, mais je crois qu'il a un casier long comme le bras. Avant-guerre, il ne vendait pas que des voitures sorties d'usine... Alors, il n'était pas chaud ; ça aurait fait un peu tache s'il avait eu des ennuis. Moi, comme toi, j'avais accepté le boulot sans hésiter. Avant-guerre, je n'en aurais pas été capable, aujourd'hui, je suis un soldat. J'ai buté des boches dans les Ardennes. Toi aussi... Je suis sûr que tu t'en tireras très bien. Et, si jamais tu hésites au dernier moment, pense à Lucette et à Solange, fais-le pour elles.

Obligé de se concentrer sur la conduite de la jeep à l'approche de la ville, entre camions et charrettes, Louis ne répondit rien. Étrangement, l'affirmation de son camarade avait eu pour effet d'instiller dans son esprit un doute qui n'y avait pas affleuré jusqu'alors.

Ils perdirent encore un peu de temps avant d'atteindre la gare dont l'accès était compliqué par les décombres des bombardements. Retrouvant toutes ses qualités de tout terrain, la jeep leur permit d'emprunter un itinéraire cahoteux, mais assez rapide jusqu'à destination. Avant de descendre de voiture, devant la gare, Madec posa sa main sur le bras de son chauffeur :

— Louis, il faut que je te raconte aussi quelque chose que je n'ai pas dit aux autres... Je ne voulais pas influencer leur jugement avec une histoire dont je ne suis pas sûr à cent pour cent. Mais j'ai un doute supplémentaire sur ce Robillard... Quand je suis rentré à Londres, fin 43, j'ai dû passer au 54 Broadway... Oui, nos braves « Extincteurs Minimax », pour me mettre en règle avec le Service avant d'intégrer l'armée. Il a fallu que j'y retourne une deuxième fois pour tout régler. Eh bien, ce jour-là, comme j'entrais dans le hall, la porte de l'ascenseur qui monte à l'étage des boss était encore ouverte. Par réflexe, j'ai regardé qui l'empruntait… et j'ai vu ce type qui ressemblait à Robillard comme deux gouttes d'eau, accompagné de deux autres civils que je ne connaissais pas. Sur le coup, mon cerveau a enregistré son image sans mesurer ce qu'elle signifiait. Ce n'est qu'une fois dans ma chambre que l'incident m'est revenu. Et puis je me suis dit que j'avais sûrement rêvé, et j'ai évacué l'information. Depuis mon retour à Yvetot, avec les soupçons de Gauthier et Lagrange… Je ne sais plus quoi penser. Si le type que j'ai vu était vraiment Robillard… Tu te rends compte de ce que ça signifierait…

Louis s'en rendait parfaitement compte. Il ne put s'ôter cette idée de la tête jusqu'à son retour au bureau. Là, les soucis du besoin urgent en vivres et en carburant de la Seine Inférieure monopolisèrent ses neurones.

***

Bianchi avait raison : Robillard conduisait comme un fou. « À tombeau ouvert » se dit Louis, bravache. Malgré la supériorité de sa Traction sur la 202 Peugeot prêtée par le garagiste à l'ex-chef de réseau, au moins 30 km/h de plus en pointe et une suspension moderne, il avait parfois du mal à tenir le rythme. La guerre ne lui avait donné que de rares occasions de parfaire sa pratique de la conduite. Il suivait la 202 grise depuis des heures. Trop concentré sur la filature, il ne pensait plus au but de cette expédition. Conduire sur des routes parfois laissées en très mauvais état par la guerre, requérait toute son attention. Plusieurs fois, il avait eu peur de perdre la Peugeot tant il s'efforçait de laisser de distance entre eux pour ne pas se faire repérer, même si les Tractions noires étaient communes. Le trafic avait repris sur les routes de France, mais on était encore loin de la circulation d'avant-guerre. L'essence manquait et l'activité économique marchait toujours au ralenti. L'armistice du 8 mai avait mis fin aux combats, pas à la pénurie.

Instruit par Bianchi, Louis se sentait cependant rassuré par la connaissance de la destination finale de Robillard : Aurillac. La veille, ils avaient étudié les itinéraires possibles sur une carte désormais remisée dans la boîte à gants, à côté du Browning. Il était peu probable que son lièvre choisisse les chemins de traverse. Pressé d'arriver comme il semblait l'être, le chef de réseau opterait pour les routes les plus directes. Alors, Louis lui lâchait du mou. La jauge d'essence baissant sévèrement, il avait même dû laisser filer sa cible, le temps de refaire le plein avec les jerricans qu'il avait embarqués dans le coffre, mais n'avait pas trop éprouvé l'inquiétude de se faire semer pendant l'opération ; l'itinéraire était clair et il savait que la Peugeot de Robillard consommait à peine moins que sa propre voiture alors que son réservoir était plus petit. Lui aussi devrait s'arrêter bientôt. Et, forçant un peu l'allure, Louis l'avait en effet retrouvé devant lui, une cinquantaine de kilomètres plus tard.

Ils étaient partis très tôt de Duclair où, la veille, Vernay avait retrouvé pour la nuit la soupente qui l'avait abrité en 1941. Cette fois, trop anxieux, il avait mal dormi. Il craignait de ne pas être à la hauteur de la tâche qui l'attendait. Le lendemain, agir l'avait détendu. Robillard était arrivé à six heures du matin et reparti presque aussitôt. Dans la 15 CV Citroën, Louis avait trouvé, outre des jerricans pleins et un Browning chargé, un panier de sandwiches, une bouteille de rouge et une topette de calva. La veille, Bianchi l'avait prévenu que la panne serait très progressive.

— C'est quasi du goutte-à-goutte, alors ça va pas lâcher tout de suite. En plus, j'vais le prévenir que les freins ont tendance à chauffer pour qu'il aille pas y regarder de trop près. Y s'arrêtera même peut-être de temps en temps pour les laisser « refroidir ». Faudra sans doute un bon moment avant qu'ça pète.

Le moment avait été très long, en effet : ils roulaient déjà depuis une dizaine d'heures et Louis se demandait depuis un certain temps si Bianchi n'avait pas raté son coup. Devant lui, la Peugeot n'avait pas ralenti son rythme. À chaque tournant un peu brutal, il s'attendait à la découvrir dans le fossé ou contre un arbre, mais Robillard tenait le cap. Dans la Creuse, passé Guéret, les routes se firent plus étroites et sinueuses. Louis faillit aller lui-même dans le décor quand, en montant la côte de Sainte-Feyre, dans un virage, le soleil bas l'éblouit au point de ne plus distinguer la route. Il ne se récupéra que de justesse. Le panier à vivres se renversa dans l'aventure : l'estomac noué, il n'y avait pas touché. L'incident accentua encore la tension qui, fatigue aidant, commençait à tenailler ses nerfs. Depuis un certain temps, il avait commencé à se parler à lui-même, invectivant Robillard qu'il n'appelait plus que « le salaud » ou « le fumier », « l'autre vache »... La jauge baissait de nouveau. Il allait devoir peut-être faire un deuxième plein. Rien ne marchait comme prévu.

Après Felletin, la route traversait des contrées de plus en plus désertes ; ils ne croisaient plus aucun véhicule. Alors, se sachant incapable de supporter bien longtemps le stress qui l'écartelait, il décida de forcer le destin. La sortie de route accidentelle devenait de plus en plus improbable ; il fallait la provoquer. Sa 15 était plus performante que la 202, plus puissante et plus stable. Sollicitant le six-cylindres, il allait talonner sa cible. Si Robillard était bien celui qu'on lui avait décrit, il ne lui laisserait pas obligeamment le passage. Et Louis trouverait bien un endroit pour le pousser dans le décor.

Il força les régimes pour revenir dans les roues de sa cible. Le moteur gronda. Robillard réagit comme il l'avait prévu, en forçant l'allure à son tour, soit par fierté, soit parce qu'il se méfiait de cette voiture noire qui lui collait au pare-chocs. S'il était bien celui qu'ils pensaient, sa conscience devait parfois lui causer quelques cauchemars. Il se connaissait sans doute des ennemis. Et puis, la vision d'une Traction noire dans son rétroviseur pouvait lui rappeler de mauvais souvenirs.

Dans la lumière dorée du soleil déclinant, les deux voitures abordèrent alors une des rares lignes droites du plateau de Millevaches, bordée de landes et de forêts à perte de vue. Louis klaxonna, comme s'il voulait doubler. Robillard ne lui céda pas le passage. Le moteur de la 15 CV grondait. Malgré sa modernité, la suspension ne parvenait pas à amortir les cahots du revêtement grossier. La 202, elle, brinquebalait d'un bord à l'autre de la chaussée. Mordant sur le bas-côté, elle cracha un jet de gravillons dans la calandre de la Traction. Au bout de la ligne droite, un virage à droite engageait la route dans une descente sinueuse vers un petit bois. Les deux voitures l'abordèrent vite, trop vite. Le feu de freins s'alluma à l'arrière de la Peugeot, sans qu'elle parût ralentir beaucoup. Inquiet pour sa propre sécurité, Louis leva légèrement le pied.

Il eut à peine le temps de réaliser que l'instant était venu et tout était déjà fini. Dès l'entrée du virage, lâchée par ses freins, la 202 avait quitté la bonne trajectoire ; Robillard tenta bien de la rattraper en donnant un coup de volant brutal, mais la vitesse était trop grande et sa voiture trop instable pour qu'il pût contrôler le dérapage. La glissade des roues arrière eut pour seul effet de soulever gravier et poussières sans infléchir la trajectoire trop large du véhicule. Il traversa la chaussée, rebondit violemment sur la berme, décolla du sol, puis bascula sur le flanc et piqua du nez dans la pente. Vernay perdit aussitôt de vue la berline engloutie par la ravine. Assourdi par le bruit du moteur de sa propre voiture, il n'entendit pas les chocs sonores de la tôle martelée par les pierres dans la dégringolade. Seule trace visible de la Peugeot, le nuage de poussière soulevé par la sortie de route retombait lentement. Vernay eut juste le temps de freiner pour stopper la Traction au bord du talus, à l'entrée du virage. De son siège, il n'apercevait toujours pas la 202, avalée par la pente.

Le cœur battant, il coupa le contact et ouvrit sa portière.

Le silence était total. Pas un bruit de moteur, pas un chant d'oiseau. Tout juste le souffle du vent dans les sapins. De gros nuages cachaient le soleil. L'air frais le frappa de plein fouet et lui remit les idées en place.

D'un coup d'œil, dans la lumière du crépuscule, il vérifia que la voie était libre. Vers le bas du vallon, la vision était dégagée. Aucun véhicule en vue dans le la descente ; aucun bruit de moteur. Ils n'avaient doublé personne depuis une bonne heure. Il pouvait compter sur de longues minutes de tranquillité.

Il respira à fond, ouvrit la boîte à gants et empoigna le Browning que lui avait confié Bianchi. Le poids de l'arme le surprit. Comme s'il n'avait jamais tenu de revolver en main ! Déverrouiller la sécurité lui suffit pour retrouver des sensations familières. Appliquant les leçons de l'entraînement commando à Chapel Hill, il s'efforça encore de bien respirer plusieurs fois pour calmer les battements de son cœur, puis il sortit de sa voiture.

Le silence, toujours. Le crissement du gravier sous ses semelles. Le vent. La fraîcheur de l'air du plateau. Un cri d'oiseau, une corneille peut-être, au loin. Depuis le bord du talus, il découvrit la carcasse. Elle gisait une dizaine de mètres en contrebas, couchée sur le flanc. Un gros gibier blessé. La roue avant gauche tournait encore, lentement, comme un membre agité de soubresauts dans l'agonie. Rien d'autre ne bougeait. Il entreprit de descendre la pente raide, avec précaution malgré sa hâte d'en finir. Les pierres se dérobaient sous ses semelles. La main droite encombrée par le pistolet, il faillit se laisser emporter dans une glissade ; de sa main gauche restée libre, il se rattrapa de justesse à la branche d'une aubépine qui lui écorcha la peau. Il finit par atteindre sans autre dommage le niveau où la voiture s'était immobilisée. Toujours aucun mouvement. Tout juste quelques claquements sous le capot cabossé. L'acier du moteur qui refroidissait. Son cœur cognait.

L'épave reposait de guingois contre le rocher brun qui avait stoppé net sa folle glissade et défoncé la tôle ; elle laissait entrevoir le dessous du châssis, mais dissimulait à sa vue le siège du conducteur. Le Browning brandi devant lui, il la contourna prudemment pour inspecter l'intérieur de l'habitacle au travers du pare-brise étonnamment intact. De la vapeur sourdait du radiateur. Malgré l'ombre qui obscurcissait sa vue, il discerna la silhouette de Robillard cramponné au volant. Inerte, affalé vers l'avant, l'ancien chef de réseau semblait dormir, coincé par la colonne de direction enfoncée dans le choc. Elle lui avait écrasé la poitrine, mais il respirait encore. Une tache de buée se formait sur la vitre au niveau du visage. La main crispée sur la crosse du pistolet, Louis s'approcha, l'esprit braqué sur la tâche à accomplir. Nimbé de gris et de brun, aussi terne que le décor lugubre du talus caillouteux, il sentait la colère se réveiller en lui. Une seule pensée l'occupait tout entier. En finir. Robillard avait trahi. Il devait payer. C'était tout.

Un mirage faillit le détourner de son but. La photo du visage souriant de Lucette lui apparut, comme projetée sur l'écran embué du pare-brise par un reflet du soleil couchant. Quels sévices avait-elle dû endurer en contrepartie du salut de ce fumier ? Il sentit la rage éprouvée lors de l'exécution de Lemoal s'emparer de nouveau de lui. Planté devant la 202, aussi immobile que les rochers alentour, que l'épave cabossée, que Robillard lui-même, le pistolet braqué, il semblait attendre un signe. Le blessé ouvrit alors les yeux. Ce regard sans peur, glacial, peut-être simplement vide, poignarda Vernay. Le fracas de la détonation l'extirpa soudain de sa bulle. Sa main avait agi. Le crâne de Robillard avait tressauté et le cou du chef de réseau formait désormais un angle étrange avec la ligne des épaules. Sur le pare-brise, une délicate fleur de sang s'épanouissait, suivant le fil des fissures en étoile du verre fracassé par la balle. Une immense fatigue l'écrasa. Tout près, la corneille croassa de nouveau. Glacé jusqu'aux os, il resta un long moment prostré auprès du cercueil de métal, appuyé d'une main sur la carrosserie, presque inconscient. Puis une odeur d'essence s'insinua dans ses narines.

Il n'aurait même pas besoin d'aller chercher un jerrycan dans le coffre de sa voiture.

En prenant la boîte d'allumettes dans sa poche, sa main rencontra un objet doux au toucher. Il allait l'oublier ! Il ramassa quelques branchages sur le sol et en forma une torche qu'il alluma avant de la jeter sur la petite mare d'essence écoulée du réservoir. Le souffle de l'embrasement le força à se reculer. Il porta de nouveau sa main à sa poche d'où il retira Souricette, le porte-bonheur que lui avait confié sa sœur quatre ans plus tôt. Un siècle. Une vie. Il y posa les lèvres, puis d'un geste brusque, le jeta dans le brasier. Sans se retourner, il remonta la pente et regagna sa voiture.

Ce n'est que beaucoup plus tard qu'il devait prendre conscience de la portée réelle de son acte : un assassinat.

Quand il arriva à Ussel, son cerveau était toujours en panne ; il ne se souvenait pas avoir parcouru pareille distance depuis l'exécution de Robillard. Un mot sur un panneau indicateur le tira de l'état d'hébétude dans lequel il était plongé. Ce brave panneau Michelin pointait vers la droite du carrefour dans la direction de Tulle et de Bordeaux. Sans qu'il puisse se l'expliquer, un irrésistible désir de revoir Hélène Larrieu l'envahit. Dans ses jerricans, il avait encore de quoi faire un plein. Bien assez pour le mener jusqu'à Bordeaux.

Une heure plus tard, l'épuisement eut raison de lui. La nuit tombait. La chute brutale de tension se répercutait dans tout son corps. Il avait la tête lourde, des courbatures dans tous les muscles, aucune énergie. Une première fois, il faillit rater un virage. Puis il s'aperçut qu'il avait traversé un grand carrefour sans même ralentir, inconscient du danger. Il était ivre de fatigue. Le peu de raison qui lui restait lui dicta sa conduite : chercher un chemin creux, s'y arrêter et dormir. Il n'eut pas longtemps à rouler pour trouver l'endroit adéquat dans ce pays de forêts. Il s'y engagea en marche arrière sur une dizaine de mètres et réalisa alors qu'il en avait même oublié d'uriner depuis des heures. À son retour dans la voiture, la lumière du plafonnier éclaira les vestiges du panier-repas répandus sur le plancher. Il ressentit soudain la faim et la soif. L'estomac plein, il s'endormit comme une masse.

Il arriva à Bordeaux aux premières lueurs de l'aube. Le soleil dispersait la brume exhalée par le fleuve. De la ville, il ne se rappelait que le nom de la rue où habitait Hélène : rue de Pessac. Il s'arrêta pour demander son chemin dans un café où il prit un petit déjeuner sommaire. Pas rasé, les traits marqués par ses angoisses de la veille, il ne dénotait parmi les travailleurs de l'aube, que par sa boisson : chicorée au lait contre entre-deux-mers. Il lui fallut encore demander deux fois son chemin avant de trouver la rue. Sur place, un autre problème se fit jour : il ne se rappelait plus le numéro et, n'étant quasiment sorti de la maison d'Hélène que pour la quitter définitivement, il n'était pas sûr de la reconnaître. Toutes ces fichues échoppes dont les Bordelais étaient si fiers finissaient par se ressembler dans des artères où aucun magasin ne venait créer de point de repère. Il parcourut la rue deux fois avant de se garer. Cette fois, il était presque sûr de lui. La maison collait avec ses souvenirs ; la porte ouvragée, particulièrement. Il attendit encore une demi-heure. À 8 h 30, il se décida et descendit de voiture, presque aussi nerveux que la veille au moment d'aller achever Robillard. C'était là. Il en était presque certain. Son premier coup de sonnette resta sans réponse. Il appuya une deuxième fois, plus longuement. Après quelques secondes, il entendit des pas, des serrures manœuvrées, un verrou… et la porte s'ouvrit sur elle. Hélène n'avait pas changé. Toujours ses cheveux à la garçonne et ce regard fier qui commença par toiser l'intrus avant de le reconnaître et puis ce cri :

— René, mon Dieu ! Que t'est-il arrivé ?

Il se retint de se jeter dans ses bras comme il en avait une envie folle. Au lieu de ça, il lui demanda, un petit sourire accroché au coin des lèvres :

— Tu me laisses entrer ?

— Bien sûr… Excuse-moi, je suis tellement surprise… Entre, entre…

Alors ils revécurent la même scène que lors de sa première arrivée à Bordeaux. La cuisine, le café, la conversation fausse où il ne dit rien de vrai ou presque. Mais cette fois, quand elle se retourna pour laver leurs tasses dans l'évier et qu'il se leva pour la prendre dans ses bras, il n'y eut pas de gifle. Au contraire, elle s'accrocha à lui, en larmes, incapable de dominer ses nerfs.

Plus tard, allongés sur le lit de la chambre du bas, où ils avaient fait l'amour, elle lui raconta la mort de son fiancé, arrêté, déporté et mort en déportation ; l'arrestation de son père, accusé de collaboration et que son passé de résistante n'avait pu empêcher.

— Et puis te voilà, un René que je croyais connaître et qui cache un Louis que je ne connais pas, mais avec qui je viens de coucher.

Elle en rit, aux larmes. Et ils refirent l'amour.

X

« Agressée, dans l'indifférence générale. » Ce titre du site internet du *Parisien* suffit à gâcher mon habituel petit déjeuner, café, yaourt, compote, pain grillé. L'article, bref, décrivait comment une jeune femme avait été molestée par une bande de jeunes gens, garçons et filles, dans le RER A, devant une bonne dizaine de voyageurs qui avaient regardé ailleurs pendant qu'on l'insultait, qu'on la palpait, qu'on lui faisait subir des attouchements sexuels et qu'on lui dérobait, pour finir, son téléphone portable. La scène avait duré de longues minutes, le temps que le train franchisse quatre stations. Des voyageurs étaient montés dans la rame, d'autres en étaient descendus ; aucun n'avait pu ignorer l'agression, aucun n'était intervenu, sauf une femme de 70 ans dont les cris et les coups de parapluie sur l'un des voyous avaient suffi pour que la bande saute sur le quai au quatrième arrêt et s'égaille dans les correspondances. L'article se terminait par un appel à témoins. J'aurais parié que les enquêteurs devraient se contenter des enregistrements des caméras de sécurité. Sécurité ? Une appellation mal choisie en l'occurrence.

Ce fait divers intervenait à point pour titiller ma conscience. La veille, je m'étais assoupi, rasséréné par ma décision implicite de laisser tomber ce que je ne parvenais toujours pas à nommer une enquête. Tout juste une recherche du temps passé. Ma lecture me faisait me sentir lâche, à l'image des spectateurs passifs du RER.

Je m'identifiais à eux. Toute ma vie, j'avais occupé le rôle du spectateur. Un journaliste passe la plupart de son temps à observer, décrire, commenter et parfois juger le malheur ou les vilenies des autres. Il s'engage rarement à ses risques et périls. Je pouvais à la rigueur me consoler en me disant que mon secteur d'activité, le sport, m'avait au moins évité de faire commerce du malheur. Mais il m'avait encore un peu plus éloigné des enjeux réels de la vie. Comme les voyageurs du RER, je m'étais évertué à en éviter les écueils, quitte à regarder ailleurs. Et pourtant, ma vie, comme les autres, s'écoulait en sens unique avec, en bout de ligne, le terminus.

Quelques mois auparavant, j'avais été marqué par un autre article décrivant les résultats d'expériences de psychologie de l'après-guerre. Elles démontraient que 75 % des humains testés avaient tendance à abdiquer leurs convictions quand on les plongeait seuls dans un groupe échantillon composé de sept ou huit compères de l'expérimentateur. Les trois quarts d'entre eux finissaient ainsi par se convaincre qu'un segment de droite était plus court ou plus long que leurs sens ne le leur indiquaient et qu'il ne l'était en réalité. Par peur de se singulariser, ils préféraient se conformer à l'avis, truqué, du clan dominant. Mais il suffisait d'introduire dans le même groupe un deuxième cobaye innocent et sincère pour que les deux « victimes » unissent leurs forces et tentent de faire triompher la vérité contre la mauvaise foi. À défaut de faire la force, l'union permettait donc de résister à la manipulation. De résister, tout court.

Si je tentais de réfléchir froidement à ma situation, il m'était extrêmement facile de décider d'abandonner mes recherches sur mon oncle. Je n'avais plus de doute : elles étaient bel et bien à l'origine de mes ennuis. Mais cet abandon me laisserait l'impression d'une lâcheté absolue sans me garantir la tranquillité tant que je n'aurai pas fait connaître mon renoncement à mes agresseurs. Or, pour le leur faire savoir, il aurait fallu que je sache qui ils étaient et comment leur transmettre l'information. Pour le moment, je n'avais que des présomptions et ne savais pas vraiment comment m'y prendre pour entrer en contact.

Une fois de plus, Anh m'apporta la solution sous la forme d'un nouveau mail qui arriva dans ma boîte le matin suivant. Ce long message éclairait toute l'affaire d'un jour nouveau.

« *Bonjour Jean,*

J'espère que vous allez de mieux en mieux.

De mon côté, j'ai beaucoup réfléchi et j'ai décidé de jouer franc-jeu avec vous, car jusqu'à présent je n'ai pas été très sincère.

Comme vous l'avez sans doute constaté, je ne suis pas très à l'aise dans les relations directes avec les autres. Je préfère donc vous écrire. À vous de décider ensuite si vous aurez envie de reprendre contact avec moi.

J'ai décidé aussi de vous faire confiance, ce qui n'a pas été le cas depuis que nous nous sommes rencontrés. Quand vous m'avez contactée après les obsèques, j'avais déjà, moi aussi, des doutes sur la mort de mon grand-père. Votre irruption dans le paysage m'a paru trop brutale pour être honnête. La coïncidence de son accident et de votre prétendu rendez-vous était étrange, et votre histoire pas très plausible. Quand sa maison a été visitée, j'ai décidé de vous placer sous observation en vous demandant de m'aider dans mes rangements. J'avais l'impression que vous étiez mêlé à tout ça, pour une raison que j'ignorais et que vos prétendues recherches n'étaient qu'un prétexte.

Vous m'avez étonnée en ne tentant rien à Nice, alors je vous ai tendu la perche en vous proposant de fouiller la bergerie. Pour prolonger le test. Je vous ai aussi menti, le revolver n'était pas dans la voiture, mais bien dans mon sac à dos. Quand vous avez été agressé, j'ai pu fuir facilement, car j'étais sur mes gardes. Et je n'ai pas eu besoin d'aller jusqu'à la voiture. Une fois que les deux flics voyous ont renoncé à me chercher, je suis revenue dans les alentours de la maison et je n'ai pas perdu grand-chose de votre interrogatoire. Ça m'a convaincue. Personne n'aurait pu se livrer à une mise en scène de ce type, d'autant que vous ne pouviez pas vous douter de ma présence. À l'inverse, le comportement des deux flics marron a confirmé mes soupçons sur la mort de mon grand-père. S'ils s'étaient introduits chez lui ce jour-là... tout était possible.

Et puis, depuis que vous êtes rentré à Paris, un autre élément est intervenu. Quand je suis revenue à la base, à Saint-Mandrier, l'autre jour, on m'a remis un courrier à mon nom. Apparemment, il s'était égaré dans les bannettes de distribution pendant plusieurs jours. L'armée n'est pas toujours plus efficace que La Poste... C'était un envoi de mon grand-père, posté la veille de sa mort. L'enveloppe contenait une lettre de sa main, me demandant de conserver dans mes affaires à la base le document qui l'accompagnait, sans me dire pourquoi. Il devait me l'expliquer de vive voix quand il viendrait le rechercher. Vous trouverez une copie de ce document en pièce jointe. Je suis curieuse d'avoir votre avis. Appelez-moi. »

Le document téléchargé se révéla être la photocopie d'une lettre sans doute tapée sur une machine à écrire à ruban, peut-être même une copie carbone, car le noir de l'encre tournait au gris pâle. Le texte en était bref. Il était suivi de cinq noms et de cinq signatures. Je connaissais deux des signataires.

« *Yvetot, le 20 septembre 1945.*

Nous, soussignés Marcel Bianchi, Joseph Gauthier et Jacques Lagrange, seuls survivants du sous-réseau ouest du réseau de renseignement Rubis, *condamnons à la peine de mort Jules Robillard coupable de trahison et de la mort de dix-sept agents du sous-réseau.*

Nous confions la supervision de l'exécution de cette peine à Louis de Vernay, résistant et lieutenant de l'armée française.

Résolution prise en présence de Pierre Madec, résistant et lieutenant de l'armée française.

Les soussignés :

Marcel Bianchi, Joseph Gauthier et Jacques Lagrange.

Louis de Vernay, Pierre Madec. »

À la lecture d'un texte tout droit sorti de ce passé que je poursuivais en vain depuis si longtemps, j'éprouvai une brutale envie de fumer une cigarette pour la première fois depuis de longs mois. Tenté d'aller en quémander une chez ma voisine qui en consumait un paquet par jour depuis cinquante ans, je me levai, mais, une fois dans la cour, je crus lire dans le regard de Maboule, perché en haut du mur, une forme de désapprobation lourde de mépris. Dans un accès de culpabilité, je rebroussai chemin. Par compensation, je descendis aussitôt pêcher une bouteille dans ma cave, un Marestel de Dupasquier. À 11 heures du matin, un verre de blanc ne m'empoisonnerait pas. Il me permit de me concentrer pendant quelques secondes sur autre chose. Le velours de l'estomac et du cortex.

Je me rendais bien compte que l'émotion ressentie à la vue de cette vieille copie était disproportionnée. Cette lettre n'apportait aucune information sur le destin de mon oncle. Mais j'avais l'impression de toucher du doigt toute l'ambiguïté de l'époque. Ainsi, Jules Robillard, héros de la Résistance, dont le nom avait été donné à diverses rues, à quelques squares et à une promotion d'élèves officiers de Saint-Cyr, aurait été un traître exécuté par ses camarades de lutte ? Et Louis de Vernay, héros lui-même, ministre, grand serviteur de l'État, se serait mué en exécuteur ?

La formule « nous confions la supervision de l'exécution » laissait en effet bien peu de doutes. En 1945, Vernay avait tué Robillard ; sur ordres, certes, mais il l'avait tué.

Se pouvait-il que ce papier soit à l'origine de mes ennuis personnels ? Les messages sibyllins de menace, la recherche avouée d'un document par mes tortionnaires, voire la mort de Madec, constituaient un faisceau d'indices convergents. Mais pourquoi Louis de Vernay, à son âge, aurait-il mis tant de rage à récupérer cet écrit ? Peur de voir sa réputation mise en cause ? J'imaginais qu'au soir de sa vie, on n'attachait plus autant d'importance à ses péripéties. À moins que, au contraire, il ne soit obsédé par l'idée de laisser une trace impeccable dans l'Histoire. Au point de faire tuer un de ses plus vieux compagnons de lutte ? J'avais du mal à y croire. Je laissai un message sur le portable d'Anh pour qu'elle me rappelle. Je finis la bouteille de Marestel en déjeunant.

Elle me rappela dans la soirée. Je lui fis part de mes doutes sur l'utilité de continuer la recherche et sur les risques encourus. Nous nous trouvions confrontés à des puissants, des gens qui disposaient de moyens et de complicités bien au-dessus de nos pauvres forces. Le silence qui suivit ma tirade me mit mal à l'aise. J'eus l'impression curieuse qu'elle mourait d'envie de me gifler. En m'entendant parler, j'avais éprouvé une vague honte, celle du renoncement, du refus devant l'obstacle, que je connaissais bien.

— Écoutez... Vous faites ce que vous voulez, mais moi, je vais aller voir Louis de Vernay. Je le connais, c'était un ami de mon père. Je le crois incapable d'avoir voulu lui nuire. Il me recevra. Je vais lui demander des explications. Vous avez le choix. Si vous voulez en savoir plus sur ce qui vous est arrivé, sur votre oncle et sur tout le reste, vous pouvez venir avec moi. Sinon... *ciao !*

J'avais trouvé le deuxième cobaye qui m'épaulerait pour vaincre les biais de l'expérience à laquelle je m'étais soumis de mon plein gré.

***

Les aigus de la trompinette de Boris Vian parvenaient tout juste à déchirer l'épais voile de fumée de cigarette autour des musiciens, tout là-bas, au fond du sous-sol vouté, juste au-dessous des masques africains aux yeux enfiévrés par l'éclat des ampoules électriques qu'ils dissimulaient. Depuis son entrée à l'ENA, la toute nouvelle École Nationale d'Administration, Louis de Vernay avait renoué avec son amour du jazz. Comme nombre des quatre-vingt-cinq autres élèves de la promotion « France Combattante », la toute première de l'histoire de l'école créée en mars 1946, il profitait de l'implantation de l'institution rue des Saints-Pères pour fréquenter les caves où les zazous et les autres jeunes gens de l'immédiat après-guerre pouvaient enfin exprimer leur bonheur de vivre et non plus de survivre. Ils s'y adonnaient à cœur et à corps perdus, éperonnés par le swing qui enfiévrait leurs danses, dans ce caveau d'une ancienne gargote métamorphosé en antre de l'existentialisme par la volonté de Juliette Gréco et de sa bande. Au Tabou, il n'y avait plus d'après ; la guerre était oubliée. L'avenir viendrait. Seul le présent comptait.

Après avoir longtemps hésité, il avait suivi les conseils de Paul Haag, le commissaire de la république de la Seine-Inférieure, impressionné par son sens de l'organisation et du devoir. Il s'était donc inscrit à la toute nouvelle école chargée de former les cadres de l'administration nationale, tout en complétant sa dernière année à Centrale, dont Boris Vian, entré un an après lui, était sorti, diplômé, en 1942. C'était beaucoup de travail, mais les années de guerre lui avaient appris qu'on ne pouvait plus se permettre de perdre du temps. À Centrale, il se sentait vieux. La plupart des élèves de troisième année portaient des culottes courtes à l'époque de son embarquement pour l'Angleterre. Rares étaient ceux qui s'étaient impliqués dans la guerre. La première promo de l'ENA, tout au contraire, comptait un grand nombre de jeunes résistants et combattants de la France Libre. Il s'y sentait à l'aise, en particulier auprès d'un Brestois, de deux ans son cadet, Yves Guéna, qui avait embarqué pour l'Angleterre à 17 ans, après avoir entendu, lui, l'appel du 18 juin. Au détour d'une conversation, ils s'étaient aperçus qu'ils étaient tous les deux des amis de Pierre Madec que Guéna avait côtoyé au sein de la 2e DB. Déjà engagé dans les combats d'Afrique du Nord, il avait été blessé en août 1944 lors de la marche sur Paris, mais avait repris les armes à la fin de la même année et participé à la phase finale des combats jusqu'à la reddition de l'Allemagne. Très marqué par la guerre, ce catholique fervent, raide, élégant, aux sourcils charbonneux et au regard presque asiatique, faisait beaucoup plus vieux que son âge, beaucoup plus vieux que Louis dont il partageait la table ce soir-là.

Dans le vacarme du Tabou dont il n'était pas un habitué, Guéna s'agaçait de ne pouvoir se faire entendre de son compagnon fasciné par la danse expressive d'une brune exaltée, aux cheveux courts, ivre de revivre, une copie parisienne d'Hélène restée à Bordeaux. Il finit par le secouer et, d'un geste, lui intima de l'accompagner à l'air libre. À contrecœur, Louis suivit le mouvement, son verre à la main. Dehors, l'air était frais, mais les nuits de Paris se réchauffaient à l'approche de l'été. Debout, au coin de la rue Dauphine et de la rue Christine, les deux jeunes hommes allumèrent une cigarette, Gauloise pour Guéna, Pall Mall pour Vernay.

— Dis donc, l'Anglais, tu pourrais peut-être écouter quand on t'annonce une importante information...

— Qu'est-ce que tu veux écouter d'autre que la musique, là en dessous, mon vieux ? Allons détends-toi, la guerre est finie.

— En es-tu bien sûr ? ... Bon, écoute-moi un peu. Si je t'ai rejoint dans ce bouge, c'est que j'avais quelque chose à t'annoncer.

— Eh bien, accouche !

— C'est au sujet de ton « M. Gilbert », celui dont tu m'as parlé et qui obsède ta mémoire ?

— Comment voudrais-tu que je l'oublie ?

— Tu connais son nom de famille ?

— ... Je pense que c'était Gilbert, précisément. Pourquoi ?

— Ça ne pourrait pas être Decourt, plutôt ?

— Je n'en sais rien. Pourquoi ?

— Parce que mon petit doigt me dit qu'un ancien dispatcher du SOE, Gilbert Decourt, vient de se faire pincer au Bourget, sur le point de partir pour Londres avec des lingots et des devises dans sa valise...

— Comment l'as-tu appris ?

— Tss, tss... Les anciens de la 2e DB sont partout, même dans la police des frontières. Apparemment, l'affaire s'est déroulée il y a une semaine. Depuis, il est en tôle, plus ou moins au secret. Il semble qu'on lui reproche d'avoir trahi au profit des boches.

Cette nuit-là, Louis dormit peu. Il était pourtant rentré immédiatement du Tabou à sa chambre d'étudiants, en haut de la rue des Saints-Pères.

Mais l'information rapportée par Guéna l'avait replongé dans des tourments qu'il s'était appliqué ces derniers mois à chasser de sa conscience. Quelques jours passés en Angleterre auprès de son grand-père et de sa mère les avaient provisoirement ravivés à la fin de l'année précédente. Crucifié par la mort de sa petite-fille, le vieil homme semblait se laisser aller à la maladie. Comme l'avait espéré Louis, Susan avait retrouvé ses réflexes d'infirmière pour lui venir en aide, mais seul le sens du devoir la maintenait en mouvement. La joie s'était définitivement envolée de sa vie.

Pour se remettre en marche, Louis avait trouvé refuge dans les études à hautes doses, dans le jazz et dans son attirance pour Hélène. À défaut de se voir souvent, les deux jeunes gens s'écrivaient. Hélène ne pouvait quitter Bordeaux tant que la situation de son père n'était pas réglée. Cela s'arrangerait sans doute, car bien des châteaux et des courtiers bordelais avaient fait des affaires avec l'occupant pendant la guerre. Mais le dossier traînait et le père d'Hélène restait en détention.

Pendant les semaines qui suivirent, Louis tenta de vérifier l'information que lui avait rapportée Yves Guéna. Il n'arriva qu'à confirmer l'arrestation du dénommé Decourt, incarcéré au fort d'Aubervilliers. Militaire, le prisonnier dépendait de la justice militaire. Pour être sûr de l'identité de l'intéressé, il aurait fallu le voir ou, à défaut, consulter le dossier qui devait contenir des photos d'identification. Il se sentait dans une impasse quand l'idée lui vint de reprendre contact avec le capitaine Laurent, l'homme du Service de Renseignement de l'Armée rencontré place des Ternes, lors de sa première mission à Paris, celle où il avait observé M. Gilbert en bonne compagnie. À la suite de l'invasion de la zone libre par les Allemands, une bonne part du SR s'était repliée en Afrique du Nord où ce beau monde avait gentiment tourné casaque après le débarquement allié en Algérie. S'il avait été du voyage, Laurent serait peut-être toujours en poste… S'il s'appelait bien Laurent.

À sa grande surprise, un coup de téléphone suffit pour renouer le fil. La standardiste lui passa aussitôt le commandant Laurent, promu sans doute pour ses états de services multiples. Il lui suffit de rappeler à son interlocuteur l'entrevue du restaurant place des Ternes, et de suggérer qu'il aurait peut-être des informations à révéler au sujet du très suspect

Gilbert Decourt, pour que Laurent lui fixe rendez-vous dans les locaux du tout nouveau Service de Documentation Extérieure et de Contre-espionnage, la caserne des Tourelles, boulevard Mortier.

En cinq ans, l'espion professionnel n'avait guère changé malgré l'uniforme militaire. Cheveu gras, à peine plus grisonnant, air sournois et main molle. Il guida Louis jusqu'à un bureau exigu, éclairé par une petite fenêtre et meublé d'une simple table sur laquelle reposait un dossier gris, fort mince, extrait probablement d'un autre beaucoup plus épais. Quand ils furent assis chacun d'un côté de la table, le commandant sortit du dossier deux photos d'identité, sans doute prises juste après l'arrestation de Decourt. Aucun doute. Malgré son air peu avenant sur ces images, contrastant avec son attitude habituellement enjouée, c'était bien M. Gilbert.

Quand Louis lui rappela l'avoir questionné sur l'identité de l'homme qui déjeunait à la table de Bömelburg dans la brasserie des Ternes où ils s'étaient retrouvés, Laurent fit l'étonné. Un Français à la table de Bömelburg ? Tiens, tiens ? Ça ne lui rappelait rien. Rien du tout. C'était bien possible, mais l'incident lui était sorti de l'esprit. La mémoire sélective a ses avantages. Laurent n'était pas du genre à se mouiller. Il appela une secrétaire pour consigner le témoignage de Vernay, assura que ces déclarations seraient ajoutées au dossier et qu'on resterait en contact dans la perspective du procès. Puis il serra la main de Louis et le laissa se débrouiller tout seul pour trouver la sortie.

***

Le procès n'intervint que dix-huit mois plus tard, en juin 1948. La vie de Louis de Vernay avait alors pris un cours très différent. À sa sortie de l'ENA, à la fin de l'année 1947, il avait intégré la DST, le service français du contre-espionnage, chargé de la lutte contre les espions opérant sur le territoire national, fondé à la fin de 1944. Ce choix avait étonné ses camarades de promotion. Il n'avait été motivé que par des considérations très personnelles : le poste proposé était celui d'adjoint au responsable de la région sud-ouest basé à Bordeaux. Malgré ses envies de participer à la reconstruction de la France, il n'avait pas hésité. En Gironde, il rejoindrait Hélène.

Il prit cependant le temps d'assister au premier concert de Dizzy Gillespie à Paris, en février, à la salle Pleyel. Aucun des 78 tours qu'il avait entendus jusqu'alors ne l'avait préparé à la réalité du style be-bop créé par le trompettiste et par Charlie Parker. L'intensité sonore, la vitesse d'exécution, la violence rythmique doublée par la présence du percussionniste Chano Pozo, lui causèrent un vrai choc. À la sortie du spectacle, les oreilles encore bourdonnantes, il ne savait pas s'il avait vraiment aimé la musique qu'il venait d'entendre, mais il était sûr d'avoir assisté à l'émergence d'un style nouveau. À Bordeaux, il aurait sans doute plus souvent l'occasion d'aller écouter du Bach ou du Telemann, chanté par la chorale à laquelle participait Hélène, que du be-bop ou du swing. Elle vouait un culte à Jean-Sébastien Bach.

De retour en juin à Paris pour assister au procès de Decourt, il subit une autre émotion violente. Son témoignage n'avait pas été jugé assez important pour qu'on le convoque à la barre, mais son passé de résistant et son appartenance à la DST lui avaient valu l'autorisation d'assister à l'audience tenue dans la caserne de Reuilly. Il n'aurait d'ailleurs sans doute pas eu de révélations à faire à la barre, car lors de sa comparution, Decourt ne nia pas avoir côtoyé Bömelburg, qu'il connaissait depuis les années 1930, ni même lui avoir transmis certaines informations. Malgré la menace de la peine de mort qui pesait sur sa tête, l'ancien dispatcher conservait tout son aplomb. Ses mois de détention n'avaient pas émoussé son sourire à la Clark Gable. Portant beau dans son uniforme de pilote, il ne semblait pas concerné par les multiples accusations, précises, souvent émouvantes, prononcées par les anciens membres des réseaux décimés par le *Sicherheitsdienst* pendant l'année 1943. À toutes les questions du président, il se contentait de répondre :

— J'ai obéi aux ordres.

— Les ordres de qui ?

— De mes supérieurs.

Placide, il semblait attendre que l'affaire se dénoue d'elle-même en sa faveur. Et il avait de bonnes raisons pour le penser.

Vint alors le tour des témoins de la défense. Ils n'étaient que deux. Ce fut suffisant. Le premier s'appelait Nicolas Bodington, un Anglais, ancien correspondant de l'agence Reuters à Paris, où il était d'ailleurs né et avait lui aussi fréquenté Bömelburg avant la guerre. Il était passé par le MI 6 avant de devenir l'adjoint de Maurice Buckmaster, le patron de la section française du SOE. Un physique volumineux, des états de service irréprochables et une forte personnalité. Dès son entrée dans la salle du procès, Decourt s'était redressé et ne l'avait plus quitté des yeux. Il était clair qu'il avait compris que le nouvel arrivant tenait son salut entre ses mains et qu'il ne le lâcherait pas. Bodington ne le fit pas attendre. Après avoir décliné son identité et prêté serment, il prononça une simple déclaration dans un français parfait :

— Je suis autorisé par le gouvernement du Royaume-Uni à témoigner que M. Gilbert Decourt a agi pendant toute la guerre en absolue conformité avec les ordres qu'il avait reçus de nos services.

Puis il se retira, en majesté, sans répondre à aucune question du tribunal… qui ne lui en posa pas. Le second témoin reprit mot pour mot les propos de Bodington, toujours en français, mais avec un léger accent flûté que connaissait bien Louis de Vernay, sidéré de reconnaître le capitaine Rex Bellamy, délégué, lui, par le MI 6. Sans attendre le verdict d'acquittement rendu inéluctable, Louis fonça vers la porte de la salle d'audience. Il voulait à tout prix intercepter son ancien mentor avant qu'il ne reparte.

L'Anglais était déjà sorti depuis une ou deux minutes quand Louis atteignit à son tour le couloir. Pas de Bellamy en vue. Il fonça en direction de la sortie de ce corridor interminable qui donnait sur la cour principale de la caserne, une cour carrée dont la seule issue sur la rue était fermée par une barrière blanc et rouge surveillée par les sentinelles en faction. Une Austin noire arborant un fanion anglais se dirigeait à allure réduite vers le poste de garde. Sans hésiter, il sprinta et la rattrapa juste avant l'ouverture de la barrière. Arrivé à la hauteur des portes arrière, il distingua la silhouette de Bellamy. L'Anglais le repéra au même moment et baissa sa vitre :

— Jolie foulée, Louis, vous devriez courir le *mile* !… Allez, montez, mon vieux, vous irez quand même plus vite en voiture !

À peine le *miler* occasionnel installé sur la banquette, le commandant prit les commandes de la conversation :

— Je m'attendais un peu à vous voir au procès. Alors, dites-moi comment se porte cette chère DST ? Je ne me trompe pas d'initiales, n'est-ce pas ?

Félicitations pour l'avoir intégrée. Mais, au fait, vous vouliez peut-être m'arrêter moi, en plus d'arrêter ma voiture ?

Son sourire narquois traduisait sa satisfaction de jouer à la fois avec les mots du français et avec les nerfs de son ancien subordonné ; il désamorça la colère que Louis avait senti monter en lui pendant sa brève, mais intense course poursuite.

Entre la rue de Reuilly et la base aérienne de Villacoublay d'où Bellamy devait décoller pour Londres, les deux hommes auraient tout le temps de croiser le fer. En fait, Louis laissa son épée au fourreau. Il se borna essentiellement à écouter les propos de son voisin de banquette. Ils donnaient une brutale réalité à ses soupçons les plus fous.

Enveloppé des habituels effluves de tabac et de lavande mêlés aux émanations du moteur dans un pot-pourri douceâtre, l'Anglais commença par expliquer les raisons de sa présence au procès : de plus en plus contesté au sein du MI 6, très âgé, Claude Dansey avait été mis sur la touche « et même dans un placard » après le Débarquement. Il avait été ensuite remercié, « sans un merci » précisa-t-il, toujours virtuose dans l'usage de la langue française. Le vieux maître espion en était mort : le cœur avait lâché en juin dernier. « Il avait donc un cœur… » Et Bellamy avait été promu au poste d'adjoint de Stewart Menzies maintenu, lui, à la tête du département. Il lui revenait donc de « nettoyer les écuries de Dansey ».

Pilotée en douceur, l'Austin avait atteint les boulevards des Maréchaux. Alors qu'elle passait devant la cité universitaire internationale, Bellamy interrompit sa péroraison pour demander, en anglais, au chauffeur de s'arrêter et de se garer devant un café à l'enseigne du « Ballon de la cité ».

— Nous avons un peu de temps, expliqua-t-il ; l'avion ne partira pas sans moi. Alors, autant boire un coup dans ce bistro ! J'y ai traîné mes guêtres quand j'étais étudiant ici, dans les années 1930. Ils avaient un excellent côtes-du-rhône. Et puis ça nous changera de ce brave Westminster's Arms. La bière sera moins bonne, mais le pinard…

Il avait raison, l'été 1947 avait été caniculaire, les vendanges précoces et les vins, même les côtes-du-rhône de comptoir, étaient magnifiques, gorgés de soleil, riches en alcool, mais aussi en saveur. Quelques tranches de saucisson, censées amortir le choc alcoolique, accompagnèrent la dégustation qui, dans un premier temps, donna aux révélations pourtant graves de Bellamy un tour étonnamment léger.

— *Dear Louis…*

Comme dans le pub londonien, ils avaient choisi une table à l'écart du comptoir, mais Bellamy, prudent, était repassé à l'anglais.

— Avez-vous entendu parler de l'opération *Fortitude*? Non? C'est normal ; elle était « top secret ». Alors je vais vous expliquer.

Et, interrompant parfois son récit pour commander des suppléments de vin et de saucisson, Bellamy expliqua :

— *Fortitude*, en anglais, comme en français je crois, cela désigne le courage, mais un courage bien précis : le courage dans la douleur et l'adversité. Le nom était bien choisi.

Dès que l'intention de débarquer en Normandie avait été formalisée par les alliés, dans le courant de l'année 1943, un vaste plan de désinformation du haut commandement nazi avait été mis sur pied. Coordonné par la très secrète *London Controlling Station*, créée dès 1941 par Winston Churchill, ce dispositif avait eu pour but de tromper les Allemands sur la zone choisie pour le débarquement. Il comprenait la création de régiments fantômes, cantonnés dans le nord de la Grande-Bretagne, équipés de chars en contreplaqué et d'avions en balsa fabriqués par des équipes de décorateurs de théâtre ou de cinéma, mais aussi un grand nombre d'opérations d'intoxication des services de renseignement. On était allé jusqu'à larguer en Méditerranée le cadavre d'un faux officier de la RAF porteur de documents ultra-secrets sur un débarquement dans le Pas-de-Calais ; un agent double espagnol opérant depuis le Portugal avait réussi à faire croire aux nazis qu'il résidait à Londres et accédait aux informations les plus secrètes… mais il avait failli être trahi par sa femme qui ne supportait pas la vie à Lisbonne.

— De l'esbroufe, du bluff, des tours de passe-passe, Louis… ! Génial !

Apparemment échauffé par les ballons de vin rouge ingérés, Bellamy souriait en développant sa description picaresque du grand théâtre d'ombres qui avait leurré Hitler au tout premier chef, contre l'avis de certains de ses généraux plus avisés. Mais, après avoir vidé son dernier verre cul sec, l'Anglais redevint sérieux, presque sombre, avant de poursuivre :

— Toutefois, il n'y a pas eu que de l'esbroufe. Il y a aussi eu des… « saloperies ». Il fallait bien « authentifier » tout ça aux yeux des boches, n'est-ce pas? Et quel meilleur moyen pour l'authentifier que de leur permettre d'obtenir les informations « par leurs propres moyens » ? Vous comprenez, Louis ? Vous comprenez ce que ça veut dire ?...

Il laissa sa phrase en suspens :

— Oui, nous avons... sacrifié certains de nos agents. Après leur avoir donné des informations fausses, ou bien assigné des missions dans le Pas-de-Calais ou en Norvège...

Percevant l'incrédulité de son vis-à-vis, puis la colère qui perçait, il reprit aussitôt :

— Ne croyez pas que ces décisions aient été prises à la légère. Elles étaient souvent fondées sur des informations provenant de certains des agents dont nous disposions au sein du service de renseignement de l'armée allemande, l'Abwehr. Ils étaient assez nombreux en 1943, depuis que leur patron, l'amiral Canaris, avait compris que la guerre était perdue pour eux. Ils préparaient déjà l'après-guerre. Parfois, ils nous indiquaient qu'un réseau avait été repéré par leurs services ou par ceux du SD. Il nous suffisait de faire parvenir les fausses informations à ces agents qui étaient de toute façon condamnés. Et les gars du SOE avaient le don de se faire repérer, tant ils manquaient de discrétion...

— Mais Decourt, lui, a « donné » directement des amis...

— Hmmm... Disons qu'il a accéléré certains processus. Ce n'est sans doute pas un type très fiable, mais il a agi sur ordres. Croyez-moi Louis, je ne suis pas fier de ce que nous avons dû faire, mais si ces sacrifices ont permis d'assurer le succès du débarquement... Ça en valait la peine. Vous savez, Hitler était tellement persuadé que l'opération *Overlord* était une diversion qu'il a retardé l'intervention des régiments de panzers de plusieurs jours en attendant le « vrai » débarquement, dans le Pas-de-Calais. Sans cette décision, les Krauts nous auraient peut-être rejetés à la mer... Vous imaginez les conséquences et le nombre de morts en plus ?

Louis se sentait groggy. Dans son dos, le brouhaha du café se combinait aux verres de côtes-du-rhône et aux paroles de Bellamy pour lui donner le tournis. Proche de la nausée, il ressentit un violent besoin d'air pur. Sans un mot, il quitta la table pour se précipiter sur le trottoir. Les jambes molles, il s'assit à un siège de la terrasse délaissée à cause de la fraîcheur de la brise. Quelques instants plus tard, Bellamy réapparut dans son champ de vision, debout devant lui :

— Ne vous inquiétez pas, j'ai payé la note. Allez-vous mieux ?

En guise de réponse, Vernay se contenta d'un geste vague. Le surplombant toujours, Bellamy se pencha vers lui, les mains appuyées sur le guéridon :

— Mon petit vieux, reprit-il d'un ton las. Je comprends votre réaction. Je sais que ce que je vous ai dit paraît cynique. Vous avez sans doute raison. Mais laissez-moi vous dire que si tout ça vous dégoûte, vous avez choisi le mauvais métier. Ne me demandez pas comment j'ai appris que vous étiez entré à la DST, je ne vous répondrai pas. Mais je sais comment fonctionnent nos services et les vôtres. Ils sont tous les mêmes. Les principes s'effacent devant les exigences de la réalité.

Il haussa les épaules, comme un vrai Français, tout en continuant :

— Vous vous y ferez peut-être. Sans doute, même. Et un jour, nous reparlerons de tout ça de manière dépassionnée. Car nous en reparlerons, mon vieux. Je ne vais pas vous perdre de vue maintenant que vous êtes du métier. Peut-être même retravaillerons-nous ensemble un jour. Aujourd'hui encore, nous avons le même ennemi, non ? Désormais, ce sont les Russes, n'est-ce pas ?

Puis, devant le refus de Louis de se faire déposer dans Paris, il prit congé et s'engouffra dans l'Austin qui démarra aussitôt, Union Jack flottant au vent.

Après avoir quitté le café, Louis marcha longtemps avant d'atteindre son hôtel du côté de la gare d'Austerlitz. Secoué par les révélations de Bellamy, il prit à peine garde aux transformations des rues parisiennes. Les derniers signes de l'occupation avaient disparu. Les panneaux directionnels allemands avaient été les premiers à subir la vindicte des Parisiens. Les inscriptions murales en allemand étaient désormais recouvertes d'une épaisse couche de peinture. Comme toute la France et tous les Français, Paris s'était refait une virginité grâce à une bonne dose de cosmétiques. À l'inverse, on percevait les premières touches d'américanisation des mœurs et des costumes. Les surplus de l'armée US avaient ouvert les vannes à un flot de marchandises nouvelles et séduisantes. Jeans, chemises à carreaux et mocassins composaient le nouvel uniforme de la jeunesse, complétés par le mâchouillement obligatoire de l'apport numéro un à la culture européenne : le chewing-gum.

Louis, lui, remâchait un flot de pensées contradictoires. Même si marcher lui faisait du bien, il était toujours sous le coup des informations qui l'avaient knockouté au café avec la complicité du côtes-du-rhône. Bellamy n'avait pourtant fait que confirmer ses propres soupçons. Mais depuis la fin de la guerre, il s'était efforcé d'oublier les mauvais souvenirs. Lui non plus n'avait pas vraiment eu envie de regarder le passé en face, trop occupé à se bâtir un avenir. La reconstruction était devenue la grande affaire, celle du pays, celle de la société et celle des hommes. D'une certaine manière, Bellamy avait donné un grand coup de pied dans l'échafaudage de sa reconstruction à lui. Et maintenant, il s'en voulait de ne pas avoir réagi et contraint l'Anglais à lui en dire plus. Si son intuition était juste, Decourt avait sévi dès 1941 ; c'était en 1942 qu'il l'avait surpris en compagnie des patrons du SD parisien. Bien avant le lancement de *Fortitude*. Quel jeu avait joué Dansey ? Et s'il s'était tout bonnement servi du SOE comme vivier à appâts ? Il aurait ainsi fait d'une pierre deux coups : éliminé la concurrence et intoxiqué les nazis. En avait-il fait autant pour le réseau *Rubis* ? Mais le machiavel du MI 6 avait sans doute emporté ses pires secrets dans la tombe…

***

Un parfait hasard offrit à Louis l'occasion de résoudre l'interrogation qui le taraudait depuis le procès de Decourt : le réseau de sa sœur avait-il été, comme le réseau *Prosper*, sacrifié au nom de l'opération *Fortitude* ? Sur le moment, l'exécution de Robillard lui avait semblé aller de soi, dans le droit fil de l'anormalité de la guerre : en abattant le commandant, il avait incarné le bras armé d'un destin cruel, mais juste. Il s'était vu en redresseur de torts. Cependant, au fil des mois, au lieu de s'effacer, la cicatrice de son acte s'était insidieusement rouverte en même temps qu'il plongeait dans les ambiguïtés de la guerre et plus encore de l'après-guerre. Le jeu des faux-semblants battait son plein. Les résistants pullulaient. Les collabos ? Quels collabos ? L'épuration avait rendu sa pureté à la Nation. Quelques fusillés, quelques lynchés, quelques tondues avaient suffi à restituer à la France son honneur. Revenu à une vie normale et à un monde presque normal, Louis avait alors réévalué la portée de son acte : sur le moment, il avait cru rendre justice, mais il prenait peu à peu conscience d'avoir perpétré une exécution sommaire qui ressemblait fort à une vengeance. Œil pour œil. Cœur pour cœur.

Une vie contre la vie de sa sœur. Un coupable désigné sans jugement, sur la foi d'hommes au-dessus de tout soupçon, mais tout aussi faillibles que lui. Un règlement de comptes, mais de quels comptes ? S'il avait encore cru en Dieu, il aurait couru se confesser. Il avait même failli le faire, simplement pour s'alléger un peu de la culpabilité larvée qui commençait à le tarauder.

Dans le remue-méninge de ses réflexions morbides, il s'était aussi rappelé – avait cru se rappeler ? – une phrase du professeur Lagrange, le soir du dîner du jugement, signalant que Robillard avait pris le temps de passer par Rouen à son retour de Londres pour demander que le réseau s'intéresse particulièrement aux mouvements de troupes dans le nord de la France. Il ne pouvait s'empêcher de la rapprocher d'une autre déclaration, de Bellamy celle-là, expliquant, entre deux verres de côtes-du-rhône, qu'une fois un réseau désigné pour le sacrifice, Londres transmettait à ses agents des informations fausses susceptibles de tromper les Allemands. Si le réseau de sa sœur avait été ainsi sacrifié, alors quel avait été le rôle réel de Robillard ? Et le sien ? La réponse devait se trouver dans les archives du MI 6 et nulle part ailleurs. Mais, malgré son passé, malgré ses relations avec Bellamy, il ne pouvait espérer les consulter à moins de disposer d'une solide monnaie d'échange.

Le hasard le servit quelques mois plus tard, sous la forme de la défection d'un membre de l'ambassade de l'URSS à Paris. Attaché au développement du commerce avec la France, Andreï Gavrilov était un petit bonhomme falot. Il arborait le teint gris et les doigts jaunis des fumeurs à la chaîne et le nez couperosé des amateurs de vodka. Dans son costume gris estampillé au GOUM, avec son petit chapeau à bords étroits, il figurait une caricature de l'espion soviétique des films américains.

C'était la première image qui s'était greffée dans l'esprit de Louis quand le tovarich Gavrilov avait fait son entrée dans le bureau qu'il occupait au ministère des Armées, place Bauveau, depuis qu'on l'avait rappelé de Bordeaux pour l'affecter à la division Europe de l'Est de la DST. Il ne se doutait pas alors qu'il se trouvait bien face à un espion, un vrai, décidé à trahir pour la plus banale des raisons : la revanche. Un espion qui lui apportait sa monnaie d'échange sur un plateau.

Après des semaines d'interrogatoires et de contre-interrogatoires, Gavrilov se révéla une mine d'informations fiables. Membre du KGB, spécialisé depuis la fin de la guerre dans l'espionnage de l'Europe de l'Ouest, il venait d'apprendre qu'il était rappelé à Moscou à la suite de divers incidents dus, pour la plupart, à son goût immodéré, même pour un Russe, de l'alcool. Les verres de sa dernière cuite avaient joué le rôle de la goutte qui fait déborder le tonneau : une voiture de fonction de l'ambassade avait fini sa course contre un platane du bois de Boulogne, avec Gavrilov, assommé par l'alcool et par le choc, au volant. Devant le risque de scandale, le KGB le rapatriait. Ulcéré par cette décision, il avait décidé de trahir, sur un coup de tête sans doute dû à quelques verres supplémentaires. Mais, une fois passé le seuil du ministère des Armées, il ne pouvait plus faire demi-tour.

Parmi les multiples révélations exploitables de ce transfuge inopiné se trouvait une pépite. Depuis plusieurs années, les services secrets occidentaux, CIA en tête, éprouvaient des doutes sur la porosité de l'*Intelligence Service* britannique vis-à-vis de Moscou. Dans le jeu sournois des agents à cartes multiples, une ritournelle troublante ne cessait de parvenir aux oreilles des contrôleurs : un traître évoluait dans les très hauts niveaux de l'*Intelligence Service* anglais. Trop d'agents britanniques avaient été grillés ces dernières années pour que le hasard soit seul en cause. Pourtant, malgré les soupçons exprimés par leurs alliés américains ou français, les Britanniques n'avaient pas pris la menace assez au sérieux pour purger leurs services.

En poste à Londres avant d'être muté à Paris, Gavrilov s'était trouvé en contact direct du mouchard; il lui avait même servi parfois d'agent de liaison. Avec un sourire satisfait, il révéla qu'il s'agissait tout bonnement de l'actuel premier secrétaire de l'ambassade de Grande-Bretagne à Washington et accessoirement, chef du renseignement anglais aux États-Unis, un certain Kim Philby. L'information ébranla les hautes sphères de la DST. Il fut décidé de la garder sous le coude comme monnaie d'échange avec les Britanniques soupçonnés de ne pas jouer franc jeu avec la France, en particulier au Moyen-Orient.

Présent lors des interrogatoires de l'agent soviétique, Louis se trouva face à un nouveau dilemme. L'obéissance requise par sa fonction lui interdisait d'entrer en contact avec son ancienne maison d'accueil pour la prévenir du danger. Mais il se sentait prisonnier de fidélités contradictoires. La rancœur éprouvée envers le MI 6 dans les derniers mois de la guerre était essentiellement dirigée contre Dansey. Il était bien placé, en revanche, pour savoir combien les agents anglais avaient contribué à la lutte contre les nazis sur le sol français. Nombre d'entre eux s'étaient sacrifiés pour cette cause. Il ressentait aussi une forme de fidélité filiale envers Bellamy qui ne l'avait jamais laissé tomber. Ne pas prévenir les Anglais du danger que la présence d'un traître soviétique dans leurs rangs faisait courir à leurs agents lui paraissait indigne. Et puis, bien qu'il ne veuille pas se l'avouer en ces termes, cette information lui donnerait une formidable marchandise à échanger avec Bellamy contre l'accès au dossier du réseau *Rubis*.

Après avoir tourné et retourné le projet dans tous les sens, il décida de mettre à profit son séjour en Angleterre lors des fêtes de fin d'année 1950 pour rencontrer Bellamy. Plus il tardait, plus le risque était grand que l'information soit éventée. Il retrouva ses réflexes de clandestinité pour aller appeler l'Angleterre depuis le bureau de poste de la rue du Louvres. Quelques détours, probablement inutiles, lui permirent de vérifier qu'il n'avait pas été suivi. S'identifiant en tant que René Morel, il parvint sans trop de difficultés à joindre Bellamy. Rendez-vous fut pris à Londres le jour de son arrivée, le 20 décembre, dans Victoria Station à sa descente de la Flèche d'Or, le train express qui joignait Paris à Londres en six heures quinze *via* un transfert sur l'*Invicta*, le ferry-boat de liaison.

Bellamy l'attendait sur le quai, pipe au bec. Dans la cohue de l'arrivée, en civil, il avait l'air plus insignifiant qu'en uniforme. Ses nouvelles lunettes à larges montures de plastique noir lui campaient une tête de comptable ou de professeur de maths. Il parut ravi de retrouver Louis auquel il tendit aussitôt le sac en papier aux armes de Harrod's posé à ses pieds.

— *Dear « René »*, voilà quelques douceurs pour madame votre mère et votre grand-père. J'espère qu'elles leur plairont.

Et il l'entraîna par le bras vers la sortie de la gare où les attendait un taxi un peu particulier.

— Nous pourrons parler tranquillement, le chauffeur est de la maison.

Louis l'étonna en restant sur le trottoir.

— Je ne crois pas que ce soit une bonne idée, nous ferions mieux de marcher.

Interloqué, Bellamy referma la porte de la voiture et emboîta lc pas à son compagnon qui partait à grandes foulées malgré la volumineuse valise dans laquelle il avait, lui aussi, casé quelques victuailles, destinées à franciser le Christmas Dinner.

Plus tenaces encore que la bruine qui humectait avec méthode la capitale anglaise, ils marchèrent jusqu'au Grosvenor Garden, un petit square où ils trouvèrent un banc à l'assise détrempée. Avec style, Bellamy sortit un grand mouchoir blanc de sa poche de loden et entreprit de la sécher un peu. À peine assis, sans se soucier de l'humidité, Louis vida son sac. D'un débit légèrement saccadé par la nervosité, il annonça détenir le nom de l'agent du KGB infiltré à l'*Intelligence Service*, et être prêt à le révéler en échange des archives du MI 6 concernant les arrestations au sein du réseau *Rubis* en 1943.

L'Anglais ne répondit pas tout de suite. Il tira sur sa pipe ; expira un jet de fumée ; tapota sa bouffarde sous la semelle de sa chaussure pour évacuer les cendres. Puis, penché en avant, coudes appuyés sur les genoux, il considéra Louis avec un sourire plutôt amical.

— Ainsi donc, vous n'oubliez pas vos vieux amis…

Il n'en dit pas plus, mais, par cette formule à double sens, il avait signifié son accord. Ils convinrent que Bellamy reprendrait contact dès qu'il aurait réuni les éléments du dossier *Rubis*. Et Louis héla un taxi pour rejoindre la gare de Saint-Pancras d'où partait son train pour le Nord.

Au matin du Boxing Day, un coup de fil le prévint qu'un ami passerait le voir après le *lunch*, au pub du village.

Les jours précédents, Louis avait éprouvé des sentiments contradictoires. Le plaisir de revoir sa mère et son grand-père avait été gâché par la maladie devant laquelle ce dernier perdait le combat et par la tristesse de sa fille, incapable désormais du moindre sourire sincère. Condamné à ne quitter son lit que pour un fauteuil roulant, le vieil homme s'était renfermé au point de ne plus prononcer chaque jour que quelques mots isolés, toujours pour exprimer un souhait ou un besoin. Dans son regard couvait une colère froide dont on ne savait contre qui il la dirigeait. Aux petits soins, Susan veillait à son confort avec une abnégation muette de tous les instants. La maison croulait sous le poids de la nostalgie et des silences. La veille, le dîner de Noël avait sué la tristesse, malgré la dinde, malgré le Christmas Pudding, malgré les scones et la marmelade de Harrod's offerts par Bellamy. Louis avait achevé la soirée seul devant la cheminée, une bouteille de scotch à portée de son verre, à supputer les informations contenues par le dossier du MI 6.

Ce dossier était maintenant sous ses yeux, posé sur la table du pub local, « The Dog and Fox », dont les murs exposaient un impressionnant bestiaire de trophées de chasse. C'était une mince chemise de carton toilé bistre, vierge de toute inscription, fermée par un ruban de coton serré dans une boucle métallique à mâchoires. Entre lui et le document trônait un verre ballon rempli d'un liquide sombre surmonté d'une couche crémeuse. De l'autre côté de la table, un Bellamy toujours aussi débonnaire en apparence.

— Les Irlandais ne sont pas que des brutes épaisses, *my dear*. Leur « café » est un des breuvages les plus civilisés du monde. C'est peut-être grâce à lui qu'ils sont tous un peu poètes.

Le renard empaillé qui les surveillait du coin de l'œil sembla esquisser un sourire.

Louis, lui, n'avait aucune envie de plaisanter. Formé par son éducation au respect de ses devoirs, il éprouvait une culpabilité croissante à l'idée de trahir les consignes qu'on lui avait fixées. Trahir seulement les consignes ou trahir la France ? À ce moment précis, malgré la présence non loin de là de son grand-père et de sa mère anglais, malgré l'ambiance du pub, malgré le renard qui ricanait, il se sentait curieusement français jusqu'au bout de la conscience.

Bellamy brisa le silence.

— Alors, le marché tient toujours ?

D'une main, il avait saisi son verre pour le porter à ses lèvres, de l'autre, il poussa légèrement le dossier bistre vers son vis-à-vis.

— Ce dossier est à vous. Je vous saurais gré de brûler son contenu quand vous en aurez pris connaissance.

Il eut le tact de ne rien demander en retour.

Les doutes de Louis semblèrent s'évaporer d'un coup. Il sortit de la poche intérieure de sa veste la feuille sur laquelle il avait écrit le nom du traître et la tendit à son interlocuteur :

— Vous aurez sans doute envie de la brûler après l'avoir lue…

Bellamy la déplia et la consulta en le rapprochant de son visage. Le nom était écrit assez gros pour qu'il n'ait pas de doute malgré sa myopie apparemment mal corrigée par ses lunettes de gratte-papier. Son visage n'exprima aucune émotion. Il déchira la feuille en petits morceaux qu'il plaça dans le cendrier avant de les enflammer, puis il agita les cendres avec son cure-pipe, peut-être pour mieux effacer le souvenir du nom dont ils avaient porté la trace. Il prit encore le temps d'allumer sa pipe avant de demander, en mordant l'embout du brûle-gueule, dissimulé par une bouffée de fumée :

— Aucun doute ?

— Peu. Nous avons recoupé certaines informations. Et puis, notre informateur est dos au mur. Pas moyen de faire machine arrière. Donc, l'intoxication est peu probable… Ça paraît très solide, sinon je ne serais pas là. Au fait… inutile de vous demander de ne pas mentionner mon intervention, *of course*.

Bellamy se contenta d'une moue en guise de réponse.

— *Dear Louis*, je suppose que vous avez hâte de consulter votre cadeau de Noël. Je ne vais donc pas vous retarder plus longtemps.

Soudain pressé de partir, il but une dernière gorgée de son verre à moitié plein et prit congé, ajoutant, en se retournant, un « Happy Christmas ! » accompagné d'un sourire ambigu. En ce jour des cadeaux offerts traditionnellement aux pauvres, Louis restait seul face à un présent empoisonné. Quand la cloche sonna pour annoncer le dernier verre avant la fermeture de l'après-midi, baigné par la fumée de son énième cigarette, il n'avait toujours pas osé desserrer le ruban.

XI

À notre entrée dans son sanctuaire aux murs capitonnés de livres, le vieil homme se tenait debout derrière son bureau. Dans le contrejour créé par la fenêtre dans son dos, je ne distinguai d'abord qu'une longue silhouette ployée vers l'avant. Un personnage de Giacometti, statufié par le temps, une main tendue vers nous, l'autre en appui sur le bureau Empire. Avant que nous ayons pu serrer cette main brandie, il s'affaissa dans son fauteuil, pantin lâché par son marionnettiste. Je distinguai alors son visage osseux, ses rides crevassées, ses yeux décolorés. Le temps avait fait son office. Après un bref silence, ses premières paroles furent des mots d'excuse pour son manque de civilité :

— Je ne tiens plus très bien sur mes jambes, pardonnez-moi. Mais, je vous en prie, asseyez-vous.

Contrairement à la silhouette, la voix était ferme, presque forcée ; la diction précise et rendue légèrement chuintante par le port d'une prothèse dentaire ; mais le souffle était court.

— Bonjour, ma petite Anh ; je suis ravi de vous revoir dans des circonstances moins tristes que la dernière fois. Dites-moi ce qui vous amène. Mais avant tout, présentez-moi votre compagnon. Et parlez fort, car, en plus, je deviens sourd.

Un soupir et un sourire désenchanté conclurent sa tirade.

Pendant le trajet qui nous avait conduits à la villa de Louveciennes dans ma voiture, nous étions convenus qu'Anh mènerait l'entrevue. Elle connaissait Louis de Vernay, qu'elle avait rencontré quelquefois pendant son enfance ; elle l'avait côtoyé de nouveau lors des obsèques de Pierre Madec ; c'est elle qui avait obtenu ce rendez-vous en expliquant au secrétaire de l'ancien ministre qu'elle souhaitait l'entretenir des conséquences du décès de son grand-père. Il n'avait fait aucune difficulté pour la rencontrer. Elle m'avait emmené dans ses bagages.

Sa façade enfouie sous la vigne-vierge, la maison reposait à l'abri de grands arbres dont les frondaisons composaient une voûte obscure. Leurs feuilles tamisaient la lumière et étouffaient la rumeur de la ville. Nous étions bien loin de l'agitation de l'agglomération parisienne et de la vie moderne. Le secrétaire de Louis de Vernay, qui nous avait accueillis, sans doute le cadet de trente ans de son patron, semblait pourtant dater lui aussi d'un autre temps, avec ses cheveux gris ondulés, ses lunettes cerclées de fer, son costume à fines rayures, sa pochette et ses richelieus.

— Jean était en relation avec mon grand-père au sujet d'un membre de sa famille qui a appartenu pendant la guerre au réseau *Rubis*. Il vous en parlera.

Comme toujours, Anh se montrait concise. Vernay resta impassible, la laissant continuer sans l'interrompre.

Pendant qu'elle lui racontait avec calme la fouille de la maison de son grand-père, et l'agression dont nous avions été victimes dans la Drôme, j'observai notre hôte. Son visage osseux ne laissait paraître aucune réaction à l'écoute de ce récit. Il ne quittait pas Anh des yeux, ne m'accordant aucune attention.

— ... J'en viens à me demander si la mort de mon grand-père était bien un accident...

Anh laissa sa phrase en suspens, quêtant une réaction. Vernay observa un long silence, au point que je me demandai s'il avait tout entendu, tout compris. Puis, au moment où j'allais conclure par la négative, il posa une question :

— Ce que vous me rapportez est préoccupant... Mais pourquoi venir m'en parler à moi ?

— Parce que Jean avait déjà été agressé précédemment à Paris, répondit-elle, se tournant vers moi et me conférant un autre rôle dans la scène que celui de figurant. On voulait le dissuader de continuer les recherches qu'il avait entreprises sur son oncle et sur le réseau *Rubis*. Nous pensons qu'il existe un lien entre le passé et nos ennuis actuels.

— Vous ne le savez peut-être pas, chère Anh, mais je n'ai jamais fait partie de ce réseau. Pendant la guerre je n'étais qu'un messager de Londres...

La main droite de Vernay avait quitté l'appui du bureau. Il l'avait levée comme pour prêter serment. Un léger tremblement l'agitait.

Le son de ma voix l'étonna et le força à tourner la tête pour me regarder, comme s'il venait seulement de prendre vraiment conscience de ma présence.

— Pardonnez-moi, monsieur, mais nous avons une raison supplémentaire de vous demander de l'aide. Nous soupçonnons que nos agresseurs travaillaient pour une société de protection dont votre fils est l'un des associés. La coïncidence nous a troublés...

Je laissai ma phrase en suspens. Vernay demeurait immobile comme si mes paroles n'avaient pas atteint son cerveau. Puis il ferma les yeux et passa sa main sur son visage, tel un homme gagné par le sommeil.

Anh me regarda, quêtant une approbation dont elle n'avait pas besoin, et sortit de son sac la chemise cartonnée dans laquelle était rangée la lettre de 1945. Quand elle l'ouvrit, les élastiques retenant les coins claquèrent dans le silence de la pièce seulement troublé par le souffle oppressé du vieil homme. Il émergea de sa torpeur pour la regarder. Elle sortit la copie de la lettre qu'elle avait reçue de son grand-père.

— Voyez-vous, j'ai trouvé ce document dans mon courrier. Mon grand-père me l'avait envoyé par La Poste, la veille de sa mort, pour que je la mette en sécurité. Bien sûr, ce n'est qu'une copie. Je pense que nos agresseurs cherchaient l'original.

Et elle lui tendit la feuille.

Le papier s'anima quand il la saisit, sismographe fortuit de son tremblement. Vernay regarda longuement le document, reposé sur le sous-main du bureau, sans chausser de lunettes. À son âge, je doutais qu'il pût le déchiffrer sans verres correcteurs. Mais il n'en avait sans doute pas besoin, car il n'en connaissait que trop bien le contenu. Nous ne lui apprenions rien. Cette observation prolongée lui permettait de gagner du temps. En bons interrogateurs professionnels, nous laissions durer le silence. Quand il serait prêt, il se sentirait plus libre de parler que si nous l'avions agressé de questions.

Il reposa la feuille et ferma les yeux, de nouveau retranché loin de nous, dans ses réflexions ou dans ses souvenirs. Puis, après avoir laissé échapper un soupir rauque, presque un râle, il rouvrit les paupières, s'éclaircit la gorge et planta de nouveau son regard décoloré dans les yeux d'Anh.

— Vous avez raison, je connais fort bien ce document. J'en détiens moi-même un exemplaire. Sa vue me ramène à une époque lointaine et cruelle. Une époque qu'il est aujourd'hui bien difficile de considérer avec objectivité... Mais je ne vais pas vous donner un cours d'histoire.

Il reprit la feuille et la tendit à Anh qui ne s'en saisit pas.

Vernay sembla interloqué par ce refus. Il haussa les épaules. Laissa la feuille retomber sur le bureau. Anh continuait de le fixer :

— Je ne vous comprends pas, reprit-il. Qu'attendez-vous de moi ? Oui, je reconnais ce document. Oui, le Louis de Vernay qu'il mentionne, c'est moi. Et alors ? Pourquoi aurais-je fait rechercher un document dont je possède moi-même un exemplaire ? En quoi cette affaire, si affaire il y a, me concerne-t-elle ?

Il soupira de nouveau et se renfonça dans son fauteuil, le regard cette fois braqué au-dessus de nos têtes, sur le mur dans notre dos.

— Monsieur de Vernay, nous ne sommes venus accuser personne.

La voix d'Anh trahissait désormais de la tension.

— Mais je cherche des informations sur les conditions dans lesquelles mon grand-père est mort. Et je crains que sa mort ne soit liée à ce document.

De sa main à plat, le vieil homme frappa le sous-main. Le choc produisit un claquement sec, perturbant le calme de la pièce. Le geste me surprit par ce qu'il traduisait d'énergie insoupçonnée.

— Anh... Votre grand-père était sans doute le dernier ami qui me restait. Le dernier de cette époque, en tout cas. Le dernier qui pouvait comprendre ma manière d'être et de penser. Me croyez-vous capable d'avoir fait quoi que ce soit qui ait pu le mettre en danger ? Vous me blessez. Je ne peux vous dire qu'une chose : je suis complètement étranger à sa mort. Je la déplore... Et désormais, je me sens bien seul.

Il se tut et ferma de nouveau les yeux, respirant avec peine.

Je ne sais si de sa main cachée par le bureau il actionna une alerte quelconque, si le temps qui nous était imparti s'était écoulé, ou si le claquement de la main sur le bureau avait constitué un signal, mais son secrétaire fit son entrée et nous pria de bien vouloir laisser M. de Vernay se reposer. L'état de fatigue apparent de notre hôte nous dissuada d'insister. Nous saluâmes Vernay, sans obtenir de réponse et nous avions presque atteint la porte où nous attendait le secrétaire occupé à redresser un portrait du général De Gaulle à l'air penché, quand la voix du vieil homme nous rappela.

— Attendez une seconde ! Anh, je suis désolé de m'être énervé. Je comprends votre trouble et je vais essayer d'utiliser les relations qui me restent pour tenter de trouver une réponse à vos questions. Mais je vous assure que je ne suis pas à l'origine de vos problèmes et que je ne suis pour rien dans la mort de Pierre.

Plein de componction, le secrétaire nous escamota et nous exfiltra dans le parc, déconcertés par les instants que nous venions de vivre.

***

Avant de sortir en compagnie des deux visiteurs, Maurice avait redressé le Général… Louis de Vernay observa de nouveau le portrait de ce grand homme qu'il avait appris à admirer en le servant dans les années 1960. Il n'avait jamais osé évoquer devant lui leur rencontre avortée pendant la guerre, dans le bunker de Churchill. Le Général n'avait que faire des anecdotes. Les gens d'aujourd'hui, au contraire, semblaient obsédés par les tressautements de l'Histoire et plus encore, comme l'était son propre fils, par ces imbéciles sondages qui désormais usurpaient les rôles majeurs de la scène médiatique. Comme si la popularité était le but suprême de la politique…

Il sentait son cœur s'emballer dans sa poitrine sous l'effet de l'indignation ressentie en pensant aux agissements de son fils. Au fond, il était persuadé que la petite Anh et son acolyte avaient vu juste. Dès qu'ils avaient mentionné les liens possibles entre Alain et leurs agresseurs, il n'avait pu s'empêcher de penser que, dans son agitation désordonnée pour décourager l'enquête du journaliste, l'aspirant ministre avait commis une bourde… une monstruosité, plutôt. La possibilité que son fils ait pu, par ricochet, le rendre responsable, lui, de la mort de Pierre l'indignait.

Quelle idée avait-il eu, quarante ans plus tôt, de révéler à Alain son rôle dans l'exécution de Robillard et de lui montrer le document signé par les membres du tribunal improvisé ? Par ce récit, il avait alors espéré faire comprendre à cette tête brûlée éprise de politique la complexité des apparences, les risques de se fourvoyer, tapi derrière chaque action brutale et sans retour. Il avait cru que son fils aurait ressenti le fardeau qui était tombé sur ses épaules quand il avait enfin osé lire le dossier du MI 6 transmis par Bellamy au *Dog and Fox*, au lendemain du jour de Noël 1950. Oui, Lucette et tout le sous-réseau ouest du réseau *Rubis* avaient bien été sacrifiés dans le cadre des opérations d'intoxication des nazis, mais Robillard n'avait été qu'un acteur involontaire de cette opération en transmettant les ordres machiavéliques de Londres à ses agents. Et depuis soixante ans, il vivait écrasé par la culpabilité d'avoir voulu jouer les justiciers, avec l'illusion de se laver lui, de sa propre faute. Or, tout ce qu'Alain avait retenu de son récit était la menace que faisait peser cet épisode sur la réputation de Louis, donc sur la sienne et, désormais, sur ses espérances d'intronisation dans un ministère de prestige. Ces mois derniers, l'aspirant ministre avait cristallisé sur les recherches du journaliste toute son angoisse de passer définitivement à côté de ce qu'il considérait comme la consécration de sa vie : un ministère de plein droit.

Le dossier du MI 6 mettait à jour tout le processus de la manipulation. Courant 1943, des membres de l'*Abwehr*, défaitistes et en quête d'absolution postdéfaite, avaient averti les hommes de Dansey du noyautage du sous-réseau ouest de *Rubis* par un agent du Sicherheitsdienst. Cette révélation avait donné au patron opérationnel du MI 6 l'occasion de monter une nouvelle intoxication, au prix, modique à ses yeux, de quelques vies : celles de Lucette et de ses camarades. Il suffisait de leur assigner, peu de temps avant leur très probable arrestation, des missions entraînant les nazis sur de fausses pistes pour le débarquement. Quelques-uns d'entre eux finiraient par parler et fourniraient à leurs interrogateurs des informations fausses, mais concordantes et sincères.

Contrairement à ce que Gauthier, Lagrange, Bianchi et Madec avaient cru en 1945, l'arrestation de Robillard dans le métro avait bien constitué un événement fortuit, venant après le déclenchement de l'opération. Et l'invraisemblable récit du chef du réseau sur ses interrogatoires et sa déportation avait été corroboré par des témoignages postérieurs : il n'avait été pour rien dans le démantèlement du sous-réseau. Il n'avait d'ailleurs pas été le seul déporté à ne pas figurer sur les listes initiales de prisonniers des camps. On en exhumait encore aujourd'hui, en ce début de XXIe siècle.

Robillard avait eu le seul tort de transmettre, en toute bonne foi, les ordres de Londres, quelques jours avant d'être intercepté, lui aussi. Son exécution par Vernay avait constitué une erreur judiciaire. Un meurtre commis par soif excessive de justice à un moment où on l'avait souvent confondue avec des pulsions de vengeance. La sensation de faillite et de faute à expier provoquée par cette prise de conscience avait par la suite poussé Louis de Vernay à quitter le monde « des Services » et à s'engager dans l'action pour le bien public, ou du moins ce qu'il croyait tel.

Tiré de ces réflexions moroses par les notes grêles d'un carillon résonnant dans le vide de la grande demeure, l'ancien président du Conseil constitutionnel rouvrit les yeux. Son regard s'arrêta sur la feuille posée sur le sous-main. Sur une impulsion, il tourna son fauteuil face aux étagères chargées de livres. Une pression du pouce sur une boiserie suffit pour déclencher un ressort qui fit pivoter le rayonnage, révélant la façade d'un petit coffre-fort encastré dans le mur.

Il pianota sur le clavier chiffré et déverrouilla la porte. À l'intérieur reposaient quelques dossiers et une boîte en fer décatie par le temps. Il s'en saisit et la posa sur le bureau. Sous le couvercle, qui produisit un son métallique quand il l'ouvrit, une feuille bistre, pliée en deux, coiffait le reste du contenu composé de deux étuis à bijoux et de quelques menus objets. Il la sortit et la déploya à côté de celle, plus blanche, qu'avait laissée Anh. L'original et la copie. Alain lui avait dit quelques années plus tôt avoir récupéré les exemplaires du docteur Gauthier et du professeur Lagrange auprès de leurs héritiers. Il les avait brûlés. Celui de Bianchi avait apparemment subi le même sort dans l'incendie de son garage qui avait, à l'époque, éveillé des soupçons d'arnaque à l'assurance.

Son esprit vagabonda jusqu'à cette matinée à Yvetot quand le docteur Gauthier leur avait remis les documents à signer. À l'époque, son cœur battait d'exaltation. Il avait été choisi pour régler les comptes. Pour venger sa sœur et les autres. Il n'avait pas douté une seule seconde de la légitimité de sa mission. En temps de guerre, la vie n'a pas la même valeur. Aujourd'hui, son cœur breloquait une ligne de basse décousue, boiteuse, très lasse. La fatigue le submergeait. La fatigue et le sentiment d'inutilité absolue. À quoi bon ? À quoi bon avoir voulu édifier un monde meilleur pour assister aujourd'hui à l'avènement de la bêtise, de la cupidité, du sectarisme ? Pour admirer l'omniprésence de la malfaisance mercantile à chaque fois qu'on se hasarde à mettre la télévision en marche ? Pour constater que son propre fils s'est fourvoyé, confondant courage et témérité, responsabilités et opportunités personnelles ? Hélène avait été emportée trop tôt par la maladie. Il aurait sans doute mieux fait de se remarier, mais il ne se l'était jamais autorisé. Elle ne lui avait pas seulement sauvé la vie en 1943, mais, chaque jour qu'ils avaient vécu ensemble, elle avait contribué à donner un sens à sa vie par sa générosité et son dynamisme, ceux-là mêmes qui l'avaient précipitée vers lui dans le train pour Bordeaux. Qu'elle ait été emportée si jeune demeurait inconcevable à ses yeux. Et si cruel ! Une saloperie du destin. Il aurait vécu un remariage comme une trahison. Alors il était resté seul et, plongé dans le tourbillon de la politique, il n'avait pas accordé assez de temps à cet enfant impulsif, livré à l'éducation de nurses et de collèges des beaux quartiers où le port d'une Rolex tenait lieu de prix d'excellence. Et si, finalement, tous les efforts qu'il avait mis à l'édification d'une société prospère avaient été aussi mal orientés que l'éducation payée à Alain ? Et si, toute sa vie n'avait été qu'une imposture, le laissant aujourd'hui, à l'aube de sa mort, avec le sentiment d'avoir été manipulé de bout en bout par ses préjugés et son ambition personnelle ? À quoi bon avoir « résisté » ?

Dans le coin droit du coffret métallique, un reflet accrocha son regard. La chevalière qu'on lui avait remise avant sa dernière mission se rappelait à son souvenir. Son esprit vagabonda sur le contenu de la bague. Il la glissa à son annulaire, puis, après quelques secondes, la replaça dans la boîte et la boîte dans le coffre.

***

La voiture avançait sans à-coup malgré les multiples chausse-trapes mobiles de la conduite en ville : chauffards testostéronés, scooters suicidaires, vélos ou piétons sûrs de leur bon droit qui traversaient la rue, agrippés à leur téléphone portable. Aussi confortablement calé que possible à l'arrière de la 607 conduite par Maurice, Louis de Vernay se demanda si on saurait toujours traverser les rues sans l'aide apparente de cet ustensile omniprésent. À chacune de ses rares incursions dans le monde extérieur, dont la vue lui était rendue plus insolite encore par le début de la macula qui troublait sa vision, il lui semblait être un peu plus étranger à l'agitation humaine, aux essaims pétaradant des scooters, aux vélos à contresens, et aux voitures toujours plus tassées les unes contre les autres. La tache qui dévorait sa rétine lui donnait l'impression de rester à la lisière du monde extérieur. Il admirait Maurice pour sa patience au volant et son talent d'esquive en souplesse. Le spectacle de l'agitation trouble des humains réussissait cependant à lui faire oublier pour le moment l'énervement ressenti en pensant à Alain. En ces heures de remaniement ministériel imminent, son fils avait prétendu ne pas avoir le temps de se rendre à Louveciennes. Alors, Louis allait à lui. Alain lui avait promis une demi-heure de son temps entre deux rendez-vous, plus primordial l'un que l'autre, bien sûr. Entre deux tractations d'état-major.

Les initiales du Parti Pour la République, PPR, occupaient le premier plan de la façade. Hautes de deux bons mètres, bleu, blanc et rouge, elles annonçaient la couleur. Le parti occupait le pouvoir depuis quinze ans et la nation était son terrain de jeu. Maurice gara la limousine en double file, warning clignotant. Après s'être approchés, suspicieux, les vigiles reprirent leur veille passive : ils avaient reconnu le véhicule et son passager. Maurice avait signalé leur arrivée par téléphone à la secrétaire d'Alain de Vernay. Son père eut l'impression de reconnaître sa large silhouette s'agitant derrière la porte vitrée, serrant des mains, tapant des dos. Puis les parois de verre glissèrent juste assez vite pour laisser passer une imposante carcasse propulsée à grandes enjambées. Sur le trottoir, Maurice tenait déjà la portière ouverte. Louis de Vernay sentit un souffle d'air frais parcourir l'habitacle, porteur d'un arôme de tabac froid. Il tourna la tête vers son fils.

— Ça se présente bien.

Alain, survolté, plus rubicond que jamais, semblait rayonner de confiance. Il empoigna l'avant-bras de son père.

— Tu ne seras bientôt plus le seul ministre de la famille… Ministre d'État, en plus. « Il » m'a assuré que mon tour était venu.

Ignorant le mouvement de recul de son père, qui avait arraché son bras à la poigne filiale, il continuait :

— Lefebvre, c'est réglé, il aura les finances ; Reboullet, l'éducation ; on casera Cognet à la culture… et voilà !

Un sourire presque enfantin enlumina son visage.

— J'espère que tu es fier de moi ! Ça sera annoncé avant la fin de semaine. Il y a encore un ou deux détails à régler pour les secrétariats d'État… Les centristes font la gueule, comme d'habitude.

Pendant cette tirade, Maurice avait relancé la 607 dans la circulation, en souplesse. La limousine avait pris la direction de l'ouest de la capitale.

Louis de Vernay regarda son fils sans mot dire. Il ne parvenait pas à comprendre qu'un adulte de son âge pût ressentir une joie aussi naïve à l'idée d'entrer au gouvernement. Il ne percevait chez Alain aucun sens du devoir, aucun doute, aucune anxiété devant les responsabilités qui allaient lui incomber. Rien qu'une jubilation immature. Comme s'il venait de gagner au loto.

Un peu interloqué par l'absence de réaction de son père, Alain enchaîna :

— Au téléphone, tu ne m'as même pas dit… Qu'avais-tu de si urgent à m'apprendre ? Je n'ai qu'une demi-heure devant moi, quarante minutes, maximum.

— Pas maintenant. Attendons d'être arrivés dans un endroit tranquille.

Sans même avoir paru entendre la réponse, Alain pianotait déjà sur son téléphone portable. Louis se demanda s'il étalait ses états d'âme sur les réseaux asociaux, comme un gamin impubère.

Le futur ministre avait toujours le nez sur l'écran de son smartphone quand le véhicule s'immobilisa dans une contre-allée du bois de Boulogne. Cinquante mètres plus loin, une jeune femme en manteau de fausse fourrure, assise sur un banc, exhibait la plus grande partie de ses cuisses. Maurice descendit de voiture et s'assit sur un autre banc, à quelques mètres du capot de la limousine qu'il couvait du regard ainsi que les deux passagers restés à bord. Louis de Vernay prit la parole sans attendre :

— Tu m'as demandé si je me sentais fier de toi ? Eh bien : non pas vraiment… Non, pardon : vraiment pas…

Interloqué, Alain cessa enfin de pianoter pour regarder son père. L'ombre d'un sourire égayait encore ses traits, mais elle s'effaçait à mesure que les paroles faisaient leur chemin dans son cerveau.

Tête tournée vers la vitre opposée, Louis de Vernay semblait plongé dans la contemplation des arbres du bois. Le son de sa voix surprit son fils quand il lui demanda, un peu oppressé :

— Je voudrais que tu me dises ce qui s'est vraiment passé à Nice, chez Pierre Madec… et ne me raconte pas d'histoires.

Dans son for intérieur, Louis craignait de revivre un épisode de la jeunesse agitée d'Alain et de ses diverses frasques de blouson doré. L'adolescent cherchait alors toutes les échappatoires possibles avant de finir par admettre une vague culpabilité dont il était bien difficile d'évaluer la sincérité. Louis refusait de jouer au plus fin.

— Qu'entends-tu par-là ?

— Moi, je n'*entends* rien : je *sais*. Je *sais* que la mort de Pierre n'a pas été tout à fait accidentelle. Et je *sens* que tu en portes la responsabilité… au moins en partie. Alors, évite-moi les longs discours, et dis-moi ce qui s'est passé. Je suis assez vieux et j'en ai assez vu pour que tu m'épargnes les mensonges.

Le portable d'Alain de Vernay fit soudain retentir une sonore *Marseillaise* électronique. Sans un regard pour l'écran, il le fit taire d'une pression du pouce et voulut le glisser dans sa poche de poitrine. Dans sa nervosité, l'appareil lui échappa et tomba sur le plancher de la 607.

— Eh merde ! Fais chier !

Plié en deux, la tête coincée entre les sièges avant, Alain fourragea à ses pieds avant de repêcher enfin le portable. Rendu écarlate par l'effort inconfortable, il sembla un instant tenté de le brandir comme un trophée sous le nez de son père avant, embarrassé, de le fourrer dans sa poche, toujours aussi brusque, mais cette fois, sans rater son coup.

— Qu'est-ce que tu imagines ?

— Je n'imagine rien. Je *sais*. Anh Madec est venue me voir. Elle était accompagnée du journaliste… celui que tu appelles « le fouille-merde ». Ils m'ont raconté ce qui leur est arrivé ces dernières semaines. Les exploits de tes hommes de main… J'ai fait assez de maths dans ma vie pour additionner deux plus deux… Est-ce que tu serais devenu fou ?

Malgré sa volonté de garder son calme, Louis de Vernay sentait son cœur s'emballer et sa pression sanguine comprimer ses artères. Une douleur poignarda sa poitrine. Pour se calmer, il regarda de nouveau les arbres et se força à respirer aussi posément qu'il le pouvait, dans l'attente d'une réponse. Elle vint, plus brutale qu'il ne s'y attendait.

— Papa, je vais vous dire… Vous savez quoi ?... Eh bien, vous m'emmerdez ! Vous m'em-mer-dez !

L'incongruité de la formule monopolisa l'attention du vieil homme. « Papa » ? Depuis combien de temps Alain ne l'avait-il pas appelé ainsi ? Sans doute depuis qu'il avait adopté le voussoiement, de son propre chef, au moment où il courtisait sa première épouse, Guilaine de Fouilloux, la nièce de l'ancien président du Conseil Général des Hauts-de-Seine, cacique du parti. Il n'était pas pour autant repassé au tutoiement après leur divorce et son remariage avec sa jeune assistante parlementaire.

— … Yannick Leduc ! Yannick Leduc, ça vous dit quelque chose ? … Vous m'écoutez ?

Non, depuis la première injonction, Louis n'avait rien entendu, trop secoué par le ton de son fils.

— Oui, on a pu établir que le dénommé Linès est un très bon copain de Yannick Leduc, l'ancien champion de tennis qui avait épousé une attachée de presse de la région Île-de-France, proche, voire très proche, de « Qui vous savez… ». Oui, « Qui vous savez », avec lequel Leduc joue une fois par mois au tennis sur les courts de Roland-Garros. Enfin, « joue » ? Disons qu'il lui donne la leçon en poussant la baballe parce que l'autre est nul… Mais je m'égare. Et bien sûr, vous ne savez peut-être pas que « Qui vous savez » me voue une haine tenace. Il serait prêt à tuer pour m'empêcher d'obtenir un ministère… Suivez mon regard…

Louis de Vernay entendit la suite dans une sorte de brouillard. Sa pensée avait un peu de mal à s'accrocher aux péripéties énoncées avec véhémence par son fils. Le lien unissant à l'évidence son rival politique au journaliste, *via* Leduc. La manipulation sous-jacente. L'obligation de réagir. Le placement du journaliste sur écoute par un ami spécialiste des enquêtes privées. L'appel de Madec demandant à Linès de venir le voir.

— Alors on a décidé d'aller à Nice, récupérer le document.

Pas de chance, ce jour-là, Pierre Madec n'avait pas déjeuné comme d'habitude au petit bistrot près de chez lui. Les deux « envoyés spéciaux » l'avaient trouvé en train de préparer sa popote.

— Il a voulu rejouer à la Résistance, ironisa Alain. Il a cherché à foncer dans la cave, je ne sais pas pourquoi. Pour s'y verrouiller ? Pour chercher une arme ? Je n'en sais rien… À 90 ans, il n'avait sûrement plus toute sa tête…

« Message reçu » songea Louis, de plus en plus accablé.

— Il est tombé tout seul, je te le jure…

Tiens ! Le tutoiement était de retour. Alain cherchait peut-être à se faire pardonner ? À son âge ? Monsieur le presque ministre ! Un terrible sentiment d'abattement envahit le vieil homme. Il croyait sentir le désir absurde de son fils d'entendre un mot d'absolution. Louis n'eut ni l'envie, ni la force de le prononcer.

— Et puis, maintenant, je m'en fous ! Tu m'entends : je-m'en-fous ! Une fois ministre, ils ne pourront plus rien contre moi. Rien ! « Qui tu sais » n'aura plus aucun intérêt à sortir les dossiers, ce serait tirer une balle dans le pied du parti et du président. Ils n'oseront jamais…

Sous l'effet de son indignation, Alain s'était encore échauffé. Son corps rayonnait d'une chaleur mauvaise. Rester immobile dans la voiture lui pesait. Il ouvrit la portière d'une brusque poussée et sortit sur le trottoir, extirpant de nouveau son portable de sa poche. Circonspect, Maurice quitta son banc, ferma la portière et se dirigea vers la voiture. D'un geste agacé de la main, Alain fit signe au secrétaire qu'il pouvait reprendre son poste au volant et entama une conversation téléphonique. Quand il eut fini, il fit le tour de la voiture et se plaça à la hauteur de la portière du chauffeur. La vitre de Maurice descendit dans un glissement feutré.

— Vous pouvez y aller, j'ai appelé un chauffeur… Eh bien, quoi ? Qu'attendez-vous ? Allez-y ! Ramenez mon père au chaud. Ça lui fera grand bien.

Alain regagna le trottoir, un nouvel appel téléphonique en train. D'un regard dans le rétroviseur, Maurice sollicita l'approbation de son patron. Louis baissa les paupières. La 607 s'éloigna en douceur du trottoir comme un paquebot qui quitte le quai pour une longue traversée.

À son passage, l'hétaïre en manteau de fourrure se leva de son banc et fit quelques pas en direction de l'homme agité, resté sur le bas-côté, qui tirait une flasque d'argent de la poche de son loden. Arrivée à quelques mètres de lui, elle comprit la vanité de sa manœuvre. Le type hurlait dans son téléphone réapparu par magie :

— J'en ai marre que mon père me prenne pour un gamin ! Il ne se décidera donc jamais à lâcher la rampe!

Prudente, elle regagna son perchoir, en chaloupant de la croupe. On ne savait jamais…

XII

Couchées sur l'horizon, les îles Chausey flottaient dans la baie. À chaque fois que je venais sur la falaise de la Croix-Paqueray pour admirer le paysage, je pensais au dicton ironique : « Si on ne voit pas les îles Chausey, c'est qu'il pleut. Si on les voit, c'est qu'il va pleuvoir. » La même maxime se décline sur toutes les côtes de France, mais sa version granvillaise m'avait réjoui quand, gamin, je l'avais entendue pour la première fois dans la bouche de mon père partant pour la pêche. Elle faisait depuis longtemps partie de moi, comme la saveur de la teurgoule ou l'âpreté du « gros bère », ce cidre rude de la ferme de mes cousins. Le village de Carolles et la baie du Mont-Saint-Michel constituaient le seul point fixe de mon existence itinérante. J'en fréquentais les plages et le bocage depuis ma naissance. Mes parents y étaient enterrés. Et j'y venais de plus en plus souvent, éprouvant, avec l'âge, un besoin croissant d'horizon.

Lors de chacun de mes séjours dans la maison de vacances familiale, je m'efforçais de me promener une fois par jour sur la falaise pour me nourrir du spectacle qui s'étalait de la côte bretonne à la pointe de Granville, ravivant l'un des derniers souvenirs que je gardais de mon père, assis sur un des bancs de pierre et contemplant le même tableau que moi aujourd'hui. Par-delà la trame du temps, nos regards convergeaient.

Le vibreur de mon portable me tira de ma rêverie nostalgique. Le SMS provenait d'Anh Madec dont je n'avais plus eu de nouvelles depuis notre entrevue de Louveciennes avec Louis de Vernay :

— Regardez les infos. Vous serez surpris. Rappelez-moi après.

J'aurais eu envie de corriger amicalement son texto : on ne dit pas « surpris », Anh, mais « étonné ». Un de mes premiers rédacteurs en chef m'avait repris un jour en refusant l'adjectif dans un titre que je lui proposais : « Surpris ? Sûrement pas. Étonné, oui. Quand un mari trouve inopinément sa femme au lit avec son meilleur ami, la femme est surprise, et le mari étonné. » Leçon reçue, Robert... Et puis, on ne dit pas « après », mais : « ensuite »...

Ensuite... Eh bien, j'essayai de capter Internet sur mon téléphone. Pas moyen, bien sûr. Dans le coin, les réémetteurs laissaient tout juste passer les SMS. Je devrais attendre d'être de retour à la maison. Une petite demi-heure à pied par le chemin ombragé sur lequel, enfant, j'avais appris à marcher puis à tenir sur un vélo.

Je jetai un dernier regard à la courbe harmonieuse de la grande plage, à son liseré de vaguelettes, et au pin parasol isolé qu'un de mes amis, artiste, admirateur de Claude Monet, peignait à chacun de ses passages, au gré des lumières du ciel et de la mer. Puis je pris le chemin du retour.

Tout au long du trajet, j'eus le temps de m'interroger sur la raison du SMS d'Anh. Déjà une semaine que nous avions rencontré Louis de Vernay sans véritable résultat. L'autre jour, pendant le retour en voiture de Louveciennes à Paris, nous avions échangé nos impressions. Anh conservait sa confiance dans ce vieux monsieur si respectable qu'elle avait tant admiré. Elle ne l'imaginait pas duplice. J'étais plus dubitatif. Ma confiance dans les politiciens, même à la retraite, était limitée. Mais par quel bout reprendre nos investigations ? Anh exerçait un métier qui ne lui laissait guère de liberté. Les astreintes étaient nombreuses et la moindre entorse à la légalité pourrait lui coûter très cher. De mon côté, je me sentais bien emprunté. Je ne me voyais pas aller défier Alain de Vernay en face à face. C'était un animal politique, un bretteur d'une autre trempe que la mienne. Je n'avais aucune chance de le faire craquer. Quant à l'enlever pour le faire parler dans un coin sombre ? Nous n'étions pas dans un polar de gare.

Anh devant rentrer d'urgence à Toulon, nous nous étions séparés en convenant de réfléchir chacun de notre côté aux possibles actions futures et de laisser à Louis de Vernay le temps de se manifester, s'il était sincère. Je m'étais aussi engagé à revoir mon copain du *Canard enchaîné* pour lui demander conseil.

Cette deuxième entrevue m'avait coûté quelques sushis supplémentaires, sans me rapporter grand-chose. Jean-Philippe Barret avait beaucoup apprécié le repas et moins mon histoire.

— Tu comprends, m'avait-il dit, tambourinant machinalement avec ses baguettes sur le bord du bol de riz, un règlement de comptes de la dernière guerre... Pff ! Ça ne passionne plus personne. Si encore il y avait une histoire de trésor de la Résistance en jeu, mais là... Et puis le vieux Vernay est subclaquant!

Je lui avais opposé l'actualité de la mort de Pierre Madec et de la responsabilité probable d'Alain de Vernay.

— Ça, c'est plus intéressant, avait-il admis, mais ta copine et toi, vous n'avez que des soupçons et aucun témoin pour ton histoire d'agression. Et n'escompte pas que des flics t'aident spontanément contre d'autres flics... Je ne dis pas que ça ne vaut rien, mais ça demande des tonnes de travail, pour un résultat hypothétique. Avance de ton côté, vois ce que tu peux trouver et reparle-m'en. Tu sais, en ce moment, l'affaire Bettencourt nous donne beaucoup de grain à moudre. Et Vernay pèse beaucoup moins lourd que Woerth et Sarkozy.

Après avoir avalé un dernier saké, il m'avait conseillé d'engager un enquêteur privé, tout en me prévenant que ce n'était pas donné et hypothétique. Il m'enverrait toutefois l'adresse d'un cabinet honnête. Et nous nous étions quittés en nous jurant de remettre ça un de ces jours, pour faire le point. Cause toujours! Cette douche tiède m'avait décidé à mettre le cap sur la Normandie, pour me changer les idées pendant quelques jours.

J'eus tout le temps de ressasser les tenants et aboutissants des divers épisodes de ces derniers mois sur le chemin me menant de la falaise à la maison, blottie dans un recoin du bourg protégé des vents du large. Longtemps privée de chauffage et d'eau chaude, elle offrait depuis quelques années tout le confort moderne, à commencer par l'indispensable Internet. Obéissant à l'injonction du SMS, j'allumai mon ordinateur portable et piquai droit sur le site du *Monde*. Aucun titre ne me sauta aux yeux. Les deux plus importants concernaient le couronnement du plus jeune champion du monde de F1 de l'histoire, l'Allemand Sébastian Vettel, et le remaniement du Conseil des ministres. Je ne pris pas vraiment le temps de m'étonner que *Le Monde* accorde une place aussi importante à un événement sportif et cliquai sur l'autre item : la formation d'un nouveau Conseil des ministres. Cette fois, j'avais visé juste; la lecture de quelques lignes suffit pour que je comprenne soudain l'intérêt subit d'Anh Madec pour l'actualité : le nouveau ministre des Armées, ministre d'État, dont une photo permettait d'apprécier le sourire bonhomme et la moustache plébéienne, n'était autre qu'Alain de Vernay.

Parfois, disait Cavanna, le cliché est le plus court chemin pour atteindre l'imagination du lecteur. Il avait bien raison. Quand, aussitôt après avoir pris connaissance de l'info, je décidai d'aller à la cuisine me faire un expresso sur-caféïné pour me requinquer du choc subi, je n'arrivai pas à me lever : la nouvelle m'avait bel et bien coupé les jambes. Un flot de noires pensées me submergeait. Roulé par une vague d'angoisse, je restais plaqué à ma chaise. Souffle court, cœur battant, un filet de sueur dans le dos, je revivais ma trouille de la bergerie drômoise. La surprise, les coups, l'angoisse. Tout juste si j'osais regarder dehors, de crainte de voir des hommes cagoulés faire irruption dans mon champ de vision. Vernay ministre, le pire devenait possible.

Bien sûr, rien de tout cela n'eut lieu. Dans les minutes qui suivirent, je retrouvai peu à peu mon calme et assez de mes jambes pour me doper au café. Sautant d'un caillou à l'autre dans le gué de mes émotions, je finis par reprendre tous mes esprits et par appeler Anh.

Le son de sa voix me rasséréna. J'avais désormais retrouvé assez de distance avec mon angoisse pour réaliser l'étrangeté de nos relations : une jeune femme, militaire, rassurant un presque vieux monsieur, planqué de toujours. Le monde avait bien changé... Elle me rassura :

— Vous savez, j'ai eu le temps de réfléchir avant votre appel. En réalité, je pense que cette nomination renforce, certes, Alain de Vernay, mais qu'il aura d'autant moins besoin de nous neutraliser. En devenant ministre, il a atteint son but. Il dispose de la toute-puissance officielle. Ses nervis sont devenus inutiles. Vous ne lui faites plus peur... Et moi non plus. Il a pouvoir sur nous. Il sait que nous le savons et que nous n'avons plus vraiment les moyens de lui nuire. À moins que nous ne trouvions une preuve de l'assassinat de mon grand-père... Mais ça...

Elle ne me convainquit qu'à demi, m'enjoignant cependant de faire le dos rond jusqu'à... jusqu'à quoi, en fait ? Je n'en savais trop rien.

Ce soir-là j'ajoutai à ma liste musicale narcotique la complainte des amoureux de Rome, « *Gli amanti di Roma* », de Gianmaria Testa, chef de gare piémontais et auteur-compositeur méconnu. La mélodie de cette chanson, une cantilène susurrée à l'accordéon, exerçait sur moi un inexplicable effet lacrymal. Je m'endormis avec des yeux humides, comme un vieux gamin chagrin.

***

Au bout d'une semaine de sorties à vélo, de promenades sur la plage à marée basse et de dîners chez les amis, j'avais réussi peu à peu à reléguer mes inquiétudes à l'arrière-plan de mes pensées. Aucun commando cagoulé n'était venu me tirer de mon lit. Le nouveau ministre rayonnait dans la presse et sur les écrans, tout à la joie de sa récente importance médiatique. Curieusement, plus je le voyais et plus je l'oubliais, tant il est vrai que la multiplication d'une image la banalise. Le raisonnement d'Anh était sans doute juste. Le ministre aurait bien d'autres sujets de préoccupation que nous, pour peu que nous ne le provoquions pas. Moi, je n'en avais aucune intention, mais je ne connaissais pas exactement celles de la jeune femme. Je la sentais déterminée à découvrir ce qui était vraiment arrivé à son grand-père, mais, en bonne militaire, elle était aussi sans doute respectueuse des lois et des procédures.

J'en eus la confirmation deux jours plus tard. Avachi dans un fauteuil, un verre de gros plant de Vincent Caillé et quelques tranches d'andouille de Vire à portée de la main, je m'anesthésiais les cellules grises en regardant l'un des cinq matches de foot de la soirée quand la sonnerie du téléphone fixe couvrit les beuglements du commentateur.

— Jean ? Je vous dérange... ?

Le temps de retrouver la télécommande, de couper la chique du *bonimentateur* sportif, et je réalisai qu'il s'agissait de nouveau d'Anh, une Anh à la voix curieusement indécise, bien différente de son habituel ton décidé.

— Jean, je voulais vous prévenir : je viens d'être mutée à Nouméa... et je monte en grade.... Vernay a été vite en besogne...

Je restai sans voix quelques instants. Mes pensées se chamboulaient et encombraient mes circuits nerveux. J'ânonnai un :

— Vernay ? Vous êtes sûre ?

— Je ne vois que ça pour expliquer ce qui m'arrive. Je n'ai jamais demandé de mutation. J'étais arrivée à Toulon, il y a moins d'un an. Et mon tour n'était pas encore venu au tableau des avancements. Ça ne peut être que lui... Le commandant de la base me l'a sous-entendu, et m'a presque reproché d'être pistonnée. Ce que ministre veut...

Notre conversation se prolongea le temps de confronter diverses spéculations. Apparemment, Vernay avait préféré la manière douce avec Anh.

La plus efficace sans doute. De Nouméa, où elle serait forcée de rester deux ans, ou au moins jusqu'aux élections de 2012, elle aurait bien du mal à prolonger ses recherches et à mener une quelconque action. D'ici là, Louis de Vernay aurait peut-être quitté cette terre. Anh insista pour m'assurer que le ministre avait sans doute le pouvoir de me nuire, mais que l'hypothèse d'une action musclée paraissait désormais douteuse. Elle aurait parié que les gardiens de la paix, Phulpin et Lagarde, ne tarderaient pas à être expédiés à Cayenne ou sur un atoll de Polynésie. Seul, j'avais une capacité de nuisance minime. Je pouvais peut-être m'attendre à diverses tracasseries administratives venant du ministère des Finances ou de la Sécurité sociale...

Elle mit fin à son laïus rassurant en m'affirmant qu'elle resterait en contact avec moi par Internet. Et elle raccrocha. Il ne persistait plus sur la ligne qu'un léger grésillement, déjà lointain. Sur l'écran de la télé, la mi-temps devait avoir été sifflée, car une vieille dame y vantait l'étanchéité des nouvelles couches poly-je ne sais quoi. Je me reversai un verre de gros-plant.

***

Derrière lui, plaquée par le ressort de rappel, la porte, molletonnée de skaï, se referma avec un claquement mat. La fraîcheur humide l'enveloppa. À chaque fois qu'il pénétrait dans une église, Louis de Vernay ne pouvait s'empêcher de penser que le lieu conviendrait parfaitement à l'installation d'une cave à vins. À chaque fois aussi, malgré son abandon de toute croyance, il éprouvait un bref sursaut de culpabilité à l'idée que pareille idée était blasphématoire.

Il ne croyait plus en Dieu depuis longtemps, il ne croyait plus en grand-chose d'autre non plus, mais il n'avait jamais totalement effacé les traces de l'imprégnation d'une enfance catholique. Dès qu'il entrait dans une église, les échos lointains de sa foi candide de l'époque se répercutaient sous les voûtes sonores. Il imaginait aussi percevoir ceux de la ferveur de tous les humains qui, au fil des siècles, s'y étaient recueillis dans un commun besoin de transcendance. Plusieurs fois au cours de sa propre existence troublée, il avait choisi l'atmosphère pieuse d'une église pour y « faire le point » comme on le disait maintenant. Pour chercher à éclaircir le chemin à suivre dans une forêt de doutes. Et quelquefois, il en était ressorti riche de l'impression d'entrevoir une issue.

Dans les jours suivant son entrevue orageuse avec son fils, il avait ressenti le besoin de faire le tri de ses émotions. La nomination d'Alain au gouvernement les avait encore plus embrouillées. Alors, il avait demandé à Maurice de le conduire dans cette modeste église de campagne, celle où s'étaient déroulées les obsèques d'Hélène, il y avait déjà si longtemps... Un sanctuaire bien anachronique dans ce village coincé entre les bretelles des voies rapides menant à Paris.

Appuyé sur sa canne, grimaçant sous l'effet de la douleur vrillant sa hanche, Louis de Vernay avança à pas laborieux dans la nef. Projetés depuis les vitraux par le soleil, de larges éclats colorés miroitaient sur le sol irrégulier des dalles de pierre polies par une éternité de piétinements silencieux. Un discret arôme d'encens parvint à ses narines. À moins qu'il ne l'ait extrait de ses souvenirs, car à son âge, on ne sentait plus guère les parfums de la vie. Et à son âge, quelle issue pourrait-il bien trouver aujourd'hui ?

Quand il s'assit sur la première chaise d'un rang à mi-chemin de l'autel, le son provoqué par les pieds du siège résonna longtemps dans le silence du vide. Au-dessus de l'autel, un Christ en croix posait sur lui un regard extatique dans lequel il lui sembla percevoir du plaisir :

— Et toi là-haut, qu'en penses-tu ? Hein ! À quoi bon vouloir sauver le monde ? Ça ne t'a rapporté que des tourments !

La vision de cette incarnation de la souffrance et de la rédemption avait libéré en lui une colère qui bouillonnait depuis longtemps en silence.

— Comme si c'était si facile de faire le tri entre le bien et le mal, hein ? Les gentils à ma droite, les méchants à ma gauche et hop ! sur le toboggan de l'enfer, rôtis par les flammes du diable !

Il aurait bien voulu les y voir, eux, pendant la guerre, tous ces sentencieux qui aujourd'hui saisissaient la moindre occasion pour se banturler sur les plateaux de télé et y asséner leurs vérités profondes, déguisés avec leurs écharpes rouges, leurs brushings neigeux, leurs lunettes de starlette, nouveaux prédicateurs de la religion cathodique. « Cathodique... catholique... » Et parmi eux, son fils, son échec le plus grave. Oui, il aurait bien aimé les voir à l'œuvre ces bouffis de suffisance au point de devenir superfétatoires, en train de faire le grand tri du jugement dernier : à droite, les résistants, Churchill, De Gaulle ; à gauche les nazis, les collabos, Pétain… Et Staline ? Où l'auraient-ils placé ? Côté jardin ou côté four ? Au milieu, peut-être. Une fesse au soleil, l'autre au barbecue !

L'énormité de ses vitupérations réussit à choquer l'enfant de chœur qui sommeillait en lui. Après un bref instant où son esprit demeura en équilibre sur le fil de la colère, épuisé par cette éruption intérieure, il se sentit vidé de toute énergie. Une enveloppe creuse dans laquelle résonnaient les battements de son cœur fatigué. Puis il se rendit compte qu'en fait, ce son était celui des chocs de sa canne avec laquelle il s'était mis à marteler le sol. Une vive douleur vrilla sa tempe gauche. Sa vue lui sembla se brouiller un peu plus. Il fut pris d'une soudaine envie de vomir. Puis il perdit connaissance.

Il ne s'entendit pas tomber. Du haut de sa croix, le Christ, réprobateur, ne l'avait toujours pas quitté des yeux.

XIII

En ce début d'hiver, la villa n'était plus protégée par la voûte des frondaisons. Austère, elle toisait le tapis de feuilles mortes, encadrée par la garde funèbre des châtaigniers dénudés. La grisaille humide de cette fin d'après-midi ternissait la lumière, salissait l'enduit des murs, bavait des gouttières. Je frissonnai en descendant de voiture.

À mon retour à Paris, quelques jours plus tôt, j'avais eu la surprise de découvrir dans ma boîte à lettres une enveloppe cossue, de format carré, sur laquelle mon adresse était rédigée à la main, d'une écriture ample et élégante. À l'intérieur, point de faire-part comme je m'y étais attendu, mais un bristol portant le nom et les titres de Louis de Vernay, ancien ministre et ancien président du Conseil constitutionnel. Sous l'en-tête, un bref message, tracé d'une main tremblante : « Auriez-vous l'amabilité de me rendre visite dès que vous le pourrez ? Je suis en possession d'informations qui vous intéresseraient peut-être. » La signature avait été tracée avec un élan plus énergique que le message. La graphie de l'adresse était sans doute l'œuvre du secrétaire, mais Louis de Vernay n'avait laissé à personne le soin d'écrire son invitation.

Sur le perron, Maurice m'attendait. Il tenait déjà la porte d'entrée ouverte. Il m'aida à me débarrasser de ma parka, bien inutile dans cette maison surchauffée, mais, comme je m'avançais vers le bureau où nous avions rencontré le maître des lieux lors de ma première visite, il me retint, d'un mot.

— Attendez... Une seconde, si vous le voulez bien.

Je le sentis embarrassé de devoir sortir de son rôle muet. Il hésitait. Sa voix aiguë détonnait.

— Voilà... Monsieur le Président ne vous attend pas dans son bureau... mais dans le jardin d'hiver. Je dois vous prévenir qu'il est très affaibli. Il a subi une petite attaque, la semaine dernière. Il a fait une chute. Les médecins souhaitent lui éviter tout effort et toute émotion.

Nous vous saurions gré de le ménager et de ne pas rester trop longtemps... Si vous voulez bien me suivre.

Et il se glissa devant moi dans un couloir décoré de gravures de chasse, sans déplacer le moindre souffle d'air.

La véranda s'ouvrait sur l'arrière de la propriété. Le foisonnement des plantes grasses et des rosiers en pot toujours feuillus compensait le dénuement de la végétation extérieure ; le mur était garni de grimpants, bougainvillée, passiflore, jasmin. Il régnait dans la pièce une chaleur moite fleurant le moisi et la terre humide. Au centre de l'espace, sous un chauffage à infrarouges, veillé par toutes ses plantes, Louis de Vernay reposait, allongé dans une chaise longue, la tête soutenue par un oreiller, les jambes recouvertes d'un plaid épais dont l'écossais ajoutait des touches de couleurs vives sur la palette des verts des feuillages. Une sono discrète diffusait les suites pour violoncelle de Jean-Sébastien Bach, parasitées par le crépitement sur la verrière de la pluie qui avait commencé à tomber.

M'approchant, je constatai que le teint du vieil homme tirait sur le gris. Une contusion meurtrissait sa pommette droite. Son maigre cou émergeait d'un col de chemise ouvert, libre pour une fois du licol de la cravate. Sa tête chenue m'évoquait un rapace déplumé. Ainsi allongé, son corps semblait une dépouille.

À notre entrée dans la pièce, ses yeux restèrent clos, mais sa main droite décharnée se crispa sur l'accoudoir. Maurice s'arrêta à quelques centimètres du fauteuil et se racla la gorge, avant d'annoncer d'une voix sonore :

— Monsieur le Président, votre visiteur est arrivé.

Puis il me fit signe d'avancer.

Émergeant de sa torpeur, Louis de Vernay retrouva aussitôt ses esprits. Après m'avoir salué, il pria Maurice de redresser le dossier de son siège et de couper la musique, ajoutant :

— Demandez à Maria de nous servir le thé, s'il vous plaît. Je ne parviens pas à me réchauffer.

La sueur perlait pourtant sur mon front rôti par les infrarouges.

La promptitude de la résurrection du vieil homme éveilla ma méfiance. Son sommeil avait-il été feint ? Le regard qui semblait me soupeser était celui d'un homme aux aguets, et non celui d'un vieillard à l'approche de la mort. Sa voix me parut toutefois avoir perdu de son tonus et ses propos étaient toujours rythmés par de profondes inspirations sifflantes.

— M. Linès, merci d'être venu. Je suis désolé de vous recevoir dans ces conditions... Mais je suis peu à peu rattrapé par mon âge... Le temps est un poison létal... Mais asseyez-vous donc !... Je vous ai prié de venir parce que, depuis votre première visite, j'ai collecté quelques informations... et j'ai pris la décision de vous révéler ce que je sais... Un peu pour me mettre en paix avec moi-même, sans doute.

L'entrée de la gouvernante, d'un âge à peine moins avancé que celui de son patron, créa une diversion. Sur le plateau, théière et tasses tintinnabulaient. Elle les disposa avec soin sur un guéridon tiré entre nos deux sièges. J'en profitai pour me débarrasser de ma veste et tenter d'échapper à l'étouffement qui me guettait. Pendant que je m'en défaisais, je remarquai, posée sur l'assise du fauteuil roulant électrique en attente de l'autre côté de la chaise longue, une chemise cartonnée orange, dont la couverture bombait sous la poussée de son contenu comprimé par des élastiques.

La nuit avait vaincu le jour quand je quittai le vieil homme retombé dans sa catalepsie presque aussitôt après m'avoir salué. Sa main me parut plus légère qu'une aile d'oiseau. Je ne le soupçonnais plus de feindre la fatigue, car il n'avait cessé de parler depuis mon arrivée.

Il avait commencé par évoquer mon oncle, dont il dit avoir vérifié la présence du nom dans les listes des membres du réseau *Rubis*. Il ne l'avait jamais rencontré, ou alors sans connaître son vrai patronyme, mais il n'avait aucun doute sur son destin : membre du sous-réseau ouest comme sa propre sœur, il avait été victime de la même manipulation du MI 6. Livré et condamné à trahir pour la bonne cause.

— Vous n'êtes pas obligé de me croire... Mais il n'y a pas un jour de ma vie où je n'ai repensé au destin affreux de ma sœur... et de ses frères d'armes...

Reprenant à peine son souffle, il avait ensuite entrepris de me narrer les détails de la manipulation montée par Claude Dansey dont il avait eu connaissance, longtemps après la guerre, grâce à l'aide d'un ami anglais, membre du MI 6.

— Je ne pourrai jamais pardonner à Dansey le destin de ma sœur... Pas plus que je ne peux me pardonner de m'être laissé abuser et d'avoir tué un homme qui n'y était pour rien.

Il s'était alors tu un long moment, comme pour reprendre courage, avant de continuer :

— Et je ne me pardonnerai jamais d'avoir été ces derniers mois la cause involontaire du décès d'un de mes plus vieux amis, un des hommes les plus courageux que j'aie connus, Pierre Madec.

Cet aveu lui avait coûté. Dès qu'il l'eut prononcé, il parut se retirer en lui-même, ferma les yeux, plongé dans son silence intérieur. Je le crus endormi et commençai à me demander s'il ne valait pas mieux le laisser se reposer. Mais, ayant peut-être perçu ma tension, il reprit alors la parole, paupières closes, sans que je parvienne à distinguer la part de la souffrance ou de la fatigue de celle de l'éventuelle mise en scène.

— J'aurais aimé qu'Anh fût avec vous... Mais j'ai appris sa mutation... Je ne suis pas dupe de ce qui l'a provoquée... Ou de qui... Je compte sur vous pour lui rapporter mes paroles avec exactitude... Après tout, vous êtes journaliste... J'ai longtemps hésité avant de vous parler, mais... je crois que si je veux être fidèle à mes valeurs, je le dois... Si j'étais encore croyant, je serai sans doute allé me confesser... mais je ne le suis plus et vous faites un confesseur tout aussi respectable qu'un autre...

Trop troublé, sans vouloir me l'avouer, pour retrouver les réflexes d'un bon journaliste, je ne pensai pas à déclencher l'enregistreur de mon téléphone portable. La pluie qui redoublait sur le toit de la véranda l'aurait sans doute rendu peu audible, mais, qui sait... À condition aussi que j'aie trouvé le moyen et le courage d'utiliser ensuite l'enregistrement.

— Ne comptez pas sur moi pour répéter à quiconque ce que je vais vous dire... De toute manière, je n'en ai plus pour très longtemps à vivre... Ou à être capable de parler... Mais Anh mérite bien de connaître la vérité, du moins ce que j'en sais.

À mots comptés et soupesés, il me fit alors le récit de l'agitation désordonnée qui s'était emparée de son fils lorsque les contacts de ce dernier dans les « Services » l'avaient averti qu'un fouineur avait déposé une demande pour consulter les archives du réseau *Rubis*. Puis l'obsession croissante d'Alain de Vernay, quand il avait fait le lien entre mes relations avec Yannick Leduc et les connexions de ce dernier avec certains de ses ennemis jurés au sein du PPR. Jusqu'à l'accident de Pierre Madec.

— Je veux penser qu'il s'est agi d'un accident... avait-il conclu. Je n'imagine pas des policiers de la République assassinant un héros de la Résistance... Mais, peut-être...

Il ne finit pas sa phrase. Peut-être ? Peut-être préférait-il simplement, arrivé au crépuscule de sa vie, occulter dans ses souvenirs certaines des turpitudes de la Ve République dont il avait pourtant longtemps été un des acteurs de premier plan. Je ne parvenais pas à me convaincre de sa parfaite innocence politique. Mais, sans doute aurons-nous tous besoin, un jour, de nous raconter des histoires en attendant la mort.

Plongé à mon tour dans mes pensées, je n'avais pas remarqué qu'il me regardait de nouveau. Je perçus un mouvement dans mon champ de vision, presque incongru au milieu de tant d'immobilité. La main gauche du vieillard s'était déplacée et tapotait la couverture de la chemise cartonnée orange posée sur le fauteuil roulant.

— M. Linès... quand vous partirez, vous emporterez ce dossier... Oh ! Rien de secret là-dedans... vous serez peut-être déçu...

L'ombre d'un sourire anima ses traits d'un fugace éclat de vie, comme s'il s'amusait du bon tour qu'il savait jouer à mes espérances.

— Je ne suis même pas sûr que cela vous intéressera... Mon fils n'a sans doute jamais lu la copie que je lui avais confiée autrefois... Il s'agit d'un texte que j'avais commencé à écrire, il y a quelques années... après ma retraite de la politique... J'avais caressé à l'époque l'idée, très orgueilleuse, de rédiger le récit de ma vie... Pour qui ? Pour quoi ?... Je n'en suis pas très sûr... L'envie de témoigner... de ne pas laisser s'effacer les réalités d'une époque qu'on a tendance aujourd'hui, soit à oublier, soit à magnifier... L'envie, aussi, de me persuader de l'utilité de mon existence... Que sais-je ?... Et puis, j'ai ressenti la vanité de cette tâche. Je l'ai interrompue... Le récit est resté incomplet et je n'ai désormais plus la force de le reprendre... Alors...

Il fit une pause pour reprendre ce qu'il lui restait de souffle. Sa main s'était serrée sur la tranche du dossier, comme s'il répugnait à le laisser partir.

— Je vous en fais cadeau, M. Linès... Un maigre cadeau, mais qui vous intéressera, je l'espère... Vous cherchiez à comprendre le destin de votre oncle… Ce texte vous donnera des pistes pour vous représenter ce que nous avons vécu… Peut-être y trouverez-vous matière à un livre ? Un roman, plutôt… Vous aurez peut-être cependant du mal à faire le lien entre le jeune homme que j'évoque dans ces pages et le vieillard qu'il est devenu… Sachez pourtant que je n'ai rien travesti consciemment… Inconsciemment ? … C'est encore une autre histoire…

Regard dans le vague, il s'immergea dans un silence seulement perturbé par sa respiration sifflante. La pluie s'était tue. L'atmosphère de serre tropicale me fut soudain insupportable. Oppressé, j'avais l'impression de veiller un mourant. Il me libéra d'une phrase, chuchotée :

— En sortant, soyez assez aimable, s'il vous plaît, pour demander à Maurice de remettre la musique en route. Elle m'apaise.

Je lui serrai la main avec précaution, remis ma veste, fis le tour du fauteuil pour prendre le dossier moins lourd que je ne l'aurais cru, et regagnai le couloir dont l'atmosphère me parut d'une fraîcheur vivifiante. Je réalisai alors que pendant près de deux heures, j'avais ajusté le rythme de ma respiration sur celle du gisant. J'inspirai alors avec soulagement une profonde goulée de cet air que j'avais pourtant jugé étouffant à mon entrée dans la maison. Comme par magie, au sortir du couloir, Maurice réapparut à mes côtés, ma parka déjà en main. Il m'accoucha en douceur du mausolée. Je crus entendre quelques notes de violoncelle retentir au loin. Déjà très loin.

XIV

De retour de Louveciennes, je mis un point d'honneur à rédiger aussitôt un courriel pour Anh, tant que ma mémoire de l'entrevue avec Louis de Vernay était vivace. Je résumai l'ensemble de ses déclarations, sans les commenter autrement que par une brève appréciation, mûrie pendant le trajet du retour. « Je pense qu'il m'a dit plus de vérités que de mensonges. Malheureusement, ça ne nous mène nulle part. »

J'envoyai le mail, puis décidai de me préparer un repas frugal avant de mettre le nez dans le dossier que m'avait remis le vieil homme. Ce n'est qu'une petite heure plus tard, un verre de brouilly du domaine Léonis à la main et le Duke Ellington Année 1940 dans les oreilles, que j'ouvris le dossier orange. Il contenait une centaine de feuilles A4, photocopies d'un manuscrit tapé plusieurs années plus tôt, sans doute sur une antique machine à écrire dont certaines lettres penchaient, donnant au texte un air bancal et suranné. Il commençait ainsi :

« Je revoyais Pierre Madec à 20 ans, émacié, tout en nerfs, presque frêle, mais d'une robustesse farouche, et ce regard méfiant à la vue des deux gars aux allures de collégiens timides arpentant le quai du port de Granville par un petit matin blême de janvier 1941. Mon compagnon de cavale et moi nous dirigions vers lui, traînant deux lourdes valises aussi suspectes aux yeux du premier Allemand venu qu'un drapeau tricolore adorné d'une croix de Lorraine... »

Je ne me doutais pas que ce récit me passionnerait au point de faire de moi un écrivain à quatre mains avec un mort.

***

La musique de Bach résonnait dans la grande maison. Cette fois, le violoncelle avait cédé l'espace au piano : le *Clavier bien tempéré*. Interprété par Sviatoslav Richter, autrement plus inspiré et plus inspirant que Glenn Gould, « la dactylo de Jean-Sébastien » comme aimait à le répéter Hélène, avec malice. Elle avait apprivoisé pour lui la musique de Bach qui n'avait pas mis longtemps à le conquérir : ses notes swinguaient déjà bien avant que le swing ne fût inventé…

Assis derrière son bureau, dans le fauteuil roulant dont son fils lui avait prédit l'usage inéluctable, Louis de Vernay se sentait calme. Ce matin, il avait demandé à Maurice et à Maria de l'aider à revêtir une chemise blanche à fines rayures et un costume sombre ; puis Maria avait noué une cravate club autour de son cou plissé. Maurice l'avait ensuite poussé jusqu'à son bureau.

Posée sur le côté droit de la table de travail, la boîte en fer extirpée du coffre-fort était ouverte. Louis en avait extrait les deux écrins contenant les décorations de son grand-père. Il les avait posés, ouverts eux aussi, face à lui. Les teintes des rubans étaient fanées, mais les médailles luisaient sous les rayons du soleil qui éclairaient la grande baie vitrée dans son dos. Leur éclat lui rappelait le regard incisif de son grand-père le jour où ce dernier lui avait demandé de sauver sa mère et sa sœur des mains des nazis. Il n'avait rempli qu'une moitié de sa mission, et encore…

Pour la première fois depuis des semaines, le vieil homme se sentait pourtant en repos avec lui-même. Il avait pris sa décision. Il éprouvait désormais une forme de détachement. Toute la nuit il avait revécu des épisodes marquants de sa vie. Il avait convoqué à son chevet les personnages essentiels de son existence : Hélène, ses parents, sa sœur, son grand-père Page, Gauthier, Madec… Il avait essayé d'oublier son renégat de fils. Et il avait pris conscience que ses vingt-cinq premières années avaient été les plus ardentes. Jamais, il n'avait vécu plus intensément que pendant la guerre. Jamais, il ne s'était senti plus homme. La suite n'avait été que… la suite. Une suite parfois absorbante, exaltante même, mais jamais aussi brutalement sincère que les années qui l'avaient précédée. Et cette suite avait accouché d'une gigantesque désillusion. Comme son père et son cher Stefan Zweig avant lui, il dressait le constat de la fin d'un monde. Le monde auquel il avait cru. Il avait échoué dans cette mission-là aussi.

Comme le penseur autrichien, dont il avait lu et relu l'exemplaire de *Le monde d'hier* qui reposait dans l'un des murs de livres du bureau, il anticipait un futur dont la perspective lui était insupportable. Comme lui, il avait décidé de quitter la scène, par peur de devenir fou. Par crainte aussi, de se transformer en légume en cas de nouvel accident vasculaire. L'idée de se retrouver prisonnier de son corps lui était insupportable.

Il se recueillit encore quelques instants dans l'absolu de la musique de Bach avant de manipuler le chaton de la chevalière glissée à son annulaire gauche. Il fit basculer la bague ; une petite capsule sombre roula dans la paume de sa main droite. Il en soupesa la légèreté effrayante. La vie était donc si fragile ? D'un mouvement brusque, il la porta à ses lèvres et l'avala. Il eut à peine le temps de se demander si le poison serait encore assez actif pour lui apporter le repos. Un grand froid le saisit. La musique s'amuït. Les ténèbres l'enveloppèrent. Sa tête bascula sur sa poitrine. Face à lui, sur le mur, le portrait du Général piquait du nez, lui aussi. Seules les notes du piano de Richter faisaient encore vibrer l'air de la pièce.

XV

Les jours qui suivirent le débarquement, une tension malsaine rendit le quotidien du camp plus violent que jamais. Certains prisonniers ne purent s'empêcher de manifester un nouvel appétit à vivre et de plier moins bas sous le joug de leurs gardiens. Ils payèrent aussitôt la moindre bravade au prix le plus fort, souvent de leur vie, pendus, fusillés ou simplement poussés dans les clôtures à haute tension par un garde à la férocité plus impulsive que les autres.

Combinée à l'avance de l'Armée rouge à l'Est, l'implantation des troupes alliées sur le sol de France matérialisait la menace, inexorable, qui pesait sur le Reich et ses serviteurs, pris en tenaille. SS et kapos pressentaient que le jour approchait où ils devraient assumer la responsabilité de leurs atrocités. Ce germe de désespoir les rendait encore plus impitoyables. Ils se soulaient de violence pour oublier l'avenir.

Charles réussit cependant à traverser cette période sans plus de souffrances qu'à l'ordinaire. Les premiers temps, il ressentit même un regain de vitalité. Savoir que sa trahison supposée n'avait pas entravé l'action des Alliés l'avait réconcilié avec lui-même. Il s'accorda le droit de laisser entrevoir ses compétences en allemand aux SS. Trois semaines plus tard, il fut muté aux services administratifs de la carrière. Il n'avait plus à casser la falaise ni à gravir l'escalier de la mort. Son régime alimentaire était amélioré par les restes des repas des employés civils et militaires affectés au service. Mais ce fragile bien-être fut éphémère.

Bientôt, un mal pernicieux s'insinua en lui. À la satisfaction du succès du Débarquement, succéda l'étonnement de savoir qu'il avait eu lieu en Normandie et non, comme il l'avait toujours cru, dans le Pas-de-Calais. Insidieux, le doute s'immisça dans son esprit. À quoi avait bien pu rimer sa dernière mission? Pourquoi l'avoir condamné à prendre des risques inutiles? Il ne pouvait pas croire qu'à l'hiver 43, le haut commandement allié n'eût pas déjà finalisé ses plans.

Peu à peu, une idée fit son chemin. Plus il la repoussait et plus elle revenait, pour s'imposer à lui comme une évidence. Lui et les autres membres de son réseau avaient été utilisés comme appâts, chèvres de M. Churchill, sacrifiées sur l'autel de l'efficacité. Cette certitude croissante le rongea de l'intérieur, remontée acide qui corrodait ses nerfs. Il croyait avoir trahi, mais il l'avait été lui-même par ceux qui le commandaient. Cette pensée le révulsait. Il lui semblait qu'elle ôtait toute valeur à son sacrifice. Il n'avait été qu'un leurre offert aux loups nazis.

Ainsi, au moment où son corps reprenait un peu de force, son âme s'étiolait. Bientôt, il fut incapable de corseter ses pensées. La petite musique de « Douce France », enfouie au plus profond du silence depuis une éternité, revint le hanter de sa tendre nostalgie. Les nouvelles épisodiques de l'avance alliée suscitaient des élans d'espoirs insensés parmi ses camarades de baraquement. Les Américains seraient bientôt là. Mais les semaines passaient, et ces espoirs se transformaient en chimère. Il faudrait résister encore onze interminables mois. Il y parvint... presque.

Au camp, survivre tenait d'un combat de tous les instants et d'un sadique jeu de hasard. L'hiver 44 fut terrible. Au froid, s'ajoutèrent des privations de nourriture extrêmes. Coupée des filières de ravitaillement en provenance de France, l'armée nazie se serrait la ceinture et affamait les *Häftlinge.* On se battait pour une croûte, pour une miette.

C'est à cette période-là que Charles se mit à rêver tout éveillé de nourriture. Des repas de son enfance. De la blanquette de veau et du gratin dauphinois de sa mère. Durant ses premiers mois au camp, les anciens l'avaient prévenu : cet appétit onirique était souvent le premier symptôme de l'effondrement interne. Mais avoir bénéficié quelques mois d'un régime un peu moins sordide avait affaibli les défenses qu'il avait patiemment érigées depuis son arrivée.

À la fin de l'hiver, mécontent de son apathie maussade, le nouveau responsable du labo le remit à disposition des commandos de travailleurs de la carrière.

En quelques semaines, son état se dégrada sans rémission. Il perdit les quelques kilos regagnés au labo et quelques autres de plus. Ses os perçaient la peau. En avril, une crise de dysenterie lui ôta ses dernières forces. À la fin du mois, dans l'effervescence du départ d'une grande partie de la garnison et la crainte que les SS n'exécutent tous les survivants, on le transféra au *Revier*, l'infirmerie dont la baraque était entourée de monceaux de cadavres décharnés. Personne ne se donnait plus la peine de les incinérer dans les fours crématoires.

Il mourut au beau milieu d'un rêve dans lequel le gratin dauphinois de sa mère lui parut le meilleur de sa vie.

Deux jours plus tard, les Américains entraient dans Mauthausen.

Bande son

Aux obsèques de Jean Linès seront joués les morceaux de musique suivants :

Thème des Vacances de M. Hulot.
Je suis mort qui qui dit mieux ? Jacques Higelin.
Le Moribond, Jacques Brel.
When my lady weeps, John Coltrane.
Goodbye Porkpie hat, Charles Mingus.
Souvenirs, Django Reinhardt.
Flamenco Sketches, Miles Davis, John Coltrane, Cannonball Adderley, Bill Evans, Paul Chambers, Jimmy Cobb.
Mouvement lent du *Quintet à deux violoncelles* de Frantz Schubert par le Quatuor Weller.
My lady of the Island, Crosby, Stills and Nash.
The heart of Saturday night ou Martha, Tom Waits.
Les funérailles d'antan, Georges Brassens.
The touch of your lips, Chet Baker, Doug Raney, NHOP.
Adagio du Concerto pour violon n° 3 de Wolfgang Amadeus Mozart, par Gidon Kremer.
Koko, Duke Ellington (années 1940).
Django, Modern Jazz Quartet.
Andantino de la sonate pour piano en La majeur, Frantz Schubert, par Jean-Claude Pennetier.
All is in peace, Huong Thanh et Nguyen Lé.
Tony de l'album *Making Music*, Zakir Hussain, John McLaughlin, Hariprasad Chaurasia, Jan Garbarek.
Monk's mood, Thelonious Monk et John Coltrane.
Blue Monk, Jim Hall et Ron Carter.
L'état de Monk, Philippe Bouin.
Gli amanti di Roma, Gian Maria Testa.
Et pour le cortège : *Vai Passar*, Chico Buarque.

Personnages réels

Charles De Gaulle (1890-1970)

Winston Churchill (1874-1965)

Claude Dansey (1876-1947) : directeur adjoint du MI 6 à partir de 1939. Poussé vers la sortie en 1944.

Nicolas Bodington (1904-1974) : journaliste de l'agence Reuters né à Paris. Membre du MI 6, puis chef adjoint de la section F (France) du SOE. Témoin clef du procès de Henri Dericourt.

Karl Bömelburg (1885-1946) : chef de la Gestapo en France de juin 1940 à novembre 1943. Relation de Bodington avant la guerre.

Joseph Joanovici (1905-1965) : ferrailleur français, d'origine juive et russe, fournisseur de métal pour les armées allemandes, pourvoyeur de fonds pour la Résistance et peut-être agent du Komintern. Condamné pour collaboration à cinq ans de prison. Mort ruiné.

Yves Guéna (1922-2016) : parti pour Londres en 1940 à 17 ans. Engagé volontaire, il combat en Afrique, puis débarque avec la 2e DB. Membre de la première promotion de l'ENA. Directeur adjoint du cabinet du Premier ministre Michel Debré en 1959. Député, ministre à plusieurs reprises entre 1967 et 1974.

Hélie de Saint-Marc (1922-2013) : résistant, déporté, puis militaire de carrière. Participe à la guerre d'Indochine et à la guerre d'Algérie. Colonel commandant par intérim du 1er régiment étranger parachutiste lors du putsch des généraux auquel il participe, il est condamné en avril 1961 à dix ans de réclusion. Réhabilité de ses droits en 1978, il est élevé à la dignité de Grand-Croix de la Légion d'honneur en 2011. Son autobiographie « Les Champs de braises » a reçu le prix Femina, catégorie Essais, en 1996. Son livre d'entretien avec l'ancien officier de la *Wehrmacht* August von Kageneck constitue un témoignage exceptionnel sur la Seconde Guerre mondiale… et les autres.

Personnages presque réels

Charles : s'inspire librement de Charles Priolet (1911-1945), oncle de l'auteur, ingénieur TP à Rennes, membre du réseau *Jade-Fitzroy* du MI 6. Arrêté pendant l'hiver 1943 à la brasserie La Paix à Rennes sur dénonciation. Décédé au camp de Mauthausen le 3 mai 1945, deux jours avant la libération du camp.

M. Gilbert : s'inspire librement d'Henri Dericourt (1909-1962), pilote français, agent triple durant la guerre (MI 6, SOE, Sicherheit Dienst) ; arrêté en possession de devises et d'or à Londres en février 1945, jugé pour trahison par le tribunal militaire français en 1948 ; acquitté grâce au témoignage de Nicolas Bodington. Décédé en 1962 dans un accident d'avion dans le Triangle d'Or, au Laos.

À mon oncle, Charles Priolet, résistant, déporté, mort au camp de Mauthausen en mai 1945, et à tous les membres du réseau *Jade-Fitzroy*.

À Anh Thur Madec.

Et merci à Francis Mizio, sage-homme plein de tact.

Image de couverture : © Basotxerri / Alamy / Hemis

Éditions **OUEST-FRANCE**

Éditeur Hervé Chirault
Coordination éditoriale Isabelle Rousseau
Conception graphique et mise en page
Studio graphique des Éditions Ouest-France
Photogravure Graph&Ti, Rennes (35)
Impression Sepec Numérique, Péronnas (01)

ISBN : 978-2-7373-8776-0
Dépôt légal : novembre 2022
N° d'éditeur : 10871.01.03.11.22
Imprimé en France
editions.ouest-france.fr

PEFC 10-31-3532